中國語言文字研究輯刊

初 編

許 錟 輝 主編

第 **18** 冊

明代等韻之類型及其開展（上）

王 松 木 著

花木蘭文化出版社

國家圖書館出版品預行編目資料

明代等韻之類型及其開展（上）／王松木 著 — 初版 — 新北
市：花木蘭文化出版社，2011〔民100〕
目 8+242 面；21×29.7 公分
（中國語言文字研究輯刊　初編；第 18 冊）
ISBN：978-986-254-714-4（精裝）
1. 等韻　2. 研究考訂　3. 明代
802.08　　　　　　　　　　　　　　　100016554

ISBN-978-986-254-714-4

9 789862 547144

中國語言文字研究輯刊
初　編　第十八冊　　　　ISBN：978-986-254-714-4

明代等韻之類型及其開展（上）

作　　者	王松木
主　　編	許錟輝
總 編 輯	杜潔祥
出　　版	花木蘭文化出版社
發 行 所	花木蘭文化出版社
發 行 人	高小娟
聯絡地址	新北市永和區中正路五九五號七樓之三
	電話：02-2923-1455／傳眞：02-2923-1452
網　　址	http://www.huamulan.tw 信箱 sut81518@gmail.com
印　　刷	普羅文化出版廣告事業
初　　版	2011 年 9 月
定　　價	初編 20 冊（精裝）新台幣 45,000 元

明代等韻之類型及其開展（上）

王松木　著

作者簡介

王松木

學歷：中正大學中文研究所博士

現職：高雄師範大學國文系教授

經歷：國中國文科教師、文藻外語學院共同科助理教授、高雄師大華語文教學研究所副教授、中華民國聲韻學學會秘書長

論文：碩士學位論文《〈西儒耳目資〉所反映的明末官話音系》，另有專書《傳統訓詁學的現代轉化——從認知的觀點論漢語詞義演化的機制》、《擬音之外——明清韻圖之設計理念與音學思想》，以及學術論文〈明代等韻家之反切改良方案及其設計理念〉、〈網路空間的書寫模式——論網路語言的象似性與創造性〉、〈論音韻思想及其必要性——從「魯國堯問題」談起〉、〈會通與超勝——從演化模型看高本漢典範的發展與挑戰〉、〈調適與轉化——論明末入華耶穌會士對漢語的學習、研究與指導〉等。

提　要

　　本論文將韻圖重新定位為：等韻學家分析音韻結構的主觀詮釋系統，而非僅是客觀描寫語音的形式框架。在韻圖的類型的區分上，並不沿循過往以韻圖音系為基準的分類方式，而改以作者之編撰目的為分類依據，將明代韻圖總括成：「拼讀反切、辨明音值的音表」、「雜糅象數、闡釋音理的圖式」、「假借音韻、證成玄理的論著」三大類型；對於明代等韻學的歷時開展，則是參照據韻圖的社會功能與文化屬性，梳理出四大支系：「僧徒轉唱佛經的對音字圖」、「士子科舉賦詩的正音字表」、「哲人證成玄理的象數圖式」、「西儒學習漢語的資助工具」。如此，分別從類型學（橫向）、發生學角度（縱向）觀察，冀能對明代韻圖的發展譜系有更深一層的認識。

　　本論文採取由外圍而漸至內核的寫作方式。全文共分七章，首尾兩章（緒論、結語）旨在反思與瞻望漢語音韻研究的發展趨向；第二章追溯等韻學的起始源頭，並確立本文的研究進路（文化取向）與分析模式（符號學）；第三、四、五章分別討論三種不同類型的韻圖；第六章則總結明代韻圖的發展譜系。

目

次

第一章 緒 論

第一節 研究的動機──漢語音韻學的反思與前瞻

當此世紀交替之際，人們在瞻望未來遠景的同時，不禁也要回首既往，對二十世紀以來的功過是非作一番深入的省思。回顧學科發展的歷史進程，除了細數過往傲人的成績之外，更重要的是：如何在既有的堅實基礎上，妥善規劃未來學科發展的走向，引領學術研究往更加縱深寬廣的層面推進，以探索前人所未曾臻至的新領域。但是如何才能精確地洞察到學科未來可能的發展趨向呢？竊自以爲：關鍵在於研究者是否能秉持著懷疑的精神，勇於突破日益封閉、僵化的思維模式，自覺地回歸到理論的初始起點，從哲學的層面反省該學科的基本立場、預設前提、研究對象與研究方法……等後設性的問題。

自《馬氏文通》（1898）以來，中國語言學全面吸收由西方語言所提煉出來的各式理論，因爲這些外來的理論被披上了一層"科學"的外衣，且在某些方面確實較傳統語文學更爲精確、有系統，因此很快地被學者奉爲圭臬，而成爲分析現象的規矩、解答問題的南針。然而，學者在普遍接受西方語言理論的同時，卻也在無形中漸漸失去了"自源"思考的機會。

西方理論好比一副可以使人洞察秋毫的眼鏡，戴上之後頓覺眼前物體變得格外清晰、明亮，我們經常爲這種突來的轉變感到萬分欣喜，但在興奮之餘，

卻很少有人深入省思：透過鏡片所看到的，果眞是物體本有的形狀與色澤嗎？亦或是經過扭曲、變色後的結果呢？此種全盤採納、缺乏反省意識的弊病，在漢語音韻研究上亦不難見到。有鑑於此，本文寫作的動機在於：透過省察現代漢語音韻學通用的研究模式，試圖找出被西方理論所扭曲、漠視的相關課題，並嘗試著運用新的觀念與方法重新界定問題，冀能回復韻圖的本來面目，進而描繪出明代等韻的類型及其發展譜系。

一、高本漢的研究典範及其影響

　　環顧二十世紀漢語音韻學發展的歷史，幾乎無人可以漠視瑞典漢學家高本漢（Klas Bernhard Johannes Karlgren，1889～1978）的傑出成就。在漢語音韻學界，高本漢的研究模式不僅掀起了一場 "科學革命"，同時也樹立了新的研究典範（paradigm）。〔註1〕為何一個異國學人能有如此深遠的影響力呢？除了學說本身所蘊含的觀念與方法有著飛躍性的突破外，社會風潮的推波助瀾亦是不可漠視的重要因素。蓋自五四運動（1919）以來，中國西化步伐之疾促眞是令人嘆爲觀止，當時知識份子高舉著 "科學" 的大纛，力圖顛覆以儒學爲核心的傳統文化，普遍存有 "西學" 即是 "新知" 的體認，是以積極地譯介新知、傳播西學儼然已成爲革新舊制的動力與希望。就在這種全盤接引西學的社會思潮下，當高本漢《中國音韻學研究》（Études sur la phonologie chinoise，1915～1926）甫一出版，國內便有許多知名的語文學者亟欲展開迻譯工作。〔註2〕就在

〔註1〕　〔美〕孔恩（Thomas Kuhn，1922～）認爲 "典範" 與 "常態科學"（normal science）密切相關，可作爲一門學科成熟的標誌。在《科學革命的結構》一書中，孔恩對於 "典範" 的定義並不明確，但卻曾具體地列舉 "典範" 的兩項主要特徵：「第一、作者的成就實屬空前，因此能從此種學科活動中的敵對學派中吸引一群忠誠的歸附者。第二、著作中仍留有許多問題能讓這一群研究者來解決」。高本漢的研究模式顯然已具備孔恩所提的兩項特徵，儼然已可將其視爲漢語音韻研究的新典範。至於將詮釋科學發展的 "典範" 理論運用在語言學發展史上是否完全適用呢？對此，Percival（1976）顯然是持著消極否定的態度，指出喬姆斯基雖是掀起一場了「語言學革命」，但「生成語法學」並未成爲語言學者所共同奉行的唯一 "典範"，因而認爲孔恩的 "典範" 理論並無法全然切合西方語言學史的發展趨向。然而，若就漢語音韻學史的發展軌跡觀之，筆者反倒是持著積極肯定的態度，認爲 "典範" 理論仍應具有一定程度的解釋效力。

〔註2〕　傅斯年（1939）在該書譯本序文中寫著：「〔瑞典〕高本漢先生所著之《中國音韻

這種內因、外緣的相互配合之下，歷史比較語言學得以風行草偃之態，迅速地接替清儒三百年來古音研究的浪潮，並且進一步將傳統語文學（philology）躋升至現代語言學（linguistics）的境地，爲漢語音韻學史樹立起新的里程碑。

然而，在高本漢的觀念中，《切韻》反映著眞實、同質的音韻系統－西元六世紀時的唐代長安音，若以《切韻》音系作爲建構漢語音韻發展史的樞紐，將文獻語料與方言差異充分結合起來，梳理出一套音韻的演化規律，如此則向上可構擬出上古音系－西元前十世紀的周代河南音，往下則能與現代漢語方言取得普遍聯繫。審視高本漢的研究模式，可約略總結出以下幾項特點：

1. 研究對象：以能反映一時一地實際語音的書面材料爲依歸。

2. 研究方法：採取歷史比較法與內部結構擬測法。

3. 研究目的：以釐清祖語音系、擬構古代音值爲終極使命。

二十世紀初期以來，中外學者致力於漢語歷史音韻研究，也曾提出許多不同的理論模式與研究方法，〔註 3〕但這些表面看似殊異有別的主張，實質上多是以補苴高本漢學說的罅漏爲初始起點，以"重建音系"與"解釋音變"爲最終目標，故其研究規模依然是統攝在高本漢的研究典範中，鮮少能有根本性的超越。

學研究》，始刊於民國四年，至民國十五年而完成。在其前三卷出版後，頓引起列國治漢學者之絕大興趣，我國人士治語文之學能讀法文者，亦無不引爲學術上之幸事。蓋其綜合西方學人方音研究之方法與我國歷來相傳反切等韻之學，實具承前啓後之大力量，而開漢學進展之一大關鍵也。以斯年所聞，友人中欲此書譯本流傳中土者，先後有趙元任先生、劉半農先生、胡適之先生；斯年雖於此學無所能，其願此書之吸收於漢土，亦未敢後人也。……此固近年我國譯學上未有之巨業，瞻望明代譯天算諸賢，可無愧焉」。

〔註 3〕欲觀察二十世紀漢語音韻學的進展概況，理論模式與研究方法是兩個絕佳的窗口。就理論模式而言，李葆嘉（1995）考察當代通行的漢語史理論模式，將其歸納成四種主要類型：1.高本漢的時間一維直線型模式。2.張琨的時空二維差異型模式。3.普林斯頓學派的方言逆推型模式。4.橋本萬太郎的地理推移型模式；此外，又從語言史與文化史相互結合的角度，試圖建立「南耕北牧‧衝突交融‧混成發生‧推移發展」的新模式。就研究方法而言，除了有考究連續式音變的歷史比較法、著眼於音系嚴整性的內部擬構法外，更有觀察離散式音變所提出的詞彙擴散論（lexical diffusion）與以文白異讀爲對象的疊置式音變理論。

現代音韻學過份地將研究焦點集中在語音表達形式（representation）的描寫與語音規律（rule）的推導上，不知不覺將漢語音韻研究引入自然科學的境域，在革新傳統語文學的同時卻也割裂了語文學的人文傳統，[註4] 無形中阻滯了漢語音韻學史的發展。

二、阻滯漢語音韻學史發展的因素

典範的創立是學科成熟的標誌，就如同中天高掛的豔陽一般，驅走了前科學時期的陰霾；偶有若干常規學科所無法解釋的例外現象，恰似天邊不知何時飄來的二、三朵烏雲，但可千萬別忽略它們的存在，因為這很可能是狂風暴雨即將來臨之前的徵兆。嚴學宭晚年為竺家寧、趙秉璇合編的《古漢語複聲母論文集》所寫的序文中，也曾剴切地提醒我們注意例外現象的重要性，文中指出：

> 科學研究貴在求真和創新。出新見，一要有新的觀點，二要有新的方法，三要有新的材料。新的材料，不少是源自於例外。不忽視這些異常現象，重視例外，分析例外，解釋例外，往往就是科學研究的開端。

我們非但要留意不符合常規的例外現象，同時也要注意分支學科發展的不平衡性，分析、解釋學科發展的不平衡現象，並試著思索現象背後所潛藏的因素，往往亦可由此而獲得觀念、方法上的啟發，從而拓展出新的研究領域。

就漢語音韻學的歷史研究範疇而論，理應包含"語音史"與"音韻學史"兩個分支。"語音史"旨在探究語音形式的歷史演化過程，以構擬母語音系、闡釋音變規律為主要任務；"音韻學史"則是客觀評述前人的研究成績，探尋個案之間的聯繫及其動因，進而掌握音韻學發展的淵源與流衍。然而，這兩個分支學科的發展並不均衡，漢語語音史的園地至今雖然仍有許多空白之處等待墾殖，但大致上已能初步勾勒出整體發展的樣貌；反觀漢語音韻學史，似仍處

〔註4〕傳統語言學和語言學傳統是兩個不同的概念，何九盈（1995b：8）：「前一個"傳統"著眼於時間，著眼於歷史分期，從這個意義上來說，中國傳統語言學在清朝末年已經走向終結。而當我們講中國語言學的傳統時，這個"傳統"是指古代語言學中那些有生命力的有深遠影響的內在要素，包括古人創造的優秀成果、重要結論、良好學風……等等。這個"傳統"不僅不能丟，而且現代語言學家有一個重要任務，就是運用現代語言學的知識、手段、工具、概念，對歷史上的優秀成果進行解釋、評價、利用，這就是人們常說的"古為今用"。」

在荒煙蔓草之中。〔註5〕兩個分支學科間的落差爲何如此明顯呢？爲何音韻學史研究普遍遭到冷落呢？造成發展落差的因素可能很多，但現代音韻學研究的"科學主義"（scientism）〔註6〕取向無疑是重要因素之一。

　　將西方學術土壤中所萌生的語言理論嫁接在漢語研究上，已是現代漢語語言學很難扭轉的發展趨勢。在漢語研究的各個領域中，與西方語言學結合較爲順當的則非音韻學（尤其是實驗語音學、方言調查和語音史）莫屬。較諸語法學、詞彙學……等分支，音韻學爲何尤能與西方語言學理論順利接軌呢？從外部條件觀之，漢語音韻研究有悠久的歷史，現代學者亦能積極地採用傳統音韻學的研究成果；〔註7〕若就學科本身的內部條件而言，則與研究對象及學科屬性有著密不可分的關係。

　　自然語言是一種基於"聲音—聽覺識別"的信息系統，以雙重分節（double articulation）的原則進行編碼。〔註8〕因此，儘管人耳能夠清楚辨析的音素不過

〔註5〕李新魁（1993a：307）總結四十年來（1952～1992）漢語研究的成績，並指出不足之處：「從音韻學整體的研究來看，音韻學內部各個部分的研究尚不太平衡，有的方面研究的較爲充分，有的則比較冷落。……音韻學史的研究和出版稍感不足……全面而深入地介紹音韻學史的著作尚未出現。五十年代以前，有張世祿的《中國音韻學史》行世，而這四十年來，卻未曾有類似的或更詳贍的"史"書出現，這是有待音韻學界的共同努力的。」

〔註6〕科學主義具有嚴密性與可論證性等特點，其發端於近代西方科學，尤以牛頓的經典力學最具代表性。牛頓學說以"機械論"爲核心，認爲世界運作的方式如同機器，遵循一定的規則並且擁有如發條裝置般的精確性，因此儘管大千世界變化萬端，只要掌握潛藏的規律，便能精確地預測、控制事物。此種"單值決定論"的思維模式，將科學定量化、精確化、簡單化，完全排除隨機性、偶發性因素的影響。但隨著量子力學、混沌學的興起，科學家紛紛將焦點轉移到非線性因素的影響上，科學主義將逐漸地走下歷史的舞台。至於二十世紀上半葉，中國思想界所激發出的「科學主義」傾向，〔美〕郭穎頤（1998）已有專著論述，學者可自行參閱。

〔註7〕徐通鏘（1997：2）考察"五四"以來漢語語法和音韻史研究的理論和方法，檢討中西語言學的"結合"成效和侷限，發現：「音韻研究的"結合"的成效遠遠強於語法研究，因爲音韻研究沒有離開自己的傳統，而語法研究由於一切需要從頭做起，受西方語言理論的束縛太大。」

〔註8〕袁毓林（1998：16）詮釋法國語言學家馬丁內（Andre Martinet，1908～）所謂的雙重分節：「"雙重"指語言由音位和符號兩個大的層級構成，"分節"指在音位

50 個左右，卻能藉由有限的語音形式進行多層次的組合，以傳達出豐沛的意義與情感。語音形式乃是承載語義的物質媒介，具有可感知的聲學特徵，不同的人種在發音生理或聽覺感知上具有高度一致性，較少受到文化背景與社會傳統……等外在因素的制約；再者，人們口中所發出的語音雖是高低起伏、抑揚頓挫各不相同，但透過對比的操作程序，卻可歸納出數目有限、結構嚴整的音位系統。

結構主義音韻學由於具有定量化、簡單化、精確化的線性特質，在學科屬性上較偏向於自然科學。近代相繼傳入中國的西方語言學理論，無論 19 世紀的歷史語言學或是 20 世紀的結構主義語言學，莫不從生物學、機械學、地質學……等自然學科中吸取養分，〔註 9〕漢語研究即是在此種新研究典範的引領下，逐漸背離人文傳統而被導入自然科學的方向。現代音韻學在語言形式描寫的精確化、系統化上，是傳統聲韻學遠遠無法企及的。二十世紀初期，音韻學之所以能蓬勃成長、碩果累累，成為帶領漢語研究走向科學化的先鋒，正是因學科屬性傾向於自然科學，縱使直接套用西方語言學理論也不至於產生太大窒礙的緣故。

反觀語素、詞、詞組與句子，這些不同層級的語言單位均是音義結合的符號，非但數目眾多難以勝數，且各系統皆具開放性，各民族不同的文化背景、思維模式……等外在因素，均可能對其所指意涵與組合形式造成某種程度的制約，使得詞彙學、語法學具有模糊性、隨機性、複雜性的非線性特質，學科屬

和符號層上分別都可以由較小的單位組成較大的單位。可表示如下：音位→音節→音節群→語素→詞→詞組→句子。」

〔註 9〕 17 世紀以來，語言學的發展普遍受到自然科學的影響，自然科學的思維在語言學術語中烙下深刻痕跡。即如姚小平（1999：19）所言：「異常活躍的科學思維，源源不斷地位語言學家輸送著新的概念。最新引入的是機械學的概念："機制"、"鏈（帶）"、"整體／部分""動態／靜態"……；接著是生物學的概念"有機（體）"、"組織"、"能產"、"（語）根"……；再後是地質學的概念"化石"、"石化"、"層積"、"突變／均變"……。」本國學者為了將傳統語言學改造成現代語言學，亦取徑於自然科學，傅斯年在〈歷史語言研究所工作之旨趣〉一文中，大聲疾呼：「1. 把些傳統的或自造的"仁義禮智"和其他主觀，同歷史學和語言學混在一氣的人，絕對不是我們的同志！2. 要把歷史學語言學建設得和生物學地質學等同樣，乃是我們的同志！3. 我們要科學的東方學之正統在中國！」

性明顯帶有濃厚的人文色彩。因此若將西方語言學理論直接移嫁到詞彙學、語法學上，常是圓鑿方枘、捍格不入，而自陷於移東補西、左支右絀的窘境。

由於研究對象的單位層級與符號性質殊異有別，致使音韻學與語法學的學科屬性有所不同（前者偏向自然科學，後者則較具人文色彩），從而各自採行不同的觀點與方法來審視問題。因此，欲探求語音史與音韻學史間發展落差的深層因素，歸根究底，也當從觀念與方法的歧異及其與當代研究典範契合的程度上著手。語音史研究與現代音韻學的科學主義取向相契合，學者多循此一徑路分析語料、解釋問題，因其爲眾人心力匯聚之所在，自然風起雲湧、發展迅速，成爲現今漢語音韻研究的主流；相較之下，音韻學史研究則必須顧及文化、心理、社會、哲學……等外部因素，與當代音韻研究典範的契合度較低，而較偏向於方興未艾的邊緣性學科。然而，在舊有的研究典範逐漸顯露危機之際，若能靜心端詳這塊荒蕪許久的學術園地，當可發覺其開墾價值已經隱隱浮現。

三、對於漢語音韻學發展前景的哲學思考

學術研究貴在求眞與創新，不應死守“一路走來，始終如一”的封閉思想。單向、直線的思考方式常會使人將問題予以合理的簡化，長久如此，容易在不知不覺中形成墨守成規、不知通變的慣性思維，致使原本指引學術向前推進的“典範”，反倒成爲滯礙學術發展的絆腳石。朱曉農（1989：75）曾針對思想僵化所衍生的弊端提出激切地批判：「一種範式（典範）若到了號稱醫百病、老在圈內打轉而仍無新範式來取代時，那將是這門學科和該科人員的極大不幸，因爲他們的精力才智都將投入沒有回音的無底洞。」

無論是中國古代聖賢所強調的“君子務本，本立而道生”，或是現代西方混沌科學（Chaos）所重視的“蝴蝶效應”（Butterfly Effect），﹝註10﹞莫不訴說著同樣的道理——“失之毫釐，差以千里”。學科理論的哲學預設乃是進行研究的

﹝註10﹞1979 年 12 月 29 日，美國氣象學家洛倫茲（Edward N. Lorenz）在華盛頓召開的「美國科學促進會」上宣讀了一篇標題爲“可預報性：一隻蝴蝶在巴西拍動翅膀有可能會在美國德克薩斯州引起一場龍捲風嗎？”的論文，後爲葛雷易克（James Gleick）的《混沌》一書所引用，“蝴蝶效應”自此聲名大噪。“蝴蝶效應”所要詮釋的概念是：初始階段的細微變化經過不斷的加強、放大可能會產生極爲複雜的結果。

"初始起點"，預設起點不同則研究對象、研究方法亦隨之而異，如同電腦程式所預設的參數（parameter）不同，執行之後所輸出的結果便有天壤之別。以現代西方語言學的發展為例，二十世紀初，〔瑞士〕索緒爾（Ferdinand de Saussure，1857～1913）將語言視為"符號系統"，從而樹立了結構語言學典範；五十年代，〔美〕喬姆斯基（Avram Noam Chomsky，1928～）改換哲學預設，認為語言是人類天賦的心理本能，提出轉換生成語法（Transformation-Generative Grammar），自此遂展開了一場"喬姆斯基革命"。反觀漢語音韻學，在高本漢的研究模式主導下，埋首向前走了七十多年，似乎已經漸露疲態，是否也應當稍歇腳步、回頭看看出發時的原點、調整未來前進的方向了呢？因此，在頌讚現代漢語音韻學的歷史功績之餘，如何客觀地省思其哲學預設與理論基礎，就漢語音韻學的發展遠景而言，尤是當務之急。

「學而不思則罔，思而不學則殆」，自入上庠以來，筆者涉獵漢語音韻學的相關知識，同時也不斷對各種理論的基本預設進行思考，糾結在心中的疑惑逐漸由朦朧、飄渺轉為具象、澄明。以下幾個具體問題即是幾經思考後所凝聚成的：

1. 就編撰者的創作意圖而言

古人編撰韻書、韻圖是否純粹只是為了客觀記錄下當時、當地的實際語音？若是，文獻語料所反映的是單一音系？或是綜合音系？若不是，編撰韻書、韻圖的初始目的究竟為何？作者在撰述過程中是否曾受到某些社會、文化、心理——非語言因素的制約與影響呢？

2. 就語料的體例形式而言

各種文獻語料的術語不一、體例多樣，這些術語的確切所指為何？作者選用術語、排設韻圖是否真是任意而毫無理據可言呢？若非任意用之，則作者遣用術語、編排韻圖的理據何在？

3. 就漢語音韻學的開展而言

韻圖是否只是紀錄語音的形式框架呢？韻圖是否只能用作擬構音系的依據？若是，傳世的韻書、韻圖數量有限，當這些文獻已被充分討論，而方法與觀念又無法適時更新時，漢語歷史音韻學是否會自此褪去光環而逐步走向衰退、敗亡之途？若不是，當如何轉換觀點、重新喚起音韻學的活力呢？

　　上述所列的幾項後設性問題既是筆者幾經思考的結果，亦是全文論述的張本。誠如劉大爲（1995：74）所言：「如果不滿足於對語言做封閉性的結構描寫而尋求從功能上對它進行解釋的話，一定會觸及到語言科學的起點與它的終點─語言觀。」爲了能釐清這些後設性問題，摸索未來漢語音韻學的可能趨向，筆者選擇以明代等韻圖的開展過程作爲考察的基點，並環繞著上述的問題逐次展開論證。

第二節　研究目的

　　「一種新的科學理論的提出，其意義不僅在於它給人類的知識寶庫添了多少有用的知識，而更主要的是，他以一種新的科學方法和思維方式爲人們提供了去開啓知識寶庫的鑰匙。」（顏澤賢，1993：60）本文寫作的目的主要有兩點：一是，探究明代等韻學家思考音韻問題、分析音韻現象的演進歷程，本文分別從類型學（typology）與發生學（genealogy）的角度切入，分析個案之間共時的類型差異及其歷時的譜系關係，進而釐清明代等韻學的發展脈絡，爲全面建構漢語等韻史做準備；二是，針砭現代漢語音韻研究科學主義取向所衍生的盲點與弊病，改換不同的觀點，採用新的研究模式，企圖重新聯繫漢語研究的人文傳統，以彰顯出漢民族音韻分析的特色。

一、建構漢語等韻學史

　　學術發展的歷史即是學者不斷探索未知境地的漫長歷程。〔東漢〕王充《論衡・謝短》云：「知今不知古，謂之盲瞽。」爲使學術能朝更加縱深的層次推進，學者非但要有洞察未來發展趨向的敏銳眼光，更要能繼承、發揚前人的學術成果，並檢討前人觀察現象的角度與思考問題的方式。學術史作爲溝通歷史與現狀的津梁、瞻望未來的基點，不應只是一堆材料的堆積鋪陳而已，應當要能夠揭示學術研究的眞實過程與發展規律（包含社會背景的影響、問題的提出、探索過程的曲折和反復、直到理論逐步完善、還遺留那些問題……等）詮釋研究者的思想發展、研究方法與治學態度。

　　等韻圖始見於唐、宋之世，經過明清時期的蓬勃發展，非但內容繁複、形制多樣，且學理亦更形深入。等韻學以審音爲主，等韻學家各自使用一套特殊的音韻術語，編製出縱橫交錯的圖表，用以釐析音韻結構、解釋語音拼合的原理，在性質上相當於中國理論音韻學，具體反映出古代學者析音辨字的方法與

成就。由於等韻學根植於中國語文傳統，與近代西方傳入的音學理論大不相同，較量之下更能彰顯出漢民族語音分析的特色，今日許多語言學研究者不滿一味套用西方理論框架，亟欲建立具有"中國特色"的語言學，漢語等韻學應是不可忽略的重要環節。

　　一般而言，當學科發展漸趨成熟並且取得一定成績，總會有人從理論的高度加以概括、評論。然而，等韻學發展至今雖已有千年歷史，但全面總結、評述等韻學發展的論著卻是屈指可數、寥若晨星。今日所見等韻學史研究仍不免有所偏執而未能全面觀照，或從文獻學角度出發，介紹韻圖版本、體例與刊表情形，而流於語料分類與資料堆陳；或從語音學的立場著眼，在"科學主義"的導引下專注於韻圖音系的分析與音值的擬測，並以輝格黨式（Whig Party）的歷史解釋法〔註11〕詮釋語料，對於那些混雜陰陽術數、神化思想的等韻論著，則強加貼上"不科學"的標誌而將之棄若敝屣。如果從宏觀的角度來看，等韻學史同時也可以歸屬於學術史、文化史的研究範疇，是以若想徹底深究等韻學發展的歷史，不僅要涉及文獻語料、語音系統，更要結合當世的文化背景、社會條件，以瞭解等韻學家的哲學思想與心理狀態，方能確切掌握作者編撰韻圖的深層用意，進而以作者的創作意圖為主軸，追索各韻圖編撰者間的聯繫關係，如此才有可能釐清漢語等韻學發展的動因。

　　立足於前人的研究基礎、以新的角度重新審視漢語等韻學的發展脈絡乃是本文的最終目標。但因受時間與篇幅所限，本文暫且將焦點會聚在明代等韻學論著上，試圖先行構擬出斷代等韻學史，為日後全面建構漢語等韻學史作準備。

二、聯繫漢語研究的人文傳統

　　任何學科都不是在真空下形成的，而是與特定的文化背景、社會心理、思維模式相互交融所凝聚成的結晶，即使是講求實驗證據、精確計量的經驗科學，其發展歷程也不能完全脫離人文傳統的制約。〔註12〕由於現代漢語音韻學與西

〔註11〕所謂「輝格黨式的歷史解釋法」，乃是英國歷史學家巴特菲爾德（Herbert Butterfield，1900～1979）在《歷史的輝格解釋》（1931）中所提出的概念，旨在駁斥「以今非古」的錯誤史觀。闡述歷史發展的來龍去脈、功過得失，理應置身於過去的歷史情境中，若是以今人立場去批判古人，則不免有誤入歧途的危險。

〔註12〕托夫勒（A.Toffer）〈科學和變化〉闡述非線性因素對科學研究的影響，指出：「一

方語言學結合太過順當，反而容易使學者失去反思的機會，潘文國（1997：293）已察覺到音韻學發展所潛藏的危機，並發出了以下的警訊，提醒學者重視漢語音韻研究的人文傳統：

> 二十世紀初在歐洲語言學的影響之下，中國的語言研究產生了兩門顯學，一門是語法學，一門就是音韻學。前者是中國人馬建忠從西方學來的，而後者是西方人高本漢爲我們送來的。而其強調語言研究的普遍性、強調語言研究方法的自然科學屬性則相同。八十年代在文化語言學熱的反思中，不少人對《馬氏文通》以來的漢語語法研究背離漢語研究的人文精神、不合漢語的實際表示過強烈的不滿，但卻很少有人對本世紀以來的漢語音韻研究背離漢語研究的人文傳統、在擺脫舊"玄學"的同時卻陷入新"玄學"——令人眼花撩亂的音標遊戲——因而越來越脫離實際表示過不滿，這實在是一件令人遺憾的事。

中國傳統語文學向來是以"詮釋經典"爲要務，以"通經致用"爲終極目標，〔註13〕始終未能眞正開展出純粹以語言形式作爲研究主體的描寫語言學。追溯傳統音韻學的緣起與發展：東漢時期印度聲明之學隨著佛教傳入中土，漢人在梵語的激發之下創製切語，奠定漢語音韻學的發展基礎；自茲厥後，音韻蜂出，孫炎著《爾雅音義》、沈約創聲律論、陸法言撰《切韻》、守溫定"字母"、張麟之刊《韻鏡》、邵雍編〈聲音唱和圖〉、王文郁訂《平水韻》……等，傳統音韻研究始終與訓詁傳注、佛典翻譯、文學創作、科舉賦詩、識字正音、易卦

些學者把科學描繪成是由其自身的內部邏輯所推動的，是出色地從其周圍世界中孤立出來，按照其自身的規律發展的。但是許多科學的假說、理論、隱喻和模型，其形式都是由來自實驗室外的經濟文化和政治力量所決定的。……科學不是一個"獨立變量"（independent）。他是嵌在社會之中的一個開放系統，由非常稠密的反饋環與社會連接起來。」（引文出自《混沌中的秩序・前言》）

〔註13〕楊啓光（1996：119）追溯中國傳統語文學的緣起與發展，指出：「中國傳統語文學自先秦至清代，以解釋經典爲要務，文本解讀和文化闡釋自然成爲其緣起和發展的歷史邏輯；同時由於始終立足於漢語漢字本體上，又自然地形成和自覺地貫徹以義爲本、形音義相輔相成的學術邏輯。這種學術邏輯和歷史邏輯鑄成了中國傳統語文學"通經致用"的人文性特徵，其研究成果不僅貼切漢語漢字的實際和漢民族的語文感受，而且貫通了中國古代經學、哲學、史學、文學、藝術等。」

卜筮、戲曲唱詞……等文化活動維持著密切的關係，李葆嘉（1998：25）深入剖析傳統漢語音韻研究的人文徵性，指出其精髓所在：

> 源遠流長的中國漢語音韻學研究，有著根深蒂固的人文傳統。這種傳統的精髓表現爲：審音辨韻重感受、研究對象重文獻、音系歸納重綜合、音義表裏重互證、音隨義轉重闡釋、以及研究目的重應用、研究方法重吸收。

時至今日，現代漢語音韻學以革新傳統語文學爲學術前提，以邏輯實證主義（logical empiricism）爲哲學基礎，將研究對象侷限在語音形式的描寫上，漠視人文傳統對音韻研究的影響，無形中窄化了音韻研究的範疇，〔註14〕因而無法全面掌握音韻學發展的動態歷程。本文嘗試著扭轉音韻研究的科學主義取向，聯繫漢語研究的人文傳統，並將目光投注到文化背景、社會風氣……等非線性因素上，冀能由此拓展出音韻學史研究的新模式。

第三節　研究的理論與方法

胡樸安《中國訓詁學史》云：「凡稱爲學，必有學術上的方法。」任何方法無論是經驗的或先驗的，歸納的或演繹的，求質的或計量的，其適用程度和範圍都爲對象、材料、時地諸因所限，操持者若只情繫一種，而不思索其褊陋不足之處，漸而漸之，方法衍爲門法，學派淪爲宗派，學者之間也就難免發生齟齬。唯有全面觀照問題的各個面向，針對問題的不同屬性靈活運用適切的方法，方能求得最完滿、妥當的答案。

再者，雖說"條條大路通羅馬"，但若各人所選擇的道路不同，則沿途所見的景致亦當各自有別。當我們確立研究目標，準備攀登學術高峰之前，必得先環

〔註14〕將西方語言學的理論框架套用在漢語研究上，對於無法涵蓋的部份則視若無睹、割捨棄絕，無形中窄化了傳統語文學的研究範疇。此種偏執一隅的情景非但音韻學如此，在訓詁學上更是明顯。周光慶〈二十世紀訓詁學研究的得失〉指出：「中國訓詁學原本是關於歷史文化典籍解釋的學問。它全面研究前人對文化典籍的解釋實踐及相關論述，總結其解釋方法，確立其解釋原則，評論其解釋效果，從中提煉出理論，建構起系統，以推進民族經典文化的傳承與發展。然而，進入二十世紀，在特定的社會文化環境裏，訓詁學開始轉向，以求"語言文字之系統與根源"爲最高目標，加強對語義語源的考察，淡忘了對文獻解釋的研究。」

顧出發時的立足點，確認好己身的定位；否則，各人居處在不同的位置，又擇取不同的路徑，他日峰頂相遇，論及沿途所見，必是各自"是其所是、非其所非"，詭辯、誤解便由此而起。因此，在進入本文討論正題之前，擬先行交待全文立論的學理與方法，表明推陳、論證的根本依據，杜絕可能產生的誤解。

　　本文主旨在於：聯繫漢語人文傳統，建構漢語等韻學史。在此一目標前提之下，必須洞悉學術演化的整體趨向，破除科學主義的迷思，進而從認知的角度結合社會、心理、文化等因素，闡釋等韻圖的創作機制與發展脈絡。方法與理論是一體兩面，介紹方法時不可免地要觸及理論基礎；針對本文所預定的研究目的與研究步驟，大致可將全文主要涉及的理論與方法概括爲三部份：1.孔恩（Thomas Kuhn，1922〜）的科學革命論。2.文化語言學——對科學主義的反動。3.認知語言學——隱喻（metaphor）理論。

一、孔恩的科學革命論

　　音韻學的方法論大致可區分爲三個層次：哲學上的方法論、邏輯學上的方法論、學科方法論。在西方科學主義主導之下，現代漢語音韻學以分析語言形式結構、歸納語音演化規律爲要務，在"哲學方法論"上多以邏輯實證主義爲基礎，廣泛運用著各種"學科方法論"，〔註15〕將語言形式予以數量化、系統化、形式化。然而，音韻研究必然會在一定程度上受到研究者哲學觀的支配，不管研究者本人是否意識到，是故追溯音韻研究的歷史時，也應當要考慮語言系統外部因素的制約。因此，若想要建構漢語音韻學史，側重於知識結構靜態分析的邏輯實證主義顯然是有所不足，學者有鑑於此，紛紛轉而從科學歷史主義學派（Historicism of Science）的觀點來重新省思學科緣起、發展……等後設性問題。〔註16〕

〔註15〕 "學科方法論"即處理漢語音韻資料所採取的特殊方法，馮蒸（1989：123）將"學科方法論"細分爲求音類法與求音值法兩類：「求音類法共有八種，即 1.反切繫聯法；2.反切比較法；3.音位歸併法；4.絲聯繩引法；5.離析唐韻法；6.審音類推法；7.音系表解法；8.統計法。求音值法共有五種，即 1.歷史比較法；2.內部擬構法；3.時空投影法；4.對音法；5.類型擬側法。」

〔註16〕 早期的邏輯實證論者著重於知識結構的靜態分析，認爲科學進展的動力在於理論自身的邏輯推導關係；然而，在科學史研究的激發下，科學哲學家轉而思索科學發展的動態歷程，提出幾個基本課題：科學會進步嗎？科學是如何進步的呢？判斷科學進步的客觀標準何在？以孔恩爲代表的科學歷史主義學派針對邏輯實證論

　　孔恩是科學歷史主義學派的代表人物之一，在他的科學哲學名著《科學革命的結構》（1962）中，一反邏輯實證主義的靜態科學累積觀，提出了名聞遐邇的 "典範" 理論，藉以闡明科學發展的動態圖式：前科學→常規科學→反常→危機→科學革命→新的常規科學。綜觀孔恩早期對於科學革命論的相關論述，可將其理論要點概括為：科學革命具體展現為科學共同體（scientific community）間的典範轉移；典範轉移並非只是某些觀念的細微改變，而是一種 "格式塔" 式（Gestalt）的整體轉換，是思維模式與世界觀的徹底變革。

　　然而，自 80 年代以後，孔恩將較具爭議性的 "典範" 概念擱置一旁，轉而將焦點集中在科學語言的分析上，藉由觀察詞義變化的情形來探求科學革命的本質及其特徵，主張：科學革命乃是科學 "辭典"（lexicon）的重新編纂；科學 "辭典" 的變換則往往是透過隱喻、模型（model）和類比（analogy）的方式來加以修改；〔註 17〕由於各個科學 "辭典" 的分類範疇（taxonomy categories）不盡相同，是故相繼理論的術語具有 "不可通約性"（incommensurable）。〔註 18〕孔恩為科學的發展描繪出一幅新的圖像，開創出新的科學發展史觀，他對科學革命本

　　的弊病，主張解釋科學發展歷程，不能只囿於科學內部的因素，還必須考量文化背景、社會環境……等外部因素的影響。馮蒸（1989：23）初步意識到科學哲學的觀念與方法能對漢語音韻研究有所啟發，因而指出：「"科學哲學" 派著重於結合科學史和認識論來研究科學理論發展的規律性，在西方學術界頗為流行。此中可注意的有三種模式，即波普的證偽主義、庫恩（孔恩）的科學革命論和漢森的發現理性論。大致可在具體的漢語音韻研究中如能有意識地注意借鑑這些新的觀念和方法，對我們探討漢語音韻一定有啟發意義。」

〔註 17〕 李醒民（1991：15）：「科學中的隱喻的神奇魔力是無孔不入的和須臾不可或缺的。尤其在科學革命時期，隱喻式的描寫往往是科學理論變革的中心問題和科學概念誕生的前奏曲。新的隱喻並非僅僅是對原有的問題提供答案，由於它從根本上改變我們的知覺從而形成新的問題觀察條件實驗方案，因此在很大程度上決定實驗結果的性質。從相互作用的關係的角度來看，隱喻能夠富有成效地創造相似物，題示可能的類比與模型，並進而導致新概念或新術語的提出。」

〔註 18〕 孔恩在〈對批評的答覆〉（收錄於拉卡托斯編著的《批判與知識的增長》）中，具體地闡釋 "不可通約性" 的意涵：「在從一個理論到下一個理論的轉換過程中，單詞用難以捉摸的方式改變了自己的涵義或應用條件。雖然革命前後所使用的大多數符號仍在沿用著，例如：力、質量、元素、化合物、細胞，其中有些符號的刻劃自然界的方式已有了點變化。因而，我們說相繼的理論是不可通約的。」

質、科學發展的特色等問題的解答已經成爲另一種"典範"，普遍爲學術史研究者所援用。

　　等韻學之所以難懂、難學，音韻術語的淆亂無疑是一項重要的因素。明清時期的等韻學家基於不同的編撰目的與哲學預設，往往別出心裁、標新立異，各自創立一套專用的術語，由於能指術語與所指概念之間缺乏明確的對應關係，"同名異實"與"異名同實"的現象屢見不鮮，學者若是不能自覺地體認到革命變化的整體性與術語之間的"不可通約性"，則常會張冠李戴，徒增紛擾。孔恩的科學革命論藉由科學語言的分析，揭露科學革命的深層結構與科學發展的內隱眞相，對本文的研究主題具有極高的參考價值。

二、文化語言學——對科學主義的反動

　　如何開展出具有中國特色的語言學？可說是當今漢語語言學界最爲熱門的話題。八十年代迅速興起的"文化語言學"，對漢語研究的科學主義取向深感不滿，並對漠視人文傳統所衍生的弊端提出了嚴厲的批判。申小龍（1993：564）認爲科學主義乃是人文淡化的酸果，指出：

> 中國現代語言學的種種問題，其癥結即在於它把漢語僅僅看作一個單純的符號系統，忽略了漢語深厚的文化歷史積澱和獨特的文化心理特徵，而它對漢語這個符號系統的設計，又基本上是仿照印歐語言的結構藍圖。隱藏在這種設計行爲之下的是一種強烈的科學主義意識，及認爲只有自然科學才是知識，只有知識才能談眞與假的問題。於是具有濃郁的人文主義精神的中國古代語文學傳統在近代學者眼裡失去了價值，中國現代語言學的目標就是走形式化、精確化的道路。

　　文化語言學以繼承、發揚傳統語文學的精華爲目標，力求扭轉現代語言學過分偏向科學主義的弊端，使漢語研究不再拘限於狹隘的純形式分析。然則"眞理太過即成謬誤"，文化語言學在抨擊科學主義之餘，卻也不免有矯枉過正之嫌，非但片面強調漢語的人文性，更錯誤地將人文主義與科學主義對立起來，從而漠視現代語言學的傑出貢獻，無疑是拿掉科學主義的手銬之後，卻又套上了人文主義的腳鐐。因此，儘管文化語言學針砭時弊、勇於創新的精神贏得了

滿堂喝采，但在熱烈的掌聲中卻也夾雜著不少的噓聲。〔註19〕科學主義與人文傳統應是並行不悖、相輔相成，絕非相互對立、彼此取代；猶如在漢語音韻學的研究範疇中，語音史與音韻學史乃是平行發展的兩個分支學科，彼此間的關係是相互補足而不是相互替代。

學海無涯，追求真理無疑是學者們共同一致的目標。多數研究者義無反顧地遵循著前人辛苦開拓的路徑向前邁進，但卻也有少數特出之士，抱持著冒險犯難、獨立創新的精神，披荊斬棘、清除榛莽，企圖自行摸索出新的路徑，只求能擺脫前人舊有框架的限制，而能更進一步地趨近真理。喬斯坦·賈得（Garder Jostein）在《蘇菲的世界》一書中有個極妙的隱喻：「倘若將宇宙比喻成一隻魔術師手中的兔子的話，那麼大多數的人就是窩在溫暖兔毛深處的微生蟲，不過，哲學家總是試圖沿著兔子的細毛往上爬，以便把魔術師看個清楚。」對於文化語言學破除慣性思維模式、自覺地反思有關方法論的哲學預設，本文深表贊同；至於主張漢語研究應以人文主義取代科學主義的主張，本文則抱持著懷疑的態度。

三、認知語言學——隱喻理論

認知科學是連接哲學、心理學、人類學、腦神經學與計算機科學的綜合學科，強調將人腦視爲信息處理的系統，試圖建立起有關人腦運作機制的理論，雖然認知科學成爲獨立學科是近十多年來的事，但人類自有史以來即不斷思索著與認知相關的課題。

認知科學的研究範圍很廣，舉凡感知、思維、語言均屬於認知科學研究的內容，其中一項關鍵性的環節即是語言機制的研究；而在語言研究中又以語義的問題最受人矚目。〔註20〕八十年代西方語言學界掀起語義研究的熱潮，Ronald

---

〔註19〕 程克江（1990：73）評論文化語言學語言觀與方法論的得失，指出：「文化語言學提倡文化學視角，對於拓寬漢語研究領域具有積極意義。但其以西方人類學和人類語言學爲理論依據，循著與傳統文化全面"認同"，強烈歸復的價值觀，倡導直觀整體思維方式指導下的意念分析法，對現代語言學採全面批判態度；在語言觀和方法論上存在著矛盾和侷限性。」

〔註20〕 除了語義研究外，近年來西方音韻研究亦逐漸與認知科學相結合，並對經典音系學理論（SPE）的"有序規則"與"串行推導"（serial derivation）提出挑戰，因而產生了認知音系學（cognitive phonology）、和諧音系學（harmonic phonology）與優選論（optimality theory）。王嘉齡（1997）對於音系學與認知科學相互結合的

W. Langacker（1987）、George Lakoff（1987）、Mark Johnson（1987）〔註21〕……等學者紛紛從認知的角度探索語言本質，認為語義等於"**概念形成過程**"（conceptualization），語義學的任務在於描寫概念結構，其終極目標則在於闡明具體認知過程。此後學者遵循認知的徑路來探究語義，逐漸形成認知語言學派（Cognitive Linguistics），並且提出與"生成語法的世界觀"〔註22〕針鋒相對的三個基本假設：（沈家煊，1994：12）

1. 語言不是自足的認知系統，對語言的描寫必須參照人的一般的認知規律。

2. 句法不是自主的形式系統，句法（和詞法）在本質上和詞彙一樣是一個約定俗成的象徵系統，句法分析不能脫離語義。

3. 用基於真值條件的邏輯形式來描寫語義是不夠的，因為語義描寫必須參照開放的、無限制的知識系統。一個詞語的意義不僅是這個詞語在人腦中形成的一個情景（situation），而且是這一情景形成的具體方式，即意象（imagery）。

認知語義學家公認"隱喻"是自然語言意義的重要側面，亦是當前深入研究的對象。人們對於陌生的、抽象的情感與事理較不易感知，故在語言交際的過程中，經常援引熟悉、具體事物來作為比喻，使人能夠在已有的經驗基礎上更容易地掌握到新的信息。因此,隱喻可說是由已知領域進入未知領域的津梁，亦是對抽象範疇概念化的有力工具，更重要的是它能豐富語言的詞語、擴充詞語的意義，從而使語言能不時表達變化中的世界。按照 Lakoff & Johnson（1980）的論證：在日常的言談行為中，我們無時無刻都在使用著隱喻， 隱喻

情形及其衍生的理論有詳細論述，可參閱。

〔註21〕關於 Langacker（1987）、Lakoff（1987）與 Johnson（1987）所提出的認知語義學理論，分別在沈家 （1994）、石毓智（1995）與王勤學（1996）的文章中有詳細的評述，可參閱。

〔註22〕居於當今語言學主流的生成語法學派，透過以下三個基本預設來解析語言問題，形成特殊的"生成語法的世界觀"，其主要內容為：1.語言知識的模塊性（modularity），即語言知識可分解為各自獨立的音系學、句法學、語義學等模塊，不受人類其他認知能力所影響。2.句法自主性（autonomy），即句法分析不須依賴語義。3.可利用真值條件語義學來刻劃自然語言的意義。

不僅僅是文學家雕琢語句所使用的修辭手段，而且是人類思維和行爲的方式—隱喻概念體系（metaphorical concept system）。〔註23〕

人們心眼所觀照到的世界往往不是客觀眞實的原貌，而是經由人主觀意識所重新構建成的圖像，但是這種人爲主觀的構建並不是任意的，必須受到現實的限制。人類的發展史就是人類對於主客觀世界的認知過程，語言符號的應用方便並推動了這個過程，因此語言的研究不當僅止於描述客觀的眞值條件，還必須參照主觀的經驗及人的隱喻概念體系。若從符號學角度解析隱喻現象，不難察覺到：文化因素乃是連接隱喻中兩個所指（即譬喻修辭格中的"喻體"與"喻依"）的紐帶。蓋就接受者而言，若不考慮文化因素的影響，便無法解釋銜接兩個不同事物的內在理據，更無法解釋人們對隱喻理解的深層機制；就隱喻創造者而言，兩個所指之間的聯繫並非任意的，當有其民族的文化心理基礎，此中積澱著各民族特殊的思維模式、審美觀念與價值取向。

胡壯麟（1997：54）指出：「隱喻是各學科通向未來的工具。」古代等韻學家分析無形無味的音韻結構，初步體認到音韻系統所潛藏的規律性與嚴整性，並且將其視爲天道的具體反映，從而透過各種隱喻的手法將韻學與天道結合起來，而一向被視爲闡明天道玄理的象數之學，自然就成爲等韻學會通的主要對象。翻閱歷代等韻學論著，陰陽、五行、五音、四時……等術語俯拾即是，然而這些帶有濃厚玄理色彩的術語，具體地映照出編撰者的文化背景與思維模式。隱喻是認知的工具，音韻術語隱含著等韻學家看待音韻系統的角度與方法，因此只要分析出各個音韻術語的確切意涵，並聯繫等韻學家使用術語的情形，當可由此掌握韻學觀念遞嬗演變的動態歷程，勾勒出等韻學開展的歷史脈絡。

開放的系統必須不斷與外界進行物質與能量的交換方能生存。美國知名語言學家葛林伯格（J.H. Greenberg）曾經說過：「語言學就其主要內容來說屬社會科學，它一直是社會科學或人文科學的典範。這是因爲語言學在其方法和成果上表現了數學和邏輯研究的特點。」（伍鐵平，1994：94）語言學之所以能成

〔註23〕居於當今語言學主流的生成語法學派，透過以下三個基本預設來解析語言問題，形成特殊的"生成語法的世界觀"，其主要內容爲：1.語言知識的模塊性（modularity），即語言知識可分解爲各自獨立的音系學、句法學、語義學等模塊，不受人類其他認知能力所影響。2.句法自主性（autonomy），即句法分析不須依賴語義。3.可利用眞值條件語義學來刻劃自然語言的意義。

為領先學科（pilot science），正因其與自然科學、社會科學保持密切的聯繫，並從相鄰的學科中汲取有用的理論與方法。跨學科研究已是當代語言學發展不可遏阻的總體趨勢，本節所論述的三種理論與方法：孔恩科學革命論、文化語言學對科學主義的反動、認知語言學的隱喻理論，對於等韻學史的建構應當深具啓發性。本文順應著此一科際整合的潮流，期望能為漢語音韻學開拓出一片新的研究領域。

第二章　等韻學史及其詮釋模式

　　被美國《時代雜誌》（Time）評選爲二十世紀風雲人物的愛因斯坦（Albert Einstein），曾有句爲人所津津樂道的至理名言：「提出新的問題往往比解決一個問題更重要。」同樣的，在進行漢語等韻學研究時，也需要不斷提出新的問題。何謂等韻學？促使等韻學萌生的文化背景與歷史條件爲何？等韻學的成立及其支派流衍的歷程爲何？前人對於等韻學史研究的成果爲何？前人的研究是否仍有不足與疏陋之處？今後又應當如何深化等韻學史的研究？這些都是探究等韻學史時所無可規避的問題，而本章主要針對這幾個基本問題先做一番界定與釐清，藉以作爲以下各章討論的基點。

第一節　等韻學的緣起與成立

　　等韻學以"審音"爲主，藉由縱橫交錯的圖表來解析語音的結構，就學科性質而言，實與西方晚近的音位學（phonematic）理論有著異曲同工之妙。〔註1〕傳世的等韻圖不僅是建構古代漢語音系所不可或缺的憑藉，更重要的是韻圖的形

〔註1〕薛鳳生（1985：39）極力推崇漢語等韻學的輝煌成就，指出：「西方新起的音韻理論其實在中國早已廣泛運用了。……等韻學中的"五音、清、濁、等、攝、開、合"等觀念，與西方更晚出的"辨義音素"（distinctive features）說，精神上亦屬暗合，可惜等韻學的妙法，不爲西儒所知，否則近代語言學的發展也許會更快一些。」

制與體例具體展現出漢語獨特的語音分析方式，同時也潛藏著先民對語音生成原理的認知。因此，如何透過韻圖的形式框架與符號標記，考述韻圖形制、體例及其內在理據，進而尋繹先民解析語音結構的理論與方法，無疑是漢語等韻學亟待解決的重要課題。

雖說等韻圖的起始源頭可追溯至唐代，然則"等韻"二字連言，唐宋時期卻尚未得見，必得遲至明清之世方始有之。〔註2〕清儒將漢語音韻學概分成三個支派，即：古音學、今音學與等韻學（近人則又另立新的分支——"北音學"——以元明清時期北方音系語料為考察對象），〔清〕勞乃宣（1843～1921）《等韻一得·序》辨析等韻學與古音學、今音學各自不同的研究對象，並具體指出等韻學的特色所在，文中提及：

> 有古韻之學，探源六經，旁徵諸子，下及屈、宋，以考唐虞三代秦漢之音是也。有今韻之學，以沈、陸為宗，以《廣韻》、《集韻》為本，證以諸名家之詩與有韻之文，以考六朝唐宋以來之音是也。有等韻之學，辨字母之重輕清濁，別韻攝之開合正副，按等尋呼，據音定切，以考人聲自然之音是也。古韻、今韻以考據為主，等韻以審音為主，各有專家，不相謀也。

劃分漢語音韻學的研究範疇，學者通常是以研究對象作為分類依據，參照語料所反映的音系及其所代表的時代性與地域性，將之區分為：古音學、今音學與北音學。然而，等韻學乃是一套"審音"的方法、理論與原則，並非專門針對某種特定的文獻語料而設，故在學科分類層次上，顯然與專尚"考據"的古音學、今音學不同，無怪乎有學者認為應將漢語等韻學重新定位為「中國的理論音韻學」。

宋元時期的等韻圖大多作為「按字求音、拼讀反切」的實用工具，〔註3〕

〔註2〕 魯國堯（1994：93）為考證盧宗邁"切韻法"的確切意涵，廣泛地檢索宋代韻學典籍，並且斷言：「"等韻"二字連言，不見於宋代典籍，至明清方見。宋代只有"切韻"、"切韻之學"、"切韻圖"等名稱。金元亦然，〔金〕韓道昭《五音集韻·自序》："夫切韻者，蓋以上切下韻，合而翻之，因其號以為名"。」

〔註3〕 宋元韻圖的主要功用在於"求音識字"，如董南一《切韻指掌圖·序》所言：「按圖以索二百六韻之字，雖有音無字者，猶且聲隨口出，而況有音有字者乎？經典載籍具有音訓，學者咸遵用之。然五方之人語音不類，舛常什二三，囊以為病，既得此

但隨著音變觀念的萌芽與古韻研究的勃興，清代審音學派的古音學家已意識到等韻學在探索古韻上的功用，即如〔清〕夏燮（1801～1875）《述韻·序》所言：「學者欲通古韻，先通等韻。等韻明而後古音之當然與所以然者無不明」。然而，清儒乃是基於通釋經典的需要而探求古音，在音韻研究的舞台上，唯有「古韻分部」才是眞正焦點會聚的所在，等韻學只不過是隱藏在幕後的階梯與工具罷了。但自從高本漢樹立起漢語音韻研究的新典範後，「擬測音值」取代「古韻分部」成爲漢語音韻研究者的首要任務，然欲擬構音值必得先觀照音韻系統、分析音韻結構，而以"審音"爲主體的等韻學，無形之中已逐漸被推升到醒目的地位，準備一展巨星的光芒。

　　任何事物均非憑空而生，必有其歷史根源與時代背景。本文主旨雖在探究明代等韻學的發展歷程，但對於等韻學的緣起與開展等背景知識，亦當有初步的認知，方能分析其所然，解釋其所以然。故以下即從宏觀的角度，鳥瞰等韻學的緣起、成立與開展的過程。

一、緣起──密教對等韻學的影響

　　漢語音韻學的開展與印度梵學的輸入有著密不可分的關係，此乃古今音韻學家難以移易的普遍共識。〔清〕陳澧（1810～1882）《切韻考·卷六》指出等韻學源自於梵書：「自魏晉南北朝隋唐，但有反切，無所謂等韻。唐時僧徒依仿梵書，取中國三十六字，謂之字母。宋人用之，以分中國反切韻書爲四等，然後有等韻之名。」考察中國僧人研究梵文的相關著作，其中與等韻學發展直接相關的，首推悉曇章〔註4〕與字母之學。悉曇爲印度學童學習字母拼音之法門，

編，頓無讀書難字過之累，亦一快也。」然而，邵雍《皇極經世書·聲音唱和圖》與祝泌《皇極經世解起數訣》則是少數的例外，其編纂的主要目的並非純粹只是按字求音，而是在於藉由聲音之道以推測萬事萬物生成變化的原理。因此，而在古代學術分類上，此類論著多被歸入"子部·數術類"而非"經部·小學類"。

〔註4〕周一良（1944：144）指出：「悉曇（siddhim）是梵文"成就"的意思。大約印度幼童學習拼音的綴字表前面，一定要寫上這麼一句吉祥話。義淨也說"創學悉曇章，亦名悉地羅窣睹。斯乃小學標章之稱，具以成就吉祥爲目"（《寄歸內法傳》四）。悉地羅窣睹（siddhirastu）就是"希望成功"的意思。中國僧人於是取悉曇兩字作梵文拼音表的名稱。現存這類梵文拼音的書，有〔唐〕山陰沙門智廣的《悉曇字記》和北宋時印度僧人法護和中國僧人惟淨合編的《天竺字記》七卷。」

隨著梵書東傳而輸入中土，中國僧人與儒士仿效悉曇既有的形制而創造等韻圖，藉此得以系統地分析漢語語音結構。然而，佛教經典早在東漢時期已傳入中國，為何現存最早的等韻圖——《韻鏡》卻得遲至唐宋之際方才產生呢？

　　早期漢譯的佛經多數屬於顯教經典，除在《大般涅槃經・文字品》這類涉及梵文語音知識的經文中，曾零星幾處接觸到梵語之外，人們並不會特別注意悉曇之學。〔註5〕八世紀時，隨著善無畏、金剛智、不空……等密宗大師相繼來到中土，〔註6〕雜糅著神秘儀軌與咒術的密宗（日本稱真言宗）開始在上層社會中盛行。密教經典幾乎沒有一部是沒有咒語（即"陀羅尼"dhāraṇī）的，念咒必得語音精確方能達到奇幻的功效，即如〔南宋〕鄭樵（1104～1162）《通志・六書略》略論華梵項所載：「今梵僧咒雨則雨應，咒龍則龍現。傾刻之間隨聲變化。華僧學其聲而無驗者，實音聲之道未有至也。」為了求音聲之道以便準確地對譯咒語，僧人不得不鑽研天竺拼音文字的讀法，悉曇自然成為重要的研習課題。

　　此外，密宗除了注重誦念咒語之外，對於梵文字母還有特別的解釋，即是所謂的"字門"。每個梵文字母都象徵著教義裡的一種道理，稱之為「種字」，譬如"阿〔a〕"字音，是梵文字母表中的第一個字母，被用來象徵"萬法本不

〔註5〕關於悉曇之學傳入中國的歷史源流，饒宗頤（1990）曾深入追溯其起始源頭，指出：「從北涼時起，曇無讖首次翻譯《大般涅槃經》，其中有《文字品》，印度字母即已為僧徒所鑽研，逐漸引出種種論說，河西法朗已有"明合十四音為'肆曇'字名"之語，"肆曇"即是悉曇。」饒氏（1985：68）又進一步考察悉曇之學在中土流衍的情形：「僧祐《出三藏記》卷三〈新集安公失譯經錄〉中有《悉曇慕》二卷（《大正》55，頁18）有注言："先在安公注經錄，或是晚集所得"。是晉時道安已傳其書，非自唐始。慧遠述其學，著疏云："初十二字是生字章，末後四字是呼字音，呼有單複，各有長短"是為北地之音。具見日僧安然所記。安然又引宋國謝靈運之說特多。《慧叡傳》："元嘉中，陳郡謝靈運語叡以經中諸字並眾音異同，著十四音訓，序列梵漢，昭然可了"（《高僧傳》七）相傳"十四音總是悉曇章法"，康樂亦研習梵言，且有著疏，為《大般涅槃經・文字品》解說，且言：五十字為一切字之本，牽彼就此，反語為字。此則與周顒、沈約同時。唐人所傳僧徒歌頌之《悉曇章》為聯章體式，敦煌寫卷保存資料甚多，全名曰：《佛說楞伽經禪門悉談章》，前有僧定惠序，序中提及鳩摩羅什《通韻》。」

〔註6〕關於善無畏、金剛智、不空的生平事蹟，周一良在《唐代密宗》（Tantrism in China，1945）一書中已有詳贍的介紹，可參看。

生"的道理，日僧空海《梵字悉曇字母並釋義》：「阿字者是一切法教之本，凡最初開口之音皆有"阿"聲，若離"阿"聲則無一切言說，故爲眾聲之母，又爲眾字之根本。」（《大正藏》84 冊，363 頁）由於梵文字母被尊奉爲神聖的符號，研習字母自然成爲僧人所必修持的功課。在梵文字母的啓發下，中國僧人體悟到以特定的漢字來指代聲類，敦煌寫卷《歸三十字母例》與《守溫韻學殘卷》正是梵文字母漢化後的產物，故〔清〕錢大昕（1728～1804）《十駕齋養新錄》卷五云：「唐人所撰之三十六字母，實采涅槃之文，參以中華音韻而去取之。」

以上著眼於語言外部的社會因素，論述密教的東傳與等韻圖創製的歷史淵源。然而，若進一步考察現存的等韻圖，更可找出許多向來爲學者所忽略的內部證據。依照認知語言學的理論，形式結構並非絕對任意、自主、自足的，而是會受到外部因素的影響，是故韻圖的外在形制亦當有其內在理據可尋。試想：等韻圖創製既然與密宗有著密切的關聯，密宗的儀軌、教義是否多少也會對韻圖的編製產生某種程度的影響？因此，探查韻圖的形制、符號與術語，可能會尋獲經過密宗烙印後所殘留的痕跡。以下分別從韻圖的術語、體例與符號三方面，窺探密教對等韻學的影響。

（一）等韻術語──轉、攝、門法

1、轉

等韻學將縱橫交錯的音節拼合表稱之爲"轉"，蓋取其「輪轉拼合」之意。趙蔭棠（1957：16）考證"轉"的來源，指出：

> "轉"如轉輪之轉：觀《大毘盧遮那成佛神變加持經》卷五有《字輪品》可證。所謂字輪者，從此輪轉而生諸字也。所以空海在《悉曇字母並釋義》於迦、迦、祈、雞、句、句、計、蓋、句、哠、欠、迦之後注云：「此十二字者，一箇"迦"字之轉也。從此一迦字門出生十二字。如是一一字母各出生十二字，一轉有四百八字。」……我們很可以明白"轉"是拿著十二元音與各個輔音相配合的意思。以一個輔音輪轉著與十二元音相配合，大有流轉不息之意。《韻鏡》與《七音略》之四十三轉，實係由此神襲而成。

2、攝

等韻學家將具有相同韻尾的轉圖歸併在一起，稱之爲「攝」。"攝"有「以

少持多」之義，趙蔭棠（1957：17）指出：

> "攝"字搬到等韻上，則有《四聲等子》與《切韻指南》之十六攝
> 及《切韻要法》之十二攝，其實皆由梵文之十六韻而來。……如真
> 旦《韻詮》五十韻頭，今於天竺悉曇十六韻頭，皆悉攝盡：以彼羅
> 盧何反家古牙反攝此阿阿引；以彼支章移反之止而反微無飛反攝此
> 伊伊引；……（《大正藏》84 冊，383 頁）從此段資料很可以知道等
> 韻的攝，確是受悉曇的影響而來的；又可知道初步的攝，是極草率
> 而不像正式等韻那樣周密。

3、門法

等韻學中的"門法"乃是說明韻圖列字與韻書切語對應關係的條例，用以
指導韻圖使用者根據反切在韻圖中檢索字音。竺家寧（1991：258）認為"門法"
一詞源自佛典中的"法門"，並指出：

> 《心地觀經》：「四眾有八萬四千之煩惱，故佛未知說四萬八千之法
> 門」，凡宇宙間之真理，佛教皆謂之「法」，通往真理的途徑就是
> 「門」。……密宗欲證成佛法，也有發心門、修行門、菩提門、涅槃
> 門等途徑。

韻圖編撰者透過隱喻的手法，創造出若干新的術語以表達特定的音韻概念，而
這些韻圖術語折射出韻圖編撰時的文化背景與認知模式。從前文所列舉的等韻
學術語——"轉"、"攝"與"門法"中，不難看出密教儀軌與教義對等韻圖
所產生的深遠影響。

（二）「十六攝」與「三百八十四聲」之成數

早期韻圖——《韻鏡》與《七音略》——分為 43 轉圖而無攝名；現存等韻
圖中，最早標舉攝名的是《四聲等子》。然則，「併轉為攝」是否即是源始於《四
聲等子》呢？答案應是否定的。〔註7〕《韻鏡》雖然未標舉攝名，但觀察其圖次

〔註 7〕 薛鳳生（1985：40）亦認為早在《四聲等子》之前就已經存有「并轉為攝」的現
　　　　象，並且舉出兩項明顯的證據：「其一，《等子》各攝除了標內或外，還標上號碼，
　　　　但這些號碼與《等子》的攝次不同，顯然是根據前人的做法；其二，在其釋內、
　　　　外轉例中，列舉十六攝，但卻合併其中一部份而實得十三攝。如果攝的首創者是
　　　　《等子》的作者，這種舉措就完全不可解了。」

排列的方式，可知其中已暗含「攝」的概念；況且張麟之《韻鏡·序》亦提及：
「作內外十六轉圖。」是故可能早在《韻鏡》的原型中就已經存有十六攝之名。
然則，最令人困惑不解的是：《四聲等子》在「併轉爲攝」後實得十三攝，爲何
在〈辨內外轉例〉中，卻仍然執著於「十六」之數呢？此種與現實脫離的情形，
顯然是在特定文化背景與思維模式制約下所衍生出的人爲產物，必有其內在理
據可尋。

　　李新魁（1995：494）認爲「十六」之數可能與密教儀軌有關，指出：
　　　韻圖以聲、韻展轉相拼的圖表展示，不但起於悉曇章的影響，與佛
　　　門的宗教儀軌也有關係。〔唐〕慧琳《一切經音義》注釋不空所譯之
　　　《仁王護國陀羅尼經》"十六幅"曰："封目反畫，壇場中心安布
　　　陀羅尼文字作一輪，以金剛爲輻，輻間布梵字"。這是"字輪"的
　　　一種方式，是悉曇拼音圖的表現，其"十六幅"對等韻圖的"十六
　　　轉"有其啓發作用。

除了「十六攝」之外，「三百八十四聲」亦是早期等韻圖中另一個難解的神祕數
字。《切韻指掌圖》與《四聲等子》的序文中闡釋韻圖的編撰體例，皆曾提及：
「以三十六字總（約）三百八十四聲，列爲二十圖」，但何謂「三百八十四聲」
呢？爲何"三十六字母"與"二百六韻"相拼會得到「三百八十四」之數呢？
眞是令人百思不得其解，〔註8〕平田昌司（1984：207）察覺到「三百八十四聲」
與密教悉曇之間可能存在的聯繫，認爲：
　　　「三百八十四」有數術學上和密教悉曇上的意義。《皇極經世》卷十
　　　二下（〈觀物外篇〉下）云：「《易》有三百八十四爻，眞天文也」。
　　　唐僧智廣《悉曇字記》舉出的梵文字母「生字三百八十四」等例子
　　　爲數不少。就是説，特別對術數家，「三百八十四」是一個神祕數字。
　　　董南一沒有拘泥實際數目，也許原因在此。

明清等韻圖亦經常出現許多神祕的數字，這些數字並非全是等韻學家任意妄造

〔註8〕若「三百八十四聲」是指聲母，三十六字母乘上二十韻圖應當有七百二十聲才是，
　　　除去實際無字的空格，也該有五百多聲；若「三百八十四聲」是指韻母，每圖四
　　　聲十六個"等"，二十圖總計也不過才三百二十聲。如此看來，不管從哪個角度
　　　思考，都無法得到「三百八十四聲」之成數。

的，其中必是潛藏著某些深層的理據，堪爲探索等韻學奧祕的鎖鑰，切不可一味以玄虛、迷亂視之。

（三）掌形圖記

宋抄本的《切韻指掌圖》（收錄於《四部叢刊續編》）附有掌形圖記，指節之間標示著三十六字母。此種標記語音成分的掌形圖案屢見不鮮，在〔南宋〕盧宗邁《切韻法》、〔明〕李世澤《韻法橫圖》、〔清〕馬自援《等音》、龍爲霖《本韻一得》……等韻圖中，皆附載著相同類型的特殊標記。此種掌形圖記從何而來？爲何等韻學家偏愛以掌形圖記來標記字母呢？平田昌司（1984：205）懷疑圖記的來源亦與密教有關：

> 這掌圖與密教的三昧耶形非常類似，我們不能不推想《切韻指掌圖》和密教發生過關係。不過，這掌圖不一定是在密教直接的影響下出現的。據現存資料看來，用掌圖形是表示要訣的，主要是數術家。例如祝泌《皇極經世解起數訣》卷首「二十四音上掌式」列出二十四字母，陳元靚（理宗時人）《事林廣記》壬集卷七「論命括例·十二生肖掌訣」列出十二支，都在手掌上寫出一套術語。可能這些掌圖形式是《皇極經世》末流所習用。

密宗的修持注重"三密"，即身密（kāyaguhya）、言密（vāgguhya）與意密（manoguhya）。〔註9〕眞言、印契（mudrā）、三昧耶形（samaya）皆被視爲本尊的象徵，歸屬於密法的「事相」門，爲密教僧徒所必須修習的功課。其中不空成就如來之三昧耶形即一掌形圖記，是否等韻圖所附的掌形圖記與此三昧耶形有著某種聯繫呢？尚待通人深入論證。

掌形圖記除了可能源自於外來的密教外，更可能是受到〔北宋〕邵雍（1011～1077）象數思想影響的結果，試觀《皇極經世·觀物外篇下》所云：「天有四時，地有四方，人有四肢。是以指節可以觀天，掌文可以察地。天地之理，具乎指掌矣，可不貴之哉。」等韻學家承受著邵雍的象數思想（詳見第四章），故以掌圖來標記音類；後世從事命相、擇吉之術士亦仿效之，進而衍爲各式掌訣。

〔註9〕不空在《菩提心論》中對"三密"有清楚、扼要的詮釋：「所謂三密者，一身密者，如結契印召請聖眾是也。二語密者，如密誦眞言文句了了分別。三意密者，如住瑜珈相應，白淨月圓觀菩提心。」

　　總結上文所論，等韻圖中存有某些看似無法理解的神秘的數字、術語與圖記，面對這些無法依常規理解的符號，歷來學者對此往往避而不談，或逕自以虛妄、迷亂視之，認爲此乃古人任意虛僞造假而成，無實在意義可言，鮮少有人想要深入發掘其中潛藏之底蘊。然而，這些神秘的數字、術語與圖記實乃根植於特定的文化背景與思維模式上，正是解析韻圖編撰體例、考察作者韻學思想的一扇絕佳窗口，若只是一味否定其存在價值，而卻想要架構出符合史實的漢語等韻學史，那無疑是緣木求魚、升山採珠，是不可能辦到的。

二、成立──梵文悉曇漢化與等韻圖的原型

　　印度悉曇之學傳入漢地，對於漢語等韻學萌生具有催化作用，但梵語的語言結構類型與漢語不同，漢語必然無法直接套用原有的悉曇框架，必得根據漢語音韻結構加以修訂、改造，方能與漢語韻書及其反切系統相結合。此一梵文悉曇漢化的過程，絕非一蹴可幾，不難想見介於印度悉曇章與漢語等韻圖之間的必然存有某些過渡性作品，只可惜後世流傳的資料嚴重不足，梵文悉曇的漢化究竟起於何時尚未能確認，但最遲到武玄之的《韻詮》已頗具規模。〔註10〕

　　《韻詮》只是初具等韻性質的韻書，與後起的韻圖相較仍顯得十分粗糙，其不足之處主要表現在兩個方面：一是，聲紐排列雜亂；二是，韻類尚未能區分等次。有關聲紐的歸納與分類，孫愐《唐韻》已見其端倪，並在序文明載：「紐其唇齒喉舌牙，部件而次之。」至於韻類區分等次，則或可追溯至《天寶韻英》一書。〔註11〕潘文國（1997：34）鉤沈索隱，考證梵文悉曇輸入後至等韻圖興起之前的這段韻學發展史，並將開展過程中的若干重要環節，依照時間先後排比如下：

〔註10〕潘文國（1997：26）考察《韻詮》的編纂體例，認爲此書已具備等韻圖的雛形：「武玄之的《明義例》（按：詳細內容可參見趙陰棠，1957：28）講的不是編一般韻書的體例，而是排韻表的體例，《韻詮》一書也絕非簡單的類似《廣韻》、《集韻》那樣的韻書，而是圖表形式的韻書。」

〔註11〕黃粹伯〈慧琳《一切經音義》反切考〉：「《唐會要》："天寶十四年四月，出御撰《韻英》五卷，付集賢院繕寫引用。"《玉海》韋注《集賢記》注云："上以自古用韻不甚區分，陸法言《切韻》又未能釐革，乃改撰《韻英》……"。」潘文國（1997：33）認爲：《天寶韻英》對《切韻》的韻類條分縷析爲韻圖的產生起了直接的作用。

1. 婆羅門書傳入	後漢	公元 220 年前
2. 謝靈運《十四音訓敘》	東晉－劉宋	385～433 年
3. 羅什《悉曇章》〔註12〕	後秦	400 年前後
4. 陸法言《切韻》	隋	601 年
5. 武玄之《韻詮》	唐高宗時	650～683 年
6. 孫愐《唐韻・後序》	唐天寶十載	751 年
7. 《天寶韻英》	唐天寶十四載	755 年

鄭樵《七音略・七音序》：「釋氏以參禪為大悟，審音為小悟。」僧人以誦讀佛經為每日修持的功課，因而最早領受到印度聲明論（sabdavidyā）與悉曇之學，是故早期等韻圖多與僧人有著或近或遠的關係。然而，在梵文悉曇日益漢化而逐漸轉型成漢語等韻圖的歷程中，若單憑釋子之力恐難竟其全功，儒士的積極參與正是等韻圖得以成立的一大助力。等韻圖對於儒士有何用處？在唐代以詩賦取士的形勢下，舉子為求取自身的功名利祿，必須充分掌握《切韻》語音系統，韻圖正是為因應科舉考試的實際需要而創製的。〔註13〕

此後，儒士在原有的韻圖基礎上，又不斷根據《廣韻》、《集韻》等韻書進行增補。潘文國（1997：13）指出：「韻圖產生後，經歷了一個不斷發展的過程，陸續有人根據後出的韻圖進行修訂。其中比較大的有兩次，一次是《韻鏡》和《七音略》的共同原型依據《廣韻》進行增補，另一次是《七音略》單獨據《集韻》進行增補。正好像韻書有《切韻》而《唐韻》、而《集韻》的"切韻系韻書"一樣，韻圖也經歷一個不斷增補的過程，《韻鏡》、《七音略》只是這一系列中的

〔註12〕 鳩摩羅什是否曾經撰寫過類似「悉曇章」的論著？傳世的文獻未見記載，近來學者對此問題亦多持懷疑的態度。民國初年羅振玉曾刊印《涅槃經悉談章》，並認為此書為鳩摩羅什所作。然而，根據王邦維（1992）的考證：羅什在世之時，《大般涅槃經》尚未傳入漢地，唐代時流傳的認為是羅什翻譯的《涅槃經悉談章》一類的書，都是托名之作。此外，敦煌寫卷 S.1344（2）劉銘恕《斯坦因劫經錄》題為「論鳩摩羅什《通韻》」，饒宗頤（1990）認為寫卷原本殆出自羅什之手，王邦維（1992）與譚世寶（1994）則是持不同的看法，主張 S.1344 非但不是羅什所作，且該寫卷所抄錄的內容亦非《通韻》，而是綜合簡介有關《通韻》、《悉曇章》的序文。

〔註13〕 王兆鵬（1991：62）從社會學的角度探究韻圖的編排目的、時間與社會作用，指出：「韻圖是為科舉考試而製作。它的完成，自然極大地便利了舉子順字查韻。並且像《韻鏡》一類卓有成就的韻圖，也很快得到專管科舉考試主司的認可。這主要表現在主司出的限韻題目字中，絕大多數的字直接取自《韻鏡》一類的韻圖。」

兩個環節，他們之於原始韻圖，就像《廣韻》之於《切韻》一樣，是一個經過增補後的"堆積層"。」

　　潘文國（1997）彙集現存能反映《切韻》音系的等韻圖，比較各韻圖形制與歸字的同異情形，並梳理出韻圖發展的三個歷史層次，欲藉此以回復古韻圖原始面貌。近來魯國堯（1994）發掘出了藏諸東瀛的罕見韻圖——《盧宗邁切韻法》，對於瞭解早期韻圖的發展具有重要意義。下文即是依據潘文國（1997：106）與魯國堯（1994）的研究成果，表列唐、宋時期等韻圖的發展大體樣貌：

【圖表 2-1】

階段	韻圖名稱		產生年代	內容
一	切韻圖		唐 755～805 年	據當時《切韻》系韻書排定
二	五音韻鏡		北宋 1008～1039 年	據《廣韻》增補
三	韻鏡	指微韻鏡	北宋 1086～1100 年	雜補
		張麟之序	南宋 1161 年	
	七音略	南宋 1162 年以前	以《集韻》爲主進行增補	
		盧宗邁切韻法	南宋 1186～1194 年	

　　早期韻圖的創製動機，或爲釋子誦讀佛經所用，或爲儒者科舉應試之資。然則，卻有少數韻圖既非用於念經唱偈，亦非用於詩賦押韻，而係爲闡明玄理、數術占卜所設。邵雍是宋代的理學大師，畢生精研易理，獨闢蹊徑創立"先天象數學"，著有《皇極經世》以闡述歷史興衰、宇宙變化之原理，〈聲音唱和圖〉將律呂聲音的唱和（音節拼合）看成天地之交、陰陽之合，並以此宣揚天地變化、陰陽感應的道理。邵雍一方面以象數易學的觀念附會、解析音韻系統，另方面則又以音韻系統論證理論體系的合理性，雖然語涉玄虛，但對於後世韻書、韻圖的製作卻有極爲深遠的影響。〔註14〕

　　〔南宋〕祝泌爲求闡發邵雍〈唱合圖〉之根本義蘊，遂襲取邵雍所定一百一十二聲、一百五十二音的形式框架，並採用方淑《韻心》、楊倓《韻譜》與金

〔註14〕邵雍的「音有定數」的音學理論廣泛受到明清等韻學家重視，〔明〕吳繼仕《音聲紀元・述古》：「千古之下，爲邵子有獨詣之識，其著皇極之法出於渾成，條理精密，真可謂律呂之正宗。」而〔明〕趙撝謙《皇極聲音文字通》無論篇名或體例，均可見其仿效邵雍《皇極經世書》的痕跡。

人《總明韻》等韻書（圖），編製成《皇極經世解起數訣》。考察明代韻圖亦不乏以「皇極」命名者，編撰者用意在於藉由音韻系統的規律性與嚴整性以佐證象數玄理，明顯地承繼邵雍、祝泌的餘緒而來，在等韻學史上形成一個特殊的分支。（參見下文【圖表6－1】）

　　對於宋元韻圖發展源流的考察，前人早已有所著墨。趙蔭棠（1957：55）分別從時代與地域兩個角度，描繪出宋元等韻圖間的相互關係；李新魁（1983：63）則認為宋元韻圖出自同一原型—釋元沖《五音韻鏡》，以此為始點將幾種等韻圖繫聯起來。本文參酌前人收錄的相關資料，嘗試著勾勒早期韻圖的發展脈絡，茲將其圖示如下：

【圖表2－2】

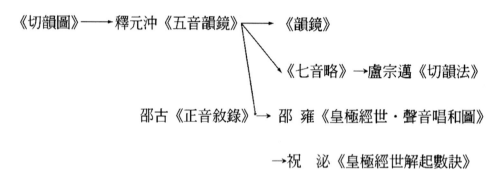

《韻鏡》與《七音略》出自同一原型，但因後來所增補的字不同而彼此有所差異，兩者顯然分屬於不同的歷史平面，故宜將其視為主流下的兩個不同分支；至於邵雍《皇極經世・聲音唱和圖》因其編撰目的與《韻鏡》系韻圖不同，故應從宋元韻圖發展的主流中獨立出來，另外成立新的分支。袁清容《答高舜元問邵子聲音之學及字母淵源》提及：「邵子聲音之學出於其父，名古，號伊川丈人，有圖譜行於世，溫公《切韻》皆源於此。」（轉引自陳伉，1999：485）邵雍之學乃是承自其父邵古《正音敘錄》，而邵古之學則為僧徒所傳授，至於是否也與釋元沖《五音韻鏡》有所關聯呢？由於尚未發現相關資料可資佐證，只得暫時付之闕如。

第二節　前人對等韻學史研究的成果

　　漢語研究具有悠久的歷史，累積了豐碩的成果，等韻學的輝煌成就更是令

人引以爲傲。但令人惋惜的是：當前西方學者所撰述的世界語言學通史，大多是以歐洲語言研究爲主軸，〔註15〕漢語僅是零星點綴其中，篇幅甚少，似乎可有可無；而近代以來，國人全盤接受西方語言研究模式，逐漸忘卻漢語研究本有的特點，遂使得先人豐碩的成果湮沒不傳。瞻望未來漢語語言學開展的前景，不僅要善於吸取西方的有益觀點，更要宣揚傳統漢語研究的優秀成果，因此如何總結漢語音韻學的研究成果，並將其反饋到未來的研究上，乃是今後漢語音韻學深入開展所急須完成的重點工作。

一、漢語等韻學史的研究取向

所謂「溫故知新」，任何學問都是知識與經驗不斷累積的結果，學者進行學術研究之前，必先檢視前人既有的成果，並省察其缺失與不足之處，從不斷反問、省思之中，尋得新的研究徑路，對於舊說加以修正、擴充、甚至取代，才不至於如「鸚鵡學舌」般，人云亦云。若與音韻學其他分支相比較，前人對漢語等韻學史的研究成績顯得十分有限，非但出版的專著不多，就連單篇文章也是寥寥可數，其中內容豐富且與本文主題直接相關者，主要有下列六種：

1. 趙蔭棠《等韻源流》（1957）
2. 應裕康《清代韻圖之研究》（1972）
3. 林平和《明代等韻學之研究》（1975）
4. 李新魁《漢語等韻學》（1983）
5. 耿振生《明清等韻學通論》（1992）
6. 李新魁、麥耘《韻學古籍述要》（1993）

上列六種論著彼此的寫作角度不盡相同，展現出不同年代漢語等韻學史的研究成果。若以 80 年代作爲分水嶺，則可將其區分爲兩個階段：80 年代以前，等韻學史研究多可將其歸屬於"文獻學"取向，學者專注於考證作者的生平與

〔註15〕〔英〕羅賓斯（R. H. Robins）《簡明語言學史》（1967）是西方第一本廣泛流傳的語言學史，序文中說明全書編撰以歐洲語言研究爲軸心的緣由：「每個中心都有各自的長處和成就，並且在歷史進程中同歐洲的語言學傳統有過接觸並爲這一傳統做出了貢獻。……但是，既然現代歐洲科學已經成爲國際性學科（語言學也不例外），我們就可以找出匯入歐洲傳統，並在不同時期成爲其組成部份，從而構成我們今天所瞭解的語言學這們學科的若干支流。」雖然羅賓斯的理念受到許多學者批評，但其影響力卻依然存在。

籍貫，介紹韻圖的編纂體例與音韻術語，追溯韻圖刊表與流傳的情形，趙蔭棠（1957）、應裕康（1972）、林平和（1975）的論著可作爲代表。80年代以後，等韻學史則改採 "語音學" 取向，學者特別著重於等韻學理及各韻圖所反映的語音面貌，其中尤以李新魁（1983）與耿振生（1992）的研究成績最受人矚目。然則，無論是 "文獻學" 取向或是 "語音學" 取向，學者多是將等韻圖定位爲「反映語音的形式框架」，是以未能從社會功能與文化屬性上去考量等韻學家編撰韻圖的原始動機。

現今等韻學史研究有何不足之處？今後等韻學史的發展走向爲何？在回答問題之前，不妨先思考孫汝建（1991：85）對目前語言學史研究弊端所提出的批評：

> 第一，忽略語言學家的群體思想研究（科學共同體），大凡語言學史論著，往往習慣於按時間先後順序逐一評說有影響的語言學家及其代表作，或按語言現象的產生和演變述其發展過程，而忽視了語言學思想相近的群體的思想的研究，忽視了他們語言思想的關聯性和差異性，因而不能把握他們語言思想的共性特色。第二，語言學史應該研究語言學思想史，探尋語言學家思想產生、演變、發展、變化的內因和外因，無疑應是語言學史研究的的重要任務，而目前語言學史研究恰恰忽視了這一點。第三，對於語言學史上的語言學思潮研究不夠，既往的語言學史研究給人的印象是歷代語言學家都是游兵散勇，彼此難以形成語言學思潮，眞實的情況怎樣可以進一步探討。第四，在語言學史研究中厚古薄今……。

上列引文所披露的缺失與弊病，在漢語等韻學史的研究上更是明顯。文獻學取向的研究屬於表層的考證工夫，未觸及韻圖深層的語音內核；而語音學取向的研究則僅考慮語音系統內部的因素，無疑將等韻學視爲孤立、封閉的學科，忽略了政治狀況、哲學思想、社會思潮、思維模式、歷史背景、心理因素……等外在條件的影響，所建構的等韻學史如同在實驗室精確控制下中所合成的產品，與充滿變數的現實環境脫節。

在本文之前，雖然已有趙蔭棠（1957）、林平和（1975）、李新魁（1983）、耿振生（1992）……等學者針對明代各種韻圖做窮盡式的論述，但多是立足於

今人的立場來審視古代韻圖，而將韻圖視爲反映的音系的字表，且在高本漢的研究典範下，以建構音系、擬構音值爲首要目的。而本文與前人研究最大不同之處在於：從社會功能和文化屬性的角度入手，重新思索漢語等韻圖的特質，主張古人編製韻圖並非僅是爲了拼讀反切、辨析音值，更用以詮釋音韻結構的系統性與規律性，因此韻圖並非僅是客觀描寫語音的形式框架，更是表達主觀認知的詮釋系統。基於此一觀點，本文認爲應改"文化學"的取向來研究漢語等韻圖，初步突破高本漢的研究典範，顧及到語言外部因素對韻圖所可能造成的制約，並強調必須將韻圖置回初始的文化語境中，方能確切瞭解韻圖的深層意涵及其在漢語等韻學史上的地位。

　　姚小平（1997：71）強調：「一種語言學傳統的形成和發展，除了受制於自身的原因外，也取於它跟相鄰學科的聯繫，取決於一定歷史條件下的哲學思想和方法，取決於教育、建制、科研環境等一系列外部因素。只有在社會—思想史的大系統裡，才看得清一門學科的來龍去脈。」如同"詞語"的確切意義必得在"句子"中方能具體落實，等韻學史的深入開展也應當採取"文化學"的取向，將等韻學置於社會文化的大語境之中，方能貼近歷史的眞實原貌，進而掌握韻圖編製的原始意圖，並探求其內在理據。

二、語料的性質及其分類

　　馮蒸（1996）彙整了趙蔭棠（1957）、永島榮一郎、李新魁（1983）與耿振生（1992）所提及的等韻學論著，並依照漢語拼音的音序將其編製成表格。本文參照馮蒸所會聚的資料，酌加修訂，增列編撰者的籍貫及撰成年代，並附記韻圖是否已收錄於《續修四庫全書》（以下簡稱"續修"）或《四庫全書存目叢書》（以下簡稱"存目"）之中。茲將其表列如下，作爲探討明代等韻學史的取材依據，並藉此限定本文研究的範圍。

　　下列圖表中，以灰色區域標示的語料，大致可概分爲三類：一是，僅存其目未見原書，如：朱載堉《切韻指南》、〔註16〕莫銓《音韻集成》，撰人不詳的《類聚音韻》與《韻約辨疑》；二是，編纂體例近似韻書而不合乎等韻圖的嚴式定義，如：蘭茂《韻略易通》、畢拱辰《韻略匯通》、李齊芳《韻略類釋》與熊

〔註16〕戴念祖（1986：46）考述朱載堉的生平及其論著，指出：「《切韻指南》，疑已佚，部份思想見《律歷融通》所附的〈音義〉。」

人霖《律諧》；〔註17〕三是，後世假托明人的作品，例如：上海中華書局 1915
年出版之《反切直圖》，耿振生（1992：248）即認爲此書當爲後人所作而僞托
於明代薛瑄。以上三類論著，因其與本文研究主題關係較遠，故先行將其排除
在外。

【圖表 2-3】

	編撰者	年代	籍貫	趙蔭棠	永島榮一郎	李新魁	耿振生	續修 V／存目○
01.併音連聲韻學集成	章黼	1460	江蘇嘉定			228～229	240	○
02.併音連聲字學集要	毛曾陶承學	1561	浙江會稽	146～148		231～232	202	√／○
03.重訂司馬溫公等韻圖經	徐孝	1602	河北順天	214～218	23～27	335～337	174～175	○
04.反切直圖	薛瑄？						248	
05.皇極聲音文字通	趙撝謙		浙江餘姚				238	√／○
06.皇極圖韻	陳藎謨	1632	浙江嘉興			277～278	230～231	√／○
07.交泰韻	呂坤	1603	河南寧陵			287～290	185	√／○
08.類聚音韻								
09.律諧	熊人霖							
10.切韻聲原	方以智	1641	安徽桐城	223～226	31～32	292～293	250	
11.切韻指南	朱載堉						259	

〔註17〕李齊芳《韻略類釋》按《廣韻》分部，收字範圍則同於《洪武正韻》，乃是一部調
和《廣韻》和《正韻》的韻書，嚴格說來應不屬於等韻學研究的範疇。熊人霖《律
諧》彙集唐詩用韻，將其編次成冊，性質上屬於《韻府群玉》一類的詩韻亦與等
韻迥然不同。鄧屢中《律諧·序》說明全書的編纂體例及其命名理據：「……輯諸
唐詩，編次臚列，依韻採附。大都韻寬者選嚴，韻嚴者選寬，命曰《律諧》。」

12.青郊雜著	桑紹良	1581	河南濮州	226		284～286	248	√／○
13.聲韻會通	王應電	1540	江蘇昆山	143～146		229～230	202	○
14.書文音義便考私編	李登	1587	江蘇南京	211～214	21～23	286～287	190	√
15.四聲率領譜	徐孝	1606	河北順天					
16.泰律篇	葛中選	1618	雲南河西			358～360	195	√
17.萬籟中聲	吳元滿	1582	安徽歙縣	新序	18～21			
18.西儒耳目資	金尼閣	1626	法國		28～30	337～341	191	√／○
19.音聲紀元	吳繼仕	1611	安徽新安	172～178		235～238	204	√／○
20.音韻集成	莫銓			新序				
21.音韻日月燈	呂維祺	1632	河南新安	155～156		382～383	228	√／○
22.元聲韻學大成	濮陽淶	1578	安徽廣德	148～151		230～231	203	○
23.元音統韻	陳藎謨		浙江嘉興	167～170				○
24.元韻譜	喬中和	1611	河北內丘	219～222	27～28	290～291	179	√／○
25.韻表	葉秉敬	1605	浙江衢州	156～162		234～235	240	√／○
26.韻法橫圖	李世澤	1614前	江蘇南京	165～167		273～277	230	
27.韻法直圖		1612	安徽新安	162～165		249～253	241	
28.韻略匯通	畢拱辰	1642	山東掖縣		32～33		186	
29.韻略類釋	李齊芳	1568					227	

30.韻略易通	蘭茂	1442	雲南嵩明	209～211	17～18		197	√／○
31.韻略易通	本悟		雲南嵩明					
32.韻譜	朱睦㮮							
33.韻通	蕭雲從		安徽蕪湖	222～223	30～31	291～292	249	√
34.韻約辨疑								
35.字學元元	袁子讓	1603	湖南郴州	151～155		232～234	229	√／○

要處理大量且性質駁雜的事物，唯一辦法是將它們分門別類。每一種分類系統均有兩項重要功能：一是，加速資料取出、回溯的效率；二是，以此作為比較研究的基礎。但如何能將表中所列的語料（灰色區域除外）適切地分門別類？著名生物演化學家〔德〕麥爾（Ernst Mayr）所提出的幾項分類原則，可作為我們劃分韻圖類型的參考：

1. 同一集合中性質越相近越好。

2. 將獨立物品納入某一分類中，應與該類別中的成員共有最多相同的屬性。

3. 當物品較先前建立的類別差異太大時，應另立一類。

4. 類別間差異的程度應以層層涵括的層級方式表現，每一層集中的類目都代表特定程度的差異。

語料的分類具有多種的可能性，隨著不同的研究取向，對於語料的歸類自然也會有所差別，這是顯而易見的。以下分別論述文獻學取向與語音學取向對於韻圖分類的方式，並說明本文劃分韻圖類型的著眼點及其內在理據。

（一）文獻學取向的分類方式

趙蔭棠（1957）以"濁音清化"為標準，將明清韻圖分為"存濁系統"（簡稱"南派"）與"化濁入清系統"（簡稱"北派"）兩大類。林平和（1975）大體上承襲趙蔭棠（1957）的分類方式，首先依照總體形制區分為"等韻圖"與"等韻書"兩類；其次，則依照聲母與體例將等韻圖再切分為"聲母存濁系統"、"聲母化濁入清系統"與"外籍人士拼音韻圖"三個次類。

李新魁、麥耘（1993）乃是韻學語料的彙編，雖非專為等韻學而編纂，但其所匯聚的等韻學語料卻最為豐贍。全書仿效《四庫全書總目提要》之體例，在〈凡例〉中云：「本書對各韻學古籍的敘述，著重在作者、撰作年代、序跋、版本、體例和主要內容或語音特點等方面的介紹和分析。」儘管書中間或提及等韻圖的語音特點及語音演化規律，但綜觀全書編撰的主軸仍是不脫文獻學的取向。

（二）語音學取向的分類方式

語音學取向的歸類方式系主要是為了迎合「語音史」研究的需要，與文獻學取向的研究者有著明顯的不同，在語料的分類上顯得更加精細。李新魁（1983）將等韻學語料細分成六大類、十二小類，但由於明代韻圖均以表現"時音"為要務，因此本文將"古音"（上古音系）與"今音"（中古音系）韻圖的分類暫時擱置一旁。依李新魁（1983）的分類原則，明代韻圖應當縮減為四大類、十小類，如以下圖表所示：

【圖表 2－4】

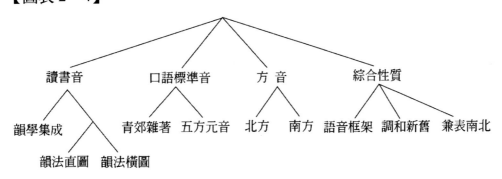

耿振生（1992）依照韻圖所反映的音系性質，分析韻圖中各音類的客觀來源，提出了"同質"與"異質"的概念，〔註18〕並運用定量分析的方法，觀察韻圖音系中同質與異質成份的比例關係，進而將明清等韻學語料區分為三大類，茲將其分類結果圖示於下：

〔註18〕耿振生（1992）對"同質"與"異質"的界定是：「如果一部韻書是以某一方言的共時音系為基礎編成的，那麼我們把這個韻書音系中與基礎方言一致的聲類、韻類、調類叫做"同質"，此外的聲類、韻類、調類叫做"異質"。」

【圖表 2-5】

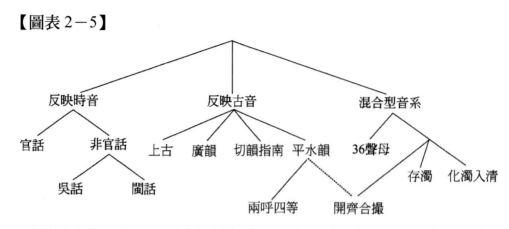

由於語音學取向的分類法是針對「語音史」研究所設，故以聲母、韻母、調類等音韻要素的語音特徵作為考察基準，而此種現今通行的分類方式對於探索語音歷時演變的規律、確立韻圖的基礎方言有其實際功效。然而，本文主旨在於建構「等韻學史」，此種分類方式顯然已不符所需，因此有必要另外自行建立一套新的分類標準、提出異於傳統的分類方式，方能在此基礎上確切、有效地掌握等韻學發展的源流與脈絡。

（三）文化學取向的分類方式

漢語等韻學是從特定的文化土壤中萌芽、茁壯的，唯有採取文化學的徑路來研究等韻學，將等韻論著還原至當世的文化語境之中，方能瞭解韻圖創製的社會背景與歷史條件，體認作者編撰韻圖的原始動機與目的，避免將今人眼光牽強附會在古人身上，而扭曲等韻學歷時發展的本有面貌。文化學取向的分類方式強調兼顧縱向、橫向兩個軸面：在縱向方面，必須有助於釐清學術發展的軌跡，以闡明與宋元韻圖間的傳承關係；在橫向方面，則力求能將等韻學圖投置到當代的文化語境中，與作者的哲學思想、社會背景、歷史條件、心理因素相互匯通。

是以本文秉持功能主義的原則，即不拘限於具體音值如何擬構的問題，而是著重於探討韻圖的原始功用及其編撰機制，故首先根據韻圖編撰的動機與目的，將明代韻圖分成三大類：

1、拼讀反切、辨明音值

此一類型乃是直接承襲《韻鏡》一系的韻圖而來，根據各韻圖所反映音系則又可細分為「讀書音」與「口語音」兩個次類。其中「讀書音」次類則又可根據「對韻書依附性的強弱」而細分為兩小類：一是「輔翼正韻」小類，此類韻圖多附在韻書之前作為全書「綱領」，韻圖列字則是來自韻書每一小韻的代表

字，如：章黼《韻學集成》即是其中的代表；二是「革新舊韻」小類，此類韻圖多能直接表現當時讀書音，分韻列字受傳統韻書的限制較少，列圖格式也頗多創新，如：作者不詳的《韻法直圖》與李世澤《韻法橫圖》。「口語音」次類則又可分出：能反映當時標準音（共同語）的「標準音」小類，與反映某一地域性方言的「方音」小類。

2、假借音韻、證成玄理

此一類型的韻圖則與邵雍〈聲音唱和圖〉的性質十分近似，均屬於「援音以入易」之作，其創製的原始意圖在於假借音韻結構的嚴整性、語音演變的規律性來解釋天道玄理，並非單純表述某種當時實際存在的語音系統，是故此類文獻在傳統的四部分類上常被劃分爲「經部易經類」或「子部數術類」，而不歸入「經部小學類」。此外，根據所欲證成玄理之性質，則又可細分爲兩小類：一是「易學」小類，透過語音闡釋「天有定數，音有定位」的思想，可以趙撝謙《皇極聲音文字通》爲代表；二是「樂律」小類，由於樂律與語音在發音生理與聲學感知上有共通之處，等韻學家將兩者統合齊觀，並且援用陰陽、干支、氣⋯⋯等象數學概念來加以詮釋，如：葛中選《泰律篇》即屬此類。

3、雜糅象數、闡明音理

明代韻圖除了展現當世的語音系統外，更透過縱橫交錯的圖表分析語音結構、闡明等韻音理。此一類型的等韻學家大多精通易理象數，故闡發音理時，經常「援易爲說」，將以《周易》爲主體的象數之學雜糅在韻學論著之中。探尋此類論著的歷史源流，不妨將其視爲《韻鏡》一系與邵雍〈聲音唱和圖〉一系相互交融後所凝聚成的結晶。喬中和《元韻譜》與方以智《切韻聲原》堪爲此類代表。

仔細端詳本文所區分的三種類型，其中「雜糅象數、闡明音理」與「假借音韻、證成玄理」兩類型間的界線並不十分明確，只不過是後者的象數色彩要比前者更加濃郁罷了，爲何本文要刻意將兩者區分開來呢？主要是著眼於韻圖之間的譜系關係。如同音位的歸納具有多能性，除了要考慮語音變體間的相似性、互補性、系統性外，最好也要顧及到歷時演化的因素；本文劃分韻圖類型，特別注意到「假借音韻、證成玄理」的韻圖明顯與邵雍〈聲音唱和圖〉有著直線相承的譜系關係，爲充分掌握明代韻圖的歷時演化脈絡，故宜將其獨立觀之。

茲將本文對明代韻圖分類的結果圖示如下，以說明本文的分類標準及各類

之間的相互關係：

【圖表 2-6】

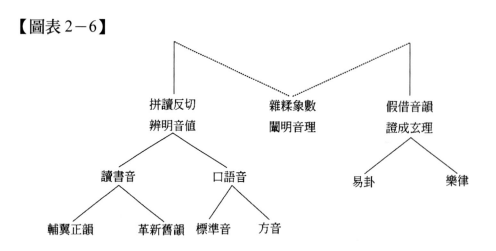

　　除了分類的根據與以往學者不同之外，在分類的架構上較爲特出之處，則在於取消了「綜合性質」或「混合類型」的次類。何以如此呢？因爲今人若能站在古代等韻學家的角度來思考問題，即不難逆測到：古代學者編撰韻書的動機、目的，或在於拼讀反切、辨明音值；或闡明「正音」理論、探求聲音的本源；或假借音韻的系統性與規律性以證成玄理，但由於古人缺乏區分共時、歷時音系的認知，因而在編撰韻書、紀錄語音的過程中，難免會摻雜古今五方之音，絕非刻意要營造出混雜各地方音的音系。因此，所謂「混合類型」音系乃是今人所設立的「資源回收筒」，將凡是不合乎語音發展規律，而難以今日科學眼光加以明確分類的韻圖，悉皆擲入此筒之中，卻不深入思索爲何這些韻圖無法以今日標準來歸類的深層原因，此種強人就我的態度，實在是值得商榷。

　　本文主張置身於古代文化語境之中來審視問題，試圖拾回以往被丟棄的可貴資源，重新加以回收利用，並回復其應有的歷史價值。

第三節　從符號學觀點詮解韻圖架構

　　宋元韻圖以拼讀《廣韻》一系韻書的反切爲主要任務，對於韻圖中某些與實際語音不符的編排，通常是藉由各式「門法」加以修補（即透過增補條例的方式，指引使用者在韻圖中如何正確地「依字求音」）。然而，隨著語音變化日益加劇，單憑修訂綴補已不敷實際所需，是故明代等韻學家大多捨棄舊有韻圖的框架，重新架構出能確切反映當世實際語音的韻圖。李新魁（1983：68）闡

釋明代韻圖創新、多樣的原因，指出：「明代出現的韻圖，約有二十多種。這些韻圖幾乎全是表現當時的讀音的。反映舊韻書讀音系統的韻圖可說沒有。這個時期出現的韻圖，內容最活躍，最不拘守成規，形式比較多樣，編纂韻圖的主導觀念也雜彩紛陳，各有各的說法和見解。之所以會出現這種局面，主要是因為舊的等韻觀念逐漸被打破，新的、比較統一的撰作原則尚未確立，理學思想和外來的音理對漢語語音的分析施以各種各樣的影響，這就出現了等韻圖的編纂和音學理論的闡發"百花齊放"的局面。」

　　明代等韻學上承宋元韻圖之餘緒，下開清代韻圖之先河，居處於歷史轉折的關鍵位置。如何選擇適當的分析模式，方能恰切地詮釋明代等韻學？這對於建構漢語等韻史無疑具有決定性的影響。本文參酌符號學的分析模式，主張韻圖的分析應當涵蓋三個基本要項，即：作者（概念）、韻圖（形式）與音系（客體），三者之間彼此牽連、相互制約，具體的表現為：韻圖編撰者透過縱橫交錯的圖表展現當時實際語音系統，然而透過韻圖來傳達語音系統並非如平鏡映物般地客觀呈現，絕大多數是經過作者主觀意識改造，因此構擬音系必須顧及作者主觀因素的制約，而不能將其與現代方言調查結果相提並論、等同齊觀。

　　茲將等韻學詮釋模式的基本要項（方框內標示該要項應當留意的課題）及其互動關係圖示如下：

【圖表 2－7】

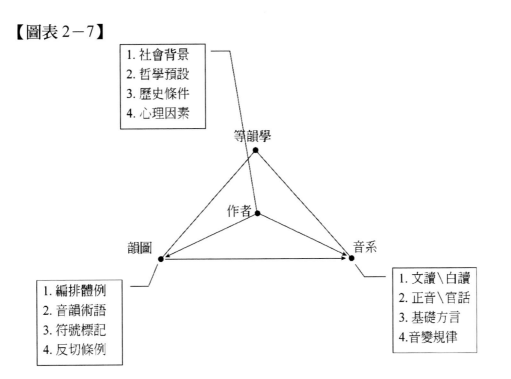

以下則分別以作者、韻圖與音系三要項作為基準點，論述各個要項中應當留意的重點課題，並說明各要項彼此間的相互關係，作為解讀明代韻圖、建構等韻學史的立論依據。

一、作者的主觀意念

1、社會背景──心學盛行與思想解放

「創新」不但要憑藉著智慧、知識與勇氣，更迫切需要的是一個能夠支持創意的環境。明代等韻學之所以能多姿多彩、成就輝煌，蓋得力於思想解放。明末之世，社會思潮何以能夠如此自由、奔放呢？這應從社會背景與學術風氣中去探尋答案。

明代末年陸王心學盛行。王陽明倡導「致良知」學說，主張天理和一切道德標準皆在人心，不假外求，所謂「夫學貴得知於心；求之於心而非也，雖其言之出於孔子，不敢以為是也。」（《傳習錄》）這種大膽懷疑、勇於批判、不盲目崇拜權威的精神，動搖朱熹學派長期以來的統治地位，打破束縛人心的僵化教條，從而造就了思想、文學、韻學、科技……等方面的輝煌成績。〔註19〕

由於思想解放從而營造出支持創意的良好環境，明末等韻學家沐浴在此開放的學術風氣中，紛紛突破傳統、標新立異。耿振生（1999）論述學術思想變遷對明代音韻學的影響，指出：「有明二百七十餘年間的音韻學，大致以嘉靖年間（1522～1566）為界分前後兩期，前期與後期有著顯著的反差。前期的音韻學頗為蕭條冷淡，著作不多，而且其中的多數還是以"述而不作"為特色。後期的音韻學則相當繁榮，特別是萬曆年間（1573～1620）及以後數十年，稱得上"音韻蜂出"，尤其可稱道的是大多數作者多在努力推翻前人的成說，創立自己的體系，標新立異成為一時的風尚。前後兩期的音韻學之所以迥然不同，跟社會上的主導思想和文化潮流有極密切的關係。前期是以朱熹為代表的宋儒

〔註19〕晚明時期是科技昌明的年代，中國許多偉大的科技論著皆是此一時期所編撰的，例如：李時珍《本草綱目》（1518～1593）、朱載堉《樂律全書》（1536～1611）、徐光啟《農政全書》（1586～1633）、徐弘祖《徐霞客遊記》、（1586～1641）、宋應星《天工開物》（1587～）……等。董光璧（1993：218）說明陽明心學對科技的影響：「造成晚明科技光彩的因素很多，文化的因素為其一。明代中葉以後關於"格物致知"的空前大討論與科技密切相關。這時對"格物致知"的理解，由於陽明心學成為時代精神的特徵，因而增加了新的內容。」

理學思想的一統天下，後期則是陸王心學成爲主流。」

　　然而，具備支持創意的社會環境，只能算是等韻學發皇的一個可能契機，一個應然的條件，還必須有內在動因的相互配合，方能產生必然的結果。究竟是何種動因能夠促使韻圖形式朝著多樣化發展呢？象數之學的導入乃是不可忽視的重要因素。

　　2、哲學預設──「援易爲說」與「援以入易」

　　《周易》之河浩浩蕩蕩、至大無邊，若問其主要內涵爲何？一言以蔽之曰：象數與義理。象數之學通常與《周易》緊密結合，鄢良（1993：6）認爲象數學是一條貫穿中國古代學術思想的基本線索，並指出：「所謂象數學，就是通過對天地萬物之象與數的分析推演來研究其產生、存在和運動變化原理的一門學說，或者說是關於支配天地萬物之理的學說。」以《周易》爲主體的象數之學，反映古人對自然、社會、人生的基本認識及思考方式，其所涵涉的學術範疇非常寬廣，《四庫全書總目提要》「經部・易類一」即盛讚易學範疇之廣大與龐雜，云：

　　　　易道廣大，無所不包，旁及天文、地理、樂律、兵法、韻學、算術，

　　　　以逮方外之爐火，皆可援易以爲說，而好易者又援以入易，易說至繁。

明代易學界湧現許多以象數觀點解《易》的著述，至明朝末年達到高潮。〔註20〕《周易》居群經之首，爲傳統文士必讀之經典，當世許多等韻學家亦以精研易學聞名，並且有易學專著刊印行世，諸如：喬中和著《大易通變》與《說易》，方以智著《學易宗綱》、《易籌》與《周易時論合編・圖象幾表》等，呂坤則有《易廣》。在象數之學興熾的風氣下，學者研究等韻或「援易爲說」或「援以入易」，韻圖之中不免夾雜著陰陽術數的觀念與用語，形成一種玄虛的人爲障蔽，耿振生（1992：108～109）便指出了此種附會玄理的風尚對韻圖形式與音韻系統的負面影響及其解決之道：

　　　　等韻作者並非都如我們期待的那樣，只"就語音和爲語言而研究語
　　　　言"，他們不是全憑對語言事實的歸納而得出一個音系，而把許多
　　　　非語言的因素也用到構設音系中。……由於以聲韻附會術數、律呂，

────────────

〔註20〕關於明代象數之學發達的原因，朱伯崑《易學哲學史》第三卷（頁 269～270）已有詳細說明，請自行參閱，茲不贅述。

就導致了韻圖音系部分背離實際語音，在這種情形下，我們就不能
把書中的陰陽術數等理論當成無關緊要的外在成分而置之弗論，相
反，必須要充分估計它們對韻圖的影響，才能去僞存眞，最大限度
地接近語音眞象。

象數之學是易學家解釋萬物生成、變化的根本原則，精研易學的等韻學者在編
排韻圖時，或「援易爲說」，或「援以入易」，有時甚至犧牲眞實語音以牽就象
數框架，故今人面對某些異於常軌的編排體式，若欲解釋其內在理據，象數之
學當是不可忽略的重要憑藉；而欲藉由韻圖構擬音系者，則必須先將象數成份
過濾掉，方能客觀呈現出語音系統本有的眞實面貌。

　　3、歷史條件——西方音學觀念的輸入

　　明萬曆年間，正值歐洲海權高漲時期，耶穌會士跟隨著殖民侵略者的腳步
來到中國，並試圖進入內地傳教。然而在幾經挫敗之後，利瑪竇等人逐漸意識
到必須採用順應中國情勢的傳教方式，方能引起注意、深入人心，於是積極學
習漢語，並藉由"學術傳教"的方式爭取知識分子的認同，在此一歷史條件之
下，西方學術思想開始大規模輸入，寫下中西文化交流史上璀璨輝煌的新頁。
雖然耶穌會士所輸入的西學以天文、曆法、物理、數學……等自然學科爲大宗，
然而亦不乏與語言相關的論著，其中又以金尼閣（Nicolas Trigault，1577～1628）
的《西儒耳目資》影響最大。〔註21〕

　　泰西音理引起當時等韻學者極大的興趣，例如呂維祺（1587～1641）即曾
參《西儒耳目資》的修訂工作，而方以智《切韻聲原》更深受泰西音學的啓發，
曾在《東西均・所以篇》中自述曰：「……余十餘年疑十數家之等韻，忽因泰西
創發。」而在《膝寓信筆》中又再次提及：

　　　今日得《西儒耳目資》，是金尼閣所著，字父十五，母五十，有甚、

　　　次、中三標，清、濁、上、去、入五轉，是可以證明吾之等切。

方以智以其三代學《易》的家學傳統，充分發揮《易傳》的"會通"思想，企
圖調和中西，以易學改進西學，並嘗借用孔子問學於郯子的典故，以表達其兼
融西學的理念。《切韻聲原》不但沈浸著濃厚的易學思想，更沾染了些許泰西音

〔註21〕關於《西儒耳目資》的成書背景、記音方式、音韻系統、基礎方言、歷史定位……
　　　　等相關論題，筆者的碩士論文中已有初步論述，請自行參閱。

學的色彩，以標調符號的設計為例：○—平（開）、∪—平（承）、⊂—上聲（轉）、
⊃—去聲（縱）、∩—入聲（合），方以智以圓形、半圓形的圖記來標示調類，
顯然是在利瑪竇、金尼閣標調法的激發下所創立的。

　　4、心理因素——「聲音本源論」與「正音觀」

　　從思維模式差異探討語言結構的殊異，乃是現今對比語言學與認知心理學的
熱門課題。中國傳統思惟模式為何？蒙培元（1988：185）認為中國傳統思維方
式的基本特徵在於整體性與系統化，並指出：「"天人合一"是整體思維的根本
特點。它不是自然機械論或因果論，而是有機生成論和目的論，即不是把人和自
然界看作是一架自動機，而是把人和自然界看作一個相互對映的有機整體。」

　　等韻學家受到「天人合一」的傳統慣性思維模式影響，大多認為：唇吻之
間語音的生成、變化，當與宇宙萬物生滅、運行的規律相應合，因此編撰韻圖
不僅止於紀錄語音，其根本目的更在於解釋人類語言與宇宙生成規律間的某種
必然關係，並企圖找出語音系統的本質、本源。例如：喬中和《元韻譜》、吳繼
仕《音聲紀元》、方以智《切韻聲原》、袁子讓《字學元元》等，皆以「元」、「原」
命名，蓋取諸「元元本本」之意，更可確認其編撰主旨在於「窮天地之始終、
竟聲音之本源」。

　　此外，自然、社會與人體在形式結構上、在運行規律上，存在著數量的共
同性（有相同的週期），自然與人之間的「數量和諧」具體展現在樂律上，而樂
律在古人心中具有某種神聖意義，即如《呂氏春秋・大樂》所言：「音樂之所由
來者遠矣，生於度量，本於太一。」正因樂律與口語讀音具有同構關係，因此
葛中選《泰律篇》、吳繼仕《音聲紀元》及清代周贇《山門新語》（又名《周氏
琴律切音》）、龍為霖《本韻一得》、都四德《黃鍾通韻》等書，均在「天地音聲，
原統一元」的預設前提下，假借音律、雜糅象數來分析口語讀音，藉此以探究
聲音的本源與宇宙運行的規則。

　　至於"正音"觀念則起源甚早，〔東漢〕鄭康成註解《論語》時已經提及：
「讀先王典法必正其音，然後義全。」後代學者大抵仍沿襲此一理念，認為世
上存在著超越方言之上的標準音系——「正音」，故編撰韻書、韻圖通常是以體
現「正音」為最終目的，而非侷限於區區某地之方音。但是「正音」的標準為
何？則常因個人的主觀信念不同而人言言殊，甚至大相逕庭。（詳見下節）因此，

分析韻圖形式也應當考慮到編撰者對「正音」的主觀認知。

　　歸納上文所論，由於晚明陸王心學昌盛，致使長久以來遭受理學禁錮的心靈得以獲得解放，開啓了學術獨立、創新的契機；在此一社會背景下，許多精研易學的等韻學家逐漸擺脫傳統韻書的拘限，轉而以考察實際語音現象爲要務，初步體悟到音韻系統的規律性與嚴整性，但卻主觀認定此乃天道之自然體現，於是轉而從易理、象數中去尋求理論根據，以解釋人類語言與宇宙生成規律間的某種必然關係，進而探求語音系統的本源。此外，明末之時適逢耶穌會士抵華傳教，泰西音學理論的輸入對當時學者造成某種程度的衝擊，在韻圖編製上必然也有一定程度的影響。就在諸種內因、外緣的會聚之下，造就了如此輝煌燦爛的明代等韻學。

　　研究古代現象卻以今人眼光檢視，此乃是錯誤與詭辯的根源所在。今人研究明代韻圖，經常面臨到韻圖中雜糅著象數之學的難解現象，學者多以今日的科學角度來批評古人，認爲這是古人主觀臆測、虛妄迷亂所造成的謬誤，這抽象玄虛的成分對於語音的構擬造成了阻礙，故宜將之剔除。然而，等韻學史研究目的在於釐清學術發展的脈絡，照理說，凡是影響韻圖編製的各種原因皆必須考慮在內，縱使古人的觀念確實有誤，也必須要進一步追問造成錯誤的原因。因此，建構明代等韻學史，應當也要考慮到韻圖編撰者的社會背景、哲學預設、歷史條件、傳統思惟模式、甚至是個人的心理因素，方能如實呈現歷史的原貌。

二、韻圖的形式框架

　　韻圖的形制是建構等韻學史的客觀依據。從【圖表 2－7】中可知，「韻圖形式」恰處在聯繫「編撰者主觀意念」與「客觀語音系統」的中介點上，韻圖的編製除了客觀表達語音系統外，有時也會受到作者主觀因素的制約。如何論證韻圖編撰的內在理據呢？如何排除作者主觀因素的干擾，重現當世的語音系統？下文即從編排體例、等韻術語、反切條例方面入手加以論述。

　　1、編排體例

　　縱橫交錯的韻圖所能拼合出的音節數目是有限的，但卻能表達出無窮語義。自古以來，許多學者堅信韻圖表格中蘊藏著某種普遍共通的原理，藉由此種共通原理的推演，即可以預測宇宙萬物變化、生成的過程。因此原本只是用以拼讀反切、辨明音值的等韻圖，無形中被賦加上了神聖、玄秘的色彩。邵雍

的《皇極經世‧聲音唱合圖》無疑是最鮮明的例證。

　　邵雍易學的最大特點在於融合《周易》與道教思想，制定出完整的象數學體系，以嚴密的邏輯結構推演出一套說明宇宙運動、變化的數理模式，企圖藉此以預知未來。《皇極經世‧聲音唱合圖》以象數觀念來指導韻圖製作，反過來，又以聲韻組合的模式來論證「天地交合、陰陽感應」的玄理思想，爲求能符合體數、用數、植數、動數……等天地「大數」，〔註22〕邵雍不但配定漢字的語音位置，且在語音單位的分類上也多憑主觀印象，此種人爲設定的語音框架是否眞能反映實際的語音系統呢？頗令人懷疑。陸志韋（1946：71）指出：「邵氏著書的目的，單在講解性理陰陽。關乎音韻的一部份只是附會數術而已。他的"天聲"圖、"地音"圖上都留出好些空位來，以爲語音裡雖然沒有這一類代表的聲音，可是憑陰陽之數，天地間不可能沒有這樣的聲音。他的圖能不能代表一種方言的音韻系統，就很可以懷疑了。」

　　邵雍數學模式在明清時期曾引起巨大的迴響，其影響力甚至不僅止於中土，亦曾遠播於朝鮮。當時中韓許多等韻學家紛紛取法邵雍的音學理論，以「天有定數、音有定位」的觀念出發來研究等韻、創製韻圖。〔註23〕這類韻圖編撰

〔註22〕邵雍數學模式依照干支規定陽數爲 10、陰數爲 12，陰陽與剛柔相應，其賦值亦相同。陽剛與陰柔各分太少，各自的和數 40 與 48 被稱爲"小體數"；陽剛之數 40 ×4＝160 爲陽剛大體數，陰柔之數 48×4＝192 爲陰柔大體數，大體數減去小體數，分別得陽剛用數 112 和陰柔用數 152。以下即參照沈小喜（1998：220）的論述，將〈聲音唱和圖〉的體數、用數圖示如下：

天聲：1.有字＋○＋●……10 聲×4（平上去入）×4（日月星辰）＝160（體數）
　　　2.有字＋○…………7 聲（末三圖無聲無字）×4×4＝112（用數）
　　　3.有字…………112－29（有聲無字）＝83

地音：1.有字＋□＋■……12 音×4（開發收閉）×4（水火土石）＝192（體數）
　　　2.有字＋□…………192－40（無音無字）＝152（用數）
　　　3.有字…………152－40（有音無字）＝112

由此可知：〈聲音唱和圖〉音類分析與音節拼合之數目，皆是邵雍爲了能與其數學模式相契合所特意安排的，正因是人爲所營構成的音系，是以在結構上顯得格外整齊。無怪乎朱熹要説：「自易以後，無人做得一物如此整齊，包括得盡。」（《四庫全書‧皇極經世索隱‧提要》）

〔註23〕「天有定數、音有定位」的觀念不僅深深影響著中國等韻學家，其效力甚至曾遠播朝鮮。朝鮮以儒學爲國教，積極引入《五經大典》、《性理大全》等書，《皇極經

目的並非專爲客觀紀錄某一特定音韻系統，而是在象數之學的邏輯基礎上，以建立普遍性的音韻體系爲目的。從以下引文中即可見一斑：

> 此韻所切，即婦人孺子，田夫僕僮，南蠻北狄，纔拈一字爲題，徹頭徹尾，一韻無不暗合。（呂坤《交泰韻·凡例》）

> 悉掃從前諸家之誤，以正塾師教訓之訛，窮天地之終終始始，而呼吸變化、萬彙形響盡此。……畢歷十二估，得四元以象四季，而天地之元會盡此。邵子《經世》、喬子《元韻》豈不並傳不朽哉。（蔣先庚〈元韻譜敘〉）

以呂坤《交泰韻》爲例，作者不但要創造出「婦人孺子，田夫僕僮」皆能「一口齊呼」的簡捷切音法，更終極的目的在於建構普遍性的音韻框架，以達到「窮天地之終終始始，而呼吸變化、萬彙形響盡此」的目標，縱使是「南蠻北狄」之音亦能盡數囊括。楊秀芳（1987：330）認爲：呂坤依據口語新造的反切，有助於「使用同一種方言的人」隨口拼讀字音，但若說「南蠻北狄」也能如此直接拼音，這話便失之誇張了。然而，若置身於呂坤當時的文化語境，深入瞭解其哲學預設與思維模式，便能理解今日看來似乎荒誕不經、失之「誇張」的話語，在當時可是一個正經且嚴肅的課題。

學者無論「援易爲說」或「援以入易」，心中均已預先設定了一套主觀的語音框架，而後才將實際語音填入既定的框架中，當兩者不能相互契合時，甚至不惜扭曲語言事實，削「語言」之足以適「理論」之屨，藉由增減音類的編排方式以求得理論完滿的情形，屢見不鮮，例如：喬中和《元韻譜》實有 21 類聲母，但爲了應合"天九地十"之數，韻圖只設立 19 類聲母；葛中選《泰律篇》

世書》的音學理論因此而成爲當時學者普遍認同的語音觀，朝鮮學者李圭景（1788～？）推崇邵雍爲語音學者第一人，認爲「能通邵子之聲音者，始能知韻字乎。」李朝世宗（1419～1450）所創製的韓國文字─訓民正音，雖採用音標記音的方式，但對於語言現象卻多以宋學理論釋之，《訓民正音·制字解》解釋字形生成的理據，即與邵雍《皇極經世書·聲音唱和圖》的語音生成原理如出一轍。此外，崔錫鼎（1646～1671）、申景睿（1712～1781）等學者亦精通邵雍音學理論，並借鑑訓民正音，制定出各自的正音體系。對於《皇極經世書·聲音唱和圖》的音學觀念如何在朝鮮造成的深遠影響，李崇寧（1965）與沈小喜（1998）已有詳細論證，請自行參閱。

以律呂與聲母相配，分出十對正聲、五對側聲，現實聲母無法與此數相應，於是韻圖中有的地方將聲母一分為二（如：〔x〕分為曉匣、〔tʻ〕分為透定……），有些地方又將聲母合二為一（如：知徹、幫滂、明微）。

由於受制於既定的語音框架，明代部份韻圖的排列方式背離了實際語音，與現今方言調查的客觀記音大異其趣。今人若未能深入考察韻圖編排的理論基礎，而僅憑作者的生平與籍貫，便遽然斷定韻圖反映某地方音，則推論的真確性如何？實在是令人質疑。

2、等韻術語

音韻術語借自於日常生活語言，不免也有夾帶日常用語曖昧模糊的缺陷。詞語意義總會隨著知識不斷累積而改變，若是缺乏明確、嚴格的界定，則常會出現「同名異實」與「異名同實」的現象。術語含混、模糊的弊端在漢語等韻學尤為明顯，明代等韻學家勇於創新，各自創立一套韻學體系，使得術語名目繁多，令人眼花撩亂；縱使各家使用相同的術語，但在不同韻圖體系中術語所表徵的概念卻不盡相同，正因術語之間存在著"不可通約性"，切不可將之等同齊觀，否則恐將有刻舟求劍、不知通變之虞。

此外，等韻術語除了單純描繪音韻現象外，更比附陰陽象數、五行八卦的概念，使得術語的意義更加混沌不明。鄒曉麗（1999：23）指出等韻術語附會數術玄理的現象及其原因：

> 當古人發現語音有其內在、嚴密的體系和規律時，認為是天地造化
> 所致，他們更加自覺地把音韻和天道、地道結合起來。所以早期今
> 音學、等韻學，就把陰陽、五行、四時、五方、宮、商、角、徵、
> 羽五音等，都用在其術語中、用在韻圖之中，從而導致其術語的神
> 秘性。

現代漢語音韻學遵循高本漢科學主義的研究路徑，對於傳統韻學夾雜著迷信色彩的語彙，多將之視為傳統的遺毒與落後的象徵，必欲除之而後快。知名音韻學家羅常培（1982：6）即認為：「長久以來，傳統音韻學術語存在玄虛、含混、附會、武斷的弊病，唯有本著審音、明變、旁徵的精神，祛除傳統術語長期積累的四種虛妄弊端，方能引領音韻學走向科學之路。」〔註24〕

〔註24〕羅常培（1982：6）：「曩之治韻學者，憑臆立說，每多違失：論平仄則以鐘鼓木石

　　然而，相同的事物，從不同角度加以詮釋，則可能會產生截然不同的評價。就語音史的角度觀之，這些雜糅陰陽象數的等韻術語，無疑是一團迷霧，若不將之驅離，則無法窺見語音系統的眞實面貌。但若就音韻學史的角度來看，明代韻學家爲何將等韻學比附陰陽象數，又是如何將象數之學與等韻學相結合呢？此種結合對於等韻圖編製有何影響？……。等韻術語正是解開這些謎題的鑰匙，若只注意等韻術語對於音系構擬的負面影響，無視於術語在當世文化語境的形成原因及其功用，則不僅不符合等韻學發展的歷史原貌，無形中也關閉了一扇能夠窺探眞相的窗口。

　　本文認爲：古代等韻家將韻學與以《周易》爲主的象數之學結合起來，並且透過隱喩手法創造出許多比附陰陽五行的音韻術語；然則，今人分析明代韻圖則可藉由這些術語瞭解前人的思維模式及其對構擬音系所可能產生的制約。因此，等韻術語可說是會通古今的津梁，切不可因其不符科學的標準，盡皆將其視爲訛失、謬誤，應當也要多留意這些術語在等韻學史建構上的積極作用。

　　3、反切條例

　　反切標音法以兩字拼讀切一字，其原理蓋如桑紹良《青郊雜著》所言：「凡切一字用二字，上字取音，下字取韻，和音與韻成聲，則所切字之響也。」然而，此種標音方式有著難以避免的先天缺陷，即在兩音節相互磨切的過程中，上字韻母與下字聲母自然成爲冗贅、羨餘的成份，若不巧妙予以規避、去除，則勢必會對拼讀者造成阻滯，甚至無法拼出正確字音。因此，如何有效排除羨餘成份的干擾，則成爲促使學者改良反切的內在動因。

　　其實，早在六朝時期，音韻學家已能體認到冗贅成份對拼讀字音所造成的阻礙，因此創製切語時除了遵照「上字取聲、下自取韻」的基本原則外，同時憑藉著己身對語音的直覺感知，也能顧及到上下音節的整體和諧性，〔註

　爲喩，論清濁則以天地陰陽爲言，是曰玄虛；辨聲則以喉牙互淆，析韻則以縱橫
　爲別，是曰含混；以五行五臟牽合五音，依河圖洛書配列字母，是曰附會；依據
　《廣韻》反切以推測史前語言，囿於自身見聞而訾議歐西音學，是曰武斷；凡此
　訛失，並宜祛除。」

〔註25〕陸志韋（1963）以數理統計的方法分析六朝時期的切語用字，發覺早期切語用字
　並非雜亂無章，而是呈現出某種特殊偏向；平山久雄（1990）分析敦煌寫卷《毛
　詩音》（S.2729、P.3383）的反切結構，亦察覺《毛詩音》切語上字具有"類一致"

25）只不過當時囿於音節分析的概念尚未臻於精細，故未能自覺地提出客觀的規範罷了。但後人爲何仍需要不斷地改良反切？除了憑藉著更精細的審音能力，盡力去除冗贅成份的干擾，以減低反切標音法的先天缺陷外，其主要目的還是在於精確標注當時實際語音。由於語音隨著時空轉而變遷，舊時異地創製的反語大多已無法精確拼讀出此時此地的讀音，音韻學者有鑑於此，紛紛以各自獨特的音學理論爲基礎，以求創造出能眞切拼讀時音（甚至是彌綸古今）的切語。

宋代時所編纂的《集韻》已經顯露改革切語的痕跡，而在語音變遷加快、學術風氣開放的晚明時期，改良反切的工作更是如火如荼的展開。桑紹良《青郊雜著》注意到：「舊切字取音取韻多有可怪處：其取音處每不分輕重，其取韻處亦不辨浮沈。」並提出改良反切的具體方法；呂坤《交泰韻》也意識到舊有反切的疏陋與不便，指出：「大都舊反切從等字來，得子聲又尋母聲，得子母又念經堅，何其勞也。」因取「天上地下，交泰之氣」作爲隱喻，創立獨特的反切條例；而金尼閣《西儒耳目資》則是嘗試調合印歐語言的音素拼音法與中國傳統的反切標音法，其所創立的「四品切法」，乃是藉由「父母交合以生子」的隱喻方式來說明語音拼切的步驟，儘管表面上承襲漢字切音的傳統模式，實際上則是通過摘頭去尾的變通方式，以暗合音素拼音的原理，由於此種特異的拼切方式具備析音精細、切法明捷的優點，曾對當時的音韻學家造成極大的衝擊。

認知語言學強調：語言形式並非全然是任意、自主、自足的，而是會受到外在因素影響、有其理據可尋的。漢語等韻學除了透過韻圖構擬音系之外，也應當將注意的焦點轉移到韻圖形制上，藉由探尋韻圖編排體例、等韻術語、反切條例，進而瞭解編撰者的思維模式及編製韻圖的內在理據，如此方能建構出詳實合理的等韻學史。

三、音系的複合性質

上文已經論及：明清時期尚未發展出描寫語言學的觀念，編製韻圖的目的

與 "開合一致" 的原則。筆者（1996）則是考察敦煌寫卷《俗務要名林》（S.607、P.2609、P.5001）的切語用字，嘗試發掘出其中可能潛藏的規律，並且進一步以 "優選論" 來解釋反切生成的機制。

往往不是單純紀錄一時一地之音，常是爲了架構一個能囊括宇內、席捲五方、具有普遍性的音韻體系。此種抽象的「正音」觀念其實由來已久，如隋代陸法言《切韻》欲兼顧「廣文路」與「賞知音」的功能，秉持著「捃選精切、除削疏緩」的編撰原則，建構出會通「南北是非，古今通塞」的綜合音系，對後世音韻學家造成極大的影響。明清等韻學家承繼隋唐以來注重「正音」的傳統，韻圖所反映的語音多非單一音系，往往是南北兼蓄、古今並包。然而，音系的複合性卻對音系的擬構造成干擾，楊耐思（1993）、耿振生（1993）、張玉來（1999）……等人，均意識到此一糾葛現象，因而提出各種「音系剝離法」，企圖將不同音系從韻圖中一一剝離出來，以回復其本來面目。

爲何等韻學家特別喜歡設計複合性音系的韻圖呢？明清韻圖音系複合性的成因並不單純，可能造成影響的內因、外緣有很多。耿振生（1992：131）從內在的心理層面著眼，提出兩個可能的原因：一是，傳統文人重"雅"輕"俗"，但因無法使古音復活，所以唯有折衷古今的音系較能符合士大夫口味；二是，文人心目中的"通語"應當超越一切方言，而且不能等同於任何一種方言，因此綜合不同方言特點而設計出"正音"體系乃是勢之所趨。張玉來（1999）則從外在的社會條件來看，認爲音系複合性的成因有三：1.強烈的正音意識。2.缺少明晰的共同語標準音。3.方音的侷限。

明代等韻學家又是如何將不同音系統合在韻圖中呢？若依照韻圖編撰的手法，大致可分爲兩大類：一是，以特定的時音（讀書音、口語標準音或方音）爲基礎，折衷古今、調合南北；〔註26〕二是，在既定的象數理論框架上，填入五方之音。以上兩類並非截然區分，其間容或存在著模糊的地帶，即不乏有既以時音爲據，同時又雜糅陰陽象數的韻圖。

面對反映複合性音系的韻圖，如何能精確地將不同的音系抽離出來，使之條理分別而不相互雜次，此乃是學者共同努力的目標。想要釐清韻圖的音系，必得先仔細辨析以下幾個重要概念。

〔註26〕耿振生（1992：127）明清韻書音系複合性的構成方式，將其分爲三類：1.折衷古今而成的音系，包含兩個次類——A.以疊加方式統合古音與時音；B.對古音進行機械的歸併，得出近於時音但卻不古不今的音系。2.兼採南北方音合成的音系。3.古音研究中的複合性音系。明代韻圖以反映時音爲主，故未見第三類。

（一）讀書音與口語音

語言是最簡捷的傳訊工具，從言語交談中不僅可以得知說話者所欲表達的概念，亦可察覺到許多附加的信息，諸如：年齡、性別、社會地位……等，例如：電影「窈窕淑女」（改編自蕭伯納 1916 年所撰寫的《皮格馬利翁》）中，主角原本是只是一名當街叫賣鮮花的女子，滿口粗俗的倫敦土話（Cockney），著實難登大雅之堂；但是經過語音學家精心調教之後，學得了一口流利的標準英語，因而能夠躋身於上層名流社會，成為人見人愛、優雅高尚的淑女。難道語言也有高尚與低俗之分嗎？語言只是傳訊的物質媒介，語言形式應無優劣、美惡、良窳之別，然而使用者卻會隨著場合、語境的差異而變換不同的音讀，因而產生語音的「風格變體」，在漢語中最明顯的例證莫過於「文白異讀」的現象了。

1、讀書音與口語音的落差及其互動關係

顧名思義，所謂「白讀音」即是一般日常生活交際所使用的「口語音」，而「文讀音」則是在誦讀古籍、詩賦押韻……等較為莊重、正式的場合所改用的「讀書音」。就語音的本質而言，「口語音」與「讀書音」主要差異何在？而「文白異讀」又是如何形成的呢？一般而言，語言與文字的發展並非同步進行、亦步亦趨。文字的發展總是落後於語言，而且兩者之間的差距有逐漸擴大的趨勢；語言、文字發展的不平衡性，一旦投映到語音層面上，則突顯出「口語音」與「讀書音」的歧異。歸根究底，「文白異讀」的現象不單只是由於使用者社會階層的不同所形成「風格變體」，實質上是不同時空背景的語音系統層積、疊置所導致的結果。〔註27〕

由於「讀書音」經常在莊重典雅的語境使用，成為統治階層中流通的特殊行業語（jargon），因而在形式上富有存古性與保守性的色彩。就語音的發展狀態而言，「口語音」緊隨著時空推移的步伐而向前疾趨，但「讀書音」卻只是緩步慢行、甚至只在原地踏步，致使兩者之間的差距逐漸拉大。然而，「讀書音」與「口語音」間的差距並非無限擴大，一旦知識分子意識到「讀書音」與實際口語嚴重脫節，從而造成學習、理解困難或詩文創作不便之時，常會參照「口語音」重新對「讀書音」予以修訂，彷彿鞭策「讀書音」加快發展的腳步，使

〔註27〕關於漢語「文白異讀」的形成、互競、疊置、發展……等相關問題的討論，在徐通鏘（1991）與楊秀芳（1993）的論著中已有深入且詳盡的分析，請自行參閱。

之能向「口語音」靠攏。

2、讀書音的歷時發展趨向

觀察漢語語音的發展歷史，不難察覺「讀書音」與「口語音」這種若即若離的互動關係。《論語‧述而》：「子所雅言，詩、書、執禮皆雅言也。」所謂「雅言」即是周秦時代的讀書音，亦是當時黃河流域一帶所流通的共同語；漢魏以後，學者由於尊崇周秦儒家經典而襲用先秦的語言，「讀書音」與「口語音」之間的差距由此逐漸擴大，爲了應合通讀儒家經典的實際需求，彌平「讀書音」與「口語音」之間的差距，因而湧現出很多辨音釋義的「音義書」，陸德明（556～627）所纂輯的《經典釋文》即是漢魏六朝音義之學具體成果的會聚。

陸法言編纂《切韻》，爲唐代「讀書音」樹立統一的標準，〔註28〕且成爲科舉考試賦詩爲文的準則，儘管晚唐李涪《刊誤》對《切韻》脫離實際語音的情形曾多所責難，但此後數百年間所相繼編纂的《唐韻》、《廣韻》與《禮部韻略》，大體上卻仍是承襲《切韻》音系而不敢踰越。〔元〕熊忠《古今韻會舉要‧自序》曰：「迨李唐聲律設科，韻略下之禮部，進士詞章非是不在選，而有司去取決焉，一部禮韻遂如金科玉律，不敢一字輕易出入」；呂坤《交泰韻‧凡例》「辨五方」亦云：「梁、陳而後，詩科漸興，逮至隋唐，益重詩學。當時尊沈韻如今之朱註，雖李、杜一代人豪，不敢分毫馳騁，王制故也。至今千有餘年，不止詩家不出範圍，而字音亦宗反切。豈無通儒博士？狃於自古相因而莫之敢動。」

宋、元時期，契丹、女眞、蒙古等北方民族相繼入侵中原，造成人民遷徙、異族混居，處在如此動盪混亂的世局中，日常口語的變動便顯得格外劇烈，加上俗講、小說、戲曲等通俗文學的推波助瀾，一種市民階層廣泛通行的共同語口語音──「中原雅音」便逐漸成型。〔註29〕由於宋元「中原雅音」

〔註28〕學者對於《切韻》的性質及其語音基礎曾展開熱烈的討論，雖然彼此之間仍有歧見，但學者普遍的共識是：《切韻》音系不是一時一地的方言韻書，而是雜糅古今南北語音的綜合音系。周祖謨（1966：445）總結指出：「《切韻》是根據劉臻、顏之推等八人論難的決定，並參考前代諸家音韻、古今字書編定而成的一部有正音意義的韻書，它的語音系統是就金陵、鄴下的雅言，參酌行用的讀書音而定的。既不專主南，亦不專主北，所以並不能認爲就是一個地點的方音的紀錄。」

〔註29〕「中原雅音」一詞見於南宋毛晃《增修互注禮部韻略韻》，原本用來指稱當世共同語的口語音系，但由於共同語的內涵相當空泛，而且術語本身又缺乏嚴格的界定，

與隋唐時期的讀書音落差太大，〔金〕韓道昭、〔元〕熊忠……等人爲了調合口語音與讀書音相互齟齬的現象，往往透過調整、修補的方式，巧妙地將口語音融入其所纂輯的韻書中。〔註30〕明朝成立之後，讀書音向口語音靠攏的需求更形迫切，而強調「壹以中原雅音爲定」的《洪武正韻》就是在此一背景下應運而生的。〔註31〕

　　明初讀書音以《洪武正韻》爲宗，《正韻》音系的特色在於保存全濁聲母與入聲調，在分韻上既有別於《切韻》系韻書，在音系上亦與《中原音韻》不盡相同。《正韻・凡例》第一條引毛晃、黃公紹兩人對《禮部韻略》分韻不當的批評，並陳述《正韻》編纂的原則：

後人各憑己意以用之，「同名異實」的紛擾便在所難免。劉靜（1991：68）曾辨析「中原雅音」的意涵，指出：「中原雅音產生於宋代，當時表現的還是單一的口語音系，元代以後，共同語口語音系仍稱中原雅音，如《中原音韻》、《中原雅音》；共同語讀書音系受口語音系影響，趨於變俗，也稱中原雅音，如：《韻會舉要》、《洪武正韻》。這種不同音系共用一個術語的現象應該引起廣泛的注意，否則很容易出現用不同音系材料作類比論證的錯誤。」

〔註30〕韓道昭《五音集韻》雖仍是以《廣韻》爲基礎，但同時也爲顧及實際語音，而將206韻歸併成160韻，甯忌浮《校訂五音集韻・前言》（1992：5）指出該書編纂的歷史意義：「韓道昭及其《改併五音集韻》的出現不是偶然的。大約從十世紀開始，漢語進入一個新的歷史時期。《切韻》系韻書與現實語言的距離越來越遠，語言的發展變化需要有新的韻書出世……。」熊忠《古今韻會舉要》雖然表面上沿襲傳統分韻方式，似仍逃脫不了《廣韻》的窠臼，但若仔細分析其「字母韻」，可察覺到該韻書並非全然依循傳統，而是在實際語音的影響下有所革新。竺家寧（1986）指出：「《韻會》的作者目的在描寫一個和舊韻不同的語音系統，它和中原音韻的差異是南、北語音的不同，不是傳統和當時實際語音的不同。」

〔註31〕宋濂《洪武正韻・序》論及《正韻》編纂的緣由：「恭惟皇上，稽古右文。萬几之暇，親閱韻書。見其比類失倫，聲音乖舛，召詞臣諭之曰："韻學起於江左，殊失正音。有獨用當爲通用者，如東冬清青之屬；有一韻當析爲二韻者，如虞模麻遮之屬。若斯之類，不可枚舉。卿等當廣詢通音韻者，重刊定之"。于是翰林侍講學士臣樂韶鳳……欽遵明詔，研精覃思，壹以中原雅音爲定。復恐拘於方言，無以達上下，質正于左御史大夫臣汪廣洋……凡六謄稿，始克成編。」周士淹《聲韻會通韻・序》：「聲韻之學自唐宋以來皆宗沈約，文卿墨儒循守尺寸不敢踰，雖有知其舛者而不能革也。至我朝宋潛溪先生諸公，始奉聖祖明詔，一嘗正之，考究宏博，多所更定。」

> 按照武黃公紹云：禮部用韻所收有一韻之字而分入數韻不相通者，
> 有數韻之字而混爲一韻不相諧叶者，不但如毛氏所論而已。今並遵
> 其說以爲證據，其不及者補之，其及之而未精者，以中原雅聲正之。
> 如以冬、鐘入東韻，江入陽韻，挑出“元”字等入先韻，“翻”字、
> “殘”字等入刪韻之類。

《正韻》是王朝所頒訂的韻書，有強大政治力量作爲推行的後盾，雖能獲得當世學者的尊崇，但實際上卻未能廣泛應用，甚至招來不少批評。〔註32〕何以如此呢？探究其根本原因，除了《正韻》本身字義音切尚有未當之外，更與《正韻》音系的性質密切相關。

《正韻》欲調合隋、唐「讀書音」與宋、元「中原雅音」之間的差異，一方面參照「中原雅音」大膽地歸併《禮部韻略》的韻部，一方面則仍保存中古全濁聲母。然而，當時文人寫詩爲文、闡明詩韻多以《廣韻》或「平水韻」爲準，顯示傳統韻書仍具有強韌的慣性力量；再者，中古全濁聲母在當代共同語音系中早已清化，《正韻》音系顯然與實際語音並不相符。由此觀之，《正韻》儼然成爲童牛角馬、不今不古的畸形產物，無怪乎儘管該書是王室所頒定的官韻，但卻仍不爲世人所重用。

五四白話文運動以來，書面語與日常口語的距離日益縮減，「讀書音」與「口語音」之間的分際亦隨之逐漸模糊，終至難以分辨，致使部份學者未經仔細思索，便誤將「讀書音」等同於「官話音系」（口語標準音），〔註33〕因而滋生出許多不必要的爭論與詭辯。今日分析明代等韻圖，對於「讀書音」與「口語音」

〔註32〕後世對於《洪武正韻》的評價，貶多於褒，茲舉數例以明之。〔清〕王鳴盛《蛾術編》七十九卷：「《洪武正韻》改自古相傳之韻，另爲部分。然前明一朝無一人遵用之。」《四庫全書總目提要》（經部小學類三）或因政治因素影響，對《洪武正韻》更是極度不屑：「其書本不足錄，以其爲有明一代同文之治，削而不載，則韻學之沿革不備，猶之記前代典制者，雖其法極爲不善，亦必錄之史冊，故不能泯滅其跡，使後世無考耳。」

〔註33〕葉寶奎（1994：91）：「《正韻》的語音基礎是 14 世紀漢民族共同語的讀書音，它代表的是明初官話音系，比較準確地說，是 14 世紀以讀書音爲基礎的官話音系。」葉氏的論斷相互矛盾。所謂「官話音」應是指口語標準音，而「讀書音」則是閱讀書面語所使用的語音，兩者具有風格色彩的差異，切不可以今律古，誤將兩者混同齊觀。

能不仔細辨析清楚嗎？

（二）官話與正音

"官話"與"正音"是明清音韻學的重要概念，對其確切意涵若無法精準地加以辨析、釐清，則恐將導致全盤性的錯誤，耿振生《明清等韻學通論》因此而特立章節加以剖析。在下文中，筆者立足於前人研究基石上，解析"官話"與"正音"的所指內容及其相關問題。

1、明代官話形成的背景及其發展概況

伴隨著社會繁榮、交通發達、經濟飛騰……等條件，人與人之間的溝通交流日益密切，因而迫切需要一種超越方言之上的共同語，舉凡歷史上曾出現的雅言、四方通語、中原雅音、通濟之言……等，大體上是指社會大眾爲因應日常交際的需要而自然凝聚成的通用口語。明清「官話」即是此種流通層面較廣的日常口語，其使用場合並非只侷限於誦讀典籍、賦詩爲文，而是有著廣大的社會基礎，故與前代之洛生詠、典語、正言……等統治階層專擅的「讀書音」有著本質上的不同。〔註34〕

宋、元時期的共同語一般稱之爲「中原雅音」。以「官話」來指稱共同語何時方始有之？李葆嘉（1996：40）翻查相關文獻的記載，認爲「官話」一詞可追溯至明代初期。

〔朝鮮〕《李朝實錄・成宗四十一年（1483）九月》：「頭目葛貴見《直解小學》曰：反譯甚好，而間有古語，不合時用，且不是官話，無

〔註34〕爲何多數漢語音韻學者將明清「官話」與「讀書音」劃上等號，因而混淆「口語」與「書面語」的分際呢？原因在於對「官」字的見解分歧所致。「官」字之初義爲「房舍」，而後引申爲「治眾之所」（官府）、「治眾之人」（官吏）。然而，明清「官話」之「官」字並非僅指「官場」、「官司」或西洋傳教士所謂 mandarin 即官吏之「官」，當是泛指廣大的社會群眾，即「官人」之「官」。據〔清〕趙翼《陔餘叢考》卷三十七載：「唐以前唯有官者方稱官人，至宋已爲時俗通稱，明代以後遍及士庶，奴僕稱主及尊長呼幼，皆可稱某官人。」李葆嘉（1996：42）則指出：「宋元以後，江南商業經濟蓬勃發展，市民社會形成，商賈於鄉里多稱"朝奉"、"員外"，普通百姓被稱爲"看官"、"客官"，"官"的稱呼已經市民化。因此，明清通用語稱之爲"官"，包含著市民社會豐富的文化內涵，官話的出現及通行與宋元以來江南商業經濟的繁榮密切相關。」

人認聽。」（太田辰夫 1953）《直解小學》的作者是偰長壽，此書為李朝廣泛使用的漢語教科書。這是目前所知「官話」一詞的最早出處。1483 年，「官話」已見於域外文獻，由此推測明初已通行「官話」一詞。

明清「官話」是否等同於現代漢語共同語──國語（或普通話）？兩者有何本質上的差異？筆者認為：明清官話與現代國語（或普通話）根本的差別，在於前者缺乏明確、統一的人為規範。仔細考索反映明清「官話」的韻學語料，不難發現各資料所展現的音系並不全然一致，這無疑表明了明清「官話」是在自然狀態下所凝結成的模糊概念，因未經過人為力量的長期強制干預，〔註35〕尚不可能發展出「唯一正確」的標準讀音，是故不同時空背景的人，對官話不免有不同的理解，衍生出許多雜糅各地方音色彩音的「藍青官話」。

　　儘管明清「官話」缺乏統一的人為規範，音系中可能摻雜各地方音與讀書音，但歸納明清各種「官話」韻書，仍可察覺彼此間仍存有其共同、穩固的內核。明清「官話」韻書的共同內核為何？如何形成？發展的過程為何？口語共同語的形成在於應合全民交際的實際需求，必是以權威方言（通常政治、文化、經濟中心）的讀音為標準，方能達到「韻共守自然之音，字能通天下之語」的效用。然而，自宋元以降，隨著時局轉變、朝代更替，全國政治、經濟、文化

〔註35〕清雍正六年（1728）曾發佈詔書強制推廣標準讀音：「朕每引見大小臣工凡陳奏履歷之時，唯有閩廣兩省土人，仍系鄉音，不可通曉，……官民上下言語不通，必使胥吏從中代為轉遞，於是添設假借，而事理之貽誤者多矣！……應令福建廣東兩省督撫轉飭訓導。」俞正燮《癸巳存稿》亦記載此事：「雍正六年，奉旨以福建、廣東人多不諳官話，著地方官訓導，廷臣議以八年為限。舉人、生員、貢監、童生不諳官話者不送試。」可惜此道命令未能長期執行，乾隆十年（1745），福建省城四門的正音書院就被裁撤，舉人、秀人也沒有因為不會說官話而不准應試。明清時期尚未有明確的官話標準讀音，直至 1913 召開「讀音統一會」時才正式提出確定「國音」的標準，而以投票方式議定：以北京音為基礎，並吸收其他方言特點的「老國音」；但由於「老國音」是人為拼湊成的音系，全國無人以這種標準音說話，故 1924 年「國語統一籌備會」放棄「老國音」而改以北京音作為標準音，稱之為「新國音」。1955 年大陸召開「現代漢語規範化會議」，決議以「普通話」替代「國語」，並將普通話明確地規範為：「以北京語音為標準音，以北方方言為標準方言，以典範的白話文著作為語法規範。」（林燾，1998：7）

中心亦有所變更，口語共同語則隨著權威方言的轉移而稍有變異，在筆者碩士論文（1994）已曾概略梳理近代官話標準音演化、轉移的動態歷程，茲將各時期口語共同語的語音基礎總括如下：

　A. 宋代「中原雅音」──汴洛方音

　B. 元代「中原音韻」──大都音

　C. 明代「官話」──南京音

　D. 清代中期以後之「正音」──北京音

口語共同語標準音的轉移是逐漸擴散的，絕非一朝一夕可完成；且各時期標準音並非迥然不同，而是呈現疊置的狀態，這從明清官話普遍存有「文白異讀」的現象即可見一斑。茲將各時期口語共同語標準音的疊置狀態圖示如下：

【圖表 2-8】

如【圖表 2-8】所示，各時期的口語共同語標準音相互疊置，就如同一疊排列得參差不齊的象棋，彼此之間犬牙交錯，既有完全重合之處，亦不乏特出的地方。正因各標準音系之間有許多共同的內核，故當標準音系隨權威方言的轉變而異動時，也只不過是變動少數游移、參差的部份，還不至於產生語言的斷層而造成學習與理解上的困擾。

分析明代等韻圖，除了必須辨析「口語音」與「讀書音」之外，更得注意共同語標準音的基礎方言及其發展狀態，方能避免以古律今、相互淆亂而徒生滋擾。

2、明代正音的音系類型及其韻學意涵

明清時期專門為紀錄官話而編撰的韻書並不多見，因為當時韻學家所關注的乃是「正音」而非官話。所謂「正音」即是理論上的標準音、語音的最高規範，至於其實質的音韻內涵為何？各家看法則相去甚遠，頗為紛雜。仔細考察明清時期標舉「正音」的各項韻學資料，則不難發現各語料所實際內涵的音系

並不相同，很難令人相信這些語料是根據某一方言音系而來。當可設想：「正音」通常只是等韻學家根據其韻學理論所虛擬出的理想音系或規範標準，不一定要與某個客觀實存的音韻系統相對應，誠如耿振生（1992：126）所言：

> "正音"是文人學士心目中的標準音，它純粹是一種抽象的觀念，沒有一定的語音實體和它對應，……不同的作者為這抽象物尋找客觀依據時就把它和不同的語音實體聯繫起來，設計出不同的體系。就像許多人在為同一個神靈塑像，每個人都按自己的想像來塑造它的形象，結果出現了千姿百態大相逕庭的很多偶像。

儘管「正音」語料千姿百態、大相逕庭，但仍可依照等韻學家的理論基礎、立論角度、編撰目的與動……等方面予以歸類。耿振生（1992：123）即將明清等韻學家的正音觀歸納為以下四種：

1. 從方言地理的角度推論正音，認為某地方言即為正音。
2. 參考古韻書的標準來看待方言讀音，認為正音是折衷方言、參酌古今的產物。
3. 將古音視為取決的唯一標準，認為唯有符合古音的音類才算正音。
4. 為表示尊崇皇權，認為依照欽定《康熙字典》、《音韻闡微》之字音即是正音。

明代由於古音之學尚未昌明，因此韻圖編製以反映時音為要務，等韻學家所設定的「正音」，大抵上是從方言地理的角度立論，或認為「正音」當折衷各地方言，令五方之人皆能通解，如《洪武正韻·凡例五》：「欲知何為正聲，五方之人皆能通解者斯為正音也」；或以為河洛居天下之正中，主張「正音」當以中原之音為準，如：呂坤《交泰韻·辨五方》：「中原當南北之間，際清濁之會，故宋制中原雅音。合南北之儒，酌五方之聲，而一折衷於中原，謂河洛不南不北，當天地之中，為聲氣之萃，我朝正韻皆取裁焉。周氏德清，高安人也。力詆沈約，極服中原……。」

總結上文，讀書音、口語音、官話與正音均是分析明代韻圖時無法規避的重要概念，欲探究明代等韻學發展的源流，必得先釐清這些基本概念，避免自陷於治絲益棼、剪不斷理還亂的窘境，如此方能在共同的基點上進行歸納與比較，從而完整地建構出等韻學的脈絡與體系。

第三章　拼讀反切、辨明音值的音表

　　在政治封建、經濟凋敝的傳統農業社會中，廣大的基層群眾過著「雞犬相聞、老死不相往來」的簡樸生活，而位居社會結構錐頂的統治階層反倒是社會的主力，舉凡公文往來、政令宣達、法律訴訟……等，均爲知識分子所壟斷、掌控，而知識份子所專擅的書面語「讀書音」，自然也就成爲社會交際的標準用語，其性質殆與印度的梵文、歐洲的拉丁文相類似。

　　自宋元以降，隨著社會經濟的富庶繁榮，市民階層迅速崛起，以往依附於書面文獻的讀書音，已無法再滿足大眾交際的實際需求，爲求達到廣泛交際的最大效益，群眾自然地凝聚出超越各地方音的口語共同語。因此不難設想：宋、元以來所謂的「中原雅音」、「天下通語」……均是指稱「共同語」的模糊概念，至於其實質內涵爲何？可能是傳統文士所習用的「讀書音」，也可能是市民階層口耳遞傳的「口語標準音」，學者必須仔細加以辨析，方不至於相互淆亂、徒生糾葛。

　　羅常培（1959：578）贊同〔俄〕龍果夫在《八思巴字與古官話》中所提的看法，[註1] 認爲中國十四世紀前的北方有兩種并行的讀音系統：

〔註1〕〔俄〕龍果夫於 1930 年在蘇聯科學院人文科學部所發表的《八思巴字與古官話》一文中指出：「我們沒有充分的理由說古官話的語音組織是純一的。在另一方面，我們這些材料使我們可以說有兩個大方言。從聲母來看，它們是極端彼此分歧的：一個我們叫做甲類，包括八思巴碑文、《洪武正韻》、《切韻指南》；另一個我們叫做乙類—就是在各種外國名字對音和波斯對音裡的。並且甲類方言大概因爲政治

一個是代表官話的，一個是代表方言的；也就是一個是讀書音，一
個是說話音。前一個系統雖然不見得是完全靠古韻書擬構出來的，
可是多少帶一點兒因襲和人爲的色彩，它所記載的音固然不是臆造
的，卻不免湊合南北方言想作成"最小公倍數"的統一官話。

儘管羅常培逕將「官話」等同於「讀書音」的說法有待商榷，但他卻指出了一
個不爭的事實，即十四世紀時的漢語共同語包含著兩個主要支派：一是書面語
的「讀書音」；另一則是自然語言的「口語標準音」。

李新魁（1983：227）則更進一步釐正明清時期的漢語共同語，並闡述「讀
書音」與「口語標準音」的主要內涵及其關聯，指出：

這一時期，共同語的標準音（正音）可分爲兩個系統，一是讀書音
系統，一是口語語音系統。這兩者既有聯繫，又有區別。前者表現
在韻書中，可以《洪武正韻》音系爲代表，後者則以《韻略易通》
音系爲代表。《韻略易通》基本上是承繼和發展《中原音韻》一系韻
書的語音系統而來，它反映了當時共同口語音的基本面貌。而當時
的讀書音系統，是該時代一般文人吟詠詩文時所使用的「正音」，它
保存前代語音特點較多，比如說，保存全濁聲母，韻母方面的區別
較爲細緻（一般對官〔uno〕關〔uan〕兩韻、艱〔ian〕堅〔ien〕兩
韻都讀爲不同音，保存入聲，等等）。

從《韻鏡》開始，等韻圖編撰的基本目的即是在於「拼讀反切、辨明音值」，然
而韻圖所拼讀、辨明的音系性質爲何？則隨著作者的主觀意念而有所不同。本
章根據明代韻圖所反映的音系性質及編撰體例，將韻圖區分爲若干次類，以便
於釐清各類的發展脈絡，作爲建構明代等韻學史的客觀依據。

第一節　反映讀書音系的韻圖

明清時期的「口語標準音」在戲曲、小說……等通俗文學的助長下，如燎
原之火迅速蔓延，且一發不可收拾。在此沛然不可禦的時代風尚引領下，原本

上的緣故，在有些地方拿它當標準官話，可是在這些地方的口語是屬於乙類。結
果這些地方有些字有兩種并行的讀音——一種是官派的，像八思巴文所記載的；另
一種是近代的土話，像波斯的對音所記載的。」（轉引自羅常培，1959：578）。

保守、存古的「讀書音」若再不加快自身演化的腳步，則終將失去活力而成為僵化的語言，被遺棄在歷史的洪流中。因此，分析明代反映「讀書音」的韻圖，便不難發現「讀書音」有逐漸朝向「口語標準音」過渡的趨勢，一方面從「口語標準音」吸取養分，汰除日趨僵化的語音形式；一方面則仍與「口語標準音」有所區隔，維持著本有的風格特色。

　　李新魁（1983）分析明清時期反映「讀書音」的等韻圖，依據韻圖的編撰體式及其反映「讀書音」的真切程度，將韻圖細分為三個支系。（參見圖2－5）本章大致上仍依循著李新魁的分類框架，並且以《洪武正韻》（以下簡稱《正韻》）音系作為韻圖歸類的參照點，將明代反映讀書音系的等韻圖概分為兩個次類：1.輔翼《正韻》的等韻圖；2.革新舊韻的等韻圖。

一、輔翼《正韻》的等韻圖

　　此類韻圖多附於韻書之前，作為全書之「綱領」，而韻圖中所列的字，即是韻書中每一小韻的代表字。此外，有些韻圖表現某一韻書（絕大多數是流行的詩韻——《平水韻》）的反切系統，或根據當時讀書音列圖，但因其內容基本上與《正韻》音系相近似，故一併將之歸入此類。

（一）章黼《併音連聲韻學集成》

1、作者生平及成書過程

　　章黼，字道常，別號守道，又號耕隱，嘉定練川人（今上海市嘉定縣）。中年病足，隱居不仕，終生教授，不求聞達，以六書訛謬，乃遵《洪武正韻》，參之以《三蒼》、《說文》、《玉篇》、《韻會》諸書，考訂異同，自宣德七年（1432）起，至天順四年（1460）止，歷經二十九個寒暑，編成《韻學集成》十三卷、《直音》七卷。書前有〔明〕徐博於成化十七年（1481）所寫的序文，提及：

> 吾嘉章君道常，韜晦丘園，教授鄉里，暇則搜閱《三蒼》、《爾雅》、
> 《字說》、《字林》、《韻集》、《說文》……《雅音》諸家書。按司馬
> 溫公三十六字母，自約為一百四十四聲，辨開闔以分輕重，審清濁
> 以訂虛實，極五音六律之變，分四聲八轉之異。然聲韻區分，開卷
> 在目，總之得四萬餘字，每一字而四聲隨之，名曰《韻學集成》。

既《正韻》作為當世讀書音之標準，章黼又何須另外編撰《韻學集成》呢？試觀〔明〕桑悅在序文中所紀錄的一段對話，即可明瞭章黼編撰此書的根本

用意：

> 吳公（克明）難之曰：「《洪武正韻》一書革江左之偏音，美矣！盡
> 矣！萬世所當遵守者也，奚他贅爲？」僉曰：「是韻正所以羽翼聖制
> 也。古今以韻名家者不一：《廣韻》，棟樑也；《韻會》，榱桷也。我
> 朝《正韻》一書，擇眾材而脩正之，廣居成矣。茲又益之以《龍龕》
> 諸韻，外衛之以城郭，內實之以奇貨，覆庇後學之功不淺淺也。且
> 《正韻》之脩，太祖高皇帝運其成規，授之宋濂輩以竟其事，觀大
> 聖人之制作，誠度越千古而無間矣。帝王以萬世之才爲才，有臣於
> 數十年後，以濂自擬，克遵舊規，少加張皇，亦何尤哉！」釋疑已，
> 遂募好事者經營其費。

以上對話，適足以昭明：章黼編撰《韻學集成》乃是恪遵《正韻》之成規，並
且稍加張皇，其成書的原始動機在於羽翼聖制、敷宣《正韻》。即如吳繼仕《音
聲紀元・述古》所言：「正統間，章道常復本《正韻》，編習直音又著《韻學集
成》，以羽翼文教。」

2、韻圖內容與編撰體例

　　章黼《韻學集成》本是一部規模龐大的韻書，然每韻之前均列有韻表，表
中橫分七音、清濁，並以「助紐字」標示聲類；縱分平上去入四聲。在縱橫交
錯的表格中填入小韻代表字，並於各字之下註明切語，作爲全韻的「綱領」以
統攝字音。（參見本文【附錄書影1-1】p.375）即如凡例所言：「每韻目錄，以
領音之字逐一布定音切聲號。」全書分韻以《正韻》爲依歸，併韻類爲七十六
韻，分爲二十二組。即如凡例所載：

> 元古二百六韻，《韻會》參《平水韻》併爲一百七韻，《洪武正韻》
> 析併作七十六韻，如元"支"韻內「羈」「敧」「奇」，"微"韻內「機」
> 「祈」等字，音同聲順，《正韻》以清濁分之，本宜通用，不敢改也，
> 但依《洪武正韻》定例。

此外，《韻學集成》在聲類分合上亦多參照《正韻》，凡例言：「一百四十四聲內
有"角次濁音"與"羽次濁音"，兩音相似，依《洪武正韻》併之，如宜移是
也。又"徵次濁音"與"次商次濁音"兩音併之，如泥尼是也。」至於聲母的
歸類，章黼則多本諸《古今韻會舉要》（以下簡稱爲《韻會》），按七音三十六母

次序排列，並依四呼的不同，將聲母分為一百四十四聲。從下表之中不難看出：《韻學集成》的聲母數目及其宮商分派雖與《韻會》稍有出入，[註2] 但觀察其整體的分類架構，則與《韻會》卷首所附載的《禮部韻略七音三十六字母通考》如出一轍：（下表之灰色區塊標示疑喻相混、泥娘不分）

【圖表3－1】

	角	羽	商	次商	徵	宮	次宮	半商徵	半徵商
清	經堅（見）	因煙（影）	精箋（精）	征氈（照）眞氈（知）	丁顚（端）	賓邊（幫）	分蕃（非）		
次清	輕牽（溪）	興軒（曉）	清千（清）	稱煇（徹）嗔昌（穿）	汀天（透）	娉偏（滂）	芬蕃（敷）		
次清次			新仙（心）	聲羶（審）					
濁	勤虔（群）	刑賢（匣）	秦前（從）	陳塵（澄）榛潺（床）	亭田（定）	平便（並）	墳煩（奉）	人然（日）	零連（來）
次濁	銀言（疑）	寅延（喻）	餳前（邪）	紉嬈（娘）	寧年（泥）	民綿（明）	無文（微）		
次濁次				神禪（禪）					

〔註2〕由於知照合流、喻疑相混、泥娘不分，故《韻學集成》實際上只存31個聲母；而《韻會》則因另增「幺、魚、合」三母，故仍維持36之數。再就五音與聲類的配對關係而言，「宮、商、角、徵、羽」原本是標示音階的音樂術語，後代音韻學家取「宮商角徵羽」五音來說明聲母與韻類，但對於聲母與「宮商角徵羽」的搭配關係，各家見解甚為分歧。章黼《韻學集成》並非專尚一家，或憑己意，或從《玉篇》，或遵《韻會》。趙蔭棠（1957：142）根據章黼在〈七音三十六母清濁切法〉的繁雜論述，以列表方式加以梳理，茲徵引如下：

《玉篇》	宮音		羽音		羽音
《韻會》	羽音		宮音		宮音
字母	影曉	匣喻	幫滂並明	敷奉	非微
《韻學集成》	宮音（從《玉篇》）	羽音（從《韻會》）	宮音（從《韻會》）	羽音（從《玉篇》）	微音（自酌）

章黼對聲母的分類似乎過於苛細，呂坤《交泰韻·辨五音》對此頗有微辭：「七音皆分清濁，清濁又分七音，如此分別，必當有見，但繭絲牛毛之繁細，毫忽纖秒之微茫，即使極精，已屬不急。」

　　吳繼仕《音聲紀元》評述《韻學集成》，指出：「五音本於《韻會》諸書。」為何《韻學集成》的聲母歸類要依循著《韻會》的體例呢？《正韻》是明太祖朱元璋詔令詞臣樂韶鳳、宋濂等人所編訂的，在皇權光環的籠罩之下，《正韻》雖然普遍為當世儒者所尊崇，但卻不廣為實用。何以如此？李新魁（1992）認為主要原因有二點：一是，傳統的《平水韻》仍然保有強韌穩固的影響力，時人無論是作詩押韻、闡明詩韻、抑或表述古韻、協音、轉注，仍多以《廣韻》或《平水韻》作為依傍，以 106 韻為分類標準來範圍字音；另一則是《正韻》本身有所缺漏，〔註3〕以致「字義音切，尚多未當」。

　　對於《正韻》的闕漏，明代等韻學家已多有論及，如呂維祺《同文鐸・義例》即云：「《正韻》奉高皇帝刊定，裁為七十六韻，頒行既久，復謂猶未盡善，後見黃公紹《韻會》稱善，詔刊行之，賜名《韻會訂正》。」《四庫全書總目提要》（以下簡稱《四庫提要》）則引〔明〕周賓語云：

> 洪武二十三年（1390），《正韻》頒行已久，上以字義音切尚多未當，
> 命詞臣再校之。學士劉三吾言：“前後韻書唯國子監孫吾與所纂《韻
> 會定正》音韻歸一，應可流傳，遂以其書進”。上覽而善之，更名
> 《洪武通韻》，命刊行焉。

由於《韻會》系韻書能夠補苴《正韻》本有的闕漏，雖非官修韻書卻能得到皇帝的青睞，在政府高層的積極鼓動、導引下，士人亦歡然從之。趙蔭棠（1957：142）指出：「章黼墨守《韻會》乃是時代使然。因為《洪武正韻》編成之後，《韻會》派又行抬頭的緣故。」

　　3、音韻系統與音變規律

　　《韻學集成》審音定切雖有多處引述《中原雅音》，〔註4〕但其音韻系統大

〔註3〕　《洪武正韻》頒佈刊定之後，在明代已有不少士人針對其闕漏之處予以補苴、闡
　　　　發。李新魁（1992：509）翻查明人增補、校訂《正韻》的相關論著，指出：「著
　　　　名的作品有楊時偉的《洪武正韻箋》、龔時憲《洪武正韻注疏》、李畿的《洪武正
　　　　韻玉鏈釋義》、周嘉棟的《正韻匯編》、任世鍾的《正韻統宗》、童漢臣的《正韻便
　　　　覽》和朱睦㮮的《正韻偏旁》等。這些著作大都亡佚，無法窺見其具體內容。但
　　　　從書名看來，它們為“羽翼”《洪武正韻》而作是可以肯定的。」

〔註4〕　《韻學集成》對於《中原雅音》多所引述，根據邵榮芬（1981）的統計：《韻學集
　　　　成》所引述的《中原雅音》材料共有 1405 條，除去與語音無關的 112 條，還剩 1293

體上仍是因循著《正韻》，具體地反映出當世的書面語讀書音系統。以下則透過《韻學集成》音系與《中原音韻》（元代口語標準音）、《洪武正韻》（明初讀書音）的對比參照，觀察彼此音變規律的異同情形，藉以凸顯出《韻學集成》的音系性質。

茲將《韻學集成》音系所顯露的重要音韻特徵概括於下：

1. 保存全濁聲母
2. 疑母細音字歸入喻母
3. 齊／灰、魚／模、蕭／肴六韻分立
4. 保存入聲韻尾-p、-t、-k（入聲韻與陽聲韻相配）

就聲母系統而言，章黼《韻學集成》列舉出 33 個聲類，乍看之下似與《正韻》的聲類數目（31 類）不符，但若仔細觀察兩者所展現的音變規律，則不難察覺本質上兩者並無二致。〔註5〕再就韻母系統觀之，更可清晰地看出《韻學集成》韻母歸類乃是遵循《洪武正韻》的分類框架，而與《中原音韻》有著明顯的差距。由此可明確證實：《韻學集成》的音系乃是反映著當世的讀書音系統。

（二）陶承學、毛曾《併音連聲字學集要》

1、成書過程與編訂動機

此書不著撰人。陶承學偶於吳中獲得此書，召同邑儒者毛曾共同校理，揚摧異同、芟繁剔冗，至嘉靖辛酉年（1561）始獲成編，後由宛陵人周恪校正刊布。卷首附有萬曆二年（1574）陶承學的序文，自述其得書的經過及編訂的動機，曰：

> 曩在南臺，按行吳中，得韻學一篇。愛其四聲貫穿，類總相屬，下
> 有註釋，多本《說文》。不詳撰者名氏，覽而歎曰：豈即徐（按：徐

條。《中原雅音》一書早已亡佚，作者更無從查考，而散見於《韻學集成》的這些音注材料，自然成爲今日學者構擬《中原雅音》音系最重要的依據。

〔註5〕劉文錦（1931）全面考訂《正韻》的聲類系統，將其歸併爲 31 聲類，並指出：「綜此三十一聲類以與等韻三十六字母相較，則知徹澄娘與照穿床泥不分，非與敷不分，禪母半轉爲床，疑母半轉爲喻，正齒二等亦與齒頭音每相涉入，此其大齊也。」《正韻》所展現的音變規律與《韻學集成》十分近似。

鐈）李（按：李燾）撰述之遺耶？雖傳之百世可也。顧簡編脫遺，

字畫舛訛，漫漶未裁，將復淪沒，慨然惜之。及守新安，嘗延致同

邑儒者毛曾……命之曰《字學集要》，用以闡文字、開群蒙，如古人

鰲《爾雅》入小學云。

陶承學的序文有兩點值得特別注意：一是關於原本作者的問題，由於《字學集要》與〔南唐〕徐鍇（920～974）《說文解字韻譜》、〔南宋〕李燾（1115～1184）《說文解字五音韻譜》均是依韻列字的字書，各書在性質上十分近似，使得陶承學不禁要懷疑：《字學集要》可能是「徐、李撰述之遺」，然而《四庫提要》對此種論點則斥之為「漫無考證」，究竟《字學集要》的原本是否果真出自徐鍇或李燾之手？仍是個未解的謎團。二是，陶承學雖在序文中已明白昭示編纂《字學集要》的原始意圖在於「闡文字，開群蒙」，然則根據何種音系來作為詮釋字音、啟發童蒙的標準？陶氏則未有明確交代，故仍有待深入探查。

2、韻圖形制與編撰體例

《字學集要》是一部依韻排列的字書，性質與《韻學集成》十分相似。全書取「元亨利貞」之數而分成四卷，各卷之首均列有韻表，表中依序填入各小韻的代表字，作為總攝各韻字音的「綱領」。全書的分韻亦與《韻學集成》相同，均取法《正韻》而分為 22 部、76 韻。

至於聲母歸類則與《韻學集成》稍有差異。從《字學集要‧總目》所附載的「切字要法」中，可以清晰地看出《字學集要》將聲母分為 27 類，各聲類除標明字母之外，更附有助紐字與反切，（參見本文所【附錄書影 2－1】p.376），便利使用者熟悉反切拼讀之法，俾使能迅捷地拼切出正確的讀音，故在末尾註明：「右學切法須用讀至千遍，俟其口舌利便，音和聲順，自然能切矣。」

3、音韻系統與音變規律

《字學集要》的韻部歸類與《韻學集成》相同，而其聲母系統則顯得較為特出，除將傳統三十六字母刪併為二十七類外，更別立三個新穎的字母—勤、逸、歡。對此《四庫提要》評論曰：「前列切字法，刪去群疑透床禪知徹孃邪非微匣十二母，又增入勤逸歡三母，蓋以勤當群，以逸當疑，〔註6〕以歡

〔註6〕《字學集要》的「逸」母並非與「疑」母相對應，《四庫全書總目提要》「以逸當疑」的說法並不正確。趙蔭棠（1957：148）指出：「"逸"係"喻"母字，其助

當透，而省併其九母，又無說以申明之，殊爲師心自用。」考察「切字要法」所羅列的聲類及其助紐字，可概略歸納出聲母系統的音變規律。茲舉其重大者羅列如下：

1. 保存全濁聲母

2. 疑母細音字歸入泥母，部份失落成零聲母

3. 匣、喻合流

4. 全濁音（濁塞擦音）與又次濁音（濁塞擦音）相混——從、邪合流，床、禪、日合流

至於韻母方面，除了延續《正韻》齊／灰、魚／模、蕭／肴六韻分立、保存入聲韻尾-p、-t、-k 的規律外，耿振生（1992：203）則又舉出幾項體現出吳方言特色的音變現象，諸如：a.寒、山分韻，古一等開口舌齒音有歸入山韻的。b.陽韻中姜、江對立。c.庚韻中古二等韻獨立。d.古舌齒音合口字多轉入開口。

由於陶學承乃浙江會稽人氏，審音定切之時，容或雜入個人的方音特色，但是綜觀《字學集要》的編排體例與韻部歸類，並考量其「闡文字、開群蒙」的終極目的，均不難斷定：該書整體所展現的音系是書面語讀書音，而非區區之吳地方音。

（三）濮陽淶《元聲韻學大成》

1、作者生平及成書動機

濮陽淶，字致東，號眞庵，廣德人（今安徽宣城縣）。此書作於萬曆戊寅年（1578）。書前自序云：

> 至齊梁沈氏始分四聲韻爲詩家宗，惜其語音近俗，疏而不詳。自後
> 羽翼字文者，或分或合、或簡或繁，大約泥於古詩，以沈韻爲成案，
> 中間牽制鄉音，影響切法，承訛襲謬，殊無有得其元聲。釐正之者，
> 獨《中州韻》一書，爲世標幟，且不免偏用北音。如四寺、試事、
> 攜回、江姜之類，纖微莫辨。至以入聲分隷三聲，則天地之元聲且
> 闕其一矣。是可爲天下之通音乎？余孩提時甫能言，即知平上去
> 入。……後奔走南北，磨礪數十年，習知天下通音，進取未遑也。

紐“刑賢”係“匣”母字，而“寅延”又係“喻”母字，此蓋“匣喻互通”之象，與“疑”母無關。」

從序文可知：濮陽淶編纂此書的根本目的在於反映「天地元聲」、「天下通音」。「天地元聲」乃是當時儒者心中普遍存有的抽象概念，實際具體的內涵為何？常是人言言殊；而所謂「天下通音」即是指廣泛通行的共同語。濮陽淶根據數十年來奔走南北、遊歷四方的親身體驗，認為：《中州韻》最能體現「天下通音」，只可惜該書將入聲分隸於平、上、去三聲。有鑑於此，濮陽淶《韻學大成》一方面參酌《中原音韻》的分類標準，擺脫傳統韻書（沈韻，即《廣韻》）的拘限，一方面則又依據《洪武正韻》增列入聲韻部，以期能充分契合「天下通音」。即如吳同春寫於萬曆八年（1580）的序文所言：

> 〔元〕周德清《中原音韻》之作，得天地之中聲，此我太祖高皇帝
> 《洪武正韻》所必取也。桐川真庵濮陽公慨四聲之散而無統，爰稽
> 聲音文字，質諸經史，正以語言，著《韻學大成》一書，審聲殊密，
> 析理極精，每韻而四聲具焉，無則缺之。是書出而音韻之道備矣！
> 誠《正韻》之羽翼而後學之指南也。

2、韻圖內容與編撰體例

濮陽淶《韻學大成》與《字學集成》頗為近似，均是仿效元本《玉篇》的體式，於卷首附載「切字要法」，（參見本文【附錄書影3－1】p.378）以雙聲的助紐字來協助讀者拼讀切語。然而，較為特異的是，《韻學大成》甚至完全取消「字母」，而逕以助紐字來標示聲類。對於此一廢棄字母的特殊舉措，〔清〕莫友芝（1811～1871）《韻學源流》評曰：「濮陽淶《韻學大成》亦不用見溪群疑等門法，而以"新鮮仁然"等立法，稍增益之為三十母」，陳振寰（1988：273）則更進一步追溯此法之源頭，指出：「以六十助紐字表現元明聲母系統的作法，首見於元代《新編纂圖增類群書類要事林廣記》，該書後集卷九"幼學類"有"六十字訣"（實缺四字），代表二十八母，後世反映口音的韻書聲母系統表示方法，多源於此，而加以增減。」

反切之法雖稱簡易，但亦非人人皆可通曉，古代字書經常附載所謂的「切字要法」，藉著助紐字作為訓練使用者熟悉切語拼讀的方法；然而若是廢棄統攝切語上字的「字母」，僅以助紐字標示聲類，則易使人拘執於個別的字音，而在無形中模糊了「聲類」的整體概念，恰似缺乏貫串的絲線，縱有滿櫝珍珠卻也只能任由其散落、錯置。由此觀之，《韻學大成》取消標音總母的作法，反倒成

爲韻學觀念落後、衰退的表徵，是故《四庫提要》評論曰：「其字母則專以新鮮、仁然等立法，稍增益之爲三十母，而不用見溪群疑四等門法，意在簡捷。然新鮮等母仍即字母之變，不識字母又烏從而識之。」

　　此書在編排格式上以韻隸聲、以聲統調，縱橫排列，觀其內容雖爲韻書但編排形式卻具備等韻圖的特色。（參見本文【附錄書影3－2】p.379）聲母三十類，數目與章黼《韻學集成》相同，茲將《韻學大成》三十聲類與等韻三十六字母的對應關係羅列如下：

新鮮（心）	餳涎（邪）	秦前（從）	親淺（清）
津煎（精）	申閃（審）	神善（禪）	仁然（日）
陳塵（澄、床）	嗔闡（徹、穿）	眞展（知、照）	鄰連（來）
廷殄（定）	汀珽（透）	丁典（端）	因偃（影）
寧碾（泥、娘）	寅演（疑、喻）	行賢（匣）	興顯（曉）
輕遣（溪）	勤乾（群）	經蹇（見）	民免（明）
貧弁（並）	賓扁（幫）	偋編（滂）	分反（非、敷）
墳范（奉）	文晚（微）		

　　至於韻母歸類方面，全書共分四卷、統括爲二十八韻部，各韻的標目如下所示：

東鍾	弘萌	庚生	京青	眞君
榛文	侵尋	岑簪	支思	齊微
崔危	須魚	蘇模	歌戈	皆來
江黃	姜陽	山關	寒干	桓歡
參含	監咸	廉纖	先天	蕭豪
家麻	車遮	尤侯		

　　濮陽淶《韻學大成》所區分出的韻部數目，較諸《中原音韻》（19部）、《洪武正韻》（22部）爲多。《四庫提要》評之曰：「是書大抵本之《中原音韻》，而不取其入聲隸三聲之說，又廣其十九部爲二十，如魚模之分爲須魚、蘇模，江陽之分爲江黃、姜陽是也。……其所分各部亦無義例，既云宏萌不宜入東鍾，又不附之庚青，且分庚青爲庚生、京青兩部，眞所謂進退失據者也。」茲將三者之間互有差別的韻部表列於下，藉以比較彼此間的同異關係，進而確認《韻

學大成》所反映的音系性質及其可能來源：

【圖表 3－2】

《平水韻》	《中原音韻》	《洪武正韻》	《韻學大成》
東、冬	東鍾	東董送	東鍾、弘萌
江、陽	江陽	陽養漾	江黃、姜陽
微、齊、灰	齊微	齊薺霽（開口）、灰賄隊（合口）	齊微、崔危
魚、虞	魚模	魚語御（細音）、模姥暮（洪音）	須魚、蘇模
眞、文	眞文	眞軫震	眞君、榛文
寒、刪	寒山	刪產諫	山關、寒干
蕭、肴、豪	蕭豪	蕭筱嘯（細音）、爻巧效（洪音）	蕭豪
庚、青	庚青	庚梗敬	庚生、京青
覃、咸	監咸	覃感勘	參含、監咸

【圖表 3－2】中，《韻學大成》所另行分立的韻部，究竟是主要元音的差別呢？抑或是介音的不同？是否爲古音殘跡？抑或是方音影響？ [註7] 尚有待深入探究。若單從表面上看來，《韻學大成》保存全濁聲母與入聲韻，顯然可歸屬於《洪武正韻》一系反映當世讀書音的韻書；但若就其分韻而言，則似乎又與《平水韻》較爲接近，由此可知：濮陽淶所謂的「天下通音」應該是存古成份較多的讀書音，雖然本之《中原音韻》，但仍無法全然擺脫傳統詩韻──《平水韻》的影響。

3、音韻系統與音變規律

聲母系統方面，不僅聲類數目與《韻學集成》相同，其所彰顯的音變規律亦無二致；至於韻母系統方面，則顯然與其他韻書有較大的落差。茲將圖中所展現的幾項主要音韻特徵羅列於下：

1. 保存全濁聲母
2. 疑母細音字歸入喻母
3. 齊／灰、魚／模分立
4. 保存入聲韻尾-p、-t、-k（入聲韻與陽聲韻相配）

〔註7〕耿振生（1992：204）認爲《韻學大成》是反映吳語方音的韻圖，並指出：「江黃韻與姜陽韻分立，山關韻與寒干、桓歡韻分立，是較爲明顯的吳音特徵。」

（四）葉秉敬《韻表》

1、作者生平及成書動機

葉秉敬，字敬君，衢州西安人（今浙江省衢縣）。萬曆辛丑年進士，與袁子讓同榜。葉氏博學淹通，著書四十餘種，其有關字學之論著除今日可見之《字孿》、《韻表》外，另有《駢字集考》、《詩韻綱目》、《字學疑似》等。《韻表》三十卷，成書於萬曆乙巳年（序文題曰：歲在旃蒙大荒落，即 1605 年），篇末附有《聲表》三十，前者以三十韻列表，後者以三十聲分圖，兩者編撰體例不同，彼此相互爲用。

關於《韻表》編撰的動機，葉氏在〈凡例〉「宗《正韻》」條中，即開宗明義地指出：

> ……此韻表之設者何也，此韻表爲古韻而設。蓋不考古韻之所以分，則不知《正韻》之所以合。惟詳其分者之如何而是、如何而非，則眞知合者之必然而然，非勉然而然也。……故此韻表三十實爲《正韻》之忠臣。夫子學禮曰吾從周，愚生學韻曰吾從正。夫從周者不妨學夏禮與殷禮，則從正者亦何妨學古韻耶！

葉秉敬以《正韻》爲宗，《韻表》標目卻仍以傳統詩韻—平水韻爲準，表面看似存古、守舊，然其用意則爲闡明《正韻》韻部分合之理據，可知作者編撰的主要目的亦是在於「羽翼聖制、敷宣教化」，其所反映的音系當爲書面語讀書音。

葉秉敬十分重視語音的審辨，強調審音當驗諸唇吻口舌之間，[註8]是以《韻表》形制、體例未見雜糅玄虛成份，甚至主張廢除傳統的「五音分配之說」。然而，「天人合一」畢竟是當世儒者普遍存有的思維模式，每欲解釋語音現象的深層原因，便多援引象數之學以爲立論之依據，葉氏亦未能自外於此心理定勢。試觀「辯舊韻分析東冬」條所云：

> 以愚度之，東者東方發生之地，於時爲春，其聲稍舒暢而發露，故舊註云「德紅切」。冬者四時（既畢）之候，萬物閉藏，其聲極含洪而包蓄，故舊註云「都宗切」。夫都睹妒○屬敦端，其聲圓而滿；登

〔註8〕葉秉敬《韻表凡例》「辯五音分配」指出：「聲氣之元，自在吾口舌間，此近取諸身之法，羲皇得之以畫卦，而愚生得之以審音，是故《易》爲心畫，而字爲心聲，愚未見其道之殊也。」

　　○○德屬登○ ᵈᵉⁿᵍ⁻ᵍ̄ᵃⁿ ，其聲圓而淺。

明代讀書音應當是已無法明確辨識東、冬兩韻的實際區別，葉秉敬對比舊註切語上字的差異，並將語音比附於「方位」、「節氣」，從而推斷出：冬韻「圓而滿」、東韻「圓而淺」。此種比附論證的方式乃是心理定勢運作下的產物。

　　2、韻圖形制與編撰體例

　　《韻表》依照三十韻而分成五十五全表，（參見本文【附錄書影4－2】p.381）各全表之前均附有〈韻要〉（參見本文【附錄書影4－1】p.380），作為統攝該韻字音的音節總表；全表之末則附加〈辯語〉，說明特殊的語音現象及個別字例的配置情形。葉秉敬〈讀韻表法門〉云：「讀法全在韻要，韻要之中每平上去入只取一字，反覆熟讀始得其趣，讀之之法無過一縱一橫而已。」試以〈韻要〉為據，綜觀《韻表》的編撰體例及其音韻結構。

　　〈韻要〉橫列三十字母，字母之下依介音（四派祖宗）的不同而羅列相應的助紐字，例如見母之下列有：庚干（開）、經堅（齊）、觥官（合）、扃涓（撮），縱讀之名為「捲簾法」，以平上去入四聲連讀若垂簾而下。〈韻要〉縱列上下二等，［註9］各等之內則依平上去入四聲標舉韻目，橫讀之則名為「貫珠法」，以其聯聯不絕，累累如貫珠，習之既熟，則隨口所向三十聲自相連而進。

　　葉秉敬削去重出的「知徹澄娘敷疑」六母，而立為三十聲類，值得一提的是：《韻表》雖將疑母改入喻母，但因為江南各地方音疑、喻仍截然可分，［註10］為顧及疑母在方音上的分歧，特將喻母改為御母，「以喻字偏而向於一，御

〔註9〕早期韻圖以二等四呼區分介音。自元明以降，語音結構產生劇烈變化，一等\二等、三等\四等間的界限逐漸模糊，終而形成開齊合撮四呼。《韻表》每韻可分為一表、二表，每表之中均分上下二等，雖無四呼之名，但已有四呼之實。葉秉敬對此創舉頗為自豪，在〈凡例〉「辯二等」條中指出：「《韻表》之設大都述而不作，未有無所因而輒創自愚臆者，中間唯一表二等之法，乃千古未洩之密。愚每翻覆於唇舌，往來於心口，灼見二等之外毫不可增，二等之內毫不可減，妄謂此有功於字學，非曰小補，雖聖人復起不易吾言。」

〔註10〕葉秉敬《韻表凡例》「辯喻母」：「中間惟一喻字惟有偏枯，蓋江南之音有不盡如喻字者，試以"業"（疑母）字言之，江之北多與"葉"（喻母）字同呼，而江南或與"葉"分途，自呼為"業"；又以"牛"（疑母）字言之，江北多與"尤"（喻母）同呼，而江南或與"尤"分塗，自呼為"牛"。今總之以"喻"母，則江北之人信而江南之人疑矣。」由是可知：江南各地方音疑、喻兩母尚未合流。

字虛而兼乎兩」。至於聲母之歸類，葉氏則是將三十字母依「發音部位」分為顎、舌、唇、齒、喉五音；又依「發音方法」而分為納口、出口、半出、半納與陰清陽濁。各個聲類同五音、出納、陰陽的對應關係如下表所示：

【圖表3-3】

	顎音	舌音	唇音	齒音		喉音	舌音	齒音
納口陰（不送氣清音）	見	端	幫	精	照	影		
出口陰（送氣清音）	溪	透	滂	清	穿			
半出口陰（清擦音）			非	心	審	曉		
半出口陽（濁塞＼塞擦音）	群	定	並	從	床			
出口陽（濁擦音）			奉	邪	禪	匣		
半納口陽（鼻音＼流音）		泥	明	微		御	來	日

葉秉敬對於聲類的審辨頗為細緻，除了創立一套新的術語來標示「發音方法」外，更捨棄傳統「七音」之說，逕將來、日兩母歸入舌音與齒音，但為存古之故而仍將之獨立成行，並未併入端系與照系。

再就韻類的歸併觀之，葉氏〈分韻法門〉云：「《洪武正韻》愚既尊之而立同文表，今所立為韻表者姑用平水韻，但其次第不倫。」蓋葉氏分韻以平水韻107韻為準，首先將之歸併為三十韻部，並參照語音近似程度重新調整韻部的排列次序，例如：將陽韻移與江韻相鄰。其次，又依「中內外」與「開合」將三十韻部統歸為四大韻類。茲將其分類結果羅列如下：

【圖表3-4】

韻 類		韻目（平賅上去入）
中韻二十	居中開口音	東多 江陽 魚虞 佳灰（卦） 支微齊 寒刪先蕭肴豪 歌 麻 尤
內韻三	向內開口音	庚青蒸
外韻三	向外開口音	眞文元
合韻四	向外合口音	侵覃鹽咸

《韻表》的入聲韻部雖仍與陽聲韻相配，但在陰聲韻下亦注明入聲韻之所在，例如：魚韻之下註云：「沃在多腫宋下。」可知：入聲實已兼配陰陽，韻尾或已弱化為喉塞音。

3、音韻術語的解析

傳統等韻學家往往借用宮商角徵羽……等音樂術語來分析語音，但各家對於五音的分派並不相同，常是人各一義而徒生滋擾。葉秉敬主張廢棄「五音分配之說」，改以陰清＼陽濁、出口＼納口之分來區別三十聲類；以「四派祖宗」來審辨三十韻部。以下嘗試解析相關的音韻術語，藉以理解《韻表》對於音韻結構的分析模式。

（1）陰清＼陽濁、出口＼納口

葉秉敬先將聲母分為陰、陽兩大類，各類之下則又有「出口」「納口」之別。《韻表・凡例》「辯陰陽」條載：

> 陰陽之中又有出口、納口、半出、半納之辯。如見端幫精照影為納
> 口陰，溪透滂清穿為出口陰，群定並從床為半出口陽，泥明微喻來
> 日為半納口陽，非心審曉為半出口陰，奉邪禪匣為出口陽。

顯而易知，所謂「陰陽」即是指聲母的清濁。然則，何謂「出口」、「納口」、「半出」、「半納」？以精系字為例，精、清、心三紐同屬陰聲類，精母〔ts〕為不送氣清塞擦音，除阻段短、氣流量亦少，稱之為「納口」；清母〔ts'〕為送氣清塞擦音，除阻段長、氣流量多，稱之為「出口」；相較之下，心母〔s〕為清擦音，或因居於兩者之間，〔註11〕故為「半納口」。從、邪二紐同屬陽聲類，兩相比較之下，或因邪紐〔z〕的氣流量大過從紐〔dz〕，故以邪紐為「出口」、從紐為「半出口」。至於鼻音、流音因其強度較濁塞音為弱，亦與濁擦音有別，因而姑且以「半納口」誌之。

分析上文所列舉的資料，「出口」「納口」當是用以辨識氣流從口中呼出的情形，由於氣流的強弱多寡無論在生理或聽覺上均是個相對值，因此又綴加「半」字作為程度上的區別。

（2）四派祖宗

《韻表》每韻可分一表、二表，各表均分上、下二等，總為四派。每派各以介音相應的向內、向外之韻字為助紐字，即如《韻表・凡例》「辯四派祖宗」條所載：

〔註11〕吳宗濟（1989：122）比較國語（普通話）塞擦音和擦音的音強與音長，並將其結果繪製成圖表，可參看。

麤大細尖之庚干經堅，圓滿圓尖之觥官扃涓，各韻俱有之，故四派
祖宗。三十母得之，以分母中之血脈；三十韻得之，以別韻中之低
昂，其法密然矣。

在漢語音節結構中，介音是連結聲母與韻基（主要元音與韻尾）的中介成分，《韻表》將「四派祖宗」與三十聲母相配，可得 106 祖宗（聲介合母）；〔註12〕若將「四派祖宗」屬之三十韻類，則「開合內外居中之韻，各有聲之麤而滿者（開口呼），有聲之細而尖者（齊齒呼），有聲之圓而滿者（合口呼），有聲之圓而尖者（撮口呼）」。可知：「四派祖宗」乃是用以區分介音的差異，實即今日所謂的「開齊合撮」四呼。

（3）開口﹨合口、向內﹨向外﹨居中

針對韻類的細部分析，葉氏提出幾個專有的音韻術語。《韻表・凡例》「辯韻有中內外」條所載：

「開口音」則掀唇而見齒，「合口音」則呼畢而閉唇，「向內音」則深舌而近喉，「向外音」則淺舌而近齒，「居中音」則不向內不向外而統在中間。……合口韻止有向外音，並無向內音與居中音；惟開口韻分有向內、向外、居中三樣。

《韻表》首先將韻類區分為「開口韻」、「合口韻」兩大類。「合口韻」的音韻內涵較為單純，僅具有向外音一類；「開口韻」的音韻內涵則較為駁雜，可再細分出向外、向內、居中三個次類。本文追溯各韻類的中古來源，進而揭露各韻類所隱含的音韻特徵，探尋術語得名之內在理據，茲將考察的結果表列於下：

【圖表 3－5】

韻類	中古來源	發音方式	音韻特徵
向外合口	咸、深	呼畢而閉唇	〔-m〕韻尾
向外開口	臻	淺舌而近齒	〔前、央元音〕＋〔-n〕
向內開口	曾、梗	深舌而近喉	〔前、央元音〕＋〔-ŋ〕
居中開口	止、蟹。效、流。遇、果、假。通、江、宕、山。	不向內不向外而統在中間	1. 〔-i〕〔-u〕〔-ø〕韻尾 2. 〔後、低元音〕＋〔-ŋ、-n〕

〔註12〕葉秉敬《韻表凡例》「辯韻有麤細圓尖」條：「以四派祖宗分管三十母，合得四三一百二祖宗，但庚干、經堅二派各滿三十，而觥官、扃涓二派幫滂並明非奉微七字無聲，借用庚經二派之祖，故除去二七一十四，止得百六祖宗云。」

　　葉秉敬憑藉著口耳的主觀感知來辨析韻類，因其以「韻基」為感知的基本
單位，故《韻表》所謂向外、向內、居中之別，並非特指韻尾的音韻特徵，尚
且包含著主要元音（韻腹）的細微差異，學者不可不詳加辨識。

　　4、反切條例與符號標記

　　傳統切語用字大抵依循「上字定聲、下字定韻」的基本原則，至於切語
上字介音是否與被切音節的介音等同？傳統音韻學家並不特別留意。葉秉敬
體悟到介音的細微區別，從而創立「一表二等」、「四派祖宗」之法，並自詡
為「千古未洩之密」。非但如此，又葉氏將「四派祖宗」之法運用在切語的創
製上，主張以切語上字除了聲母必須與被切音節相符外，介音亦得要一致。〈讀
韻表法門〉云：

> 〈韻要〉既列祖宗矣，仍於每字之下新製翻切。上一字根四派而定
> 聲，下一字依四聲而定韻，如上等"公"字「古東切」，古觥官公；
> 下等"弓"字「居容切」，居扃涓弓。每切一字必仰依觥官扃涓讀之，
> 自然無秋毫之爽。黃昭武（公紹）《韻會》卻云："公"「見東切」、
> "弓"「見弓切」。……大略前輩之所未備者，正坐祖宗之不詳，故
> 有此弊。

葉氏引《韻會》所註的切語為例，指出：舊有切語上字「祖宗不詳」，謬誤往
往由是而生。《韻表》中的新製切語雖較傳統切語精確，但卻尚未臻至完善的
境地。畢竟在拼讀《韻表》的新製反切時，切語上字的「韻基」與切語下字
的聲母仍舊橫亙在兩音節間，如何去除這些羨餘、冗贅的成份呢？葉秉敬尚
未能提出一套完滿的方法。

　　除了新製反切之外，《韻表》亦特立了幾個新穎的符號，試觀〈讀韻表法門〉
所言：

> 舊時等韻有字者字之，無字者○之，今〈韻要〉又分○△之別。上
> 等之字大約圓滿則從○；下等之字大約尖銳則從△。

傳統等韻學家對於「無音無字」與「有音無字」亦能詳加區分，且因基於不同
的音學理論，而創造出不同符號、圖記作為標誌。葉秉敬為充分闡述「一表二
等」的理論，特意選用具有象似性的符號作為標示，以○（音圓）標示上等「有
音無字」者，蓋取其形體「圓滿」之意；另外創造△（音集）表徵下等「有音

無字」者，蓋取其形體「尖銳」之意。

5、音韻系統與音變規律

《韻表》雖旨在反映當代書面語讀書音，但葉秉敬對於各地方音亦能詳加審辨，此則有助於我們瞭解當代口語音系。除上文提及的「御母」字外，在《韻表・凡例》「辯韻有開合」條中，亦提及〔-m〕韻尾在方言中的存廢情形：

> 江北之地昔號中原，有開口音無合口音，故元世周德清作《中原音韻》爲樂府而設，不分開合，〔註13〕而近世金陵李士龍亦以合口音分附開口音之下。然今吳越歌謳並有開合，如廢其合口止宜北調，未爲通論也。

宋元以來，中原板蕩、兵馬倥傯，異族入侵致使人民流離遷徙，無形中加快語言演化的速度，非但疑母已失落，就連〔-m〕韻尾也逐漸消亡；相較之下，江南幾乎未經戰火蹂躪，語音演化速率顯得較遲緩，仍然保有古音的特色。《韻表》所反映書面語讀書音系，較具有存古性、保守性，故在語音特徵上自然與江南方言較爲接近。茲將其主要的音變規律羅列於下：

1. 保存全濁聲母
2. 疑母混入喻母
3. 齊／灰、魚／模分立
4. 保存入聲韻尾

（五）呂維祺《音韻日月燈》

1、作者生平及成書動機

呂維祺（1587～1641），字介孺，號豫石，河南新安人。《音韻日月燈》成書於崇禎癸酉年（1632），全書包含三大主體：《韻母》五卷，爲一韻圖式的字譜；《同文鐸》三十卷，爲一韻書；《韻鑰》二十五卷，則爲異音互註的韻書式字譜，三者雖體例有別，但彼此卻相互爲用。〔註14〕

〔註13〕元代北方口語標準音系中，雙唇鼻音韻尾〔-m〕尚未失落，周德清《中原音韻》之侵尋、監咸、廉纖三韻即是收〔-m〕尾。葉秉敬稱《中原音韻》將合口音附於開口音，此乃昧於事實，蓋葉氏失之不察也。

〔註14〕至於《韻母》、《同文鐸》、《韻鑰》之命名理據爲何？編撰動機何在？呂維祺在書中亦已多所論及。《韻母》蓋取諸「生生不窮」之意，如《同文鐸・義例》所言：

　　呂氏在書前自序中，闡明全書命名之理據：「我聖祖制爲《洪武正韻》，如日月之中天，……斯則羽翼《正韻》之所偶未及而休明之也。猶之日月麗天，能照窮山谷幽，或不及暗室，則日月窮；窮而有燈以繼之，斯無窮矣」。此書名之爲《音韻日月燈》，蓋以"燈"自況，俾使日月無法遍照之幽暗處亦能滿室生輝，達到「羽翼聖制、敷宣《正韻》」爲目的，故一名曰《正韻通》。

　　呂維祺認爲聲音之道通於律呂，爲《易》理之自然體現，與河圖、洛書、八卦同出一源，《音韻日月燈·敍》：

> 夫圖書也，八卦也，經世之律呂也，等子之三十六母、二十四攝、三千四百五十六聲，其道一也。予潛心此道，薄窺作者之原，家仲吉孺，闇修無悶，深抉玄微，兼以門人執友多所考訂，凡二十年，數易草，始成書，曰《韻母》、曰《同文鐸》、曰《韻鎐》，凡六十卷，而總繫之曰《音韻日月燈》。蓋三書自相表裡，皆本原圖書、八卦、經世諸書，而總以我聖祖所定《洪武正韻》爲宗。

此書以象數之學爲深層的理論依據，並將易理象數具體投映在韻書的編撰體例上，兩者相互映照，彼此間具有象似性（iconicity）。《同文鐸》卷首之〈義例〉闡述全書的理論根據及編排體例：

> 是書垂二十年始脫稿，以音和聲，以母定子，本於《易》，證於《皇極經世》，研於《等子》，裁於《韻會》、《指掌圖》諸書，而統於《洪武正韻》，庶幾暢同文之化，振覺世之鐸，開人心之扃鐍，根玄牝而母萬物。其於道術治統、禮樂教化，未必無小補焉。
>
> 《韻母》卷五以象五行，《韻鎐》卷二十五以象天，《同文鐸》卷三十以象地。卷首分四，則以象四象，合之爲六十四，以象易。書分爲三，總名之曰"日月燈"，以象三光而一歸於天籟之自然。其音雖七，其天籟一也。一者，太極也。無極而太極，太極本無極也。

全書分卷、命名均以契合象數爲考量。呂維祺認爲其兄精通易理，能體悟聲音

「以七音生切，切生字，字復生字，生生不窮，故曰《韻母》。」《同文鐸》的編撰動機則如敍文所云：「意在發明孔子以同文覺世之遺意，以常振高皇帝考文之鐸。」《韻鎐》則爲便於檢索字形、字音之通同而設，故以「鎖鑰」譬之，如敍文所載：「鑰者，約也。……《同文鐸》之謂七音四聲四等也，如史之左氏編年；而《韻鎐》也者，司馬氏記傳也，兩者皆不可偏廢也。」

之道，此書堪與司馬光《切韻指掌圖》、邵雍《皇極經世‧聲音唱合圖》相比美，《音韻日月燈‧敘》評述此書的貢獻時指出：

> 聲音之道通乎律呂，達于神人上下。司馬氏以宮商叶聲韻，而邵堯夫以日月星辰、水火土石配聲音之妙合，故曰：字，《易》道也。世之知《易》者鮮矣，此道不明，兼以切法未譜，聲氣不齊，非讀半邊，即圖方語……先生深于《易》者也，是書成以憲章昭代，庶幾高皇帝之功臣，而以啓佑後學，厥功當不在司馬、堯夫之下。

《音韻日月燈》編纂的用意在於敷佐《正韻》，但深抉其理論基礎則不難發現與象數之學密切相關。

2、韻圖形制與編撰體例

《韻母》以調爲綱，統轄106韻，將韻目標於書眉，並註明開合與字數；縱列36字母，以牙、舌、脣、齒、喉、半舌、半齒之序排列，各紐之下均標明等第，如見一、見三、溪一、溪三等，下列舉同小韻之字。字母之旁註明反切，各字之旁則標注「眾」、「獨」、「補」。呂維祺《同文鐸‧義例》解釋：「眾者，一字數音也；獨者，獨音也；其未查明者則缺之，間有補字，乃沈韻原無而今補出者也。」（參見本文【附錄書影5－1】p.382）

在聲母、韻類區分上，呂氏作法顯得極爲保守。聲母仍舊沿襲中古三十六字母而未敢稍有移易，觀察《同文鐸‧義例》中所附三表：「七音清濁三十六母反切定局」、「三十六母分清濁七音五行之圖」、「三十六母分四等管轄之圖」，（參見本文【附錄書影5－2】p.383）以七音、清濁區別聲類，依聲類派分四等的格局，蓋仿自《四聲等子》、《韻會》等書。此外又將聲類比附於五音、四時、五臟、五行、五常，此種範疇劃分的方式，即是在「天人合一」的思維模式下，作者雜糅陰陽五行思想的結果。

至於分韻定呼，則大抵上依照傳統詩韻——平水韻（呂維祺誤稱之爲"沈韻約"）與《四聲等子》之分韻原則，間或參酌邵雍《皇極經世書》、《正韻》等書予以刪補訂正，〔註15〕並以「開、發、收、閉」分別四等；以「有無二等

〔註15〕《同文鐸‧義例》：「沈韻既失音等，復混開合，今依《等子》《經世》等書正之。然《等子》亦有　者，如平聲之侵覃鹽咸、上聲之寢感琰嫌、去聲之沁勘豔陷、入聲之緝合葉洽，本乎如"山"開攝，而《等子》深、咸兩攝皆作合攝。以《正

字」區分內、外轉；以「唇吻張翕」分別開、合二呼；以「四等字多寡」區別「通廣」、「侷狹」。

3、音韻系統與音變規律

呂維祺《同文鐸・義例》：「聲音以《正韻》爲主，《正韻》主中原雅音，沈以吳音概之，故多舛謬。」儘管在編排體例上，《音韻日月燈》依照流行之詩韻而分爲 106 韻，但實質上仍是以《正韻》爲依歸，故全書所反映的主體音系當是書面語讀書音，具有保存全濁聲母與入聲韻之語音特徵。

由於《音韻日月燈》因襲早期韻圖分爲三十六字母、拘守傳統詩韻而定爲 106 韻。從存古、守舊的形式框架中，不易察考語音演化的規律，但呂維祺對於韻圖與他韻對比的相關論述之中，卻能觀察到語音演化的蛛絲馬跡：

1. 一、二等與三、四等的界限已模糊

《同文鐸・義例》：「見一係牙音第一等字，屬開；見二係牙音第二等字，屬發；見三屬收；見四屬閉。上二等其聲麤而洪；下二等其聲細而斂，其溪、群、端、知以下諸母俱仿此。」

2. 雙唇鼻音韻尾〔-m〕失落的跡象

《同文鐸・義例》：「《等子》深咸二攝皆作合攝，以《正韻》中原雅音考之，俱宜改正開攝。」

3. 平聲未分陰陽

二、革新舊韻的等韻圖

傳統韻書基於詩文押韻的實際需求，在韻部歸類上通常只需顧及到主要元音、韻尾與聲調，對於介音的差別往往不再加以細分；直逮唐宋之際，《韻鏡》一類的等韻圖創立之後，始能以二呼四等區分介音，漢語語音結構的分析至此獲得飛躍性的進步。

明代初期的等韻圖，如：章黼《韻學集成》、濮陽淶《韻學大成》……等，均與字書相輔而行，韻圖的分韻多依傍《平水韻》、《中原音韻》或《洪武正韻》等韻書；在編排體例上則多以韻隸聲，以聲隸調，橫排聲母、縱列四聲與韻部（主要元音、韻尾與聲調相同）。由於韻圖編製受到傳統韻書的制約，無形中忽略了介音的區別，致使韻圖中所列的韻部，實際上隱含著若干不同介音的「韻

韻》中原雅音考之，俱宜改正開攝。」

母」（如：「江陽」韻部應可再依介音的不同而細分爲岡／陽／光三個韻母）。儘管各韻圖的主旨均在於羽翼聖制、敷宣《正韻》，反映著當世的讀書音系，但由於未能對音節的結構徹底加以分辨、離析，使得各韻圖在韻部的歸類上仍多有出入，而徒生滋擾。

明代中期以後韻圖，如王應電《聲韻會通》、不著撰人《韻法直圖》之類，已不再全然依傍《洪武正韻》等傳統韻書，而能直接表現當時的讀書音；且分韻列字受傳統韻書的限制較少，列圖格式亦頗多創新，開創出按韻母單獨分部的形式，故本節此類韻圖統括爲「革新舊韻的等韻圖」。

（一）王應電《聲韻會通》

1、作者生平及成書動機

王應電，字昭明，江蘇崑山人。從師魏校，篤好《周禮》，精研字學，曾據《說文》所載，凡訛謬者，爲之訂正，著《經傳正訛》一卷。另有《同文備考》、《聲韻會通》、《韻要粗釋》、《書法指要》、《翻楷舉要》、《字聲定母》、《六義音切貫珠圖》、《六義相關圖》等書傳世。

《聲韻會通》作於嘉靖庚子年（1540），附於作者所著《同文備攷》之後。王應電在〈述義〉中解釋此圖命名的理據，指出：「此書以同韻聚於一氣，下列二十八聲，縱觀之而知其韻，橫觀之而知其聲。若以二十八聲各聚於一處，下列四十五韻，則縱觀之爲韻，橫觀之爲聲。縱橫無所不通，故曰《聲韻會通》。」由是可知：以「會通」名之，蓋取韻圖格式縱橫交錯、無所不通之意。

《聲韻會通》與字書《同文備攷》互爲表裡，其作用在於「依切求字，依字定音」，在此一實用目的主導下，韻圖的形制、格式以能反映實際的語音爲依歸，而傳統的陰陽象數的思維模式，並未對韻圖的形制造成太大的影響。然而，當編撰者不滿足於語音現象的表層描述，進而想深入解釋語音現象的深層原因時，亦不免仍得從傳統陰陽象數之學中尋求理論根據。從王應電在〈總論〉中的論述即可一斑：

> 有有聲而不能出口者，邵子所謂：天半隱地，下故無聲，天不能盡氣也。有口可道之聲而無字者，《易》所謂：書不盡言，人不盡天也。入韻多闕者，四聲中入聲配冬，冬時氣斂，萬物或隱或現，與三時異也。聲止二十八，四氣各得七聲，與二十八宿相合。

大韻三十六，四氣各得九韻，與三十六宮相合，餘小韻凡九：熒、橫、桓、還、簪、談、資、之、靴，猶之四時之閏耳！合之四十五亦與洛書之數相合。

上列引文中，王應電援用邵雍與《易經》的言論來解釋「有聲無字」的現象，根據象數之說闡發「入韻多闕」的原因，並將二十八聲母比附於二十八宿、將四十五韻比附於洛書之數。由此可見，以易學為主體的象數之學，似乎已成為王氏解釋語音生成、變化的最高準則。其實非獨王氏如此，只要翻查明代等韻論著，即可輕易察覺：陰陽象數儼然成為明代音韻學者的慣性思維模式，此乃當時的學術風氣與心理定勢使然。今日學者切不可「以今律古」，叱責古人迷信、虛妄，而忽略陰陽象數的思維對於明代韻學發展的重要性。

2、韻圖形制與編撰體例

《聲韻會通》縱列二十八聲母；橫列四十五韻及平上去入四聲，韻目之下或註明與何韻相通，或與他韻相互參照，並描摹音值上的異同。（參見本文【附錄書影6－1】p.385）在聲母歸類上，王應電主張：「前人不於一韻中別聲，故多八字母，求而不得，遂生陰陽內外轉支離之說。今從一韻中定字母，稍異即為別聲。」因而根據實際語音，將三十六字母刪併為二十八母。此外，王應電又改易傳統的字母標目，其用意在於：「庶幾有意義，使人易記不至展相訛耳。」茲將二十八聲母的標目及其與三十六字母的對應關係羅列下：

乾（群）	坤（溪）	清（清）	寧（泥娘）
日（禪日）	月（匣喻）	昌（徹穿）	明（明）
天（透）	子（精）	聖（審）	哲（知照）
承（澄）	弼（並）	又（疑）	英（影）
兵（幫）	法（非敷）	是（邪）	恤（心）
禮（來）	教（見）	丕（滂）	興（曉）
同（定）	文（奉微）	等（端）	字（從床）

至於韻母歸類方面，《聲韻會通》較諸以往韻圖有較大的突破。王應電認為：《廣韻》分韻太過苛細，而《中原音韻》與《洪武正韻》則過份合併，〔註16〕凡此

<hr>

〔註16〕王應電《聲韻會通・訂正舊韻》：「《唐韻》世多用之，故以為主。平聲五十七韻、上聲五十五韻、去聲六十韻、入聲三十四韻，分之太過；《洪武正韻》二十二、《中州韻》十九，合之亦太過。夫分之過則彼此相析，故易訛；合之過則彼此相附，

均無法符合實際語音而滋生紛擾，故主張「以一聲中排韻，稍異即爲別韻」的方式，考慮介音的細微差異而重新予以歸類，將韻母劃分爲四十五類。王氏在〈論韻〉中，陳指前人分韻的弊病所在，並詳述改併舊韻的情形：

> 前人不於一聲中別韻，隨土音相附，易至於訛，故或多或少，韻各
> 不同。今以一聲中排韻，稍異即爲別韻。故舊清蒸不與庚登混，鍾
> 不與東混，元不與痕魂混，殷不與諄文混，覃不與談混，陽不與唐
> 混，支脂不與齊微混，灰不與之混，皆不與佳混，魚虞不與模混，
> 尤幽不與侯混，蕭爻不與豪混，定爲四十五韻，更無淆亂矣。

以下對比《聲韻會通》與《中原音韻》、《洪武正韻》分韻同異的情形，以觀其創新之所在，茲將其表列於下：(【圖表 3-6】中，《聲韻會通》的韻母標音爲耿振生（1992：157）根據吳語崑山方言所擬)

【圖表 3-6】

《聲韻會通》	《中原音韻》	《洪武正韻》
形〔iəŋ〕恒〔əŋ〕熒〔yəŋ〕横〔uəŋ〕	庚青	庚梗敬
容〔ioŋ〕紅〔oŋ〕	東鍾	東董送
寅〔iən〕痕〔ən〕雲〔yən〕魂〔uən〕	眞文	眞軫震
言〔iɛn〕、玄〔yɛn〕	先天	先銑霰
寒〔ɛn〕	寒山	寒旱翰
桓〔uɛn〕	桓歡	寒旱翰
閒〔an〕、還〔uan〕	寒山	刪產諫
淫〔iəm〕、簪〔əm〕	侵尋	侵寢沁
鹽〔iɛm〕	廉纖	鹽琰豔
含〔ɛm〕、咸〔iam〕、談〔am〕	監咸	覃感勘
陽〔iaŋ〕降〔iɔŋ〕航〔aŋ〕王〔uaŋ〕	江陽	陽養漾
兮〔i〕	齊微（開口）	支紙寘、齊薺霽
資〔ï〕、支〔ʮ〕	支思	支紙寘
余〔y〕	魚模（細音）	魚語御
湖〔əu〕	魚模（洪音）	模姥暮
禾〔uə〕	歌戈	歌哿箇

亦易訛。」

耶〔ie〕、靴〔ye〕	車遮	遮者蔗
厓〔io〕、遐〔o〕、華〔uo〕	家麻	麻馬禡
諧〔ia〕、孩〔a〕、懷〔ua〕	皆來	皆解泰
回〔uæ〕	齊微（合口）	灰賄隊
尤〔iE〕、侯〔E〕	尤侯	尤有宥
爻〔ie〕、豪〔e〕	蕭豪	蕭筱嘯、爻巧效

《聲韻會通》能自覺擺脫傳統韻書的侷限，而在編排體例上獨創一格。古今學者對於韻圖形制的創新卻有不同的評價：明代等韻家曾多所非議，如趙宧光《悉曇經傳》、吳繼仕《音聲紀元》與陳藎謨《元音統韻》均斥之曰：「以母韻縱橫為法，惜其取母狹溢，次韻倒訛，難以垂世耳。」現代學者則多持肯定的態度，耿振生（1992：16）即是居於現代漢語音韻學的立場，云：「在早期明清等韻圖中，《聲韻會通》最具有創新精神，而為《韻法直圖》一類等韻圖的鼻祖。」相同的韻圖卻有兩面的評價，這種歧異的現象正是研治音韻學史者所當留心矚目的焦點所在。

　　3、音韻系統與音變規律

　　耿振生（1992）對明清韻圖的分類與本文最大不同之處，在於並未立「讀書音」一類，（見本文第二章），而將王應電《聲韻會通》、陶承學《字學集要》與濮陽淶《韻學大成》一類，保存全濁聲母與入聲韻的韻圖，歸屬於反映吳語方言音系的等韻圖。耿氏更以《聲韻會通》作為參照音系，列出吳語方言的音系特徵，茲將其歸納於下：

　　1. 保存全濁聲母

　　2. 匣喻合併（月母）

　　3. 奉微合流（文母）

　　4. 日母歸入禪母，船禪二母各分別歸入濁塞擦音（丞母）和濁擦音（日母）

　　5. 邪母分別歸入濁塞擦音（字母）和濁擦音（是母）

　　6. 中古山、咸攝一等字（寒、桓、含）與二等字（閒、還、談、咸）分韻。

　　7. 宕攝分為兩韻：三等開口字為陽韻；一等字與三等合口字為一類，並與江攝合流，而為降、航、王三韻。

　　8. 閉口韻（收-m 尾的韻部）尚未消失

9. 聲調為平、上、去、入四聲而不分陰陽調 [註17]

從以上《聲韻會通》所展現的音韻特徵，是否就可以直接判定其音系基礎是存古、保守的讀書音系？抑或是明代的吳語方言呢？恐怕有所困難。但若觀察編撰者對待《正韻》的態度，似乎隱約透露出與《正韻》若即若離的關係。王氏一方面批評《正韻》分韻與實際語音有所出入，一方面則仍對《正韻》多所維護：

> 太祖嘗曰：韻有當併者如東冬清青，有當析者如虞模麻遮之屬。蓋
> 聖性得乎聲氣之中正，故所言洞中乎韻學之機要也，惜詞臣奉行猶
> 未盡善耳。

王氏主張詩文用韻當悉尊《洪武正韻》，雖《聲韻會通》非專為輔翼《正韻》而作，但其音韻系統則與《韻學集成》、《韻學大成》大抵相近，均存有全濁聲母與入聲韻、平聲未分化……等讀書音系的音韻特徵，因此本文傾向於認為：或許受到編撰者個人方音的影響，《聲韻會通》可能夾雜著某些吳語方音特色，但其反映的音系應是當代的讀書音，而非以吳語方言為主體。

（二）吳元滿《切韻樞紐》

1、作者生平及成書動機

吳元滿，字敬甫，自號肖峰山人，歙縣人（今安徽歙縣）。吳氏精通文字之學，著有《六書正義》十二卷、《六書總要》五卷、《六書溯源直音》二卷、《諧聲指南》一卷傳世。

《切韻樞紐》為一縱橫排列的韻圖，附載於吳氏本人所纂輯的韻書——《萬籟中聲》之中，並與之相互搭配、互為表裡。萬曆壬午年（1582）自序鍾，吳氏論及此韻圖之命名：

> 今所集者以聲音為定制，以文字實於聲音之位，其有音無字者則以圈
> 代之。以三十一音為一韻，字多者為大韻，字少者為小韻，小韻附於
> 大韻之後。調平仄，順者為正紐，拗者為旁紐，旁紐附於正紐之下，

[註17] 吳語方言的調類較官話方言多，不但平分陰陽，上去入也分陰陽，顯然《聲韻會通》的調類與吳語方言有所差距，耿振生（1992：160）解釋說：「等韻學家對四聲不分陰陽，實與他們的審音有關：吳方言能分辨聲母的清濁，而聲調的陰陽與聲母的清濁緊密相關，其辨義功能是重合的，等韻學家把陰陽與清濁并為一談就是很自然的了。」

雖全韻無字亦能辨別。其經緯交錯成章，有自然之妙，譬若招搖指於

四方而北極為鎮，如車輪轉運無窮而樞軸為主，因名曰《切韻樞紐》。

方以智《切韻聲原》稱：「呂獨抱、吳敬甫皆廢門法。」吳氏蓋取「樞軸」作為比喻，強調使用者只要能掌握拼切讀音的根本原則，便能在縱橫交錯的圖表中找到正確的讀音，恰似車輪運轉無窮但仍以樞軸為主，如此則可廢棄繁瑣難解之「門法」。

2、韻圖形制與編撰體例

在韻圖編排體例上，吳元滿採「數韻同入」之說，將三十一韻部譜成十五圖，每圖橫列三十一字母，縱排則分為上、中、下三聯（入聲韻部較少，與陽聲韻相配，僅列於上聯），分隸韻部與四聲，凡有音無字則以圈代之，如一聯皆無音者，則虛其位，不復贅圈。（參見本文【附錄書影 7－2】p.387）

在聲類方面，《切韻樞紐》刪去「知徹澄娘敷」五母，而為三十一聲類，與章黼《韻學集成》、濮陽淶《韻學大成》的聲類系統相似，僅在「疑」、「微」二母稍有出入。《切韻樞紐》中「疑」母仍自成一類；而「微」母則已失落，併入「喻」母中，即〈凡例〉所言：「微字乃吳音，附於諭母之下。」

吳氏為應和聲類之數而歸併為三十一韻部，統攝一百八韻。〔註18〕在韻母歸類上有幾處值得留意，諸如：將《正韻》之「東董送」韻區分為「東」（合）／「容」（撮）兩韻；將「陽養漾」韻細分為「陽」（齊）／「岡」（開）／「光」（合）三韻；從「庚梗敬」分出「萌」（合）韻，可見其分韻並非僅以韻基（主要元音、韻尾）為依據，已顧及到介音開齊合撮的差別，但或許過度拘泥於三十一之成數，使得「依呼分韻」未能貫徹到底；再者，吳氏將「鹽」、「侵」、「凡」分別併入「先」「真」「寒」，顯現雙唇鼻音韻尾〔-m〕已有轉化為舌尖鼻音韻尾〔-n〕的跡象。

至於聲調方面，雖仍保有平上去入四聲的格局，但全濁上聲實已多轉入去聲，即〈凡例〉所云：「全濁字本無上聲，但借去聲誦讀，《切韻指南》以去聲

〔註18〕 《萬籟中聲·凡例》：「舊韻或分或合，無所定見。今以平上去入三聲各定為三十一韻，以合三十一母之數。惟入聲直而促，故定為十五韻，通前三聲共一百八韻。」吳元滿為應和聲類數目而將韻部歸併為三十一類，似有牽強附會之嫌，是否能夠真切符合實際語音？有待論證。

字實於上聲之位，故上去混殽，今以重圈別之。」

3、音韻系統與音變規律

以韻圖的所展現的音韻系統作爲判定依據，《切韻樞紐》所反映的是保有傳統書面語色彩的讀書音系，而與《中原音韻》音系有著明顯的落差。吳元滿《韻學釋疑敘例》云：

> 《中原音韻》乃北鄙之音，無入聲字。"元"周德清以入聲字附於平上去三聲之後。大概以全濁叶平聲，全清字叶上聲，半濁字叶去聲。德清意徇於時俗，予不取，今特詳載於後，聊以通北方之音耳。

韻圖中所展現的主要音韻特徵則有以下幾項：

1. 保存全濁聲母
2. 微母失落，併入喻母
3. -m 尾併入-n 尾
4. 保存入聲韻
5. 全濁上聲轉入去聲

（三）《韻法直圖》

1、成書過程與編訂動機

不知撰人的《韻法直圖》與李世澤《韻法橫圖》是附載於梅膺祚《字彙》中的兩部韻圖。爲何梅氏取此二圖附於字書之末呢？這兩韻圖有何具體功用呢？兩韻圖的形制雖有差異，但皆是「拼讀反切、辨明音值」的音節表。漢字並非拼音文字，無法直接從形體上拼讀出正確語音，故使用者翻查《字彙》求得字形之後，可再進一步利用二圖「依字定切，依切求音」，順利拼讀出正確的字音，是故梅鼎祚與梅膺祚將《字彙》與二圖視爲體用關係，並以闡釋《周易》玄理的「先天圖」與「後天圖」比況之。〔註19〕

《韻法直圖》不知編撰者何人（〔清〕潘咸《音韻源流·等韻考》認爲此圖

〔註19〕梅鼎祚《字彙·序》：「是編以《字彙》爲體，韻法二圖爲用。然而等切非始神珙也，紐字之圖創於沈約，譜于唐元和陽甯公、南陽釋處忠，五音爲圜，九弄爲方，由易圖之先天、後先乎。今茲之一直一橫者，是其遺制也。」梅膺祚《韻法橫圖·序》則云：「余先是得《韻法直圖》，其自從上而下也，是圖橫列則以橫名，一直一橫互相吻合，猶易卦然。先天後天其圖不同而理同也，韻法二圖蓋做諸此。」

爲〔明〕李登所編撰），亦不知成書於何時。梅膺祚云：「萬曆壬子（1612）春從新安（今安徽歙縣）得此圖。」因韻圖形制「上下直貫」，恰與李世澤《韻法橫圖》相對，故名之曰《韻法直圖》。雖然梅氏並非此圖的初始編撰者，但在將《直圖》收錄於《字彙》的過程中，卻可能曾對《直圖》做過一番刪訂與增補，麥耘（1994：198）即懷疑《直圖》每圖之末所標注的呼法，可能是梅膺祚參照《韻法橫圖》所注上的。〔註20〕

2、韻圖形制與編撰體例

隨著語言結構變化加劇，宋元韻圖以四等二呼分韻的框架，已無法順當地反映實際語音，等韻學家不得不捨棄傳統韻圖格式而另製新圖。《韻法直圖》的形制與《聲韻會通》頗爲近似，特出之處在於：將韻類分成四十四韻，同呼之字列爲一圖，每圖縱列三十二聲母，橫列平上去入四聲。（參見本文【附錄書影8－1】p.388）

就聲母歸類而言，《韻法橫圖》分爲三十二聲類，將傳統三十六字母的「知徹澄」併入「照穿床」，泥、娘則相混爲一。茲以第二圖岡韻爲例，將聲類的配置狀態及其與五音的對應關係，表列如下：

【圖表3－7】

喉音屬商之宮				舌音屬商之徵				唇音屬商之羽				
岡 （見）	康 （溪）	○ （群）	昂 （疑）	當 （端）	湯 （透）	唐 （定）	囊 （泥）	邦 （幫）	滂 （滂）	傍 （並）	茫 （明）	臧 （精）
牙音屬商之角				齒音屬商之商				喉微兼牙音屬商之宮 兼角				

〔註20〕麥耘（1994：198）：「筆者有一個不成熟的想法：《直圖》原本也許是沒有呼法的；諸呼爲李登所創立，後爲其子李世澤《切韻射標》加以改造而傳承；後《切韻射標》被梅膺祚改名爲《韻法橫圖》，與《直圖》一同附於《字彙》後，《直圖》每圖後的呼法，很可能世梅氏參照《橫圖》注上的。如是凡是《橫圖》無而《直圖》有的呼法以及有關的注語（如"舌向上呼"、"咬齒之呼"等）便是出自梅氏的發明。」梅膺祚既然能更改韻圖名稱，極有可能也會對韻圖內容適度加以刪訂、增補，故個人認爲：觀看《直圖》每韻末尾的注語，可知麥耘的看法並非主觀臆測，應當有一定的可信度。

倉（清）	藏（從）	桑（心）	○（邪）	○（照）	○（穿）	○（床）	○（審）	○（禪）	糧（曉）	杭（匣）	佚（影）	○（喻）
唇齒合音屬商之羽商合音				舌兼喉音屬羽之半徵		齒兼牙音屬羽之半商						
方（非）	房（敷）	○（奉）	亡（微）	郎（來）		○（日）						

就韻類的歸併而言，《韻法直圖》捨棄傳統韻圖二呼四等的分圖模式，辨析韻類發音的細微差異，別立各式呼名，將韻部分為四十四圖，並以起首的五圖作為範本，分別以五音與韻類相配，即公（宮）岡（商）驕（角）基（徵）居（羽）。茲將各韻圖次、呼名及其與《中原音韻》、《洪武正韻》的對應關係，表列如下：

【圖表3－8】

《韻法直圖》	《韻法橫圖》	《中原音韻》	《洪武正韻》
1.公（合）6.弓（撮）	公、宮	東鍾	東董送
2.岡（平入開口呼、上去混呼）、16.光、18.江（混呼）	岡、光愷、姜	江陽	陽養漾
3.驕（齊）	驕交	蕭豪	蕭筱嘯、爻巧效
4.基（齊）	基	齊微、支思	齊薺霽、支紙寘
19.規（合）	規	齊微	灰賄隊
5.居（撮）20.姑（合）	居、孤	魚模	魚語御、模姥暮
7.庚（開）、9.京（齊齒而啟唇呼）、14.肩（混呼）、17.觥	庚、京、絅肱	庚青	庚梗敬
8.根、10.巾（齊齒呼而旋閉口）、13.鈞（撮）、15.裩（合）	根、巾、君、裩	眞文	眞軫震
11.金（閉口呼）、12.簪（閉口呼）	金	侵尋	侵寢沁
21.貲（咬齒之韻）		支思	支紙寘
22.乖（合）、23.該（開）、24.皆（齊）	乖、該、皆	皆來、齊微	皆解泰

25.瓜（合）、26.嘉（齊）、27.挐（舌向上呼）	瓜、加	家麻	麻馬禡
28.迦（齊）、29.涊（撮）	闕、結	車遮	遮者蔗
30.戈（合）31.歌（開）	戈、歌	歌戈	歌哿箇
32.官（合）	官	桓歡	寒旱翰
33.涓（撮）35.堅（齊）	涓、堅	先天	先銑霰
34.干（開）37.關（合）38.艱（齊齒捲舌呼）	干、關、間	寒山	寒旱翰、刪產諫
36.兼（閉口呼）	兼	廉纖	鹽琰豔
39.甘（閉口呼）40.監（齊齒捲舌而閉）	甘、監	監咸	覃感勘
41.高（開）42.交（齊）	高、交驕	蕭豪	蕭筱嘯、爻巧效
43.鉤（開）44.鳩（齊）	鉤、鳩	尤侯	尤有宥

明代前期的等韻圖，如章黼《韻學集成》、陶承學、毛曾《字學集成》、濮陽淶《韻學大成》……等，恪遵舊韻既有之規模而不敢踰越，分韻列字並不特意注重介音的差別，致使同一韻部中雜陳、並置著不同的韻類，而未能予以徹底地辨清、釐析。迄乎《韻法直圖》，以呼分圖、革新舊韻，在韻圖形制與編排體例上勇於突破傳統而自成一格，俾使更能順切地反映實際的語音。儘管如此，《韻法直圖》在韻部排列上，卻仍顯得雜亂無序，誠如丁顯《韻學叢書‧題跋》所云：「自《韻法直圖》立，不獨等韻可廢，而古今難讀之字均可按圖而知。天籟也，亦元聲也。惟次韻顛倒夾雜，尚未精確耳。」

此外，若就聲調歸類觀之，《韻法直圖》入聲仍與陽聲韻相配，但在陰聲韻之後卻又註明「入聲同某韻（陽聲韻）」，可見入聲韻已呈現出「兼承陰陽」之勢，入聲雖仍獨立成一類，但其音值當已弱化為喉塞音韻尾〔-ʔ〕，打破原有-p、-t、-k 分立的格局。

3、各式呼名及其音韻內涵

除去根、觥、光三韻之外，《韻法直圖》於每圖之末標注呼名，茲將各呼所統攝的韻類整理於下：

開口呼：岡（平入）、庚、（根）、該、歌、干、高、鉤

齊齒呼：驕、基、皆、嘉、迦、堅、鳩

合口呼：公、褌、（觥）、規、姑、乖、瓜、戈、官、關

撮口呼：居、弓、鈞、㳫、涓

混呼：岡（上去）、扃、（光）、江

咬齒呼：貲

齊齒捲舌呼／齊齒捲舌而閉：覸／監

齊齒而啓唇呼／齊齒呼而旋閉口：京／巾

閉口呼：金、簪、甘、兼

舌向上呼：拏

《韻法直圖》所列的各式呼名，除今日仍然沿用的開齊合撮四呼之外，尚有幾個較爲特殊的類別，這些特殊的標目受到學者矚目，相繼進行有關問題的探討，〔註21〕但對於其確切所指爲何？至今卻仍未能達成普遍共識。下文即參酌前人的研究成果，具體地陳指出各呼的音韻內涵，並嘗試著解釋各呼的命名理據。

（1）混呼

岡（上去）、扃、光、江四韻，中古隸屬於江攝、宕攝與梗攝字。依照宋韻珊（1994：95）考察的結果，將各韻中古來源羅列如下：

岡韻：江（開一）、唐（開一）、陽（開三）

〔註21〕對於《韻法直圖》所標列的各式呼法，歷來學者從不同的角度加以詮釋，其中要以麥耘（1987）的見解較爲獨特。麥耘注意到《韻法直圖》中的「齊齒捲舌呼」、「舌向上呼」、「混呼」多與來自中古二等的開口字有關，因而假定這些呼類當源自於中古某個性質未能肯定的介音-X-，並構擬出可能的演化路徑：

$$-X- \begin{cases} \rightarrow \text{-i-} & \text{蟹、效、假（喉牙音、來母）} \\ \rightarrow \text{-r-} & \text{山、咸、假（齒唇音、泥母）、江（喉牙音）〔江（唇上去）〕} \\ \rightarrow \text{-u-} & \text{江（齒音）} \\ \rightarrow \text{-ã-} & \text{梗、江（唇平入）} \end{cases}$$

然而，筆者對於麥耘的論點感到懷疑。試觀《韻法直圖》所列的各式呼名，其指稱的概念性質並不一致，「齊齒捲舌呼」、「舌向上呼」是否標示著介音上的細微差異呢？仍有待論證。其次，麥耘根據歷史比較法的原理來擬構介音的根源、解釋演化的路徑，將語音的演化視爲直線式發展，而忽略掉橫向軸面因素（如方言、文讀音）可能造成的干擾，此種理想化的語音發展模式很可能與真實狀況脫節。再者，麥耘認爲所謂「齊齒捲舌呼」爲-r-介音（具捲舌音色又接近於-i-），但同時代語料中並未見有此種特殊的介音，顯然麥耘的擬音與當時實際語音不符。

光韻：唐（開合一）、陽（開二合三）、末（合一）、覺（開二）

江韻：江（開二）、陽（開三）

扃韻：清（合三四）、青（合四）、梗（開三）、迥（開四）

追溯各韻的中古來源，並結合語音演化的規律，則不難察覺：岡、江兩韻混雜了開口呼與齊齒呼；光韻則混雜了開口呼與合口呼；扃韻則混雜了齊齒呼與撮口呼。正因岡（上去）、扃、光、江四韻混雜不同呼別，故《直圖》遂以「混呼」名之。趙蔭棠（1957：165）亦指出：「混呼一名，恐怕係指開齊混，或合撮混而言，要從歷史上說來，恐怕是由《四聲等子》的"內外混等"一詞沿襲下來的。」

《直圖》所謂「混呼」與「開齊合撮」的性質不同，此一用語並非描寫發音狀態或音學特徵，而是指稱一韻之中混雜不同呼別的現象，容易造成理解上的誤差。〔清〕賈存仁《等韻精義·論字彙橫直二圖》評論曰：

> 《橫圖》、《直圖》俱有混呼，然《橫圖》所謂混呼者皆謂兩韻相混，
> 非謂開齊合撮之外，別有一種呼法為混呼也。自《直圖》誤認，竟
> 立混呼一名，後此諸家皆因之而不能變，然則諸家之韻輾轉相誤而
> 有名無實者，夫豈少哉！

（2）咬齒呼

《韻法直圖》貲韻末尾注云：「各韻空處雖無字皆有聲，惟貲韻乃咬齒之韻，前十二位無聲無字，在第十三位（精系字）讀起。」此圖列字屬於中古支脂之三韻的精系、照系及來母、日母字，參照語音演化的規律，可知貲韻音值為舌尖前元音〔ï〕，《韻法直圖》稱之為「咬齒呼」，蓋用以形容發舌尖前元音時，舌尖上舉接近齒齦或硬顎前緣的狀態。

（3）閉口呼

《韻法直圖》金韻末尾注云：「"京""巾""金"三韻似出一音，而潛味之："京""巾"齊齒呼；"金"閉口呼。"京"齊齒而啟脣呼，"巾"齊齒呼而旋閉口，微有別耳。」若單以介音作為歸類的標準，則"京""巾""金"應同屬齊齒呼，而《韻法直圖》卻另立新的名目予以區隔，顯然所謂的閉口呼、啟脣呼與旋閉口，與開、齊、合、撮四呼的語音性質不同，並非用以指稱介音的差異，而是另有所指。究竟這些術語所指為何？可從各韻的中古來源中去尋求解答。

　　閉口韻字源自中古深、咸二攝，具有雙唇鼻音韻尾〔-m〕。由此不難推斷：所謂“閉口韻”並非指稱介音，而是用以描摹〔-m〕韻尾發音時雙唇閉合的收勢狀態。

　　（4）齊齒而啓唇呼／齊齒呼而旋閉口

　　“京”、“巾”同屬中古開口三四等字，不同之處在於“京”韻源自收舌根韻尾〔-ŋ〕的梗攝諸韻；“巾”則來自收舌尖韻尾〔-n〕的臻攝。因此，所謂“啓唇呼”、“旋閉口”實與“閉口韻”相應，亦是用來描摹韻尾發音時唇吻收勢狀態的術語。“京”韻字收舌音鼻音〔-ŋ〕，發音時舌頭偏後、開口度較大，故稱之“啓唇”；“巾”韻字則收舌尖鼻音〔-n〕，發音時舌頭向前、開口度略小，故命之爲“旋閉口”。

　　（5）齊齒倦（捲）舌呼／齊齒捲舌而閉

　　標注齊齒捲舌呼的“艱”韻字，中古屬山刪韻開口二等字；標注齊齒捲舌而閉的“監”韻字，中古則屬銜咸韻開口二等。根據語音演化的規律，可推測出：所謂「齊齒」乃是指〔-i-〕介音，而「閉口」則是指〔-m〕韻尾，然則何謂「捲舌」？指稱何種音韻意涵呢？宋韻珊（1994：95）認爲：「捲舌是指照系聲母與主要元音相拼時的舌齒狀態。」〔註22〕筆者認爲此一看法有待商榷。察考《韻法直圖》各韻列字，照系聲母與齊齒音相配並非僅見於“艱”、“監”二韻，爲何他韻不標注「齊齒捲舌呼」？再者，若「捲舌」指聲母發音狀態，是否呼名當依發音順序改爲「捲舌齊齒呼」，而非「齊齒捲舌呼」？

　　《韻法直圖》所謂的「捲舌」，其確切的音韻意涵爲何？無法從單獨、個別的現象辨識，而應著眼於語言結構的系統性，並與同時代的語料相互比對、參照，方能求得確解。“艱”〔-ian〕韻諸字多屬中古山攝二等開口牙喉音，後因滋生出〔-i-〕介音而「由洪轉細」，從而與“干”〔-an〕、“關”〔-uan〕兩韻形成對立；同理，“監”韻〔-iam〕諸字多屬中古咸攝二等開口牙喉音，後因滋生出〔-i-〕介音，從而與”甘“韻〔-am〕有別。因此，梅膺祚若單憑介音

〔註22〕宋韻珊（1994：47）將《韻法直圖》照系聲母擬爲舌尖面塞擦音〔tʃ〕而非捲舌音〔tʂ〕，理由是：「考慮到它們與介音或主要元音 i 配，而捲舌音與 i 配是極不自然的。」（按：以「極不自然」爲理由來否定〔tʂ＋i〕存在的可能性，似乎是犯了以今律古的毛病）因此，宋韻珊（1994：94）指出：「作者觀念裡對“捲舌”的定義與現今（舌尖後音〔tʂ〕）有所出入。」

音值來確立呼名，則"艱"、"監"兩韻均應標注爲「齊齒呼」，爲何又須贅加「捲舌」二字？

趙蔭棠（1957：162）以爲標舉呼名始於《韻法直圖》，然則在此之前，李登《書文音義便考私編》已創立各式呼名。李登將含有〔-i-〕介音的開口細音字標爲「捲舌呼」，是以"艱"〔-ian〕可標注爲「開口捲舌呼」，以便與同韻（寒韻）之"干"〔-an〕（開口呼）、"甘"〔-am〕（閉口呼）與"監"〔-iam〕（閉口捲舌呼）相區別。《韻法直圖》分別將"艱"〔-ian〕、"監"〔-iam〕獨立成韻，並依介音不同而改易各韻之呼名，將"艱"韻標爲「齊齒捲舌」；將"監"韻標爲「齊齒捲舌而閉」。

仔細比對《書文音義便考私編》與《韻法直圖》各呼名間之同異關係，（見下文〔表 3–13〕）當可察覺：《韻法直圖》將《書文音義便考私編》之「捲舌呼」改稱爲「齊齒呼」，獨在"艱"、"監"兩韻標爲「齊齒捲舌」。筆者認爲：「齊齒＼捲舌」爲並列式的"同義複詞"，同「齊齒呼」並無音韻上的實質差別，但梅膺祚爲何畫蛇添足地贅加「捲舌」二字呢？其用意或許只在於描摹發〔-i-〕介音時「舌捲上顎」的情狀，或者是標記著"艱"、"監""由洪轉細"的歷時演化痕跡。

「同名異實」是傳統等韻學術語經常見的弊端。《韻法直圖》所謂「捲舌」與現代語音學之「捲舌音」（retroflex）不同，學者應細加辨識，如此庶幾可免以今律古之弊。

（6）舌向上呼

《韻法直圖》拏韻末尾注云：「巴葩杷麻叉槎沙等字，《橫圖》屬嘉（加）韻。」拏韻字源自中古麻韻開口二等幫系（唇音）、照系（齒音）與娘母字（舌音），恰與見系（牙音）、曉系（喉音）與來母（舌齒音）有字的嘉韻互補，是故《橫圖》索性取消《韻法直圖》拏韻，直接將此圖諸字併入加韻（參見上表所列）。

拏韻與嘉韻的中古音值爲開口洪音〔-a〕，後來因二等牙、喉音聲母由洪音轉化爲細音，因而別立出嘉韻〔-ia〕。爲何《韻法直圖》要將拏韻標注爲「舌向上呼」？而不直逕將之歸入「開口呼」呢？至今尚未能提出合理的解釋。或許正顯現出作者方音的特色，也可能是作者個人主觀語感的影響所致。

爲應合語音結構的改變，《韻法直圖》標舉出各式的呼名，以取代中古開合

四等。但各類呼名的命名標準並不統一，或指介音、或標韻尾、或指舌頭直卷、或指唇吻的形態，甚至指稱不同呼類混雜的現象，顯現出標示介音的音韻術語尚未完全定型，因而呈現出參差不一的過渡現象。〔清〕勞乃宣《等韻一得・外篇》評論曰：

> 梅膺祚韻法圖開口正韻（《字母切韻要法》以「開合正副」區分介音）
>
> 作開口，開口副韻作齊齒，合口正韻作合口，合口副韻作撮口，其
>
> 稱名尤爲顯切。獨增出混呼、捲舌等名爲蛇足，潘次耕《類音》刪
>
> 之，而專用開口、齊齒、合口、撮口四呼良是。

4、音韻系統與音變規律

《韻法直圖》仍保留全濁聲母與入聲韻，且平聲尚未分陰陽，故從韻圖的外在形制，即可初步推斷：韻圖所反映的音系爲書面語讀書音。此外，若仔細思索梅膺祚對韻圖分韻列字的相關論述，探索其中的蛛絲馬跡，更使我們確認此一推論。梅膺祚在《韻法直圖・序》指出：

> 讀韻須漢音，若任鄉語，便致差錯。若首差一音，後皆因之而差，
>
> 不可忽也。

《韻法直圖》的主體音系乃是與「鄉語」相對的「漢音」，即是指超越方言的「共同語」。然而，此一「漢音」究竟是日常口語的標準音呢？抑或是書面語的讀書音？梅膺祚《韻法直圖》弓韻末尾的註語，則提供另一條線索：

> 本圖首句四聲爲窮字合韻，餘及縱從等字，若照漢音，當屬公韻。
>
> 今依《洪武正韻》，收在本韻，則讀弓字似肩字之音。

弓、穹、顒……等中古通攝三等字，原本具有〔-j-〕介音，但「漢音」已失去〔-j-〕介音而讀爲公韻〔-uŋ〕。然而，韻圖此處則仍依循《洪武正韻》，而將諸字置於弓韻〔-iuŋ〕，與肩韻〔-iuən〕讀法頗爲近似。顯而易見，《韻法直圖》之「漢音」與《洪武正韻》反映的明初讀書音系亦有所出入。綜觀韻圖的音韻系統，並總括梅氏的相關論述，即可判定：《韻法直圖》反映的「漢音」乃是明末的書面語讀書音系，既非「鄉語」，亦與《正韻》音系（明初讀書音）有所差距。

茲將韻圖所呈現出的主要音變規律，條列於下：

1.保存全濁聲母

2.閉口韻尾〔-m〕尚未失落

3.保存入聲韻尾〔-ʔ〕。（入聲韻讀如陰聲韻）

除上所列外，根據宋韻珊（1994）的考察，《韻法直圖》雖立三十二類聲類，但心／邪、曉／匣、喻／影等紐均已出現相混、合流的趨向，顯現濁擦音已有日漸清化的跡象。

（四）李世澤《韻法橫圖》（《切韻射標》）

1、作者生平與編撰動機

李世澤，字紹嘉，應天上元人（今南京市江寧縣）。李登之子，能傳家學。此書編撰的動機在於芟除繁瑣、玄秘的門法，以簡省、便利的方式使人能迅捷的尋獲正確音讀。梅膺祚《韻法橫圖·序》：

> 曷爲而有是作也？等韻自音和門而下，其法繁、其旨秘，人每憚其
>
> 難而棄之。……嘉紹氏以四例該等韻之十三門，祛其繁以就於簡，
>
> 闡其秘以趨於明，令人易知易能，不有功於後學哉！

隨著語音急劇變化，人們依照舊有的切語已無法順利拼讀出正確字音，等韻學家於是紛紛設立各式門法，指導使用者如何藉由各種變通的方法，在縱橫交錯的等韻圖表中求得正確音讀，門法由是日益滋繁。〔元〕劉鑑《切韻指南》所附載之〈門法玉鑰匙〉，歸結各式等韻門法，將之統括爲十三門。〔註23〕李世澤因見「門法多端，初學難入，遂爲此譜，與願學等韻者稍藉爲階。」

此圖舊名《韻法二筌》（參見潘咸《音韻源流·等韻考》），又名《切韻射標》，蓋以「立標射箭」隱喻字音拼切之法，梅膺祚因其法簡明易知（具體的拼切方法詳見下文），遂取而附於《字彙》之末，又因韻圖形制恰與《韻法直圖》相對，故將之改稱爲《韻法橫圖》。

〔註23〕劉鑑之後，〔明〕釋眞空《直指玉鑰匙門法》又進一步補充，將門法擴充至二十門。董同龢（1949：258）論述關於門法紛繁難解的原因，指出：「明清以降，說等韻門法的總有幾十家。然而直到現在，非但問題之撲朔迷離未減，一般人更有愈形眩惑之感。這是爲什麼呢？等韻之學本來傳自域外。當初講說，都是僧眾，士大夫則鄙棄不談。因措詞不清，自然的已經種下誤解之根。等到輾轉相傳，面目雖似依舊，實質已有不少改換的了。歷來說者，既沒有推原究委，明其變革；又不能洞察韻圖體制與反切條例，察其本質。於是就不免強不同以爲同，望以己意附會而立說紛紜了。」明代等韻學家對門法的苛細繁瑣亦多感不滿，乃倡廢除門法之論，林平和（1975）更將「廢除門法，芟夷繁瑣」視爲明代等韻學的特質之一。

2、韻圖形制與編排體例

《韻法橫圖》以調分圖，總成七圖（平、上、去各二圖，入聲一圖）。每圖橫列三十六字母，縱列四十一韻類、旁註呼名，各行之末又別加按語說明。（參見本文【附錄書影 9－1】p.389）

字母排列「始見終日」，此一格式或承襲自《切韻指掌圖》，但較爲特異的是：同一字母欄位中，幫系／非系、端系／知系、精系／照系兩兩互見，此乃專爲「隔標法」所設，用以說明「類隔切」。（詳見下文）就韻類排列而言，則是依照韻腹與韻尾的音值同異、遠近關係，將韻類分成十一組（平一圖五組、平二圖六組），較諸《韻法直圖》顯然更有規律。

在韻類的歸併上，《韻法橫圖》與《韻法直圖》大體一致而微有差別。（詳見【圖表 3－8】），茲將兩圖主要差異概括如下：

1. 分出《直圖》光韻（合口呼）“匡狂王”三字，另立恇韻（撮口呼）。

2. 將《直圖》拏韻、嘉韻兩韻併爲加韻。

3. 將《直圖》眥韻字歸入基韻。

入聲仍自成一圖，圖末註曰：「譜內凡入聲俱從順轉，就其易也。如“谷”字，只曰“孤古故谷”，順轉也。若“公頏貢谷”，又“昆衰棍谷”、“鉤苟垢谷”，皆拗紐也，不從。」顯而易見，入聲韻尾已經弱化爲喉塞音〔-ʔ〕，甚至失落爲零韻尾〔-ø〕，而僅憑短促特徵與其他調類區隔。

3、「混呼」及其音韻意涵

宋韻珊（1994：176）對攷《橫圖》與《直圖》所標注呼類的異同關係，指出：「《韻法橫圖》共計出現八種呼名，除了「混呼」的性質與《韻法直圖》略有差異外，其餘七呼不論在呼名或內涵上皆和《韻法直圖》一致。」觀察《韻法橫圖》標注「混呼」者，既有兩處：肱綱韻（見、曉系字）、姜韻（知、照系與喻、來母字）。對於《韻法橫圖》所標注的「混呼」，〔清〕胡垣《古今中外音韻通例》頗有微詞：

> 《韻法橫圖》以姜陽肱扄爲混呼，金兼甘爲閉口呼，間爲齊齒捲舌，
>
> 監爲捲舌而閉，此因韻之張口、籠口、捲舌而誤名爲呼也。姜陽爲
>
> 岡韻之齊齒呼，肱扄爲根韻之合口、撮口呼，何混之有？

爲何《韻法橫圖》將肱綱、姜韻兩韻歸爲「混呼」？究竟「混呼」的音韻意涵

爲何？以下分別從兩韻中古來源考察「混呼」的音韻內涵，並指出《韻法橫圖》、《韻法直圖》的「混呼」有何異同。

（1）肱絅韻

此韻諸字主要源自中古梗攝耕、庚、清、青諸韻的合口等字，《韻法直圖》則歸入觥韻與扃韻，參照近代漢語語音演化的共同趨向，可將肱絅韻的音值擬分別爲：肱〔uəŋ〕、絅〔iuəŋ〕，可知所謂「混呼」乃是指合口、撮口並置的狀態。然而，值得注意的是：該韻末尾附記「此列與公〔uŋ〕鞏〔iuŋ〕列同音，但旋開口」，顯現中古梗攝與通攝字的語音已極爲近似，或許正因如此而以「混呼」稱之。

（2）姜韻

姜韻與《韻法直圖》江韻相應，爲中古陽韻、江韻開口字，《韻法橫圖》特別將"張悵長娘"（三等陽韻）與"椿惷幢矓"（二等江韻）並置，由於此韻兼容開口呼與齊齒呼，故標注「混呼」。除此之外，"莊窗霜"（二等莊組字，《韻法直圖》歸入光韻）與"章昌商"（三等章組字，《韻法直圖》歸入江韻）相對，"莊窗霜"或歸合口，或入齊齒，游移於兩者之間，李新魁（1983：274）因而比照《西儒耳目資》oam 攝〔-ʊaŋ〕＼uam 攝〔-uaŋ〕與 iam 攝〔-iaŋ〕分立的模式，將其音值擬爲介於兩者〔-u-〕、〔-i-〕之間的〔-ʊ-〕。本文則認爲"莊窗霜"等字的讀音游移於開口呼與齊齒呼之間，或可將之視爲共同語音系在不同方言區中所產生的細微變異，[註24] 大可不必另外再擬構出新的音位〔-ʊ-〕。

《韻法直圖》所標注之「混呼」，大抵上是指一韻之中混合著不同的介音，但《韻法橫圖》所謂「混呼」似乎範圍更加寬泛，不同韻類並置、相混亦可稱之「混呼」。

4、射標切韻之法

「射字」是宋元時期普遍流傳的語音遊戲，〔清〕勞乃宣《等韻一得·外篇》：「射字之法，出於〔宋〕趙與時《賓退錄》，即俗所傳"空古傳音"法也。其法

[註24] 《韻法直圖》觥韻末註云：「"崩烹彭旨"《橫圖》爲庚韻，此圖合口呼。若屬庚韻則開口呼矣。二圖各異或亦風土圃之與。」此外，《西儒耳目資》oam 攝所列諸字重見於 uam 攝，爲一字兩讀，拙著（1994：116）將此兩攝讀音均擬爲〔-uaN〕。因此，當可設想："莊窗霜"字或讀合口、或讀齊齒，此種游移現象，應是讀書音在不同地域所衍生的變異。

先定母、韻、聲之次，或擊鼓、或拍案，擊至第幾字爲某母，第幾字爲某韻，第幾字爲某聲，即成一字之音。雖遊戲之事，而藉以熟母、韻，最爲捷徑，故後世講等韻之書，每具此門。」由於此種射字遊戲體現出拼切字音的原理，與等韻圖「依字定切，依切求音」的性質十分近似，因而受到等韻學家的注意，如〔清〕李汝珍《李氏音鑑》卷五：「故喻翻切者，莫不深悉射字之義；而諳射字者，亦莫不推明翻切之理。」是以特立〈擊鼓三次論〉一節（第三十二問），用以闡明射字的方法與原理。

李世澤鑑於傳統韻圖法繁旨秘，學者每憚其難，因而取譬「立標射箭」，創立簡明易知的「標射切韻法」。此法之正例爲：

> 射者先立標的，然後可指而射焉。譜內最上一列三十六字，皆標也。今以兩字切一字，上字作標，下字作箭。如德紅切，先審「德」字在入聲內，與「革」字同韻，便在「革」字橫列內，尋看頂上是「端」字，即定「端」爲標矣；次審「紅」字在平聲內，與「公」字同韻，便在「公」字橫列內看端標下乃是「東」字是也。

然而，若干切語若單憑上述條例來尋字切音，則或射中空格、或射中他音，無法精準拼讀出正確的字音，於是李氏又另設"隔標法"、"隔列法"與"濁音法"三項"活法"，［註25］補苴正例之罅漏。

然則，「標射切韻法」在芟夷繁瑣門法之餘，是否眞能達到簡明易知的目的呢？等韻圖是「依字定音、依切求音」的音節表，但切語並非一時一地之人所創，因此編撰者縱使能自覺地根據實際語音，適度地調整舊有的韻圖格式，但若是仍一味地沿用傳統切語，則韻圖與切語之間的齟齬依然存在，仍舊無法「依切求音」。因此，儘管李世澤於切法正例之外，又苦心積慮地添置三項"活法"，

〔註25〕隔標法者，謂如箭射端標，覺有乖張，看端標下小字乃是知字，便射知標，如徒減切湛字，芳杯切胚字，扶基切皮字是也。

　　　　隔列法者，謂箭射端標，覺有乖張，鄰標又無可借，雖亦有欠諦當，直須不出本標，不拘上列下列、隔一隔二，以至五六。諦審其音，必文義貫通，心意安穩乃從之。如白伽切皤字，渠寒切乾字，許戈切靴字是也。

　　　　濁聲法者，上聲內有十標，標下字盡似去聲，蓋濁音也若作去聲即差。今除平上入三聲外，但去聲箭覺有乖張，即便向上聲內覓之。如多動切董字，思兆切小字，奴罪切餒字是也。

但終因未能全面另造新切語而無法真正達到「簡明易知」的目標。

　　5、音韻系統與音變規律

　　梅膺祚取《韻法橫圖》與《韻法直圖》同附於《字彙》之末，且將之比況為「先天圖」與「後天圖」，可知兩書所反映的音系大抵相似，均為書面語讀書音系。但兩者相較之下，《韻法橫圖》拘守傳統三十六字母的格局，其音系顯得更為保守。茲將韻圖所顯現重要音變規律條列於下：

　　1. 保存全濁聲母

　　2. 泥、娘相混

　　3. 閉口韻尾〔-m〕尚未失落

　　4. 保存入聲韻尾〔-ʔ〕。

　　此外，若將李世澤《韻法橫圖》與其父李登所編撰之《書文音義便覽私編》相對比，則音系間之差距更是明顯，蓋因前者反映的是書面語讀書音，後者則為口語標準音（詳見下文）。由於《韻法橫圖》編撰主旨在於拼切書面語讀書音，韻圖的形制與體例難免會過度地因循傳統，是以今人無法從這已僵化的韻圖框架中，探究當時自然口語讀音的真切面貌；然而，在韻圖具體列字與各圖末所附的註文中，李世澤卻隱約地透露出操持口語方音。據邵榮芬（1998）的分析，李世澤《韻法橫圖》似有意無意地透露出其口語方音—明末南京方音，其音韻特徵則大抵與李登《書文音義便覽私編》相合。

　　「讀書音」原本就是個模糊的概念範疇，儘管上述各式韻圖在編排體例或音變規律上有所出入，但都保有全濁聲母語入聲韻的基本特徵，故均可統攝在「讀書音」的概念範疇中。

第二節　反映口語標準音系的韻圖

　　宋元以來，隨著經濟發展迅速發展，市民階級因之崛起，為應合社會交際的實際需求，人們自然而然地凝結出超越各地方音的共同語，以之作為彼此溝通的工具。此種應用層面寬廣的共同語多是以某一強勢方言為基礎，故其語音具有開放性與現實性，同知識分子、統治階層所專擅的具有存古、保守傾向的書面語讀書音有著本質上的差別。

　　明清時期的共同語多是人們基於實際需求而「自然」凝聚成的，由於缺乏

統一的嚴格標準與人為的強制規範，故所謂「口語標準音」乃是個界限含糊的概念範疇。居住不於同地區人們，由於受到自身母語方音的影響，不可免地對於「口語標準音」的認定也會有些許的誤差，因而形成許多雜糅方音的「藍青官話」。儘管「口語標準音」的界限模糊、漂移，但其內核卻是穩固、堅定的，否則即無法「合同存異」以達成「韻共守自然知音，字能通天下之語」（周德清《中原音韻・自序》）的目的。

　　試問：反映「口語標準音」的韻書，必須具備何種堅實的內核？換言之，即確立「口語標準音」的客觀標準何在呢？今人對於韻圖研究可從不同的角度加以分類，如：韻圖之初始功能、作者籍貫、描寫對象……等，但對於音系性質之判定而言，終究還是得回歸到語音層面去尋求依據。大抵言之，「口語標準音」與「書面語讀書音」的明顯差異在於：

1. 聲母系統：全濁音已清化，聲類多在二十類左右（聲類數常隨疑、微　兩母失落與否而稍有出入）。

2. 韻母系統：四呼格局已經確立，且雙唇鼻音韻尾〔-m〕趨於失落。

3. 聲調系統：平聲分化為陰、陽兩類，但仍保存入聲調。

　　李新魁（1983）認為蘭茂《韻略易通》（1442）基本上是承繼和發展《中原音韻》一系韻書的語音系統而來，它反映了當時共同口語音的基本面貌。因此，在下文討論中，筆者選擇《韻略易通》作為座標音系，將其與性質相近的韻圖相互參照，藉由揭露音系間的同異關係，以判定音系的基礎方音，管窺語音演化的歷時軌跡。

一、桑紹良《青郊雜著》

（一）作者生平與編撰動機

　　桑紹良，字遂叔（一作子遂），號會台，又號青郊逸叟，山東濮州人（今河南范縣濮城鎮）。〔註26〕桑紹良承繼其父桑溥所未竟之志業，〔註27〕自嘉靖

〔註26〕《四庫提要》曰：「紹良，字遂叔，湖南零陵人」。但根據耿振生（1987）考證的
　　　　結果顯示：桑紹良在書中自署曰「東郡青郊逸叟」，而秦漢時代東郡轄域為今河南
　　　　省東北部、山東省西部，與湖南零陵無涉；再者，翻查清代所修《濮州志》亦發
　　　　現有關桑紹良的記載。因此，確可證明桑紹良的籍貫為山東濮州，《四庫提要》誤
　　　　誌為湖南零陵，可能是採進此書的湖南巡撫一時疏忽所致。

癸卯年（1543）著手編撰此書，迄乎萬曆辛巳年（1581）始克刊定全稿，前後共歷時三十八年之久，無怪乎桑紹良喟嘆曰：「余平生精力盡在此編，舉業中廢率亦繇之。」

桑溥尊崇古韻爲語音之最高準則，嘗曰：「叶韻始諸賡歌，萬世之準也。」在桑溥語言觀的深刻影響下，桑紹良亦沾染復古的色彩，認爲語文原始、理想的使用狀態應是「文同則聲同，聲同則用同」，對於當時詩歌遵用南韻（沈約韻，即《平水韻》）、詞曲以北韻（周德清《中原音韻》）爲準的情形感到不滿，〔註28〕因此，窮盡畢生之精力，思欲制定出能超越各地方音、適用於各式文體的理想音系，俾使天下之文皆能同聲、同用，即如〈青郊韻說〉所言：「使詩歌詞曲皆同此用，南蠻北貊皆同此聲，天下之文無弗同。」

《青郊雜著》的編撰動機在於刊正前人之謬誤，其所反映的音系既非書面語讀書音，亦不是以北京音爲基礎的北方方音。至於其主體音系爲何？當從韻圖所展現音韻特徵中尋求解答。

（二）韻圖形制與編排體例

《青郊雜著》實際上包含著兩大部份，即：《聲韻雜著》與《文韻攷衷六聲會編》十二卷。《聲韻雜著》版心題爲《青郊雜著》，其主要內容在於闡發韻學觀點、詮釋審音方法、說解編排體例、更定反切……等，並且附載若干圖說與韻語，俾使能經常目載口誦，而以最簡便、迅捷的方式熟悉審音辨韻的方法。〔註29〕至於《文韻攷衷六聲會編》十二卷，則是韻圖式的同音字表，

〔註27〕桑正衍在〈抄《文韻攷衷六聲會編》跋後〉中，論及其父桑紹良編撰該書的緣由，指出：「先大夫授家君以書韻二說，誡之曰："書韻二義，民生所需，乃聖賢之珍藝，文學之玄關也。每病前修之誤而欲刊定之，薄宦羈身，無暇肆力，比及歸田，年忽垂老。汝性敏而多識，足任此責，勉旃從事，以竟吾志"。家君謹受斯言，朝夕紬繹，三十餘年，稿凡數十易，始克成之。」

〔註28〕〈青郊韻說〉：「有沈約氏之韻而用於唐詩，莫盛於唐，故南韻獨用之詩歌；有周德清之韻而用於元詞，莫盛於元，故北韻獨用之詞曲。其用不同而使天下之聲與文弗同，職此故也，是豈韻之情也哉。夫韻見於口耳，稱呼聆聽之間，寔根諸性命之奧，有於太極無始之初，成於羲頡而流布於今古，理微而難測，義博而難窮，文襍亂而難辨，非心究乎本原與夫爾雅宏博之士，其孰能知之。」

〔註29〕〈聲韻雜著引〉闡述《聲韻雜著》的寫作動機及其主要目的，曰：「間以示人多弗通曉。蓋繇精思自得，微奧難言，且與前輩不合，非當時素所習歌，是以無識者

全編首先將韻類總括爲十八部；各部之下依介音之殊別而分爲「四科」；各科之下則依發音部位之異同而概括爲「五位」；同部同科同位者，則橫列「五品」、縱分「六聲」，將同音之字收納於縱橫交錯的表格中。（參見本文【附錄書影10－1】p.390）

《青郊雜著》將聲母約爲二十類，與《韻略易通》的聲母系統相合。但在聲類的標目上，桑紹良則是認爲蘭茂「早梅詩」五音失序，故又另撰「聖世歌」一首，詩曰：「國開王向德，天乃賚禎昌，仁壽增千歲，苞磐民弗忘。」以詩中諸字代指聲母，儘管詩意未暢，但字母排列卻能與五音之序契合，與自然之聲氣相應。茲參照「刪定三十六字母約爲二十母分屬次序」所列，將聲母之分類表述如下：

【圖表3－9】

發音方法／發音部位	啟	承	進	衍	止
喉音——宮	國（見）	開（溪群）	王（影疑喻）		向（曉匣）
舌音——徵	德（端）	天（透定）	乃（泥娘）		賚（來）
齶音——角	禎（知照）	昌（徹穿澄床）	仁（日）		壽（審禪）
齒音——商	增（精）	千（清從）			歲（心邪）
唇音——羽	苞（幫）	磐（滂並）	民（明）	弗（非敷奉）	忘（微）

首先就聲母發音部位的歸類觀之。桑紹良不依傍古人之成說，將早期韻圖所謂之「牙音」改稱爲「齶音」，此舉與葉秉敬《韻表》不謀而合，此蓋因兩人皆不但精於語音辨析，且能懷持著實證的精神，力求驗諸唇吻之故。此外，桑氏勇於駁斥宋元韻圖所謂「七音」之陳說，將聲類派分爲「喉舌齶齒唇」五位，認爲「來」（半徵商）、「日」（半商徵）兩母已盡在五音之中，無須再單獨個別分出，自成一類。

其次，就聲母發音方法的區分言之，桑紹良依照發音方法的差異將聲母分爲「啟承進衍止」五品。值得留意的是：其中第四「衍」品乃專爲「唇音—羽」

悵然弗解，有識者詫而弗信。余用是耿耿慅懼，乃著爲論說若干條，以宣暢其義，又更反切晻昧者爲之顯明，辨音母謬複者而使之簡正，重以圖說韻語，俾常載於目而熟誦諸口，譬木鑽自入，石研自穿，鑰之啟關，觿之解結。不可知者循其方而知之，不易能者緣其術而能之，馴至通曉，斯無難矣。」

而設，其餘「宮商角徵」四音則只須「啓承進止」四品，便足以截然分辨。

《青郊雜著》參酌詩韻、《正韻》、詞韻，將韻類歸併爲十八部，並註明古韻通叶的情形，以爲古詩、銘贊、辭賦之用。茲據「十八韻分合說略」所載，將各韻之間的分合情形表列如下：

【圖表 3－10】

青郊雜著	詩韻—平水韻	正韻	詞韻—中原音韻	古韻通
01.東	東、冬	東	東鐘	與江叶
02.江	江	陽	江陽	與東叶
03.侵	侵	侵	侵尋	與覃叶
04.覃	覃、鹽、咸	覃、鹽	監咸、廉纖	與侵叶
05.庚	庚、青、蒸	庚	庚青	與陽叶
06.陽	陽	陽	江陽	與庚叶
07.眞	眞、文、魂	眞	眞文	與元叶
08.元	元、寒、刪、先	寒、刪、先	寒山、桓歡、先天	與眞叶
09.歌	歌	歌	歌戈	與麻遮叶
10.麻	麻、皆	麻	家麻	與歌遮叶
11.遮	麻	遮	車遮	與歌麻叶
12.皆	皆、灰	皆	皆來	與灰支叶
13.灰	灰、支、齊、微	灰、支、齊	齊微	與皆支叶
14.支	支、齊、微	支、齊	支思、齊微	與皆灰叶
15.模	魚、虞（部份）	模	魚模、尤侯	與魚叶
16.魚	魚、虞	魚	魚模	與模叶
17.尤	尤	尤	尤侯	與蕭叶
18 蕭	蕭、爻、豪	蕭、爻	蕭豪	與尤叶

至於聲調方面，桑紹良則將之定爲六聲，分別爲：沈平、浮平、平、上、淺入、深入。《聲韻雜著》：「舊說四聲各有清濁二等是八聲矣。今攷平入之清即沈與深，平入之濁即浮與淺，上去各一更無二等，強分爲二亦以清濁名之，不亦誣乎！茲定爲六聲，廣四聲之不足，裁八聲之有餘。」

（三）音韻術語與音學理論

桑紹良《青郊雜著》所闡釋的音學理論，極具革新性與獨創性，不但從不同角度批判前賢舊說之疏漏，指出積沈已久的弊端；甚且能匠心獨運，創立出一套審音辨韻的術語，建構起詮釋語音現象的新理論。然而，正因其所用的術語過於新穎，而傳達的概念又十分奧微，致使與傳統等韻學間存有較大的落差，實非一般俗儒所能心領神會。桑氏在當時已有「無識者悵然弗解，有識者詫而弗信」之嘆，縱使是在樸學昌盛的清代，亦難覓得一二知音，而《四庫提要》仍舊是一本其恪守傳統、貶抑創新的思想特色，譏之曰：「支離破碎，憑臆而談。」

平心論之，桑紹良審音精確、超邁前賢，前人或因風氣所囿、或因觀念所限，無法深切體認《青郊雜著》的要義所在，遂令此書隱沒不彰。以下則從現代語音分析的角度切入，針對其理論體系作深入檢視，盼能探幽抉微，以明其優劣得失。

《青郊雜著》的語音分析體系可總括為：「十八部四科五位五品六級七十四母」。桑紹良為闡明「聲音自然之理，造化生成之妙」，特將其理論體系繪製成「總圖」，列於諸圖之前。茲將此圖摘錄於下，藉以作為下文論述之張本：

【圖表 3－11】

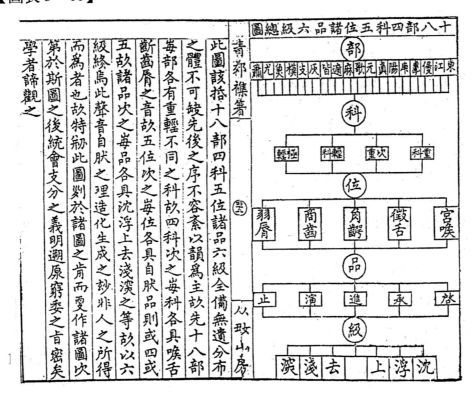

《青郊雜著》在韻部次第的安排與入聲韻的分派上，頗為特殊。蓋因桑紹良並非以實際語音為依歸，而是以古音通諧關係作為歸類、排序的準則，試觀《聲韻雜著》之論述：

> 十八部次序皆緣古韻即可叶者編定。東、江古一韻，侵、覃古一韻，而二韻或相叶；庚、陽古一韻，真、元古一韻，而二韻或叶；歌、麻、遮古一韻，皆、灰、支古一韻，而二韻或相叶；模、魚古一韻，尤、蕭古一韻，而二韻或相叶，皆相因不可亂，故相序不容紊。
>
> 十八部分二卷，上卷八部舊有入聲（按：陽聲韻），下卷十部舊無入聲（按：陰聲韻）。然十八部皆有入聲，顧前輩未之察爾。今以諧聲之法求之，悉得其字，俾各歸本部，聲氣方完，非敢逞臆見以變章程也。

由上引文可知：《青郊雜著》參照古韻通叶的情形，將關係密切的韻部彼此相鄰排列；而在入聲韻與舒聲韻的搭配關係上，則是由形聲字的諧聲關係所決定〔註30〕。為何桑紹良會將上古音的概念運用在時音的歸類與排序上呢？此舉當與桑溥古音觀念的啟發有關。

從〈青郊韻說〉所記載的言談之中，不難領受到桑溥的音學理念具有濃厚復古色彩，其非但激切地批評唐宋韻書「多所離析，始壞古體」，並提出以諧聲字求古音之說，曾云：「上古音而無字，出諸口者已有自然之韻，羲頡制字而音依附焉。字本由音作，音亦由字衍，點畫形像、意義指趣，無所窮極，字既以類相從，音各以字而判。」在桑溥的潛移默化下，桑紹良紹承其父探尋上古音的理念，且進一步地將之具體落實到韻圖編排體例中。

以今人的觀點論之，《青郊雜著》牽合古韻以配今韻的作法，無形中已淆亂了共時與歷時的區分，然而此種編排體例非但沒有湮滅，反倒成為後世學者積極效法的對象。〔註31〕是以今人探究韻學發展的源流，切不可漠視文化背景與

〔註30〕桑紹良所謂諧聲之法有五，若根據語音關係遠近排列之，則依序為：諧身、諧類、諧判、諧辨、諧分。各法之詳細內容俱載於「一氣二分四辨八判十八類之圖」。（參見本文【附錄書影 10－4】P.393）

〔註31〕李新魁（1983：79）評論曰：「桑氏這種牽合古韻以訂今韻的做法，對後代頗有影響，清代江永作《四聲切韻表》，往往以古韻參定今韻，可以說與桑氏的觀念及理論一脈相承。而在分析入聲與非入聲的關係時，根據諧聲以為推求印證之階，也

個人心理因素所可能造成的影響。

2、「四科」及其相應關係

　　觀察明代實際語音的音節結構，介音已由早先的「開合四等」，漸次轉化成「四呼」的格局。儘管《青郊雜著》尚無「四呼」之名，但桑紹良已能明晰「四呼」之實。試觀《聲韻雜著》有關「四科」的論述：

　　　　四科者音有四等：重、次重、輕、極輕是也。如元部「官」「捐」「干」
　　　　「堅」同爲宮音而重輕不同，他韻準此。……四科同位同品者互相
　　　　應。二重科相應，若元部「官」「涓」是也；二輕科相應，若「干」
　　　　「堅」是也。輕科又與重科相應，若「單」「端」是也；極輕科又與
　　　　次重科相應，若「軒」「喧」是也，乃聲氣自然而然，不假彊爲。

桑紹良以語音輕重之殊別，將介音劃分爲「四科」，究其音韻內涵實則等同於「四呼」，兩者可謂同實異名。「重」爲合口呼、「次重」爲撮口呼、「輕」爲開口呼、「極輕」爲齊齒呼。桑氏除精於離析語音外，更能深切體悟到「四科」彼此間具有某種相應的聯繫關係，即如：「重」「次重」同爲合口、「輕」「極輕」同屬開口；「重」「輕」俱爲洪音、「次重」「極輕」俱屬細音。由此可知，桑紹良對於介音的結構已有確切認知。

　　3、「五位」與「五音」的搭配關係及其排列順序

　　《青郊雜著》依照發音部位將聲母派分爲「五位」，並與「五音」相配。在《聲韻雜著》中，桑紹良闡釋五位的排列次序及其與「五音」的對應關係：

　　　　五位者五音也，宮徵角商羽是也。音出於口而成響，各一其處，當
　　　　自內達外以爲序。宮爲喉音，喉最在內，故以宮爲首；由喉而舌，
　　　　徵爲舌音，故徵次之；由舌而顎，角爲顎音，故角次之；自顎而齒，
　　　　商爲齒音，故商次之；由齒而唇，羽爲唇音，唇最居外，故羽爲終
　　　　焉，皆自然之序，一定而不容紊也。……蓋聲音之序，以氣爲主，
　　　　五肉所具，由內達外，寔天地之設，不可毫髮錯差。

前人以「角徵宮商羽」爲序排列聲類，此乃依五行相生之理所設。桑紹良則認爲「聲音之序，以氣爲主」，故改以「宮（喉）徵（舌）角（顎）商（齒）羽（唇）」之序列之，以示氣流內出於丹田，繼而激盪於喉舌顎齒之間，終而

　　　　爲清代梁僧寶作《四聲韻譜》時所仿效。」

外放於唇吻之際，其次第井然不可淆亂，即如「五音次第之圖」所示（參見本文【附錄書影 10－2】p.391）。而在「五位」與「五音」的搭配上，《青郊雜著》亦與他書有所出入，桑紹良認爲「五音生於五肉，各有定屬，非人爲而然。……茲惟以五肉爲主，響在某肉即爲某音，一切釐正歸諸至當，不殽泥舊說依樣畫葫蘆也。」

傳統等韻學常借用宮商角徵羽……等音樂術語來標示音類，並比附於陰陽、五行、四時……等玄虛無當之說。由於術語本身缺乏明確定義，「五音」或指聲類、或別介音、或標元音、或記聲調，學者各憑己臆以立說，故多流於主觀虛妄、隨意蔓衍。葉秉敬《韻表》洞見此一積弊，遂廢棄「五音」之說。桑紹良雖能不泥於舊說，重新界定「五音」的排列次序與歸屬的原則，但其仍舊不忍捨棄傳統遺留下的包袱，就此而言，則反而不若《韻表》那般簡潔明快。

4、「五品」的音韻內涵

早期韻圖多以「清濁」標示聲類的發音方式。《青郊雜著》改易舊法，依照發音方式的殊別將聲母派分爲「五品」。「五品」的音韻內涵爲何？且看《聲韻雜著》對「五品」的相關論述：

> 諸品者音之品節也。宮徵角商皆四品，如東部重科宮音「公」「空」「翁」「烘」是也，一曰「啓音」、二曰「承音」、三曰「進音」、四曰「止音」。惟羽音有五品，如眞部重科「奔」「噴」「門」「分」「文」是也，第四品謂之「衍音」，義取進而未止又衍爲此品也。四品五品皆順口成響，不費安排，不容添減，亦不容顛倒。添一無處著，減一則有空，顛倒則不可讀，謂非天地自然之氣可乎。

觀察上文所列舉的例字，不難看出端倪：「啓」爲不送氣清音；「承」爲送氣清音；「進」爲鼻音或零聲母；「衍」乃專爲唇音所設，指與忘母〔v-〕對立之弗母〔f-〕；「止」則爲擦音或流音。

5、「六級」的命名理據及其配對關係

《青郊雜著》將聲調區分爲六類，稱之爲「六級」。《聲韻雜著》闡述各調的命名理據，指出：

> 六級者六聲也，兩平上去兩入是也。平分浮沈，上去各一，入分淺

深。蓋六聲出於沈，以漸起而爲浮，升而爲上，轉而爲去，下而爲
入，由淺及深，其次一定不可紊，猶日月推行自地出而行天，復自
天降而藏地，有首有尾，自然之氣運也。

桑紹良取「日月遞轉」作爲結構隱喻（structural metaphor），〔註32〕分別以沈（清
平）、浮（濁平）、上、去、淺（濁入）、深（清入），象徵著日月運行的不同階
段；而調類首尾相扣，此則爲自然之氣運所致，即如「六聲位次之圖」所示。（參
見本文【附錄書影 10－2】p.391）此外，桑紹良又根據古人詩詞及唐宋詩餘押
韻的情形，主張將六調分爲三組，嘗云：「聲雖有六，其實衹三倍，三爲六也。
浮沈一也（平聲），上去一也（仄聲），淺深一也（入聲）。」

　　6、「七十四母」的音韻內涵

　　七十四母之數從而何來呢？《聲韻雜著》云：

　　　七十四母者合四科五位諸品，得數七十有四也。……據品定母雖七
　　　十有四，然諸品中亦有有音無字者，如：商音四科進品、角音次重
　　　科進品、徵音次重科啓承品皆然。蓋此七品難成響，故制字者含其
　　　音而不實之以字也。……今除此七品之外，得母止六十有七，其謂
　　　七十四母者，就總數概言之也。

所謂「七十四母」，即是由聲母（五位諸品）與介音（四科）結合成的音節總數，
〔註33〕其中有七母有音無字，故實際只有六十七母，在各韻中的配置狀態即如
「創立一十八部七十四母縱橫圖」所示。（參見本文【附錄書影 10－3】p.392）
由圖可知：桑紹良所謂「母」者，實與葉秉敬所謂的「祖宗」性質相同，均是
以四呼來派分聲類，兩者有著異曲同工之妙。

〔註32〕 George Lakoff ＆ Mark Johnson 所著的 "Metaphors We Live by" 一書，將隱喻區分
　　　爲三種類型：結構隱喻（structural metaphor）、方位隱喻（orientational metaphor）、
　　　本體隱喻（ontological metaphor）。所謂「結構隱喻」乃是指以一種概念結構來構
　　　造另一種概念，使兩種概念相疊加，將原本談論一種概念的詞語轉嫁到另一種概
　　　念上，例如：ARGUMENT IS WAR，TIME IS MONEY……等。

〔註33〕 《聲韻雜著》：「宮徵角商全具四科，羽惟極重、極輕兩科。四音每科皆四品，羽
　　　音每科多一品，謂之衍音。商音進品則有音而無字，蓋難於成響，故制字者闕之
　　　爾。」是以全編音節總數爲：（4 音×4 品＋羽音 1×5 品）×極重、極輕 2 科＋（4
　　　音×4 品）×次重、輕 2 科＝74。

（四）切字新法

韻圖的初始功用在於「依切求字，依字定音」，等韻學家除著力於審音辨韻外，更得留意如何精確、便捷地拼切語音。因此，每當面臨舊有切語已無法精確、便捷地拼讀實際語音時，往往根據音學理論基礎，尋找改良切語的路徑。桑紹良勇於創新的精神不僅展現在語音分析上，亦彰顯在切音方式的革新上，《聲韻雜著》嘗云：「（舊韻）或捨正而從僻，棄當用而取不當用，人不易曉，足誤初學。茲立新法，各有定、活，以易舊制，似爲簡明。」

試觀《文韻攷衷六聲會編》之編排體例，其於同韻、同科、同音的條件下，橫列五品、縱分六聲，將同音之字會聚於同一格位中，並且於各欄之首標注反切。欄中所注之切語如何創立？所謂「切字新法」在音韻結構上有何特色？這些疑問均可從《聲韻雜著》所立之定法、活法中尋獲解答：

> 取音定法。如二平上去取音，即於本排下取二入字。沈平與去取深入；浮平與上取淺入。若本排止有一入聲，通取亦不害。如東部切「烘」（沈平）、「鬨」（去聲）字則取「熇」（深入）；切「洪」（浮平）、「嗊」（上聲）則取「斛」（淺入）字。二入字取音，亦於本排上二平上去取之。深入取沈與去；淺入取浮與上。若本排四聲不全，通取亦不害。如東部切「熇」字則取「烘」字，切「斛」字則取「洪」字，餘皆可以類推。

> 取音活法。如二平上去本排下並無入聲，必於別韻中取者，亦當於同古韻可相叶，又必科、位、品相同，然後取之。如東江互取、侵覃互取、庚陽互取、眞元互取、歌麻遮互取、皆灰支互取、模魚互取、尤蕭互取，蓋各部由分而辨至於判矣，可以相叶故可以互用，猶一家人分爲二門終是一體。如互取之中又無字，當於同辨韻中互取亦得，如東江與侵覃互取，庚陽與眞元互取，歌麻遮與皆灰支互取，模魚與尤蕭互取。

> 取韻定法。每取一字必於本部、本科、同聲、同音，挨品次取之，不得漫爾攙越。如東部内「公」字則取「空」字；「空」字則取「翁」字；「翁」字則取「烘」字；「烘」字則轉而復取「公」字。啓承進止四品循環而用，則音響叶應，自然成切。其他悉以此推之。

　　取韻活法。或本科同位中無字，則於本科內別位中取用，宮徵角商
　　羽順取，雖稍不叶應，而亦不大背戾。如東部極重科內宮音浮平聲
　　四品中只有「洪」字，則取本科內徵音「籠」字代之。若本科內皆
　　無，則於本部別科內同音者取之。

桑紹良有感於舊切字「取音每不分輕重，取韻每不辨沈浮」，故針對取音（切語上字）、取韻（切語下字）分別設立「定法」（基本方法）與「活法」（變通方法）。先就取音之法言之，「取音定法」除規定切語上字必須與被切字聲母相同外，又額外增設兩項條件：1.切語上字必須與被切字同韻部；2.在聲調上，切語上字必須與被切字構成入聲與非入聲的交錯形式（沈、去⇆深入；浮、上⇆淺入）。然而，若同一韻部無入聲字者，則可從古韻相叶的韻部中借其入聲用之，此即為「取音活法」。茲以「烘，焀公切」為例（以下分別以 CMVET 代表音節中之聲母、韻頭、韻腹、韻尾、聲調；上標小點'表個別音素的差異，下加雙底線凸顯音節成分之相同點；下加波浪線則是彰明音節成分之差別所在）：

　　取音定法：「烘」〔xuŋ〕CMVET（沈平），「焀」〔xuʔ〕CMVE'T'（深入）

　　取音活法：〔xuŋ〕CMVET（東部沈平），〔xuaʔ〕CMV'E'T'（江部深入）

　　其次，就取韻之法觀之，「取韻定法」除規定切語下字須與被切字的韻母、聲調相同外，又要求下字聲母須與被切字聲母的發音部位相同。若同一韻母無相應之字，則可借用發音部位相近之字，但聲調必須相同，此即為「取韻活法」。茲以「公，谷空切」為例：

　　取韻定法：「公」〔kuŋ〕CMVET（宮音啟品），「空」〔kʻuŋ〕C'MVET（宮
　　　　　　　音承品）

　　取韻活法：「洪」〔xuŋ〕CMVET（宮音止品），「籠」〔luŋ〕C''MVET（徵
　　　　　　　音止品）

　　反切法合兩音節以成一音，此種漢字拼音法有其先天缺陷。其一，標音符號與音素間沒有固定的對應關係，致使反切上下字數目眾多、龐雜無序；其二，上字韻母與下字聲母為冗贅成份，造成拼讀音節的阻礙。儘管桑紹良「切字新法」對於切語用字的限定更加嚴苛，較舊有切語更能精確地拼切讀音，但對於上述兩項弊端尚無法徹底革除。

（五）音韻系統與音變規律

就聲母系統而言，《青郊雜著》能切合明代口語標準音的音韻特徵：全濁聲母清化、知照系字合流、疑喻影混同、非敷奉三母合讀爲〔f-〕，但仍保存著微母〔v-〕。其次，若將韻母與《韻略易通》相較，則可發現兩者頗爲近似，歧異之處僅在於：《青郊雜著》江、陽部仍保持分立，但山寒〔-an〕、端桓〔-on〕已合併，緘咸〔-iam〕、廉纖〔-iɛm〕亦不分。此外，再就聲調系統觀之，《青郊雜著》分出六個調類，非但平聲分爲陰陽兩類，入聲亦是如此，此則與明代口語標準音有較大的落差。茲將《青郊雜著》所體現的重大音變規律簡要地概述如下：

1、全濁聲母清化—統歸送氣清聲母

《青郊雜著》古全濁字不分平仄一律歸送氣清音，此種特異的語音現象與現今官話方言的演化規律（全濁平聲讀送氣、全濁仄聲讀不送氣）並不相符，何以如此？著實令人感到疑惑不解。耿振生（1991：376）注意到《交泰韻》殘存著古全濁入聲字讀作送氣聲母的現象，因而推測：明末濮州、寧陵一帶的河南方音或許曾存在「全濁歸次清」的階段。若其所言屬實，則《青郊雜著》對全濁聲母的歸派應是反映當時濮州方言的實際讀法。

2、尤、蕭部唇音字讀爲合口音

耿振生（1992：150）：「近代等韻著作中，四呼系統和現代普通話的顯著區別有兩點：一是唇音字開合口的問題，一是捲舌聲母和介音的配合關係。」《青郊雜著》知照系字兼配洪細，且尤部〔-uou〕、蕭部〔-uau〕的唇音字仍讀爲合口音，尚未轉入開口。

3、平聲、入聲均分爲陰陽兩類

觀察近代口語標準音的發展，平聲分陰陽兩類乃是大勢所趨，但入聲亦分陰入、陽入則不合常軌。耿振生（1991：378）試圖對此現象提出解釋：「入聲分陰陽兩類，爲前代韻書所無。這一特點與《交泰韻》不謀而合，表明明末濮州、寧陵等地的方言中正處於"入分陰陽"階段，這一階段是後來入聲字變到陰平、陽平的前奏。」

二、李登《書文音義便考私編》

（一）作者生平與編撰動機

李登，字士龍，自號如眞生，應天上元人（今南京市江寧縣）。萬曆初貢生，

官崇仁縣教諭，以新野縣丞致仕。酷愛字學音訓，著有《摭古遺文》二卷、《六書指南》二卷、《書文音義便考私編》五卷（末附《難字直音》一卷）、《字學正譌》六卷、《正千字文》二卷，均傳於世。

《書文音義便考私編》（以下簡稱《私編》）刻於萬曆丁亥年（1587），書前有姚汝循、焦竑、王兆雲序，並李登自序及例論。〔註34〕李登自序論述編纂此書的動機，曰：「字學有三：一曰文欲點畫不乖，二曰音欲所呼不謬，三曰義欲訓釋有據。三者類非吾疏謭所能也，勉自考索，因成此編。」由是可知：李登纂輯此編之用意在於正俗呼之謬誤，但以何種音系作為「正音」的標準呢？李登並未具體言明，必得根據語料所顯露的音韻特徵，方能作進一步的推斷。

（二）韻圖形制與編排體例

《私編》為一韻圖式的韻書。全編依聲調分成五卷（平聲分上下兩卷），統括七十五韻（平、上、去各 22 韻，入聲僅有 9 韻）。一韻之中，則又依聲母、呼別分成數個小韻，若適逢某類聲母無字，則在頁眉處以陰文標注「某母無字」；同一小韻諸字，若有一字多音者，則在字旁以陰文標注異讀之聲母、聲調或韻類。此外，誠如〈書文音義便考序〉所言，李登已將「一百四韻更其分合而曰為七十五」，但對於歸併為同韻之字，編中則仍分別標示其舊韻韻目，以示其源由所在，例如：「恭、供、共、龔」諸字已由冬韻併入東韻，但在「恭」字之下卻又以陰文註明「至末並冬」。（參見本文【附錄書影 11－1】p.394）

聲母根據平仄的不同而分為兩類，平聲刪併「知徹澄孃非」五紐而為三十一母，大體上與《洪武正韻》31 聲類相符；仄聲則又去除「群匣喻奉平廷床禪從邪」十個濁聲母而總成二十一母，此則與《韻略易通》20 聲類較為相近，其間主要差別僅在於疑母〔ŋ-〕失落與否。茲將平聲字母及其發音部位，依序羅列如下：

〔註34〕《續修四庫全書》收錄萬曆十五年陳邦泰刻本，但見書前僅存有一篇不著撰人的〈書文音義便考序〉及〈書文音義便考私編目錄〉，並未有李登自序及例論。趙蔭棠（1957：214）記錄其尋訪此書的甘苦，指出：「此書存於世者甚少，故宮圖書館所藏者，缺諸序，因之年月亦湮沒。……輔仁大學新購一部，比故宮所藏者更為完全……（按此書輔仁後退歸書店，被日人永島所得，29 年 12 月）。」有關於李登自序及例論的內容因無法親睹，故直接援引謝啓昆《小學考》、趙蔭棠《等韻源流》等書的相關記載。

1. 見溪群疑曉匣影喻──喉音

2. 敷奉微──唇齒半音

3. 邦滂平明──唇音

4. 端透廷尼來──舌頭音

5. 照穿床審禪日──正齒音

6. 精清從心邪──齒舌半音

值得注意的是：李登更改聲類的標目，將「並」（仄聲）改爲「平」（平聲），將「定」（仄聲）改爲「廷」（平聲），以便與僅用於平聲的字母相應。但《四庫提要》本持著守舊、尊古的思想，對於李登的創新做法頗不以爲然，指出：「至於三十六母中"知徹澄孃非"五母之複出，前人亦有疑之者。然竟去之，而又改並母爲平母、定母爲廷母，則未免勇於師心。……今謂平則三十一母，仄則二十一母，以臆改創，其誰信之？其謂仄聲純用清母，似爲直截，然清濁相配猶陰陽律呂之義，六律可該六呂而不容盡刪六呂之名。」

《私編》韻類分爲二十二部、七十五韻，編內各韻目之下均概略地註明與舊韻的分合關係。茲以平聲韻爲例，將其引錄於下：

上平聲

1.東（兼舊韻冬）	2.支（兼舊韻微、齊）	3.灰
4.皆（兼舊韻佳內字）	5.魚	6.模（舊係虞字）
7.眞（兼舊韻侵內自有辨）	8.諄（自舊韻眞分出）	9.文
10.元	11.桓（自舊韻寒分出）	

12.寒（兼舊韻刪覃咸內自有辨）

下平聲

1.先（兼舊韻鹽內自有辨）	2.蕭（兼舊韻交）	3.豪
4.歌	5.麻	6.遮（自舊韻麻分出）
7.陽（兼舊韻江）8.庚	9.青（兼舊韻蒸）	10.尤

若與《洪武正韻》22部、《韻略易通》20韻類相較，最大的歧異在於：《私編》取消雙唇鼻音韻尾〔-m〕諸韻，而將之歸派至相應的舌尖鼻音韻尾〔-n〕諸韻中。除此之外，《私編》又根據介音的不同而多分出數韻，茲將三者分歧之處表列於下：

【圖表 3－12】

《私編》	《洪武正韻》	《韻略易通》
支、灰、皆	支、齊、灰、皆	支辭、西微、皆來
眞、諄、文	眞	眞文
先、元	先	先全
庚、青	庚	庚晴
蕭、豪	蕭、爻	蕭豪

《四庫提要》將小學視爲經學之附庸，在音韻研究上則以古音（上古音）、今音（中古音）爲宗，忽略近代等韻學家對於韻圖改革、創新之功績，故對李登分韻之變更舊法加以批判，曰：「其部分既不合於古法，又不盡合於《洪武正韻》，如灰皆既分，支微齊反不分；庚青既分，江陽反不分。而且眞之兼侵，寒兼覃咸，先之兼鹽，尤錯亂無序矣。」

表面看來，《私編》似仍拘守平上去入四聲分韻的傳統格局；實際上，平聲已依聲母之清濁而分化，故其聲調當爲五類—陰平、陽平、上、去、入。此外，入聲屋韻注明「兼舊韻沃、物」，藥韻注明「兼舊韻覺」……等，顯示入聲韻尾〔-p〕、〔-t〕、〔-k〕混然無別，當已弱化爲喉塞音〔-ʔ〕。

（三）各式呼名及其音韻意涵

趙蔭棠（1957：162）：「確切給各呼類起名稱的，依現在所得見的材料，則當以《直圖》爲始。」《韻法直圖》確切的編撰年代不詳，但不會晚於 1612 年，而在此之前，李登《私編》亦已標注各式呼名，且細部描摹各呼發音時唇吻運動的情狀：

> 諸母所謂開者，開口呼也，呼閉而口開；閉者，閉口呼也，呼閉而口閉；捲謂捲舌，舌捲上顎而爲聲，音煙是也；抵謂抵齒，舌抵上齒而爲聲，之師是也；撮謂撮口呼，唇聚而出，娶遇是也；合謂合口呼，兩頤內鼓，胡祿是也；正謂正齒，別於抵齒。爲其同韻同母而有此辨，不得不立此字，但一會意，即皆筌蹄。（轉引自趙蔭棠 1957：214）

以下對比《私編》與《韻法直圖》所標注的各式呼名，並探究其發音方法、中古來源與音韻特徵：

【圖表 3－13】

《私編》	《直圖》	發音方法	中古來源	音韻特徵
開口呼 a	開口呼	呼閉而口開	開口一二等	〔-ø-〕介音
開口呼 b			臻攝、山攝	〔-n〕韻尾（與閉口呼〔-m〕對立）
合口呼	合口呼	兩頤內鼓	合口一二等	〔-u-〕介音
開合			山攝二等合口	關〔uan〕（與干〔an〕官〔uon〕對立）
撮口呼	撮口呼	唇聚而出	合口三四等	〔-iu-〕介音
捲舌呼	齊齒呼	舌捲上顎	開口三四等	〔-i-〕介音
正齒呼			開口三四等精照系字	〔tsi-〕、〔tʂi-〕（與「抵齒呼」對立）
閉口呼	閉口呼	呼閉而口閉	深攝、咸攝	〔-m〕韻尾
抵齒呼	咬齒呼	舌抵上齒	止攝精照系字	舌尖元音〔-ï〕
開口捲舌	齊齒捲舌		山攝二等開口牙喉音	艱〔ian〕（與關〔uan〕監〔iam〕堅〔iɛm〕對立）
閉口捲舌	齊齒捲舌而閉		咸攝二等開口牙喉音	監〔iam〕（與甘〔am〕艱〔ian〕兼〔iɛm〕對立）
	混呼、舌向上、啓唇			

　　《私編》與《韻法直圖》均標示呼名，且兩者呼名雖略有歧異，但彼此間之相同度頗高，故耿振生（1992：65）因而懷疑：「兩書呼法如此相似，不大可能是偶合，必有一書是仿效者，但誰模仿誰卻不太好說。從《私編》序中的口氣看，這十呼是李登首創的。」或許是因《韻法直圖》附載於梅膺祚《字彙》中，致使其流傳的層面較《私編》為廣，所以歷來許多學者將呼名的創立歸功於《韻法直圖》。

　　儘管兩者呼名差異不大，但其標示呼名的方法則大有不同。《韻法直圖》於各圖之末標注呼名，逕以呼名統括全韻諸字；《私編》之呼名與聲類緊密結合，且以隨文附註的方式標記，藉此以區別整體音節細微的語音差異。以"寒"韻見母各小韻所標注之呼名為例，即：「干」（見開）、「關」（見開合）、「艱」（見開捲舌）、「甘」（見閉）、「監」（見閉捲舌），其中「開」若是與「合、撮、捲舌」

相對立，則用以標指零介音〔-ø-〕；若與「閉」對立，則是指舌尖鼻音韻尾〔-n〕。職是可知：呼名具有多重指稱性，故若問「開」所指稱的音韻內涵爲何？必得關照與韻中其他各呼對立的情形，方能進一步確指。

　　相較之下，《私編》標示呼名的方式顯得較具隨機性，而《韻法直圖》則較具統括性。因此，本文亦傾向於認爲：《韻法直圖》的各式呼名可能是直接仿效、或是間接受到《私編》的激發所產生的。

（四）音韻系統與音變規律

1、全濁聲母清化——平聲字讀爲送氣清音、仄聲字派入不送氣清音

　　《私編》仄聲各韻已無全濁聲母，而平聲韻雖存有「清濁」之分。早期韻圖多以「清濁」指稱聲母之帶音與否，然而，李登所謂「清濁」其音韻意涵似與傳統的用法不同，而是另有所指，試觀《私編》「辨清濁」中，關於「清濁」的論述及其所列舉的字例：

> 清濁者，如通與同，通清而同濁；荒與黃，荒清而黃濁，是也。三
> 十一母中，見邦端照精五母，皆有清而無濁；疑微明尼來日六母，
> 皆有濁而無清。除此十一母外，其餘溪與群、曉與匣、影與喻、敷
> 與奉、滂與平、透與廷、穿與床、審與禪、清與從、心與邪，十項，
> 皆一清一濁，如陰陽夫婦之相配焉。然惟平聲不容不分清濁，仄聲
> 止用清母，悉可該括，故並去十濁母，以從簡便。

仔細觀察李登所列舉的字例，不難得知：全濁聲母已經清化，語音的區別特徵（distinctive feature）由原本聲母之清濁有別，轉向聲調之陰陽分立。顯而易見，李登所謂「清濁」實爲調類之陰陽，並非聲母之帶音與否，此種「同名異實」的現象，研究者必當仔細辨析釐清，方能破除術語的迷障而洞見語音的眞實面貌。

　　然而，全濁聲母既已清化，其分派的規律爲何？若就仄聲韻觀之，《私編》全濁仄聲字多已轉化爲不送氣的清聲母，以東韻爲例：「動」（定母上聲）與「洞」（定母去聲）皆派入「送韻端母」、「獨」（定母入聲）則歸屬於「屋韻端母」。至於平聲全濁聲仍自成一類，但由李登將全濁字母「並」、「定」分別改易爲送氣清音「平」、「廷」觀之，似乎隱約地透露出《私編》全濁聲母平聲韻字有派入送氣清音的趨向。

2、〔-m〕韻尾已逐漸混入〔-n〕

在《私編》中，〔-m〕韻尾字因具有「呼畢而口閉」的生理特徵，故仍能自成一類，李登稱之爲「閉口呼」。然而，在語音感知上，〔-m〕韻尾與〔-n〕韻尾間的界限卻已逐漸泯沒，故《私編》直接取消〔-m〕韻尾諸韻，將之分派至相應收〔-n〕韻尾的韻部中，即：將侵韻歸入眞韻，將覃、咸韻歸入寒韻，將鹽韻劃入先韻。

3、平聲分陰陽、濁上歸去

《私編》濁音聲母清化後，仄聲字歸入不送氣清音，平聲字則讀爲送氣清音。隨著聲母清濁對立的消失，語音區別特徵由聲母轉嫁到聲調上，連帶凸顯出平聲陰陽分立、全濁上聲派入去聲的語音變化。

綜觀《私編》所反映的音系，其已明顯地展現出全濁聲母清化、〔-m〕併入〔-n〕、平聲分陰陽、保存入聲調……等音韻特徵，與《正韻》一系所反映的書面語讀書音有著明顯的差距，反倒是與《韻略易通》音系較爲貼近，且與官話方言的語音演化規律大致相符。因此，筆者推斷：《私編》所反映的音系當爲明代口語標準音。

三、金尼閣《西儒耳目資》

西方傳教士跟隨著殖民者的步伐初至中土，面對歷史悠久、文化豐贍的文明古國，自覺欲順利遂行傳教之任務，首先必須熟習中國語言，並且藉由「學術傳教」的策略，方能爭取知識分子的認同。是以早期入華開教的耶穌會士，如：〔意〕羅明堅（Michel Ruggieri，1543～1607）、〔意〕利瑪竇（Mathieu Ricci 1552～1610）、〔意〕郭居靜（Lazare Cattaneo，1560～1640）、〔西〕龐迪我（Didace de Pantoja，1571～1618）……等人，基於學習漢語的迫切需要，皆憑恃著自身對語音的感知，以羅馬字母來標記漢語字音。金尼閣（Nicolas Trigault，1577～1628），於1610年抵華，接續利瑪竇的傳教任務，憑藉著自身深厚的音學素養，〔註35〕承繼、改良前輩的標音符號與記音方式，並且在中國學者韓雲、呂

〔註35〕金尼閣具備高深的學術修養，且精通漢語。根據費賴之（Aloys Pfister，1833～1891）神父的記載：「華人曾言詞理文章之優，歐羅巴諸司鐸中殆無人能及之者。……其時常從事之譯業，或譯拉丁文爲漢文，或譯漢文爲拉丁文，使之諳練語言文字，故言談寫作均佳，無論文言或俚語也。」（馮承鈞，1938：137）。

維祺、王徵等人的協助之下，將原本用以資助西儒審音辨字的稿本，改編成以羅馬字母標記漢語語音的韻學專書——《西儒耳目資》。

《西儒耳目資》刊刻於天啓六年（1626）。此書之完竣實爲中西學者心血薈萃的成果，爲明末中西文化相互激盪下所凝聚成的結晶，非但明末音韻學者對西儒新奇的語音分析方式深感詫異，後世等韻學家如方以智、楊選杞、熊士伯……等，對於此書亦多所論及，且深受啓發。若從音韻學史的角度觀之，此書除了以較爲精確記音符號客觀紀錄明末的「官話」（Quonhoa）外，透過書中西儒與中士對漢語語音的分析與論辯，更可側面地考察出中西學者在音韻觀念上的落差，此則堪爲對比十七世紀中西音韻學史的材料，頗值得音韻學史研究者深切關注。沈福偉（1989：426）則是從文化交流史的角度評述此書的價值，云：「這部著作既研究了中國文字的音韻，採用《洪武正韻》和《韻會小補》，而且又用西方語文研究法探討中國文字，耳資有音韻譜，目資有邊正譜，首先在中國用圖解法研究音韻學，解決了中國和西方世界在語言文字上的阻隔，在中西文化的溝通上提供了鑰匙。」

（一）作者生平與編撰動機

金尼閣，字四表，比利時人（一說法國人），1577 年出生於 Douait 城。1594 年入耶穌會。1610 年入華傳教。1611 年初被派至南京，在王豐肅（又名高一志，Alphonse Vagnoni 1566～1640）、郭居靜二位神父的指導下學習漢語，不久即赴北京向會督報告會務，而後再重回南京繼續學習漢語。1613 年返回羅馬，在羅馬期間，金尼閣將利瑪竇以義大利文記載的中國傳教事蹟，轉譯成拉丁文，並另外補入兩章，專記利瑪竇逝世及殯葬情形，書名題爲《基督教遠征中國史》（De Christiana Expeditione apud Sinas），此書即是今日所見的《利瑪竇中國札記》。1620 年攜帶七千部西書返抵中國，而後即在中國各地傳教，足跡所至爲：南昌、建昌、韶州、杭州、開封及山西、陝西兩省。1628 年病逝於杭州，葬於大方井。

至於金尼閣編撰此書的動機與緣由，則可分別從不同層次、不同角度言之：

1、作爲資助西儒識音辨字的工具書

耶穌會士初抵中華，所觸及到的是一套與自身母語截然不同的語言系統，基於語言符號的任意性原則，西儒無法逕將耳目感官所接收到的能指形式——

漢語、漢字轉譯成深層的所指概念，如此便如同耳聾、目盲一般，難以與華人直接溝通，因而學習漢語、漢字便成爲治療耳聾、目盲的絕佳藥方。金尼閣在〈問答小序〉中陳述說：「旅人幸至大國，不能遽聆聰人之言，不能遽覽明文之字，恆以聲瞽雙疾爲患，患則生巧法。夫巧者雙藥也，一者調聲耳鼓，一者磨瞽目鏡，漸令聾者略聰，瞽者略明而已。」（頁 32a）《西儒耳目資》正是金尼閣精心提煉的良方，以此來協助西儒學習漢字、漢語，深具資助耳目感官，免去視聽障蔽的神奇功效。

2、作爲遂行「學術傳教」的手段

耶穌會士爲引起知識分子的認同，藉由積極譯介各式西學，以遂行其傳教的目的。明末傳教士所譯介的著作大多爲與科學、技術相關的知識，尤以天文學、幾何學爲大宗，但亦不乏語文類的論著，如《西儒耳目資》即是。

金尼閣在〈《西儒耳目資》問答·問答小序〉論述編撰此書的因緣，指出：「嚮者旅人初適晉，館于景伯韓君（按：韓雲）明旦齋中，彼時或與此中人士交談，得聞未知難知之音；或展閱此中奇書，得遇未知難知之字，一開旅人字學音韻之編，則能察音察字隨手可得，不待一一詢之人也。景伯殊甚怪之，曰：吾儕未能是，必有巧法在，幸傳我勿吝。余謂字法信然有巧，然係西字之號，未習西字，似乎難傳，景伯貪知，固請不已，且疑旅人之有吝也。若是，奚不敢承大命哉。……」（頁 31a～b）表面看來，金尼閣似爲迎合中士需求而編撰此書，但其深層的目的則是在於「吸引偶像教人（按：指佛教徒）進入天主教網罟之餌。」

3、用以資助中士通曉西洋文字系統

《西儒耳目資》以羅馬字母標記漢音，西儒因之以識漢語，中士用之則可曉西文，堪爲會通中西語言文字的津樑。1864 年在 Douai 刊印 Dehaisnes 所著的《金尼閣傳》（"Vie du P. Nicolas Trigault"，p.208，1864）指出金尼閣曾致書 P. de Montmorency，信中金氏自述編撰《西儒耳目資》的用意，曰：「余應中國教友之請，曾以漢文編一字典（余不感漢文困難），凡三冊，使漢字與吾邦之元音、輔音接近，俾中國人得於三日內通曉西洋文字之系統。此一文典式之工作，頗引起中國人之驚奇。彼等目睹一外國人矯正其文字上久待改善之疵病，自覺難能可貴也，爲吸引偶像教人（按：指佛教徒）進入天主教網罟之餌。」（方豪，

《中西交通史》頁 948）

（二）韻圖形制與編排體例

　　《西儒耳目資》含攝著三大部分：《譯引首譜》、《列音韻譜》與《列邊正譜》，各有其獨具的內容與適用的範疇。各部的具體內容為何？其間又存在何種相互搭配的關係？在〈《列音韻譜》問答〉所載金尼閣與王徵的對答中，曾論及各部之大致內容及其相互關係：

> 問曰：先生書分三譜，總表《耳目資》何？
>
> 答曰：首譜「圖局」、「問答」，全為後來二譜張本。其第二《列音韻譜》，正以資耳。第三《列邊正譜》，正以資目。蓋音韻包言，邊正包字。言者可聞，字者可覽，是耳目之資，全在言字之列也。言既列，則分音韻，字既列，則分邊正。故書雖分為三譜，總表之為《耳目資》也。（頁 32b，33a／問 4）

大體言之，《譯引首譜》為全書的總論，闡釋編撰過程、編撰意圖與音學的基本概念；《列音韻譜》是以羅馬字母標音的漢語同音字彙，供依字音查檢字形之用；《列邊正譜》則是以字形偏旁編排的字典，供依字形檢索字音、字義之用。

　　細部觀之，《譯引首譜》統攝「圖局」（即「活圖」與「字局」）、「問答」兩部份。「活圖」為可活動輪轉的圓形圖示，外圈固定不動，挪動其他各圈，使各音素相互摩切、拼組，即可衍生出無數音節；（參見本文【附錄書影 12－1】p.395）「字局」縱分聲母、橫列韻攝的字表，表格縱橫交錯恰似棋局，遂以之為名；格中實入漢字，若遇有音無字者則標註反切。（參見本文【附錄書影 12－2】p.396）「問答」為西儒金尼閣與中士王徵「相互質證，細加評覈」的紀錄，透過兩人相互論辯、問難，闡釋書中之韻學理論、拼音原理，並疏解翻閱此書所可能遭遇到的疑難問題。

　　《列音韻譜》共分五十韻攝，其編排體例為：

1、五十韻攝的編排順序：

A. 依韻母音素多寡排列，單元音居前，複元音次之....。例如：a、i……ai、ao……iai、iao……。

B. 若韻母音素多寡相同者，則以起首元音為準，依西號之序，排列。例如：ai、ao……ie、io……oa、oe……。

C. 若韻母音素多寡相同，起首元音又相同，則以次位音素爲準，將元音置前，輔音居後，各依西號之序排列。例如：ai、ao、am、an、eu、em、en……。

2、各韻攝所收字的編排體例：

A. 同韻攝所收字，先依清、濁、上、去、入五聲之順序排列。

B. 在同一聲調下，以零聲母字——“自鳴字母”居前；其餘有輔音聲母的字——“共生字子”二類，再依西號二十輔音先後之序列字，例如：ko、k'o、po、p'o、to……。

C. 每一同音字組下，皆以反切與羅馬字母標注音讀。

《西儒耳目資》將聲母稱爲「同鳴字父」，分別以二十個羅馬字母標示之。金尼閣遂取二十字母與等韻三十六母相互對比，繪成〈等韻三十六字母兌攷〉，茲將其引錄如下，以見聲類分合之大概：

【圖表 3－14】

自鳴字母○同鳴字父

Y	額	衣	阿	午	則	者	格	百	德	日	物	弗	額	勒	麥	搦	色	石	○
					ç	ch	k	p	t										
a	e	i	o	u						j	v	f	g	l	m	n	s	x	h
					'ç	'ch	'k	'p	't										
○	○	○	○	○	測	撦	克	魄	忒	○	○	○	○	○	○	○	○	○	黑
○等韻三十六母																			
		疑		微	精	知	見	幫	端	日	微	非		來	明	疑	心	審	曉
		影			清	徹	溪	並	定			敷				泥	邪	禪	匣
		喻			從	照	群	滂	透			奉				孃			
						澄													
						穿													
						床													

上表中，有幾處特殊的對應關係，當是語音歷時演變的具體展現，值得特別注意，例如：

Ⅰ. 「疑」母字分別對應於「額 e」、「搦 n」

根據拙文（1994）考察的結果，多數「疑」母字與「影喻」混同，同自鳴字母「衣 i」相對應，顯現舌根鼻音聲母〔ŋ-〕多已失落爲零聲母〔ø-〕；但仍有少數「疑」母細音字混入「泥孃」，此則讀爲舌尖鼻音〔n-〕。

II.「微」母字分別對應於「午 u」、「物 v」

多數「微」母字仍自成一類與同鳴字父「物 v」對應，讀成唇齒濁擦音〔v-〕；少數字則已歸入自鳴字母「午 u」，顯示出「微」母字正處於逐漸失落爲零聲母〔ø-〕的過渡階段。

III. 字父「額 g」未有與之對應者

「額 g」字最爲特異，既自成一類卻未與三十六字母對應。〔清〕熊士伯《等切元聲》卷八〈閱《西儒耳目資》〉對金尼閣此項舉措提出質疑，日：「自鳴元母已爲影喻，則疑母自當入"額"，與古圖三十一數正合，不當空"額"而以疑入"搦"，又以疑影喻入"衣"，……皆緣不明五音，并不明喉舌唇牙齒，是以亂雜而無章也。」拙文（1994）將「額 g」之音值擬爲舌根鼻音聲母〔ŋ-〕，追溯其來源有二：一爲疑母洪音字，此爲中古疑母之殘留；一爲後接低後元音之影母字，此則爲中古影母之新變（〔øa-〕→〔ŋa-〕）。

金尼閣將韻類分爲五十韻攝，再加上某些韻攝又有甚／次／中之別，韻類數總計有 57 個之多，無怪乎《四庫提要》評之日：「其國俗好語精微，凡事皆刻意研求，故體例頗涉繁碎。」茲將各韻攝重新整理、排列如下，以明各韻攝在韻母系統中之定位，及與其他韻攝之相互關係：

【圖表 3－15】

	1.a	2.e/e	3.i	4.o/o	5.u/u/u	25.ul
-i-	13.ia	14.ie/ie	15.io/io	16.iu		
-o-	19.oa	20.oe				
-u-	21.ua	22.ue	24.uo/uo			
-iu-	35.iue					
	6.ai	7.ao	10.eu	23.ui.		
-e-	28.eao					
-i-	30.iai	31.iao	33.ieu			
-o-	38.oai	39.oei				
-u-	43.uai	44.uei				
	8.am	11.em	17.im	26.um		
-e-	29.eam					
-i-	32.iam	36.ium				
-o-	40.oam					
-u-	45.uam	47.uem				
	9.an	12.en	18.in	27.un		
-i-	34.ien	37.iun				
-o-	41.oan	42.oen				
-u-	46.uan	48.uen	49.uon			
-iu-	50.iuen					

綜觀《西儒耳目資》所立之韻攝，除附加辨音符號以區分甚／次／中之外，另一項引人注目的特色即為具備-e-、-o-介音。對此，熊士伯亦不免有所質疑，曰：「開 "衣 i" 之外又有 "額 e"（如：廿八無切 eao、廿九無切 eam），合 "午 u" 之外又有 "阿 o"（如：卅九無切 oei、卅八阿蓋 oai、四二阿根 oen、四一阿午 oan、十九阿化 oa、二十阿惑 oe、四十阿剛 oam）遂致開合不能均齊。」（《等切元聲》卷八〈閱《西儒耳目資》〉）

金尼閣於四呼之外，為何另增-e-、-o-介音呢？拙文（1994）對此課題已曾有探討，初步結論是：「-e-、-o-介音與-i-、-u-大致呈現出互補分配（complementary distribution）的狀態（-e-見於 "勒 l"；-o-則見於 "物 v"、"弗 f"、"石 x"、"黑 h"），是故-e-、-o-介音乃是語流上細微差異，並非音位性的對立。」因此，若篩除語流音變（-e-／-i-、-o-／-u-的微別，ui／uei、un／uen 的差異），增入甚／次／中的對立，可將韻母系統歸併為 46 韻母。

中士王徵撰有〈三韻兌攷〉，取沈韻（平水韻 106 韻）、等韻（劉鑑《切韻指南》160 韻）、正韻與《西儒耳目資》相對攷。由於金尼閣所記之音系為明末官話，本文因取《洪武正韻》（讀書音）、《韻略易通》（口語音）與之相互參照，以昭明語音演化之概況與音系性質之偏向。

【圖表 3－16】

《西儒耳目資》	《洪武正韻》	《韻略易通》
1.a〔-a〕、13.ia〔-ia〕、21.ua（19.oa）〔-ua〕	麻	家麻
2.e〔-ɛ〕、14.ie〔-iɛ〕、22.ue（20.oe）〔-uɛ〕、35.iue〔-iuɛ〕	遮	遮蛇
3.i〔-ɿ〕	支、齊	支辭、西微
4.o〔-ɔ〕、15.io〔-iɔ〕、24.uo〔-uɔ〕	歌	戈何
5.u（甚）〔-u〕、16.iu（中）〔-iʉ〕	魚、模	居魚、呼模
25.ul〔ɚ〕	支	支辭
6.ai〔-ai〕、30.iai〔-iai〕、43.uai（38.oai）〔-uai〕	皆	皆來
7.ao〔-au〕、31.iao（28.eao）〔-iau〕	蕭、爻	蕭豪
10.eu〔-əu〕、33.ieu〔-iəu〕	尤	幽樓
23.ui（39.oei、44.uei）〔-ui〕	灰	西微

8.am〔-aŋ〕、32.iam（29.eam）〔-iaŋ〕、45.uam（40.oam）〔-uaŋ〕	陽	江陽
11.em〔-əŋ〕、47.uem〔-uəŋ〕	庚	庚晴
17.im〔-iŋ〕、26.um〔-uŋ〕、36.ium〔-iuŋ〕	東、庚	東洪、庚晴
9.an〔-an〕、46.uan（41.oan）〔-uan〕	寒、刪、覃	山寒、緘咸
12.en〔-ɛn〕／〔-ən〕、34.ien〔-iɛn〕、48.uen（42.oen）〔-uɛn〕、50.iuen〔-iuɛn〕	先、鹽	先全、廉纖
18.in〔-in〕、27.un〔-un〕、37.iun〔-iun〕	眞、侵	眞文、侵尋

　　《西儒耳目資》將聲調區分爲五類，金尼閣主張將聲調排列次序定爲：清、去、上、入、濁。爲何金尼閣要調整聲調的排列次序？此一更動有何深層用意？從〈問答〉中

　　　　問曰：先生所定若此，母乃顚倒次第否？

　　　　答曰：中國五音之序曰清、濁、上、去、入，但極高與次高相對，極低與次低相對，辨在針芒，耳鼓易惛。余之所定，曰清、曰去、曰上、曰入、曰濁，不高不低在其中，兩高與兩低相形如泰山與丘垤之懸絕，凡有耳者，誰不哲之乎！（頁 52，78 問）

漢語聲調是具有辨義作用的超音段音位（suprasegmental phoneme），對於以印歐語言爲母語的耶穌會士而言，聲調高低曲折的細微變化是最不易掌握的成份，因此金尼閣以「對比見異」的方式，將聲調依高低間雜排列爲：清（平）、去（極高）、上（次低）、入（次高）、濁（最低）。然而，今日所見之《西儒耳目資》仍以清、濁、上、去、入之序列字，這或許是爲了迎合中士需求所作的更動。

（三）音韻術語解析

　　《西儒耳目資》既是中西合璧的產物，書中不免涉及西方音學的概念，如：拼音原理、語音性質、發音方法……等，凡此或恰能與傳統漢語音韻學的概念相應，便可逕自擇取傳統術語來表述；若無恰切的術語可轉譯，金尼閣便須自行創造一套術語，用以傳答某種相應的音韻內涵。

　　查考《西儒耳目資》全書，發現幾組主要的音韻術語：同鳴／自鳴、字父／字母／字子、輕／重、清／濁、甚／次／中，下文即嘗試詮解各組音韻術語的內在意涵：

1、同鳴／自鳴

金尼閣〈《列音韻譜》問答〉論述同鳴與自鳴的性質：

> 問曰：……敢請元音稱自鳴、同鳴者，何也？

> 答曰：開口之際，自能烺烺成聲，而不藉他音之助，曰自鳴。喉舌
> 之間，若有他物阨之，不能盡吐，如口吃者期期之狀，曰同
> 鳴。夫同鳴者既不能盡，以自鳴之音配之，或于其先，或于
> 其後，方能成全聲焉。（頁 36b／問 16）

由上列的引文當可推知：同鳴／自鳴當即是輔音（consonant）／元音（vowel）。就發音的生理條件來看，發輔音時，從肺部呼出的氣流通過聲帶，在聲腔中受到阻礙，形成噪音，便如金尼閣所描述：「若有他物阨之，不能盡吐，如口吃者期期之狀。」發元音時，肺部呼出的氣流促使聲帶振動而產生聲波，聲波經由聲腔的共鳴作用，便轉化成有規律的樂音，如此自能「烺烺成聲」。若就聽覺感受而言，元音響度較大，可自成音節，故稱為“自鳴”；輔音響度小，無法自成音節，必與其他元音相配方能成音，故稱為“同鳴”，此即是同鳴／自鳴的命名理據。

2、字父／字母／字子

翻查《西儒耳目資》全書，可知金尼閣採取聲母／韻母的分析方式，將漢語音節切分為二：字父／字母。以“字父”指稱聲母，以“字母”標誌韻母，將兩者相互拼切即可衍生出“字子”（音節）。此外，又以「世代繁衍」作為結構隱喻，據所切音節內含音素之多寡，將“字母”細分為四品，依序：一字“元母”、二字“子母”、三字“孫母”、四字“曾孫母”。

傳統漢語音韻學向來以“字母”指稱聲紐，金尼閣卻刻意標新立異，以“字母”標誌韻母，而另創“字父”來對應聲紐，如此創置顯然與中國知識階層的認知基礎不符，且容易因“同名異實”而造成混淆，故對於字父／字母／字子這組術語的命名，歷來的音韻學家中不乏有提出批評與質疑者。〔註 36〕金尼閣

〔註36〕〔清〕熊士伯《等切元聲》卷八〈閱耳目資〉：「三十六字母之說，創於唐舍利，定於溫首座。華嚴經四十二字母、金剛頂經三十四字、眞權興乎！盡人生而有聲，同韻如同宗，異音者如異派。無生生之義而名母，應取其識，乃并增父名焉，謂字有雙母而無一父，取譬不眞切似已。所云一母二十父，其可耶？」〔清〕周春《松靄遺書・小學餘論》卷下亦質疑：「于字母外，更造字父字孫之說，尤爲不典。」

何以將聲母稱爲"字父"，將韻母稱爲"字母"？其命名理據爲何？對此，〈《列音韻譜》問答〉中有巧妙的論述：

> 問曰：自鳴曰母而不曰父，同鳴曰父而不曰母，雖屬影語，愚尚逐
> 　　　影而未能晳。
>
> 答曰：如嬰兒能笑能啼，導之能言者，必母也。父有事四方，未暇
> 　　　常常抱弄，故同鳴者不導之言而曰父，自鳴者導之言而謂之
> 　　　母焉耳。（頁 42b ／問 36）

聲母／韻母是語音中的"序列——功能"成份。聲母居於音節之首，在漢語音節結構中爲不必然具備的音素；聲母爲輔音（同鳴）通常無法單獨成爲語言信息的載體，必與元音相配方能構成音節。

Roger W. Wescoot 論述語言結構的象似性，指出：「從人類語言的一般通則上看，似乎也發現不少語言反映非語言眞實世界的線索。語言系統上由各別音位（及形態音位）組成詞位的方式，正與人類親族系統上由個人組成族群的方式相彷彿。」（轉引自孫天心，1988：209）聲母無論就其在音節中的序列或就其具備的語音性質而言，均與傳統社會中父親的角色類似，故以此爲喻，將聲母稱爲"字父"。韻母與聲母的序列關係呈現互補狀態，韻母必居於聲母之後；又韻母必含攝元音（自鳴），爲漢語音節結構的核心，能獨立成爲語言信息的載體。韻母的諸種特性，恰與傳統社會中母親的角色類似，故可將韻母名爲相配。如此，同理類推，"字母"與"字父"結合所衍生出的音節，自然應當稱爲"字子"。

由上列論述可知：金尼閣雖然針對漢語音節結構的特性，採取聲母／韻母的分析架構，但其中卻仍隱含著輔音／元音的分析理論，其創置字父／字母／字子的內在理據，實是就聲母、韻母在漢語音節中所居處的地位與所擔負的功能著眼，此乃是聲母／韻母與輔音／元音兩種分析理論相互融合的結果。

3、輕／重、清／濁

《西儒耳目資》中，輕／重、清／濁的確切意涵爲何？試觀金尼閣〈《列音韻譜》問答〉中的描述：

> 問曰：輕重者何？
>
> 答曰：重音者，自喉內強出吹而出氣至口之外也。惟同鳴之父有之，

自鳴之母則無。（頁 49a／問 61）

問曰：先生所謂輕重，同鳴之德也，自鳴無之何？

答曰：自鳴俱輕，故無輕重之別。所以謂俱輕者何？重者，強口之
氣也，本是半聲，自鳴本是全聲。全聲之先有半聲者，字子
也，而不爲母。（頁 49b／問 63）

根據上列的論述，可以推知：輕／重是就發輔音時氣流的節制情形而言，"輕"
爲不送氣、"重" 則爲送氣；清／濁則是就 "濁音清化" 後，因補償作用促使
聲調產生陰／陽分化而言，"清" 爲陰聲調、"濁" 則爲陽聲調。因此，輕／
重與清／濁乃是分屬於不同範疇的概念，與宋代以前的並舉互用不同。

4、甚／次／中

金尼閣以甚／次／中三個能指符號標示音位上的某種差別，對於這組術語
確切的所指內涵爲何？自明末以來，音韻學家對此聚訟紛紜，莫衷一是。〔註 37〕
《四庫提要》云：「此爲西域之法非中國韻所有矣。」後世學者對於此一問題的

〔註 37〕 前人對甚／次／中的論述，可歸納爲以下幾類：

1. 以甚／次／中爲發／送／收
   〔明〕方以智《切韻聲原》：「愚初因邵入，又於波梵摩得發／送／收三聲，後
   見金尼有甚／次／中三等，故定發／送／收爲橫三，喀／嘡／上／去／入爲直
   五，天然妙也。」（頁 9）

2. 以甚／次爲輕重等子《四庫提要・經部小學類存目》二：「大抵所謂 "字父"
   即中國之字母，所謂 "字母" 即中國之韻部，所謂 "清濁" 即中國之陰平、陽
   平，所謂 "甚／次"，即中國之輕重等子。」

3. 以甚／次／中之設置在於補救用羅馬字標注漢語的不足羅常培〈耶穌會士在音
   韻學上的貢獻〉：「本來中國近代語音裏〔ɭ〕〔ʅ〕兩個舌尖韻母，不單在利瑪竇、
   金尼閣那時候感覺難標，就是近年來的西洋人也感受一樣的困難。（頁 283）又：
   「他所用的次音符號（・），似乎具有語音學的短音符號〔˘〕或下降符號〔□〕
   兩種作用。」（頁 285）

4. 以甚／次／中的區別是依法語習慣而分
   李新魁〈記表現山西方音的《西儒耳目資》〉：「金氏之分甚／次／中，實是套
   用法語的習慣而分的。蓋法語中，〔a〕、〔e〕、〔œ〕、〔o〕四個元音，每一個都
   可以分成前部（Antérieure）、中部（Centrale）和後部（Postérieure）或合（Fermée）、
   中（Moyenne）、開（Ouverte）三音，〔i〕、〔y〕和〔u〕三個元音則可分爲兩音。」
   （頁 127）

探究，大多僅根據金尼閣抽象模糊的描述，便個別地揣摹音值，未能考察各語音單位在共時平面的系統中，相互之間的關係。甚至由於無法恰切地詮釋這組術語，便認爲在漢語歷時演變的過程中，根本未曾有過此種音韻上的區別，以爲這純是金氏受到自身母語的影響所妄生的分別。

　　本文擬先探求甚／次／中的組合（syntagmatic）、聚合（paradigmatic）關係，以確立其在音位系統中所居處的定位；運用音系學的區別特徵理論，從生理、聲學上解析甚／次／中的對立所在。首先觀察甚／次／中的組合關係。金尼閣對於甚／次／中的分布狀態之論述，主要載於〈《列音韻譜》問答〉，今撮其大要，條列如下：

　　　問曰：……一字元母、二字子母、三字孫母，俱有甚／次否？

　　　答曰：否，甚／次／中者，一字元母之德也。若二字三字母之有甚／
　　　　　　次／中，則不在全母之上，單在其末。自鳴之字如“藥”、
　　　　　　“欲”分甚／次，不生之于衣 i 乃生之于阿 o。（頁 53b／問 84）

　　　問曰：元母有五，俱有之否？

　　　答曰：元母之一丫 a 只知有“甚”，雖亦能半其聲之完，中國弗用，
　　　　　　故弗贅。元母之二額 e 則有之如“折”“質”。如“熱”
　　　　　　“日”之類是。元母之三衣 i 用不用未詳，蓋風氣不同，有
　　　　　　爲“甚”，亦有爲“次”。……元母之四阿 o 明有之，如
　　　　　　“葛”、如“谷”、如“奪”、如“篤”，之類是。元母之
　　　　　　午 u 更有之，且不比他攝，但入聲之有甚／次耳，午 u 則五
　　　　　　聲俱有焉。（頁 53b～54a／問 85）

《西儒耳目資》五十攝中，只有六個攝分甚／次，依序爲：第二攝 e、第四攝 o、第五攝 u、第十四攝 ie、第十五攝 io、第廿四攝 uo；而“中”僅見於第五攝 u 和第十五攝 iu。參照以上兩則問答的描述，可知甚／次／中在音韻系統中的分布狀態，茲將其歸納如下：

　　Ⅰ.甚／次／中的音韻徵性多附屬在單元音上，若爲複元音，則僅附屬在末
　　　一個元音上。

　　Ⅱ.丫 a 只有“甚”，不分次／中。

　　Ⅲ.可爲“甚”，亦可爲“次”，各方言的唸法不同。在《西儒耳目資》中，

衣 i 無甚／次之別。

IV.額 e、阿 o 二母有甚／次之分，但僅限於入聲。

V.午 u 則甚／次／中三者皆備，且不限於入聲。

其次，觀察甚／次／中的聚合關係。金尼閣以完聲／半聲、粗／細、開唇／閉唇三組特徵來描摹甚／次／中的發音狀態及其區別特徵，〈《列音韻譜》問答〉指出：

問曰：甚／次何如？

答曰："甚"者，自鳴字之完聲也。"次"者，自鳴字之半聲也。減"甚"之完，則成"次"之半。如"藥"甚，"欲"次，同本一音，而有甚／次之殊。……（頁 53a／問 82）

問曰：有"甚"有"次"矣，但全局又有"中"何？

答曰："中"者，甚于"次"，次于"甚"之謂也。假如"數"，甚也。"事"，次也。其中有音不甚不次，如"胥"、"諸"、"書"是也。蓋"數"Sú，午 u 在末，粗也。"事"Sú，午 u 在末，細也。"書"Xū，午 u 在末者比於甚略細，比於次略粗。故"中"耳。（頁 53a～b／問 83）

問曰：甚／次之別，極難矣！辨之有巧法乎？

答曰：開唇而出者為"甚"，略閉唇而出者為"次"。是甚／次者開閉之別名也。（頁 55a／問 92）

從組合關係和聚合關係上，可大致勾勒出甚／次／中在音韻系統中的對立關係。茲將其表列於下：（按：前一特徵為「＋」，後一特徵為「－」）

【圖表 3-17】

韻攝	e		ie		o		io		uo		u		iu	
聲調	甚	次	甚	次	甚	次	甚	次	甚	次	甚	次	中	中
音值	入聲				入聲						清濁上去入			
語音特徵	〔ɛ〕	〔ʅ〕	〔iɛ〕	〔ei〕	〔ɔ〕	〔o〕	〔ɔi〕	〔io〕	〔ɔu〕	〔ou〕	〔u〕	〔ɿ〕	〔ʮ〕	〔iʮ〕

完聲／半聲	＋	－	＋	－	＋	－	＋	－	＋	－	＋	－		
粗／細	＋	－	＋	－	＋	－	＋	－	＋	－	＋	－	±	±
開脣／閉脣	＋	－	＋	－	＋	－	＋	－	＋	－	＋	－		

　　金尼閣以三組音韻特徵來解釋甚／次／中的對立，但其所言過於抽象、玄虛，加上語言不斷的隨著時空推移，當日婦孺口吻間所能辨析的音韻特徵，或已泯沒在歷史洪流裏，或投映在某些漢語方言中，不爲後人所知。以下便運用區別特徵分析法，找出以上所擬各韻主要元音的區別特徵，進而解析金尼閣所提出的三項特徵之具體內涵。

　　A.完聲／半聲

　　此組特徵是就元音能否獨立成音而言。在〈《列音韻譜》問答〉中，屢言：「同鳴乃自鳴之半聲」，可知金氏以不能獨立成音者爲「半聲」。然而韻母亦有無法獨立成音者，如漢語官話之舌尖元音〔ï〕即是。可知完聲／半聲即是舌面／舌尖之區別。

　　B.粗／細

　　此組特徵是就語音的物理性質而言。以第五攝 u 爲例，本文將其擬爲：甚〔u〕、次〔ɿ〕、中〔ʮ〕。"甚"爲後元音，較沉鈍（grave）；"次"爲前元音，較尖銳（acute）。因而粗／細相當於鈍／銳。

　　C.開脣／閉脣

　　這組特徵是就發音時開口度大小而言。由擬音中得知："甚"發音時舌位較低、較後，開口度較大；"次"發音時舌位較高、較前，開口度較小。因而開脣／閉脣相當於低／高、後／前兩組區別特徵。

（四）標音符號與四品切法

1、標音符號及其來源

　　早期入華開教的耶穌會士，基於印歐語言語感對於漢語所產生的樸素感知，而以羅馬字母來標記漢語字音。但由於西儒初至中華，對於漢語音位的辨

析尚不夠精確；再者，所遣用的符號缺乏統一的規範，不免有同音異號，異音同號的渾雜現象。

《西儒耳目資》的標音符號與記音方式並非金尼閣首創，而在早期耶穌會士的草創基礎上，稍加修訂而成。金尼閣在《西儒耳目資・自序》中，論及書中標號的來源：

> 幸至中華，朝夕講求，欲以言、字通相同之理，但初聞新言，耳鼓
> 則不聰，觀新字，目鏡則不明，恐不能觸理動之內意，欲就聲瞽，
> 舍此藥法其道無由，故表之曰《耳目資》也。然亦述而不作，敞會
> 利西泰（利瑪竇）、郭仰鳳（郭居靜）、龐順陽（龐迪我）實始之，
> 愚竊比於我老朋（彭）而已。（頁 1a）

至今所知，早在《西儒耳目資》之前，耶穌會士至少已經編撰了三種中西合璧的語文札記：《葡漢辭典》（1583～1588）、《西文拼音漢語字典》（1598～1599）、與《西字奇蹟》（1605）。〔註 38〕拙文（1994）曾將《西儒耳目資》標音符號與《葡漢辭典》、《西字奇蹟》進行對比，藉以探求金尼閣在標音符號與記音方式上所作之修訂，有興趣者請自行參看，茲不贅述。

在西儒各式標音符號中，最值得一提的是標調符號—清〔ˉ〕濁〔ˆ〕上〔ˋ〕去〔ˊ〕入〔ˇ〕。聲調作為音位的組成因素是漢藏語族的語音特色之一。金尼閣所操持的母語當屬印歐語族，是以聲調在金氏母語音系中僅是次要的伴隨成分，非主要的區別特徵。因而，聲調的辨析便成為西儒學習漢語的主要難處之一。〔註 39〕〈列音韻譜問答〉中，金氏自敘：

〔註 38〕 沈福偉在《中西文化交流史》中，總結出明清之際來華耶穌會士所編撰的音韻字
典與羅馬注音文章：「郭居靜和利瑪竇曾合編《西文拼音華語字典》（Vocabularium
Ordine alphabetico europeao more Concinnatum, et peraccentus suos digestum），是按
照拉丁字母和中文讀音編排的字典。但僅是稿本。利瑪竇又曾和羅明堅合編《葡
華辭典》（Dizionario portoghese-chinese），中文題名《平常問答詞意》，（按：〔日〕
古屋昭弘譯為《賓主問答釋疑》）編成於 1584～1588 年間，中國紙書寫，計 189
頁，附拉丁拼音。1934 年在羅馬耶穌會檔案室發現，可惜並未完成。第一部刊印
的拉丁拼音的語文書，是利瑪竇的《西字奇蹟》一卷，1605 在北京印行……。」
（頁 425～426）

〔註 39〕 由利瑪竇所撰、金尼閣增補編訂的《利瑪竇中國札記》中，論及學習漢語聲調的
困難：「人們運用重音和聲調來解決我稱之為含意不清或模棱兩可的困難問題。一

音韻之學，旅人之土產；平仄之法，旅人之道聽。音韻敢吐，平仄
願有請焉，何也？平仄清濁甚次，敝友利西泰，首至貴國，每以為
苦，惟郭仰鳳精于樂法，頗能覺之，發我之蒙耳。（頁 48，60 問）

先民對於音韻現象經常是“日稱而不知其所以之意”，必得與其他語言系統相
互參照、比對，方能使原本自發的辨析能力躍升為自覺的認知。就聲調而言，
四聲的創製乃是受梵語衝擊的成果；至於進一層闡釋漢語聲調的語音特質，則
是明末傳教士的貢獻。聲調本是音調（pitch）的高低曲降，同樂曲的抑揚頓挫
具有同質性，郭居靜從樂法的角度體察到兩者間的共通點，故能以恰切地標記
調類、描摹調值。

　　郭居靜所創制的標調符號，是否前有所承？其創制的內在理據為何？此當
追溯西儒的文字系統。西歐各民族的文字是在拉丁文基礎上發展完成的，當語
言的音素與字母表的字母－音素成份有所齟齬時，則往往藉由附加辨音符號
（diacritic mark）標示常規語音的變異，此在法文、葡萄牙文、荷蘭文中均屢
見不鮮。〔註40〕是故，西儒用以標示漢語聲調的附加符號——〔ˉ〕〔ˆ〕〔ˋ〕〔ˊ〕
〔ˇ〕，乃是擇取自拉丁文、法文、義大利文、葡萄牙文中本有的辨音符號，並
非特別針對漢語聲調的語音性質而創制。或許西儒在符號選用之初，會兼顧到
本有的音符與被標示聲調間的音質相合性，如以拉丁文的長音符號〔ˉ〕標示漢
語中平緩延長的清平，而以短音符號〔ˇ〕標示漢語中短促的入聲。然而，切不
可因此而誤認西儒的標號與漢語聲調的調形有必然相應的關係。〔註41〕

共有五種不同的聲調或變音，非常難於掌握，區別很小而不易領會。他們用這些
不同的聲調和變音來彌補他們缺乏清晰的聲音或語調；因而在我們只有一種明確
含意的一個單音節，在他們就至少具有五種不同的意義，並且彼此由於發音時的
聲調不同而可能相去有如南極和北極。每個發音的字的確切意義是由它的聲調質
量決定的，這就當然增加了學習說這種語言以及聽懂別人的困難。我要冒昧地說，
沒有一種語言是像中國話那樣難於被外國人所學到的。」（何高濟等 譯 1983：29）

〔註40〕〔俄〕B.A.伊斯特林（1987：540）追溯辨音符號的起源，指出：「字母發音符號（辨
音符號）最早出現在希臘文中，用來表示元音的長短和希臘語的重音。」此外，
其又將以拉丁文為基礎制定的歐洲各種不同文字使用的辨音符號製成表格（391
頁），有興趣者可參看。

〔註41〕魯國堯（1985：49）根據《西儒耳目資・列音韻譜問答》對各聲調特徵之描述，
構擬明末官話的調值，指出：「我們可以將這些文字說明與暗示調型的記調法結合

2、四品切法及其拼音原裡

儘管西儒以羅馬字標音簡省易了，但為便於能為未習西號之中士所用，不得已另加中字，且援用中士所熟悉的拼音法——反切。然而將音素拼音原理裝入反切的框架中，不免扞格不入。就拼切方式而言，音素拼音法拼切極為自由，各音素自由隱現、靈活拼組，具有較大之彈性；反觀漢語反切，由於受到文字類型（音節—語素文字）的侷限，僅能以二字雙拼的固定模式拼切音節，顯得極為僵化。再就標音符號觀之，羅馬字母為音素符號，所切音節包含著多少音素，一望可知；漢字為音節符號，二字拼合一音，不免雜有"羨餘成份"（上字韻母與下字聲母）而造成阻滯。金尼閣有見於傳統切法之諸多不便，故基於音素拼音的原理，創立許多摘頭去尾的變通方式，並且透過圖解方式闡釋切法原理，（參見本文【附錄書影 12－3】p.397）此種改良舊有切音方式的新奇方法稱之為「四品切法」。

有關四品切法的記述見於〈《列音韻譜》問答〉中，茲將金尼閣和王徵的問難，徵引如下：

　　問曰：……敢問先生切法之易。

　　答曰：字類有三：父一，母二，子三，切法俱異。若字父俱不能受切，字子無不能受切，字母則有所能有所不能。知此則切法之理無不盡矣。（頁 57a～b／問 99）

「四品切法」是中西合璧示的切音法，具有析音精細、切法明捷之特色。茲依拙文（1994）分析所得，將「四品切法」之大致樣貌展現於下：

1. 字　父（不能受切）

2. 字　子　本父本母切——黑 h+藥 io=學 hio

　　　　　本父同母切——黑 h+略〔lio-l〕=學 hio

　　　　　同父本母切——下〔hia-ia〕+藥 io=學 hio

　　　　　同父同母切——下〔hia-ia〕+略〔lio-l〕=學 hio

3. 字　母　代父代母切——衣 i+惡 o=藥 io

研究……濁平是曲折調，可能是 131 或 121，因為起點低，所以聽感上就比上聲還低。而入聲可能是 535 或 424 的曲折調（問題在於入聲若是帶喉塞音韻尾或較短促，是很難形成曲折調的，或者它就是一個不促的獨立調類）。」由於魯先生拘泥於西儒音調標號的型態，誤將濁平、入聲擬為曲折調，故在面臨將短促入聲擬為曲折調之窘境時，便會感到進退維谷、無所適從。

代父同代母切——衣 i+褐〔ho-h〕=藥 io

同代父代母切——堯〔iao-ao〕+惡 o=藥 io

同代父同代母切——堯〔iao-ao〕+褐〔ho-h〕=藥 io

4. 例　外　一字元母——衣 i、烏 u

全聲在前，半聲在後——應 im，音 in

a、e 所生之複合、三合元音（無字）

（五）音韻系統與音變規律

《西儒耳目資》所紀錄的是明末通行範圍最廣的官話，〔註 42〕至於官話音系的基礎方言為何？近來學者普遍認為是南京方言。〔註 43〕以下參照拙文（1994）考察所得，將主要音變規律總括如下：

1. 莊組三等的字除了止攝合口和宕攝讀〔tʂ〕組，其他全讀〔ts〕組；其他知、莊、章組字除了梗攝二等讀〔ts〕組，其它全讀〔tʂ〕組。

2. "徐"、"詳"（邪母）讀為送氣清塞擦音〔ts'〕。

3. 船、禪平聲的讀音多讀為清擦音〔ʂ〕。

4. 山攝合口字一等韻（uon 攝）與二等韻（uan 攝）仍保持對立。

5. 遇攝知、章組字（u 攝"中"）與精、莊組字（u 攝"甚"）分立。

6. 儿音〔ɚ〕自成一攝（ul 攝），但尚未形成儿化。〔註 44〕

〔註 42〕利瑪竇《中國札記》論及明末官話之性質：「有一種整個帝國通用的口語，被稱為官話（Quonhoa），是民用和法庭用的官方語言。……懂得這種通用的語言，我們耶穌會的會友就的確沒有必要再去學他們工作所在的那個省份的方言了。……這種官方的國語用的很普遍，就連婦孺也都聽得懂。」

〔註 43〕關於《西儒耳目資》的基礎音系為何？學者曾從不同角度廣泛討論。羅常培（1930）主張「北京音」說；陸志韋（1947）、李新魁（1983）則認定是「山西音」；魯國堯（1985）、曾曉渝（1989）、楊福棉（1990）、薛鳳生（1992）、張衛東（1992）……等人從政治、經濟、人口遷徙、音韻特徵等角度立論，主張「南京音」說。拙文（1994）則著眼於明代時期域外（日本、韓國、琉球）學習漢語的情形，證實「南京音」說較為真確可信。

〔註 44〕李思敬（1994：54）依據〈音韻經緯總局〉的標音而認定《西儒耳目資》是漢語音韻學史上最早記載儿化音的文獻，對於李氏的看法，筆者不表贊同。因為〈總局〉是依西儒的母語為基礎所編製的，因而略去送氣、聲調與等漢語本有的"區別性特徵"；再者，西儒以羅馬字記音有音即有字，故〈總局〉中不見列圍的空

四、蕭雲從《韻通》

（一）作者生平與編撰動機

蕭雲從（1596～1673），字尺木，號無悶道人，安徽蕪湖（區湖）人。崇禎己卯年（1639）進士，通小學，工山水人物畫，又善詩，著有《易存》、《韻通》……等書，門人輯其遺詩爲《梅花堂遺稿》。

《韻通》並未刊行，僅有抄本傳世。書前附有自序及七則例言，闡述其音學觀點及全書之體例；〔註45〕篇末則附載讀韻法與翻切捷法，彰明韻法之便捷，藉以批判釋氏門法之繁瑣。審視此中相關的論述，可將蕭氏編撰此書的用意總括爲：稽考典籍、刪除繁瑣，以刊正學者因循沿襲之積弊，即如自序所云：「以二十音爲經，貫四千四百聲之緯，爲確然而不可易。……〔元〕周德清書《中原韻》分陰陽，而不能譜爲五聲；上元李登知刪二十母之繁，而不能博稽典釋。今會通之古人無遺憾矣。」

蕭雲從特別強調「陰陽」（陰平、陽平）之辨，不僅在例言中多所論及，且於篇末跋語云：「第音與聲爲陰陽，終襲其名而莫測其義，非周挺齋詞曲之辨，則余爲臆說矣。國朝命樂韶鳳、劉基、陶凱諸儒彙一代同文之制而爲《正韻》，併前人之紛出者，而概之以七十六韻，……燦然日星，開群蒙於萬古矣，第諸家引類不廣，翻切不確，總由陰陽不講，而律呂之氣不調。」由是可知，在《韻通》音系中，陰平、陽平業已截然分立，故與以《正韻》爲代表的書面語讀書音有顯著的落差。

格。此外，金尼閣〈音韻經緯總局說〉論述〈總局〉的記音：「總局三品之音，曰父、曰母、曰子。其曰"音"而不曰"字"者，但求其音，不拘有字無字與否，故也。」（頁14a）由此更可確知〈總局〉所記之音，並非全然存在於實際口語中，豈可據此遽然判定儿化音的成立？李氏對於語料性質甄別不清，因而產生誤謬的論斷。筆者認爲：《西儒耳目資》中並無直接的證據可確立儿化音的存在，遲至〔清〕趙紹箕《拙菴韻悟》（1674）方才明確的標示出儿化音。

〔註45〕《韻通》書前附有七則例言，闡釋編撰此書的動機與目的，茲將各例言之標題依序摘錄於下，以明其大要：1.「用五聲正沈韻四聲之誤，訂上下平之蒙」；2.「舉古人相沿之翻切，見四聲泥吳音之隘」；3.「約二十字母辨神珙三十六字母之非」；4.「序陰陽以補平韻之遺，以芟仄音之複字」；5.「著韻學之便捷，以闡釋教鳩訛」；6.「舉近代翻切陰陽差謬，以概古法之隘」；7.「明古音以見故證之有本」。

（二）韻圖形制與編排體例

《韻通》的形制、體例均與《韻法直圖》十分近似。全書依韻分圖，共計分成四十四圖，每圖橫列五聲，縱列二十聲母，各圖之末則博稽古籍、注明反切，藉以說明韻字之音義。（參見本文【附錄書影 13－1】p.398）

《韻通》例言：「由於覈音之不悉，乃致立母多門，盡爲芟抹則爽然見矣。……今另編二十字母，以舊母旁註則重複者自見，共多一十六母。」蕭雲從因見舊有之三十六字母多所重複，於是依據時音將之刪併爲二十母，並另撰五言絕句一首作爲各聲類之領字。《韻通》之聲類適與《韻略易通》相符，僅在編次與標目互有差別，茲將二十聲類之標目及其與三十六母的對應關係羅列於下：

　　貢（見）　　瓊（溪群）　　維（疑影喻）　　帝（定端）　　統（透）
　　凝（泥娘）　　寶（幫並）　　丕（滂）　　　民（明）　　宗（精）
　　蒼（從清）　　雪（心邪）　　瞻（照知）　　春（穿徹澄床）　石（審禪）
　　華（曉匣）　　風（方鳳夫）　舞（微）　　　浪（來）　　茸（日）

至於韻類方面，全書共分爲四十四部。《韻通‧部門目錄》曰：「前例曰："韻譜中覈聲之不悉，致立母之多門"。蓋部首一字，務宜唱之確實，而後九十九母無游移也。今以四十四部開列，可爲盡變。」《韻通》大抵上沿用《韻法直圖》的韻目，〔註 46〕但內容則不盡相同。下表中，將《韻通》之韻類與《韻法直圖》44 部、《韻略易通》20 韻相互參照，藉以概覽各韻間之分合關係：

【圖表 3－18】

《韻通》	《韻法直圖》	《韻略易通》
1.公、2.弓	1.公、6.弓	東洪
3.觥、5.庚、8.京	7.庚、9.京、14.扃、17.觥	庚晴
4.裩、6.根、9.巾、11.君、12.扃	8.根、10.巾、13.鈞、15.裩	眞文
7.金、10.○簪	11.金、12.簪	侵尋
13.涓、14.堅	33.涓、35.堅	先全
15.兼、17.○龕、21.甘	36.兼、39.甘、40.監	緘咸、廉纖

〔註 46〕蕭雲從通常選擇「陰平見母」字作爲該圖之領字；倘若該圖陰平調無見母字，不得已只得改用陰平韻之首字爲韻目，但另加○以別之，如：○簪、○龕、○　、○觜、○爹。

16.艱、18.關、20.干	34.干、37.關、38.艱	山寒
19.官	32.官	端桓
22.歌、23.戈	30.戈、31.歌	戈何
24.佳、26 嘉、27.瓜	25.瓜、26.嘉、27.拏	家麻、皆來
28.皆、29.該、30.乖	22.乖、23.該、24.皆	皆來
31.規、34.基	4.基、19.規	西微
32.姑	20.姑	呼模
33.居	5.居	居魚
35.○貲	21.貲	支辭
36.交、37.驕、38.高	3.驕、41.高、42.交	蕭豪
39.鉤、40.鳩	43.鉤、44.鳩	幽樓
41.光、42.岡、43.江	2.岡、16.光、18.江	江陽
25. ○澀、44.○爹	28.迦、29.嗟	遮蛇、家麻

此外，蕭雲從將聲調分為五類，分別以「天朝統萬國」代指陰平、陽平、上、去、入，思欲藉此以正沈韻四聲之誤，俾使詞家皆明陰陽而無疑義，故於《韻通》例言曰：「沈韻用"天子聖哲"為平上去入四聲，蓋承漢魏詩，無確。韻編之立法，初無意於聲音之道也。至唐訂為功令，是以聲音但分上下而失陰陽矣，然用以叶詩可耳，若清廟明堂奏之，樂府虞歌迭和，一有所誤則移宮變調矣。今詞家南北曲必考九宮譜始可發謳，究其疑義，止陰陽之不明也。余略其上平而名為陰；略其下平而名為陽；攙以原有之三仄聲，謂之陰陽上去入五聲。」

（三）音韻系統與音變規律

觀察《韻通》所展現的音變規律，諸如：全濁聲母已經清化（平聲字讀送氣清音，仄聲字歸入不送氣清音）；平聲分為陰陽兩類；仍然保存入聲……等，大體上與《韻略易通》音系近似，故可推斷其所反映的音系當為口語標準音。以下則試著列舉《韻通》幾項重要音變，概略說明之，以見其音韻特色：

1、鼻音韻尾相互混雜

就其分韻情形而言，《韻通》音系仍保存雙唇鼻音韻尾〔-m〕。然則，鼻音韻尾〔-m〕〔-n〕〔-ŋ〕卻出現相互雜次的跡象。以第 12 圖局韻收納之韻字為例，「淵」字重見於涓韻〔-n〕、「昏」字重見於祖韻〔-ŋ〕、「心」字重見於金韻〔-m〕。

2、四呼淆亂不明

四呼格局至《韻法直圖》時已大致底定。《韻通》雖然襲用《韻法直圖》之韻目，但若仔細審查各圖所收納之韻字，則不難發現仍存有四呼淆亂的情形，例如：第 24 圖佳韻收錄「佳」（佳韻見母二等，齊齒）、「霸」（麻韻開口二等，開口）、「華」（麻韻合口二等，合口）；第 25 圖〇濰韻收錄「瘸」（戈韻合口三等，撮口）、「巴」（麻韻開口二等，開口）。

第三節　反映北方方音的韻圖
——徐孝《重訂司馬溫公等韻圖經》

在傳統的漢語研究中，「重文輕語」的傾向極為明顯。〔註47〕漢魏以降，舉凡經傳音義、詩賦用韻、科舉應試……等，均以書面語讀書音為準；宋元以來，隨著市民階層的抬頭，口語標準音逐漸與讀書音並駕齊驅，並且展現出後來居上的態勢。然而，各地之方音始終是「下里巴人」的用語、粗俗鄙陋的象徵，難登大雅之堂。因此，在漢語方言調查尚未熾盛之前，自覺地純粹以某地方言為主體來編撰韻圖，幾乎是不可能存在；縱使在當時有之，因其運用層面不廣，若能流傳至今日者亦是寥若晨星。

本章第一、二節所述之各式韻圖，其主體音系或為「書面語讀書音」，或為「口語標準音」。若干韻圖或因作者母語的干擾、或因作者主觀意識的影響，音韻系統中不免也摻雜著些許方音色彩，儘管如此，各韻圖之主體音系仍為讀書音或口語標準音，並非以各地方言。然則，在現存的明代諸多韻圖之中，是否有以方音為主體的韻圖呢？《重訂司馬溫公等韻圖經》（以下簡稱《等韻圖經》）

〔註47〕周法高（1980：2）將五四運動以前中國語言學研究的特點歸納為：1.重實用。2.重視對古代的研究。3.重視文字。4.善於吸收外來文化的優點而加以融會貫通。何大安（1993：718）：「方言研究在傳統中國並不發達。最主要的原因，乃是中國傳統中有一規範意識和正名主義思想非常強烈的"雅言中心觀"。」平田昌司回應何文（1993），指出：「我認為與"方言"對立的並不一定是"雅言"，而是"文言"。」筆者則認為："雅言"指莊重典雅的用語，是風格上的分類；"文言"為書面用語，則是語體上的分類。況且"雅言"只是個模糊的概念，不同時期、地域所謂的"雅言"內涵自然也會有所差別，而明清時期的"雅言"、"正音"除指書面語讀書音外，也可能涵蓋了口語標準音。

稱得上是碩果僅存的一部。

一、作者生平與編撰動機

徐孝（1573～1619），號韻軒，又號金臺布衣，直隸順天府人（今北京市）。《等韻圖經》是徐孝編著的韻圖，而後經過張元善（1555～1609）校刊，附載於《合併字學篇韻便覽》之中，與《合併字學集韻》一書互為表裡。〔註48〕韻圖初刊於萬曆丙午年（1606）。張元善於〈合併字學篇韻便覽序〉論及韻圖編撰之緣由：

> 大抵類形者主母統子而不類聲；類聲者主子該母而不類形，雖美而未盡也。〔宋〕司馬光創為《指掌清濁二十圖譜》，而立為三十六字母，以取切而字有攝；而〔元〕之安西劉士明則編有《經史直音切韻指南全書》，二君蓋彙前書而兼得之者也。第篇中形之相類者雜於他部，聲之相協者散在別音，雖燼火無傷於大明，而微塵纖埃豈全鏡所宜有哉？余暇時涉獵諸書，與通曉字義者互相闡發，稍知篇韻，於是博訪韻軒徐子暨諸名士之工於篇韻者，殫精抽思、溯流窮源，刪昔一十六攝為十三攝，改三十六母為二十二母，令母必統於攝，聲必屬於母，分攝宜而子母定。

隨著語音不斷演化，《切韻指掌圖》、《切韻指南》……等舊時通行的韻圖，至明末之時，已與實際語音有著明顯的落差。徐孝、張元善蓋有鑑於此，欲藉由重新編訂能確切反映時音的韻圖，以矯正傳統韻圖不合時宜之弊，故名之曰《重訂司馬溫公等韻圖經》。

此書反映的音系為何？就作者主觀意圖而言，當世士人編製韻圖多存有一種普遍心態，即想要將所有語音皆悉囊括在韻圖之中，徐孝亦不能例外，《便覽凡例》論及《等韻圖經》所收字音，云：「"有形等韻" 1490 音，"無形等韻" 1726 音。共 3216 音外，臻山及止攝開口影母寄收贅設 524 音。〔註49〕通共 3740

〔註48〕《四庫提要》描述《合併字學篇韻便覽》之內容，曰：「《集篇》（字書）十卷分二百部，附《拾遺》一卷。……又《集韻》（韻書）十卷分一百部，附《四聲領率譜》一卷，《等韻》一卷。」然今日所見《合併字學集韻》十三卷，除《集韻》十卷外，書前尚附有《合併字學篇韻便覽引證》、《等韻圖經》、《四聲領率譜》各一卷。

〔註49〕臻山及止攝開口影母寄收贅設 524 音，今本《等韻圖經》已不復見。郭力（1993：

華夷世音。」徐孝在《等韻圖經》中，額外增添吳楚、冀趙之方音（詳見下文），並主觀認定韻圖能統括「華夷世音」。然則，若就韻圖所展現的音韻特徵觀之，《等韻圖經》入聲消失而派入平、上、去三聲，微母失落爲零聲母……等，充分顯現北方方音的特色；再者，又參照作者、校訂者之籍貫，當可判定韻圖音系乃是以北京方音爲主體。因此，徐孝想藉此方言韻圖來表現人類所有的語音（華夷世音）則未免失之誇誕。

二、韻圖形制與編排體例

　　《等韻圖經》共分十三攝，除祝攝獨韻列爲一圖外，其餘各攝皆分開合二圖，共計 25 圖。每圖之首，標示攝名、注明開合或獨韻；各圖之末，則各依其四聲，擇取圖中之歸字作爲韻目。每圖之內，橫列二十二字母而分作十五行，〔註 50〕其中「非敷微照穿稔審」七母分別附於「幫滂明精清囧」之下。各圖又縱分上、中、下三欄爲三等：上等列洪音字，中等列照系字，下等則列細音字；每等再分爲平（陰平）上、去、如（陽平）四調。

　　各圖以聲爲經，以韻、等、調爲緯，總成縱橫交錯之圖表。有音有字者，塡入陽文與不加方框之陰文；有音無字者，則實之以圈或補入加方框之陰文；無音無字者，則任其空白。〔註 51〕（參見本文【附錄書影 14－1】p.399）

　　38）推測贅收 524 音的音值：「止攝開口影母的音當是儿系列字的另外一種讀音，臻山兩攝寄收贅設的音或許是收〔-m〕尾韻的。」

〔註 50〕　《便覽・凡例》：「舊韻圖四派二十六行，今惟用三派一十八行。」但今日所見之《等韻圖經》卻只有十五行，何以如此？薛鳳生（1981）認爲：「徐孝原本計畫將輕唇音與重唇音並列，但後來輕唇音被改列在合口下等，其原因除囿於傳統或照顧方言外，還可能由於他不願在下等留下明顯的空檔。」郭力（1993：38）則又加以補充：「薛先生所說的避免空檔很可能是這種改動的原因之一，但更主要的原因還是在於徐孝要照顧敷、微二母。這二母與非母不同，它們是虛擬的。……在徐孝看來，微母及敷母雖然在實際語音已消失了，但在韻圖中仍應保留其輕唇音的位置，爲了遷就這兩個虛擬的聲母，亦避免在下等留下空檔，徐孝將非、敷、微母由上等移至下等。」

〔註 51〕　《等韻圖經》每攝合口圖都有輕唇音，對應於非、敷、微三母下等的位置，有字者列字，無字者補圈。然而，止攝合口圖卻是例外：該圖只有敷微二母而缺非母，且與非母位置相應之下等空格亦不補圈。郭力（1993：38）認爲：「我們懷疑徐孝本來是要把祝攝獨韻中的非母字"夫、府、福、扶"放在這裡的。因爲這樣安排

　　徐孝特將韻圖冠上「司馬溫公」之名，張元善〈序文〉中又論及《切韻指掌圖》與劉鑑《切韻指南》。究竟《等韻圖經》與此二圖間有著何種關係？其同異情形為何？茲對比三者之內容、形制與編排體例，即如下表所列：

【圖表3-19】

	字母數	韻母數	字母排列	圖攝	等呼	聲調	四聲排列	入聲分配
指掌圖	36	153	始見終日橫列36行	20圖	兩呼四等	平上去入	分排四欄	兼配陰陽
切韻指南	36	160	始見終日橫列23行	16攝24圖	兩呼四等	平上去入	共居一欄	兼配陰陽
等韻圖經	22	100	始見終來橫列15行	13攝25圖	四呼三等	平上去如	共居一欄	入聲派入平上去如

　　《等韻圖經》所收納之字雖多抄自劉鑑《切韻指南》，但韻圖的形制與體例則可謂盡舉其舊有規模而變之。徐孝大刀闊斧地「重訂」舊有韻圖，舉凡：聲母刪併、韻攝歸納、四聲排列……等，皆有大幅度的變更，充分顯現出作者勇於革新的精神，絕非一味因循襲古。難怪《四庫提要》評之曰：「不就陸法言、孫愐舊法，如併屚登等字於東韻，合箴簪與眞臻同入根韻之類，皆乖舛殊甚。又刪十六攝為十四攝，改三十六母為二十二母，且改濁平濁入為如聲，事事皆出創造，較篇海、正韻等書，變亂又加甚焉。」

　　《等韻圖經》雖列出二十二個字母，但其音系實際上僅有十九個聲母。（■敷微三母虛設）試觀「字母總括」所云：

　　　見溪端透泥影曉　　　來照穿稔審精清
　　　■心二母剛柔定　　　重唇上下幫滂明
　　　非母正唇獨占一　　　敷微輕唇不立形
　　　抵顎點齒惟正齒　　　喉牙舌上不拘音

在上列的聲母歌訣中，徐孝簡略地說明了《等韻圖經》在聲母標目、刪併、增

比較符合舊等韻。……徐孝將這幾個非母字移置祝攝獨韻的原因，當是由於它們當時已經讀合口洪音。與止攝合口的細音相差太大。這幾個字既然是這樣移出去的，徐孝也不好在空格內再補圈了。」

添上的更動及其緣由。本文根據韻圖編排體例及其歸字情形，並配合歌訣中所隱約顯露的相關指示，闡釋《等韻圖經》聲母之特點：

1、改日母爲稔母

《等韻圖經》「稔」母所收納之字，在宋元韻圖中歸屬「日」母。徐孝爲何不逕稱爲「日」母？此或與日母字的歷時演化有關。明清之際的北方方音，日母字多數已經歷過〔nʑ〕→〔ʐ〕的音變規律；然而，「爾、二、而」等字（止攝開口三等）似乎演化得更快，依照〔nʑi〕→〔ʐʅ〕／〔ʐʅ〕→〔ɚ〕的演化路徑，終至失落聲母而轉入影母開口。由於舊有韻圖之日母已無法再統攝「爾、二、而」等字，爲顧及此一語音演化的分歧現象，實不宜再沿用舊有的聲類標目，遂將字母改爲「稔」。

2、敷、微二母之立形

明清之際的北方方音，「非、敷、奉」三母已合流，且多讀爲唇齒清擦音〔f-〕；《等韻圖經》非但「非敷奉」三母併爲一類，就連官話中依然存有的微母〔v-〕也已失落，故《便覽引證》曰：「微母無形，以存輕唇之音。」觀察「敷、微」的排列位置及其收納之字，可知：二母僅見於合口下等，且爲有音無字者（補圈或加方框之陰文），確無實在的音韻內涵。

然則，若「敷微」二母在實際語音中已不復存在，爲何徐孝不直接加以芟除呢？其虛設「敷、微」二母的用意何在？「非」與「敷、微」並置、同現，分別附於「幫滂明」三母之下，徐孝或許是爲了使韻圖能統括「華夷世音」，刻意要求韻圖結構的整齊對稱，爲避免韻圖存有太多的空格，故虛設「敷微」作爲「非」之陪襯，以存無字形之音；或者是基於存古的考量，仍然保存著輕唇音的位置。

3、別立圙母以定剛柔

《便覽凡例》曰：「復考音義以別剛柔，唯心母脫一柔音，見居吳楚之方，予以口字添心字在內爲母，以領開合一四之音。」徐孝以剛、柔來區別「圙、心」二母，若心母擬爲舌尖清擦音〔s-〕，則圙的音值當擬爲何音？從圙母在韻圖中的排列位置，觀察聲母的聚合關係，可知：「圙、心」分別依附於「稔、審」之下，心〔s-〕審〔ʂ-〕若同屬剛音，則與稔〔ʐ〕母同屬柔音的圙母，也當具有濁擦音的性質，故可將其音值擬爲〔z-〕。

　　值得懷疑的是：徐孝爲何要從吳楚方音中借入▓〔z-〕母呢？其用意何在？對此學者則有不同的見解。〔註52〕郭力（1989：68）認爲徐孝別立▓母的用意在於追求韻圖的整齊對稱，指出：「徐孝和許多古代等韻學家一樣，有過分追求韻圖整齊對稱的毛病，所以他要爲心母也找一個柔音▓來，與稔母對應。徐孝所說的"剛柔"，是舊等韻學音有定數、定類觀念的產物。」因此，儘管徐孝未將象數之學直接套用在音韻分析上，但從▓母的贅立亦可窺知：其內心深處仍隱藏著一個象數學理所架構成的宇宙模式。

　　《等韻圖經》將韻部歸併爲十三攝，與北京俗曲、歌謠之韻腳「十三轍」一致。茲將所立各攝及其韻目表列如下，並與《中原音韻》、《洪武正韻》、《韻略易通》、十三轍相互參照，以見語音之歷時演化，判定音系之基礎方音。

【圖表3-20】

等韻圖經			中原音韻	洪武正韻	韻略易通	十三轍
攝名	開合	韻目				
通攝	開	登等贈能	庚青	庚梗敬	庚晴	中東
	合	東董動同	東鍾	東董送	東洪	
止攝	開	資子次慈	支思、齊微	支紙寘、齊薺霽	支辭、西微	一七
	合	居舉句局	魚模	魚語御	居魚	
祝攝	獨	都覩杜獨	魚模	模姥暮	呼模	姑蘇
蟹攝	開	哈海亥孩	皆來	皆解泰	皆來	懷來
	合	乖枴怪槐				

〔註52〕薛鳳生（1981：156）指出：「北京話中的 ts、ts'、s 和 tʂ、tʂ'、ʂ兩組聲母在很多南方方言中合併了。捲舌音分別併入發音方法相同的舌尖聲母中，在這種變化中，ts、ts'、s 和 tʂ、tʂ'、ʂ的對應關係是很明顯的，但½母確缺少一個相對應的聲母。實際上 ẓ 母變成 z 母，而這個 z 母則是北京話音系中沒有的，這就給我們進行音位描寫造成了困難，而徐孝在作《圖經》時就已經預料到這種局面，便特地安排了▓母，作爲與 ẓ 相對應的 z。」（轉引自郭力，1989：68）筆者認爲解讀音韻學史上的特殊現象的成因，應當回到作者的文化語境中，徐孝似乎不可能有預見未來的能力，故▓母並非專爲音位描寫而設。當如郭力（1989：68）所言，▓母乃是「音有定數、定類觀念」的產物，此乃當時士人普遍存有的心理定勢與思維模式。

壘攝	開	盃壘類雷	齊微	灰賄隊	西微	灰堆
	合	灰悔會回				
效攝	開	蒿好皓豪	蕭豪	蕭筱嘯、爻巧效	蕭豪	遙條
	合	包保泡袍				
果攝	開	訶哦賀何	歌戈	歌哿箇	戈何	梭波
	合	多朵惰奪				
假攝	開	他打納拿	家麻	麻馬禡	家麻	發花
	合	誇把罵麻				
拙攝	開	遮者哲宅	車遮	遮者蔗	遮蛇	艦斜
	合	靴揣厥掘				
臻攝	開	根艮恨痕	眞文、侵尋	眞軫震、侵寢沁	眞文、侵尋	人辰
	合	昏悃混渾				
山攝	開	干感炭談	桓歡、先天、山寒、監咸、廉纖	寒旱翰、先銑霰、刪產諫、覃感勘、鹽琰豔	端桓、先全、山寒、緘咸、廉纖	言前
	合	湍暖象團				
宕攝	開	當黨揚唐	江陽	陽養漾	江陽	江陽
	合	光廣晃黃				
流攝	開	鉤吼厚侯	尤侯	尤有宥	幽樓	油求
	合	捊剖歐哀				

　　《西儒耳目資》反映的明末官話存有五個聲調──「清濁上去入」，入聲仍能自成一類；徐孝《等韻圖經》卻只剩四個聲調──「平上去如」，其中「如」即爲陽平調，而入聲則已經失落，分別派入「平上去如」之中。

三、論「無形等韻」與陰文之音韻內涵

　　由於發音生理、聽覺感知、禁忌、避諱……等主觀、客觀因素的限制，韻圖之中總會留下許多空格（slot），現代音韻學者著眼於音韻結構的系統性，利用韻圖空格重新擬構古音音值，此即歷史語言學所謂的「內部擬構法」（internal reconstruction）。然則，古代等韻學家亦極爲重視韻圖中的空格，認爲這些空格與有字之音具有同等的地位，因此極力想將空格填滿，使得整個音韻系統更加整齊對稱，認爲這樣就可以涵蓋人類所有的語音，此種以有字之音推導無字之音的做法，與邵雍《皇極經世‧聲音唱和圖》有著共同的哲學基礎。

　　《等韻圖經》將韻圖中之音節區分爲「有形等韻」與「無形等韻」，共計3216 音。郭力（1993）認爲：所謂「有形等韻」即是韻圖中之陽文；「無形等

韻」則是韻圖中之陰文（包括加方框的和未加方框的）與畫圈者。﹝註 53﹞今本《等韻圖經》收錄之陰文共計 150 個，未加方框者 135 個，加方框者則有 15 個。徐孝爲何將陰文區分爲兩種不同形式？其用意爲何？以下則參考劉英璉（1988）與郭力（1993）的分析，分別申論之。

（一）未加方框之陰文

未加方框之陰文有少部份是直接抄錄自《切韻指南》，此或爲他人所添加，或用以塡補空格，但絕大多爲徐孝本人所增補。這些陰文代表何種音韻內涵？可從以下兩個層面言之：

A.反映北京口語之俗音

摔：蟹攝合口審母上聲。《合併字學集韻》注：俗摔袖。（今作"甩"）

卓：果攝合口照母平聲。《合併字學集韻》注：卓椅俗。（今作"桌"）

呵：假攝開口曉母洪音平聲。《合併字學集韻》注：呵呵，笑貌。
　　（今作"哈"）

喒：山攝開口精母洪音如聲。《合併字學集韻》注：自稱曰喒們。
　　（今作"咱"）

抗：宕攝開口溪母洪音如聲。《合併字學集韻》注：以手舉物在肩曰抗。
　　（今作"扛"）

上述例字，或在《合併字學集韻》中注明「俗音」，或其音讀仍存留在北京方言語彙中，徐孝特以陰文誌之，標示其音讀爲「俗音」。

此外，有一字二讀者，《等韻圖經》以陰文、陽文別之。蓋以陰文標示者爲

﹝註 53﹞郭力（1993：39）根據《便覽引證》和《凡例》的相關闡述，指出徐孝區分「有形等韻」與「無形等韻」的兩項標準：「一個是舊等韻。在舊等韻中有形的音爲"有形等韻"，無形的音爲"有形等韻"。……另一個標準是《圖經》所依據的北京音系的讀書音，這是對第一個標準的補充。徐孝從革新的觀點出發，認爲舊等韻未必都符合時音，一些不合之處應當用時音加以訂正，……《凡例》中說：『世俗久用至當之音，原韻雖系無形，亦用黑字（陽文）領率，謂"內、而、所、他、哈、打、雷"之類。』這裡的"內、而、所、他"等字在《圖經》中的讀音即當時北京話中的讀書音，這些音在舊等韻中沒有，徐孝是根據其第二個標準將它們歸入"有形等韻"的，而面對當時北京話的俗音，徐孝還不敢把它們作"有形等韻"看待，這反映了徐孝革新之中有保守的特點。」

通俗淺白之「白讀音」，而以陽文標示者則爲莊重典雅之「文讀音」。試觀以下
各例：

　黑：疊攝開口（〔-ei〕）曉母洪音平聲。《等韻圖經》又見拙攝開口（〔-ɛ〕）
　　　曉母洪音去聲（陽文）。

　白：蟹攝合口（〔-ai〕）幫母洪音如聲。《等韻圖經》又見拙攝合口（〔-uɛ〕）
　　　幫母洪音如聲（陽文）。

　嚼：效攝開口（〔-au〕）精母細音如聲。《等韻圖經》又見果攝開口（〔-o〕）
　　　精母細音如聲（陽文）。

　勒：疊攝開口（〔-ei〕）來母洪音平聲。《等韻圖經》又見拙攝開口（〔-ɛ〕）
　　　來母洪音平聲（陽文）

　　若干中古-k韻尾的入聲韻字，在《等韻圖經》中疊置著{-u，-i}／〔-ø〕兩
種語音形式，前者爲白讀音，後者爲文讀音，其不同演化路徑可表述爲：

　　白讀：　　-k　　　　　　→　　　　　-u／〔+後〕＿＿

　　　　　　　-k　　　　　　→　　　　　-i／〔+前〕＿＿

　　文讀：　　-k　　　　　　→　　　　　-ø

　　徐孝《等韻圖經》巧妙地運用陽文、陰文的形式來區別文讀與白讀。此種
文白異讀的疊置現象，往上可追溯至元代《中原音韻》，向下則推及現代北京話，
而《等韻圖經》恰好處於《中原音韻》與現代北京話間之過渡階段。是以，王
力《漢語語音史》擇取《等韻圖經》作爲構擬明清音系的主要依據。

　　B.反映外地之方音

　　若依照近代北方官話聲調演化之規律，中古次濁平聲字在《等韻圖經》中
理應轉讀爲如聲（陽平），而平聲（陰平）之列實已無字可塡。然而，徐孝刻意
引入冀趙之音，爲“泥”“明”“來”“稔”四母增補平聲字，並且以陰文記
之。《便覽凡例》所云：

　　　平聲舊有陰陽、清濁之分，混於檢討。今刪去「同」「農」「模」「盧」

　　　之濁平，外增「泥」「明」「來」「稔」冀趙之音，以成純清一貫。

茲將徐孝所增補之次濁聲母陰平字列舉數例於下：

　　噔：通攝開口泥母洪音。《合併字學集韻》注：噔噔，立貌。

　　咩：拙攝開口明母細音。《合併字學集韻》注：羊聲。

𢱃：通攝開口來母洪音。《合併字學集韻》注：擊也。

霥：通攝合口明母洪音。《合併字學集韻》注：霥霿，小雨。

溜：流攝開口來母細音。《合併字學集韻》注：滴溜。

扭：流攝開口稔母洪音。

上列詞語多為狀聲詞或狀貌詞，詞語語音非用以直接表達語義，而是透過聽覺的音響效果使人產生相應聯覺（synesthesia），從而達到擬聲、摹狀的目的，是故此類詞語的音韻結構能夠超脫實際語言所能容許的範圍。

徐孝為何額外增補這些"冀趙之音"呢？郭力（1993：42～43）認為這些語音可能已進入當時北京口語，指出：「明代的北京，由於大量移民等原因，居民五方雜處，北京話也必然要受到接觸的各地方言的影響。明末沈榜《宛署雜記》卷 17"方言"條下說："第民雜五方，里巷中言語亦有不可曉者"。可見當時北京話詞語來源就已經很複雜。……在《圖經》時代，這些"冀趙之音"可能剛剛進入北京話口語，人們還能感覺到它們是"外來戶"，所以徐孝特別注明了這些字的"原籍"。」郭力點出了徐孝增補方音的外在客觀條件。其實，若就深層的主觀意圖而言，徐孝竭盡心力地從方言俗音中尋找能填補空位的音節，不外乎是冀望能將《等韻圖經》建構成囊括「華夷世音」的普遍、共通音系。

總結上文，《等韻圖經》中未加方框之陰文實際上體現兩種不同層次的「外來音」：一是晚近時期始由冀、趙等地遷入北京，猶尚未正式入籍的「外地方音」；一是原籍在中原、江淮地區，因遷入北京的時間已久，而與土生土長的口語音彼此交融、相互疊置的「文讀音」。至於異地方音與本地口語交融過程，侍建國（1998：414）有細膩的描述：「方音影響的過程可以假設成兩個階段：引進階段和融合階段。一開始，外來音作為一種特殊語體，在一定範圍內流行。在方言官話裡，這種外來音並非照般外方言的整個音系，而是引進外方言音系最具代表性的讀音，如入聲字的讀法。……隨著影響的擴大，在官話方言裡，外來音逐漸被本地音吸收，有的甚至取代了當地的讀法，這可稱作方言的融合階段。」因此，剖析徐孝《等韻圖經》所增補之陰文，可為重構北京音與外地方音交融演化的動態歷程，開啟一扇絕佳的窗口。

（二）加方框之陰文

《等韻圖經》並未注明切語。徐孝另外編訂《四聲領率譜》一卷，依平上

去如四聲之序爲《等韻圖經》所有可能存在的音節（包含有形等韻與無形等韻）標注反切。（參見本文【附錄書影 14－2】p.400）徐孝創立切語的要點在於：反切下字盡可能採同圖、同等、洪細相當的字；﹝註 54﹞反切上字則須與被切字同呼。其目的即如《便覽・凡例》所云：「使音韻開合得宜，取字響應神速」。

　　爲應合徐孝所設之反切條例，《等韻圖經》每個聲母所配合的各呼都至少要具備兩個字形，以便互爲反切上字。然而，對於某些聲母與呼等所拼組成的音節結構恰巧無字可表達的情形，又當如何處理呢？徐孝爲免除無反切上字可用的窘態，額外創立許多新的字形作爲聲介合符，以外加方框的陰文形式標示之。《便覽・凡例》云：

> 合口音端、透二母下，韻圖中原無字形，……查錄端母已有「𣔐」
> 「𥻘」二形，惟透母無形，難以叶韻，予以立■、■二形以爲五十
> 二音之領率。及查敷微二母分別輕重亦係無形，復立■、■、■、
> ■四形，以爲一百零四音之率領。復考音義以別剛柔，唯心母脱一
> 柔音，見居吳楚之方，予以口字添心字在内爲母，以領開合一四之
> 音，口傳誦讀，音韻雖是叶合，至於設立反切不立其形，焉能固結
> 垂後？於是又立■、■、■、■、■、■、■、■八形，以爲一
> 百九十六音之率領，以上借立之形俱用白字以別之。

端母合口下等原本無字，徐孝勉強找來兩個僻字「𣔐」「𥻘」以塡補空格；透母合口下等實無字可用，徐孝了爲制作切語，只得創立■、■二形以代指〔t'y-〕之音韻結構。

　　至於徐孝所虛設的敷、微、■三母，原本就非當時北京語音所有，爲使其能「固結垂後」亦必須另創新形。敷、微二母只見於合口呼、撮口呼，故只需■、■、■、■四形；■母則是四呼俱全，是以必須創立■、■、■、■、■、■、■、■八形方才夠用。此外，值得注意的是：徐孝爲■母所設立的八個反切上字中，■、■、■、■分別標指〔Cl〕、〔Ci〕、〔Cu〕、〔Cy〕四種聲介結構（■母爲虛設，故暫且以 C 替代聲母音值），可見徐孝雖未提及四呼之名，但對開、

﹝註 54﹞若適逢同等無字，則改採他等之字，並且標注門法予以説明。例如：居韻合口洪
　　　　音曉母平聲○，下注「歡區切。已上三母係韻三切一門」；都韻合口細音「夫」字，
　　　　下注：「方蘇切。係就形門。」

齊、合、攝之音韻格局已能了然於心。

四、音韻系統與音變規律論

《等韻圖經》非但全濁聲母清化、平聲分爲陰陽兩調，且入聲亦已全然失落，疑、微二母皆已併入影母而爲零聲母。由韻圖所體現的音韻結構與聲調數目〔註55〕得知：《等韻圖經》所反映的音系既非以南京音爲主體的官話，更不是依附於書面語的讀書音，而是北京一帶的北方方音。

以下則透過《中原音韻》（1324）與《等韻圖經》（1606）之對比，管窺近三百年間北京一帶方音所可能發生之重要音變規律：

1. 微母、疑母失落爲零聲母。
2. 正齒音（知、照系字）不配細音只配洪音。〔註56〕
3. 東鐘、庚青合併爲通攝。
4. 支思韻日母字聲母失落而轉入影母，顯現〔ɚ〕韻之成立。
5. 魚模韻之細音變爲〔y〕，歸入止攝。
6. 眞文、侵尋合併爲臻攝，顯現雙唇鼻音韻尾〔-m〕已失落。
7. 寒山、桓歡、先天、監咸、廉纖五部合爲山攝，可見〔uon〕、〔uan〕之對立已不復存在。

〔註55〕〔日〕橋本萬太郎《語言地理類型學》認爲亞洲大陸在語言類型上是一個連續體（continuum），語言縱向歷時的演化過程，投映在地域橫向平面的推移上。就音節結構而言，漢語南方方言多屬 CVC 類型，具有多種輔音韻尾{-p、-t、-k、-m、-n、-ŋ}；北方方言則較偏向於 CV 類型，輔音韻尾種類相對較少。再就聲調數目觀之，漢語聲調數量隨著地域由南而北推移而漸次減少，南端的廣州粵語猶有 9 個聲調，但至北端的東干語則只剩 3 個聲調。觀察徐孝《等韻圖經》所反映的音系，其入聲韻輔音韻尾已經失落，而聲調數目又縮減爲 4 個，顯然是屬於北方方音的語言類型。

〔註56〕《西儒耳目資》所反映的明末官話，知照系已合流而讀爲捲舌音〔tʂ〕，但仍兼配洪、細音；《等韻圖經》將知照系字置於中等（第二欄），可見捲舌音〔tʂ〕已無洪、細對立的現象。趙蔭棠（1957：216-17）：「"照""穿""審""稔"的音值，在這書（按：《等韻圖經》）裡毫無問題的是〔tʂ〕〔tʂ'〕〔ʂ〕〔ʐ〕。這幾個母很不喜歡與介音 i 合作。若是合作，便使人疑心它們是〔tʃ〕〔tʃ'〕〔ʃ〕〔ʒ〕，甚而至於是〔tɕ〕〔tɕ'〕〔ɕ〕〔ʑ〕。但在這本書裡所表現的，再不會使人有那種疑心，因爲徐氏將這一系的二三等合併爲一，俱由齊齒便開口了。……因之〔tʂ〕〔tʂ'〕〔ʂ〕〔ʐ〕諸音也正式成立。這是徐氏最大的貢獻。」

8. 入聲韻失落而派入陰平、陽平、上、去四調。

古入聲的歸派情形，對漢語官話方言分區具有重大的意義，李榮（1989）即是依照「古入聲的今調類」而將官話方言分為七區。以北京官話為例，古全濁入聲字讀為陽平，古次濁入聲字讀為去聲，古清聲母入聲字則派入四聲（陰平最多、上聲最少），呈現出混沌無序的狀態。〔註57〕

《等韻圖經》入聲既已派入四聲，其分派規律為何？又有何特色？對此學者早已有所著墨。王力（1987：499～507）即曾排比《中原音韻》（元代）、《等韻圖經》（明清時期）與現今北京音，藉以觀察元明以來北京地區古入聲字派入四聲的情形，研究結果顯示：「元代入聲多轉為上聲，明清入聲多轉為去聲；元代入聲沒有轉入陰平的，明清入聲則有 16 例（約佔 10%）轉入陰平。明清入聲的轉化比較有規律，一般是清音字歸去聲，濁音字歸陽平，白話字歸陰平。至於次濁字一律歸去聲，則是元代、明清、現代三個時期的共同規律。」

〔註57〕劉勛寧（1998：467）認為北京話清入字的演變是由有序走向無序，指出：「從全國入聲演變都有規律這件事推測，北京話的早期應當也是有規律的。至於北京話的漫無規律，應當是後來的變化。」究竟是什麼力量促使北京話變成混沌無序？這無疑與四方移民不斷湧入北京有關。至於古清入字為何以轉入陰平者居多？劉氏則認為這是受到中原官話的影響所致。

第四章　雜糅象數、闡釋音理的圖式

　　世間萬事萬物通常具備著多種面向，各人從不同角度觀察則有不同的體認。等韻圖是古人分析漢語音韻結構的圖表，現代音韻學者研究明代等韻圖，多半是在科學主義大纛的引領下，依循著高本漢所開闢的研究徑路前進，以建構漢語語音演化的歷程為最終依歸，是以特別著重於音系的解析與音值的擬測。

　　籠罩在現代音韻學「重語輕文」的主流趨勢下，學者對於明代等韻圖的研究，逐漸形成偏執一隅的不平衡現象：徐孝《等韻圖經》、金尼閣《西儒耳目資》……等少數能反映口語音讀的韻圖成為研究的焦點；章黼《韻學集成》、呂維祺《音韻日月燈》……之類以書面語讀書音為主體的韻圖，則因存古氣味過於濃厚而被冷落一旁；至於喬中和《元韻譜》、葛中選《泰律篇》……等雜糅陰陽象數、律歷醫占的韻圖，學者多以虛妄、迷亂視之而棄若敝屣，或僅是在文獻提要中偶有存錄，以聊備一格，鮮有能深入論析者。研究的取材既已有所偏執，又怎能全面觀照等韻學發展、流衍的整體樣貌？

　　明清韻圖通常具備雙重性質：韻圖既是描寫語音的形式框架，同時也是表達主觀認知的詮釋系統。是以，編撰韻圖並非全然是客觀、獨立的科學行為，而是交融著各種主觀因素的人文活動。就韻圖社會功用而言，明代韻圖可作為科舉賦詩、拼讀反切、童蒙辨音所使用的音節表；若就創作者主觀意圖而論，在「究天人之際、通古今之變」的為學理念下，不乏有編撰者想要透過韻圖來

詮釋音韻結構的系統性，尋繹語音生成與演化的規律性；甚至在「天有定數、音有定位」的認知基礎上，將音韻結構的系統性、語音演變的規律性，與天道、玄理彼此應證、相互闡發。

明代等韻圖畢竟與現代的方言調查表不同，作者用意並非純粹只是爲了客觀地描寫某地實際語音。今日學者多從"語音學"取向來審視韻圖，或以之爲擬構共時音系的依據，或將其視爲探索歷時音系的津樑。然則，若欲探求漢語等韻學發展的脈動，則必當轉換視角，改從"文化學"取向切入，除了剖析韻圖所反映的音系外，更得顧及編撰者的文化背景、思維模式、心理定勢……等外在因素對韻圖編製所可能造成的影響。是以，本文認爲：欲建構明代等韻學史，正本清源，必得先破除科學主義的迷思，除了觀察"文獻學"、"語音學"兩個面向之外，更得顧及社會、文化、思想……等因素的制約，全面觀照而無所偏執，方能掌握歷史發展的主體脈絡，進而貼近歷史的眞相，如此庶幾可免資料排比、文獻堆陳之譏。

第一節　「援易爲說」——論等韻學與象數學

韻圖原本是科舉考試、拼讀反切、童蒙辨音的音節表，具有實際的社會功能，而前章所分析的各式韻圖，其編撰動機亦是從韻圖的實用功能著眼。然而，隨著對於音韻結構的系統性與規律性的深入體會，明代若干等韻家不甘只是純粹描寫，更想進一步探究語音生成、演化的深層法則，因此跳脫韻圖實用的層面，轉從理論的層面思考哲學性的問題，致使韻圖非但是描寫語音的形式框架，更成爲解釋音韻結構的詮釋系統。爲何明末等韻學傾向於從哲學層面思考音韻問題、詮釋語音現象？此則與當時的學術思潮有密切關係。

英國大文豪狄更斯（Charles Huffham Dickens，1812～1870）在《雙城記》中描繪法國大革命的時代場景，曾寫下一句膾炙人口、傳誦至今的名言：「這是最好的年代，也是最壞的年代；這是溫煦的春天，也是嚴酷的寒冬。」在中國歷史上，嘉靖、萬曆年間的晚明社會所呈現出翻天覆地、劇烈動盪的局面，無疑正爲這句名言做了最佳的註腳。晚明社會危機與希望並存，腐朽與革新互競，新學與舊學衝突，救世與啓蒙互補；社會政局的動盪、經濟經濟結構的變化，傳教士與西學東漸，士、商階層的獨立，種種因素交雜湊合爲當時沸騰的社會

思潮提供了必要的物質環境。

一、晚明的社會思潮與經世思想

　　嘉靖、萬曆年間，無論是經濟結構或生產方式均呈現出多樣化的趨勢，由於商品經濟的迅速發展與資本主義的萌芽，推動人們對自然現象的研究與生產技術的探求；此外，西方傳教士來華，輸入西方天文、算學、地理學等著述，在中國士人面前展現一幅新的世界圖景、新的知識體系與新的視野，更加激發人們研究自然科學知識的興趣，如王徵、徐光啟、方以智等，均是當時熱衷西學的代表人物。在此種崇尚務實的社會風氣下，晚明科技的重光再興，成為傳統科學技術全面總結的時期，亦是邁向近代科學的始點。

　　就哲學思想的發展而言，王陽明心學將儒學「尊德行」傳統推展極致，從而凸顯出儒學內部智識主義（intellectualism）與反智識主義（anti- intellectualism）的尖銳對立，明末學者極力批判僵化的程朱道學，貶斥空疏清談的心學末流，使得學術發展主流逐漸向「道問學」的路徑歸復，而考據之學興熾，正是智識主義昂揚的具體表徵。[註1] 當此之際，士人們不再只注重人格修養完善的內聖境界，而傾心於經世事功的外王之路；治學重心也從道德、倫理的範疇轉向治世、經世的有用實學，因而引發出「學問通不得百姓日用便不是學問」（《東林會語》）的治學主張，亦如呂坤《呻吟語》卷五所云：「天下萬事萬物，皆要求個實用，實用者，與吾身心關損益者也。」

　　儒家外王思想最終必須落實到「用」上，方纔具有意義。儒者普遍懷抱著經世濟民的理想，但在缺乏外在條件的情況下，這種深層的願望只得隱藏不顯，如孔子所謂「用之則行，舍之則藏」；然而，若是生逢政治社會產生深刻危機時代，則潛伏在儒者心靈深處的「經世致用」思想就會重新被喚醒而開始活躍起來，明

〔註 1〕清代漢學風氣已起於明代中葉以後，《四庫提要》「方以智《通雅》」條載曰：「明之中葉，以博洽著稱者楊慎……次則焦竑，亦喜考證。……惟以智崛起崇禎中，考據精核，迴出其上。風氣既開，國初顧炎武、閻若璩、朱彝尊沿波而起，一掃懸揣之空談。」余英時（1976：109）從思想發展的「內在理路」（inter logic）重新詮釋清代考據之學昌盛的原因，認為明末至清初儒學朝向智識主義的方向發展，並且指出：「明中葉以後的考據學萌芽究竟可以說明什麼問題？從思想史的角度看，它是明代儒學在反智識主義發展到最高峰時開始向智識主義轉變的一種表示。」

末東林運動即是明顯例證。〔註2〕然則,如何才能達成「經世致用」的目的呢?當世學者意識到:唯有充分掌握自然現象變化的過程、規律以及物體的質性,方能便於民用。因此,遂將道學家「格物致知」的學說引向對自然現象的研究。

二、象數思維及其科學內涵

《荀子・解蔽》:「凡可以知,人之性也;可知,物之理也。」中國傳統的學術分類沿襲此一「心物分立」的思想,按照研究對象的性質分類,將學術研究領域概分為「心性」與「物理」兩大範疇。然則,知識分子著述、問學,多是以司馬遷所言之「究天人之際,通古今之變,成一家之言」為終身志業,普遍關注人與自然之間的互動關係,遂使「心性」與「物理」兩個範疇經常是相互交融而非截然分立,是以中國思想史上不乏沾染著自然哲學〔註3〕色彩的思想家,特別是在儒道融會、象數易學發達的時期。

邵雍曾言「學不及天人,不可謂之學」(〈觀物外篇〉十二),晚明象數派易學家承繼邵雍《皇極經世書》、〔南宋〕蔡沈(1167~1230)《洪範皇極》的哲學思想,且將此中所蘊含的象數思維模式,〔註4〕廣泛地運用在天文、曆法、農學、

〔註2〕 以顧憲成、高攀龍為首的東林學派,崛起於萬曆中期(1573~1620)。他們從濟世、救民的實念出發,批判社會政治的各種弊端,倡導「務實致用」的各種實用學問,象徵著知識分子主體意識的覺醒,且成為帶動社會思潮的動力。

〔註3〕 吳國盛(1994:10)論述自然哲學的學科性質,指出:「自然哲學是對自然的哲學探究(Philosophy of Nature)。在任何一種文化中,自然作為一種觀念、圖像、隱喻、象徵佔有極為重要的位置。人們總是在新的知識、背景文化、氣氛歷史條件下,修正舊的自然圖景,重新調整自然象徵在文化中的地位,這些活動在哲學上就表現為對自然的哲學研究。」兩漢時期的董仲舒、揚雄、王充,兩宋時期的周敦頤、邵雍、蔡沈,明代的呂坤、喬中和、方以智……等,各人心中皆存有一套能夠統括宇宙秩序的根本原理,並藉此以詮釋人與自然的諸種互動關係,或可據此而稱之為自然哲學家。

〔註4〕 唐明邦(1998:52):「《周易》蘊含的象數思維模式,可分為兩大類:一、"取象"比類,即因象以明理,著眼點在"象",可稱為象學;二、"運數"比類,屬"極數變通"思維途徑,著眼點在"數",可稱為數學。二者各有特點,對於古代哲學家、科學家鍛鍊理性思維,都產生過重要影響,其思維方法的優點,都已積澱在中華民族的傳統思維之中。」一般而言,傳統醫學、農學主要運用「取象」的方法進行論證;而曆法、音律較常採用「運數」的方法進行推演。

算術、地學、物後學、律學、醫學、甚至是等韻學上，方以智即是其中最爲典型的例證。〔註5〕

　　儘管自然界各種事物紛繁萬端、變動不居，但皆遵循著一定的法則運行。然而，人如何能夠掌握這不變的法則？處在晚明象數之學高度發展的風氣中，當時學者普遍認爲：以《周易》爲主體的象數之學即是格通物理的理論依據；象數圖示則是聖人體察天地萬物所概括出來的表法，人心只依此表法則可造化萬物。〔註6〕此一基於象數思維所建構出的宇宙觀，經過千百年來長期的積澱，早已深深烙印在士人的腦海中，逐漸凝結成爲一種牢不可破的思維定勢，且不斷地橫向滲透、擴散到相鄰的各種學科之中，致使今日科學史研究者欲探究中國傳統科學文明的奧祕，均不能漠視象數這一重要環節，否則只能徘徊於門外，終究無法入登門入室、窺其堂奧。漢語等韻學的研究亦是如此。

（一）對於宇宙秩序原理的認知

　　中國傳統文化中，以《周易》爲主體的象數之學，既是認知活動的解釋系統，亦是表達認識的理論框架。古代學者經常援用象數學的理論架構、符號術語來詮釋自然界所展現的規律性與系統性，是以象數學經常與傳統科學共生、互動。以下主要根據董光璧（1993，1997）的分析結果，〔註7〕分別從宇宙秩序、

〔註5〕桐城方氏以《易》傳家，方以智非但對於《易》學本身有精妙的體會，且能以《易》
　　　理來貫通各個學科，即其所謂「《易》者，微天地之幾也」（見於《東西均・所以》）。
　　　試就《物理小識・總論》一文觀之，此篇不足3000字，但直接言《易》之句有四
　　　處，引《易》之詞語有六處，而發揮易學名家之文義者過半。

〔註6〕方以智《易餘・三冒五衍》云：「《易》故微其動靜之顯，闡其動靜之幽」（轉引自
　　　羅熾 1998：131），將《易》視爲揭示事物動靜變化的外在形式與內部根源。徐光
　　　啓更是深切體認到象數之學對於科技發展的重要性，故於《泰西水法・序》中亦
　　　指出：「象數之學，大者爲曆法、爲律呂，至其他有形有質之物，有度有數之事，
　　　無不賴以爲用，用之無不盡巧極妙者。」

〔註7〕董光璧（1997：2）闡釋象數易學的原理對中國傳統科學所造成的影響，並總括地
　　　指出：「從《易傳》出發形成的中國傳統科學、科技思維定式，包括了宇宙秩序原
　　　理、方法論原則和科學技術觀。《易》學的宇宙秩序原理以陰陽概念爲基礎，主要
　　　有生成原理、感應原理和循環原理，它們構成一種生機論的自然觀。《易》學的方
　　　法論原則以象、數、理等觀念爲基礎，主要有象數論、比類論和實驗論，它們組
　　　成一種研究程序理論。《易》學的科學技術觀以"天人合一"觀爲基礎，主要有"製

方法論、科學觀三方面，剖析象數之學的理論特色及其對中國傳統科學所造成的影響，進而探尋等韻學家將象數學與等韻學相互結合的內在原因。

各民族的科學思想多萌生於對宇宙本源與秩序的探求。《周易》提出一套詮釋宇宙萬物生成、化育的基本原則，大致可概括爲以下三個要項：

1、生成原理

生成原理主張世間萬事萬物均是同源而生，即「萬物一理」。《周易‧繫辭》：「易有太極，是生兩儀，兩儀生四象，四象生八卦，八卦定吉凶，吉凶生大業。」並且藉由筮法將此一抽象原則具體化，以體現自然演化的步驟。此一生成原則，自秦漢以來，不斷吸納陰陽、五行的學說，成爲據象歸類的基本參照模型；兩宋時期，則又融入道教的思想而凝結成兩種不同的太極生化模式：邵雍《先天圖》與周敦頤《太極圖》。長久以來，這種兩模式持續影響中國傳統學術思想與民間信仰，其影響層面既深且廣，儼然已成爲古人解釋萬物生成的一種思維定勢。

2、循環原理

循環原理主張一切自然演化的過程皆是由終返始、按照一定的週期而循環不已，而所謂的陰陽消長、五行傳變、六爻循環、八卦相盪，均是用以闡述循環原理的歸類模式。《周易》經傳常以「無往不復」、「原始返終」、「往來無窮」諸語強調事物週期性循環運動，並且藉由卦爻系統將其形式化（即六爻之間的循環變動，形成小的週期系統；64 卦之間循環變動則成一個大的週期系統）。推擴至極，則宇宙萬物的生成、變化——大至日星變動，小至氣血運行——皆可依照循環原理加以事先預測或事後詮釋。

3、感應原理

感應原理主張事物以氣爲中介，相互關聯、彼此制約，其根本規則是「同類相感」，即是《周易‧乾卦文言》所云：「同聲相應，同氣相求……各從其類。」漢代董仲舒（前 179～前 104）《春秋繁露‧同類相動》系統地闡述「天人感應」的思想；王充（27？～97）《論衡》則又將「天人感應」扭轉向「自然感應」，使得感應原理成爲指導傳統科技發展的原則。但是，中國傳統科學家往往過於強調感應原理，因而產生許多牽強的比附，這反倒成爲阻滯科學發展的絆腳石。

器尚象"觀、"天工開物"觀和"道術一本"觀，它們強調將天地人做爲統一的整體加以研究，主張德性與知性並重、理性與價值合一，建天人整體之學。」

（二）象數學的方法論原則

1、象數論

象數論主張以符號系統及其內蘊的數學原則來表徵事物的變化與關聯。漢代象數之學發展至宋代時，分裂爲象學與數學兩個分支，茲將其理論特點分別概述於下：

（1）象學——象徵性之符號系統

《周易》所謂「象」，除指稱卦象外，更用以代指經過抽象、概括而具有普遍性的意象；「象學」即是取卦象及其所象徵之事物作爲運思的憑藉，即以某種直觀的形象作爲媒介，觸類旁通引起聯想，推導出相關的結論。卦、爻非但是區分物象動態發展、功能屬性的分類系統，亦是進行哲學思維的形式與符號。易象怎樣作爲思維活動的符號？《周易・繫辭上》云：「聖人立象以盡意。」即認爲易象可作爲神人溝通的中介，能夠負載、傳遞、表達有關天道、人事的意義，是以事物將如何變動，對主體產生又會何種影響，均寓之於象；占卜者必得從象中思索、體悟，方能理解其中潛藏的意義，因此，「象」也就成爲學者思維運作時所憑藉的象徵符號。

自然語言往往具有模糊性、歧義性的特性，難以精確地表達抽象的概念。有鑑於此一弊病，西方現代形式邏輯（數理邏輯、符號邏輯）發展出一套人造的形式符號以取代自然語言，使得所有的論證推理程序皆能如數學演算一般精確、明晰。中國傳統科學並未發展出純粹用以表達概念的形式符號，而是經常藉由八卦、五行之意象，表達事物的性質屬性及其彼此之間的相互關係，由於符號本身的意象色彩過重，使得概念的外延與內涵均不夠明確，[註8]利瑪竇《乾坤體義・凹元行論》即曾對「水生木」、「木生火」、「水克火」之五行生剋關係感到困惑，而質問說：「水既生木，而木生火，水乃祖，火乃孫，何祖如此不象？何其祖之如此不仁，恆欲滅孫也。」（轉引自胡化凱，1995：53）利瑪竇的困惑實乃因術語歧義所致，蓋「生」字兼容「生育」、「觸發」二個義項，但卻缺乏

〔註 8〕劉文英（1999：27）對比中西哲學在思維形式與表達符號上的差異，指出：「西方哲學爲了追求邏輯的明確性與系統性，極力排除意象的干擾，這樣就把概念作爲唯一的思維符號，所以，西方哲學可謂有名無象。中國哲學爲了追求精神上的詩意和社會教化的功能，則一直保護名和象的共同存在，這樣就把概念和意象都作爲思維符號。」

明確的界定，因而造成西儒在理解上的誤差。

以《周易》為主體的象數學，藉由陰陽、五行、八卦……等象徵性的術語符號來表達概念，雖非一無可取，[註9] 但其弊病卻是顯而易見的。最明顯的負面影響是：中國古代大量的實踐經驗和技術發明，但終因缺乏明確性、系統性的符號可供學者進行精確地邏輯論證，故仍只能停滯在意象性的經驗層面上，未能進一步昇華、凝結成概念性的理論。中國為何沒有獨立發展出近代西方的自然科學呢？欲探究此問題的解答可從多種角度思考，但無論如何，中國古代符號體系的侷限性必是其中一項重要的關鍵因素。

（2）數學——數理演繹的生成模式

在人類文明發展的長河中，「數」不單只是簡單的數值符號或數學概念，往往也蘊含著豐富的文化訊息，為各種宇宙觀、哲學觀、宗教觀、價值觀、審美觀的反映與象徵；是以，數學在人類文化發展過程中，非但在自然科學上發揮效用，在人文科學上也產生了不可低估的影響。

基於人類天生本有的"數覺"，[註10] 中西哲人對於「數」的廣大效用有著共同的體認，不約而同的存在著「萬物皆數」的觀念。中國先哲認為"一"為數之始，亦是世間萬物發軔之始，由數的遞增衍化而生出萬物，宇宙萬物的生成變化莫不受到「數」的制約，蔡沈《洪範皇極·內篇》有言曰：「溟漠之間，兆朕之先，數之原也。有儀有象，判一而兩，數之分也。日月星辰垂於上，山岳川澤奠於下，數之著也。四時迭運而不窮，五氣以序而流通，風雷不測，雨露之澤，萬物形色，數之化也……。」

〔註9〕中國古代科技曾居於世界領先的地位，五行、八卦……等符號體系並非一無是處，亦有其實用價值與優越性可言。胡化凱（1995）評述五行符號體系的科學價值：1.提供一種構造理論體系的有效工具；2.提供一種訓練思維的方法；3.表現古人較高的理性知識水平。劉文英（1999）則是指出傳統哲學名象交融的優越性：1.有助於哲學與民眾的思想溝通；2.有助於哲學與道德、藝術和宗教的聯繫；3.有助於哲學本身在形下、形上之域過渡與轉換。

〔註10〕〔美〕數學家丹齊克（Tobias Dantzig）在其所著的《數，科學的語言》中提出"數覺"概念：「人類在進化的蒙昧時期，就已經具有一種才能，這種才能，因為沒有更恰當的名字，我姑且叫它為"數覺"。由於人有了這種才能……學會了另一種技巧……計數。並且正是由於有了計數，我們贏得了用數表達我們宇宙的驚人成就。」（轉引自張德鑫，1999：11）

在西方，古希臘時期的畢達哥拉斯（Pythagoras）學派已萌生「萬物皆數」的概念，將「數」視爲一切事物形式和實質的依據。近代科學家則將上帝視爲數學家，科學的目的是爲了發現所有自然現象的數學關係，並以此解釋自然界的秩序與規律，從而揭示上帝造化萬物的偉大，伽利略（Galilei Galileo，1564～1642）即認爲「大自然乃至整個宇宙這本書都是用數學語言寫出的，符號是三角形、圓形和別的幾何圖形，自然界按照完美不變的數學規律活動著。」（轉引自張祖貴，1995：7）現代科學、文化發展的數學化（mathematizing）趨向，更彰顯出「數」在現代文化中所扮演的重要角色。由「數」在中西文化中的功能體現，可知：「數」並非只是描述自然現象的科學語言，同時也是宇宙萬物生成、演化的指導原則。「數」，何以如此奧妙神奇？追根究底，乃因「數」能夠體現自然界運行、變化的規律性與系統性。

中國古代數學包含兩個主要的分支：一爲記數、計算的方法與理論，稱爲「算學」或「外算」，性質與現今所理解的數學（mathematics）相近；另一則爲卜卦、占筮的技術，稱爲「數學」或「內算」，在中國傳統文化中居有特殊的地位。《周易》所謂「數」，通常是指稱「筮數」（大衍之數）或「《河洛》之數」；〔註11〕所謂「數學」乃是通過物象之數的推演、闡發以探究宇宙萬物生成變化，從而形成一套以「倚數」爲本，以「極數」爲用，以「逆數」爲目的的數理思想體系。〔註12〕

〔註11〕《周易》以50根蓍草爲基數來進行演算，此即爲「大衍之數」。〈繫辭・上〉描述占筮程序：「大衍之數五十，用其四十有九。分而爲二，以象兩；掛一，以象三；揲之以四，以象四時；歸奇於扐，以象閏。五歲再閏，故再扐而後卦。」此外，又有一組由《河圖》、《洛書》所衍生的神秘數字，《周易・繫辭上》：「天一，地二；天三，地四；天五，地六；天七，地八；天九，地十。天數五，地數五，五位相得而各有合。天數二十有五，地數三十，凡天地之數五十有五，此所以成變化而行鬼神也。」鄭玄（127～200）將此天數（一三五七九）、地數（二四六八十）與五行生數（一二三四五）、五行成數（六七八九十）相結合，指出：「天一生水，地六成之；地二生火，天七成之；天三生木，地八成之；地四生金，天九成之；天五生土，地十成之。」鄭玄揭示《河圖》之數與五行生成的連繫關係，對於中國傳統的算學、天文、建築……等科學技藝產生深刻的影響。

〔註12〕《周易》數理系統可概括爲「倚數—極數—逆數」模式。《周易・説卦傳》：「參天兩地而倚其數」，指聖人憑藉數學方法去認識世界；〈繫辭・上〉云：「參伍以變，

歷來易學家對於數的起源、性質與作用的討論，形成一種形而上學—數理哲學。其中，將易數與宇宙萬物生成、發展過程相結合且能提出新見者，則當首推邵雍《皇極經世書》所創立的先天象數學。邵雍將數視爲宇宙萬物之元始，透過數理的推演，架構出一套說明宇宙變動的模式，並企圖以之預知未來變化，是以反對「物生而後有象，象而後有滋，茲而後有數」（韓簡之語，見《左傳·僖公十五年》）的傳統觀點，別立新說，主張「神生數，數生象，象生器」，而以奇偶之數的推演來講論卦象的變化，奠定易學數學派之理論基礎，且與〔德〕萊布尼茲（G.W. Leibnitz，1646～1716）所創立的二進位制數學冥合。〔註13〕

邵雍《皇極經世書》除以「元會運世」的數理模式闡發宇宙歷史的發展軌跡外，在〈聲音唱合〉中（《觀物篇》卷35～50），更援用音律、音韻生成、感應的概念，搭配上天干地支、日月星辰、水火土石、清濁辟翕、開發收閉……等二元開展的分類模式，〔註14〕形成一套解釋、逆測萬物的消長變化的理論框架，而此一音韻分析的理論框架，更對明清等韻學家產生深遠的影響。

（三）科學觀——天人合一

《周易·繫辭下》：「古者包犧氏之王天下也，仰則觀象於天，俯則觀法於地，觀鳥獸之文與地之宜，近取諸身，遠取之物，於於是始作八卦，以通神明之德，類萬物之情。」《易傳》將天、地、人視爲一個和諧的整體，而此種認知經過漢代董仲舒「天人感應」說的渲染，使得「天人合一」的理念成爲古人思考人與自然關係的基本準則，從而凝結成以「相關思維」（correlative

---

錯綜其數。通其變，遂成天下之文：極其數，遂定天下之象」，若欲洞悉萬物之形象、質性必得窮極數理之變化規律；《周易·說卦傳》云：「數往者順，知來者逆，是故《易》逆數也」，點出《周易》最終目的在於藉由數理推演以預知未來。

〔註13〕 1701 年 11 月，傳教士白晉（Joach Bouver，1656～1730）將邵雍的《伏羲六十四卦次序圖》、《伏羲六十四卦方位圖》寄給萊布尼茲，萊布尼茲因而察覺到中國古老的易圖可以解釋成 0～63 的二進位數表。

〔註14〕 邵雍《皇極經世書·聲音唱和》卷三十五闡述「聲音唱和圖」的編排體例及其理據：「陽屬天聲，其數十，從十干也。音陰屬地，其數十二，從十二支也。聲有清濁，皆爲律，以呂地。音有辟翕，皆爲呂，以律天。一三奇數爲清聲辟音：二四偶數爲濁聲翕音。於天之用聲分平上去入，凡一百一十二，皆以開發收閉之音和之：於地之用音分開發收閉，一百五十二皆以平上去入和之。唱和之通用，律呂之均調，陰陽之交濟，皆天地自然之吹而萬應與者也。」

thinking）爲主軸的有機自然觀與系統整體觀，與西方科學崇尚分析的機械論，大異其趣。

　　傳統科學技藝因過分拘泥「天人合一」之說而淪爲主觀、虛妄，但其注重事物彼此間的關聯，亦可其合理的內核可言。隨著混沌理論、複雜科學（complexity）……等新興學科的發展，科學家面臨到不確定的、非線性的因素對系統所造成的重大影響，因而意識到西方科學傳統的機械論已無法解決所有難題，是故紛紛將目光轉向東方，欲從「天人合一」的有機整體觀中尋求靈感。1977年諾貝爾化學獎得主〔美〕普利高津（Ilya Prigogine）即已發現東方自然哲學中包含的整體、和諧觀念和藝術式的綜合思維方法，對於科學思想的新轉變是一種有活力的因素，並強調說：「如果說，經典科學所描繪的自然界是一台機器，那麼，新的自然觀將把自然界描繪成一件藝術品。」（林德宏，1995：40）季羨林（1998）則認爲「天人合一」觀念的精粹在於強調「整體觀念、普遍聯繫」，非但體現東方思維模式的特點，更可作爲 21 世紀人文社會科學的指導思想。

三、象數學與等韻學的結合

　　古人對音韻結構有何認知？又是如何詮釋音韻結構？編撰者的思維模式、價值判斷、主觀願望……等因素，是否會對韻圖編制產生影響呢？上述各個疑問，均是追溯等韻學開展過程所無法逃避的課題。以下從象數學對等韻學的影響，論證韻圖的編撰理據，以此作爲建構等韻學史的依據。

　　所謂「易道廣大，無所不包」，《周易》居於群經之首，向來被視爲具有「探賾索隱、鉤深致遠」、「彌綸天地、經緯萬物」的廣大效力，因而被尊奉爲體現萬物生成、變化的總體原則。幾千年以來，《周易》以其獨特的表現形式對中國文化的許多領域都曾有過深遠的影響，留下斑斕駁雜的印漬，因其具有廣泛的思維輻射力與知識兼容性，故學者或「援《易》以爲說」，以易理作爲理論依據，闡釋萬物所呈現的規律；或「援以入《易》」，而將萬物所體現的系統性與規律性，作爲詮釋易理的佐證。

　　爲何等韻研究能夠直接套用象數理論呢？兩者有何共通性？古人籠罩在「天人合一」的思維定勢中，堅信天道與人事能夠相互溝通、彼此感應，而聲音（音律、音韻）又是自然界中容易體察到的物質屬性，一旦等韻學家察覺音韻有其嚴密的結構體系與演化規律時，便逕自以爲這是天道自然體現的

結果，於是將音韻與天道玄理相結合，借用象數學的象徵符號、理論系統加以詮釋；而精通象數易理的思想家，亦著眼於音韻的系統性、規律性，反過來以音韻結構作爲闡發思想學說之佐證，如邵雍《聲音唱和圖》即是最爲典型的例證。

明清時期許多等韻學研究者，同時也精通象數之學的思想家，其編製韻圖的目的已超越拼讀反切、辨明音值的實用層面，而欲建構出能夠統括天下所有語音的音韻系統。是以，能自覺地運用象數符號與原理來架構韻圖，並且積極從邵雍、蔡沈的數理思想體系中汲取養分，甚至連韻圖命名亦與《皇極經世書》密切相關，諸如：趙撝謙《皇極聲音文字通》、陳藎謨《皇極圖韻》即是最爲鮮明的例證。正因，韻圖作者身兼等韻學家、思想家二職，是以編製韻圖所側重的要點自然會有所不同，因此本文遂將這些融合象數之學的韻圖，又依作者主觀意圖細分爲「援《易》以爲說」（以象數論音理）與「援以入《易》」（以音理佐證象數）兩類。本章之中，則擬先析論屬於「援《易》以爲說」的幾種韻圖。

第二節　呂坤《交泰韻》

一、作者的生平及其哲學思想

呂坤（1536～1618），字叔簡，號新吾、心吾，晚年別號抱獨居士，河南寧陵人，萬曆二年（1574）進士，官至刑部左右侍郎。萬曆二十五年（1597），因上疏言國事被劾而罷職，歸鄉後專心致力於著述、教授之工作，《明史·呂坤傳》云：「坤剛介峭直，留意正學。居家之日，與後進講習，所著述多出新意。」呂坤的著作極爲豐富，且內容所涵蓋的層面亦十分廣泛，較具代表性的論著有：《呻吟語》、《實政錄》、《去僞齋文集》、《交泰韻》（音韻學）、《四禮疑》（禮學）、《疹科》（醫學）、《陰符經注》（哲學）、《家樂解》（音樂美學）……等，而在易學方面則有《易廣》一書，但今已散佚。

呂坤非但是個音韻學家，同時也是個著名的思想家。呂坤編撰《交泰韻》時，其哲學思想很有可能滲透到韻圖之中，爲求能對韻圖形制、體例、術語有深入、精確的認知，有必要先對其哲學思想作一番概略的詮解。以下參照王煜（1981）、馬濤（1993）的論述，將呂坤的哲學思想歸結爲以下兩點：

1、太極（元氣）一元論

呂坤認爲「氣」是世間萬物的本源，《呻吟語》卷四：「天地萬物只是一氣聚散，更無別箇。」雖然天地萬物具有無限多樣的豐富形態，但均是經由氣凝結所產生的。此外，又認爲「氣」具有亙古常存、流轉不已的特性，即如《呻吟語》卷四所言：「乾坤是毀的，故開闢後必有混沌。所以主宰乾坤是不毀的，故混沌還成開闢。主宰者何？元氣是已。元氣亙萬億歲年終不磨滅，是形化、氣化之祖。」是以因氣凝聚所成的形體僅是氣存在的一種暫時現象，終將要走向敗亡；而形體的毀滅只是由一種物質形態轉向另一種物質形態。

2、自（必）然、當然、偶然之辯證

呂坤以「自然」（必然）表示客觀事物或自然現象在發展過程中所出現的必然趨向，亦即是事物的普遍規律，如《呻吟語》卷四：「陽亢必旱，久旱必陰，久陰必雨，久雨必晴，此之謂自然。」「當然」表示人主觀的努力和對道德規範的實踐，即《呻吟語》卷四所云：「性分之所當盡，職分之所當爲。」「偶然」則爲不合常規的少數例外，《呻吟語》卷四云：「小役大，弱役強，貧役富，賤役貴，此之謂不得不然。」呂坤提出「自然」、「當然」、「偶然」之說，實已認識到：天地萬物發展運動中存在著必然規律、主體自由與偶然現象之間複雜的辯證關係。

二、韻圖編撰動機及其理論依據

呂坤在《交泰韻・序》中自述其研治音韻學的心路歷程，云其早年學習音韻之學曾爲等子門法繁瑣不便所苦，而後幾經思索，恍然若有所得。〔註 15〕丙戌年（1586）春遊京國，詣天寧寺，與精通聲律之僧人慕泐展開一場音韻學的對談，闡述各自對於切音方法與音韻學理的體悟。幾經論辯之後，孰優孰劣，已昭然自現，從以下對話中即可見一斑。

> 渠（慕泐）憮然曰：平生苦心三十年，自謂深得七音、三十六母之
>
> 精，十三門、十六攝之妙，而公更簡徑明切，我學非耶。

〔註15〕呂坤《交泰韻・序》云：「萬曆甲戌（1574）得同年雷侍御慕菴（按：即雷士禎，1545～1589）而問之，侍御日日談，余瞠瞠聽，竟不了了。侍御曰：〝此等子音也，須熟讀括歌月餘，舌與俱化，自可得聲〞。余畏難而止。癸未（1583）告沐，三年林臥，恍若有得。」

> 曰：汝學非非，而韻學諸家相沿祖沈而莫敢異，轉相羽翼，互行宗
> 牒則非矣。我且直之，夫聲出於天而字從之，率然自然，人無毫與。
> 我天聲，汝人聲也；我求近而汝求諸遠；我取易而汝取難也；我索
> 一而汝索諸萬；我得之不思而汝得之熟誦也；我重陰陽而汝不論陰
> 陽；我反切分平上去入，而汝不問平上去入也。安得同，問亦有同
> 乎，曰不同非天也。與汝談，百慮耳而致則一。汝之七音、三十六
> 母、十三門、十六攝，皆余所不問而自相吻符者也。

《交泰韻》撰成於萬曆三十一年（1603）。呂坤編撰此書的初始動機，在於駁斥韻學諸家相沿祖沈之非，主張廢棄僵化、繁瑣的門法，以婦人孺子為師，達到信口即是門法的境地，是故另行創立不思而得、簡捷明快的新式切法，俾使天下之人皆能異口同呼。《交泰韻・凡例》「明本旨」即開宗明義地重申韻圖的編撰目的：

> 此書反切與舊全殊，大都舊反切從等子來，得子聲又尋母聲，得子
> 母又念經堅，何其勞也。此韻所切即婦人孺子、田夫僮僕、南蠻北
> 狄，纔拈一字為題，徹頭徹尾，一韻無不暗合，不須一言指教，不
> 須一瞬尋思，十人齊切，一口齊呼，不後不先，十呼俱同。蓋天然
> 本是如此，何假人為。

然則，呂坤如何創立舉世通用的反切新法呢？其深層的理論依據為何？呂坤「辨體裁」闡述切語拼合的原則及韻圖命名理據：

> 天聲用天、地、子、母四字為例。始乎平為天，終乎入為地。平韻
> 用入為子，地氣上交；入韻用平為子，天氣下交，地天泰；母是平
> 上去入，順而下行。子是入上去平，逆而上行，亦地天泰。故謂之
> 《交泰韻》。……余非好立門戶，不如此則不得聲氣之元矣。

《交泰韻》切語用字的最大特點在於：「平聲韻字以入聲字做切語上字，入聲字則以平聲字作切語上字」。為何如此安排切語用字呢？此一舉措有何用意？〈凡例〉「辨定切」云：

> 蓋平切平、入切入，如鶴鳴子和，謂之同聲相應；入切平，平切入，
> 擊首尾應，謂之同氣相求。苟得此理，則河圖、洛書、大衍、太玄，
> 無不一以貫之矣。

顯然此種切語用字的特別設計與呂坤的哲學思想有密切關係。蓋因呂坤認為聲韻出自於天，為能求得「聲氣之元」，故基於「氣一元論」的哲學理念，取「天地交泰」作為結構隱喻，將切語的音韻結構比附於泰卦卦象──乾下坤上，〔註16〕沿用「製器尚象」的傳統科學技術觀〔註17〕來安排切語、歸派韻字。全書形制可謂緊緊環扣著「天地交泰」的意象所鋪排而成。

三、韻圖形制與編排體例

《交泰韻》全書分為〈凡例〉與〈總目〉兩部份：前者旨在闡述全書的音學理論、解釋韻圖的編排原則、辨析術語的確切意涵；後者則為的形制特異的音節字表，其體例蓋介於韻圖與韻書之間。〔註18〕《四庫提要》曰：「是編乃所立切韻簡要之法，僅有序文、凡例、總目，而未及成書。然書之體要則已具括於是」。

綜觀韻圖的編排體例，呂坤先依韻部的不同將韻字分為二十一大類；各大類再依陰調、陽調之別而分為兩個次類；各次類均分上、下兩欄；各欄區分成四格，依平、上、去、入之序填入相應的韻字（有音無字者則以○實之），並於各字之下標註反切。此外，各次類之末，又別立「外附」、「內附」之法，收錄來自他韻但與本韻相關的韻字。（參見本文【附錄書影15-1】p.401）

（一）聲母的歸類及其排列方式

聲母歸類大致可著眼於發音部位、發音方法兩個層面。在現代語音學

〔註16〕《象》解釋泰卦的象徵意義曰：「"泰，小往大來，吉，亨"，則是天地交而萬物通也，上下交而其志同也。內陽而外陰，內健而外順，內君子而外小人，君子道長，小人道消也。」

〔註17〕《周易・繫辭上》：「聖人有以見天下之賾，而擬諸其形容，象其所宜，是故謂之象。」面對紛紜雜陳的事物，欲從中尋找潛藏的秩序與規律，必須有所「擬」，亦即「取象」。「製器尚象」為《易》中隱含的聖人之道，主張取自然形構製造物以行人道，故成為後世創造理論、制定典章、發明器物的一種指導原則與運作程序。劉君燦（1986）對於「製器尚象」有深入闡述，可參看。

〔註18〕《交泰韻》的形制頗有新意，兼具韻圖與韻書的形式特點。與傳統等韻圖相……似之處有：1.每韻之內大致按喉牙齒舌唇之發音部位來排列韻字；2.韻字沒有字義解說，而同音之字組只取一字作為代表；3.韻字排列具格式化。但《交泰韻》亦有背離傳統等韻圖之處，如：1.各韻字之下標注反切：參照《正韻》、《集成》，將原本不歸屬於本韻之韻字，綴附於各韻之末。（參見楊秀芳，1987）

（phonetics）尚未興起之前，傳統等韻圖從多以脣舌牙齒喉、宮商角徵羽、清濁輕重……等含糊籠統的術語來區分聲類。這些術語多借自於其他學科領域，並非專為語音描寫所設計，術語在缺乏嚴格、明確的定義之下，韻學家又各憑己意而用之，使得這些術語猶如一團縈繞不去得迷霧，越是深入其中越覺得晦暗不明。呂坤既不滿等韻門法之繁瑣，亦察覺到傳統音韻術語之迷亂，是以索性不用五音、清濁……等術語來標示聲類，以免引起淆亂、徒生糾葛。〈凡例〉「辨五音」云：

> 《集成》七音，一本《韻會》……七音皆分清濁，清濁又分七音。
> 如此分別當必有見，但繭絲牛毛之繁細，毫忽纖秒之微茫，即使極
> 精，已屬不急。況以一人之口吻齊千萬人之喉舌；以一方之音聲叶
> 五方之誦讀，此是則彼非，誰主誰從。故《正韻》一切不用七音、
> 清濁，可謂正大光明、簡切痛快矣！余論五音，一以舌居中歌為準，
> 至於序字止分陰陽，不論宮商。如細考宮商清濁，自有《韻會》及
> 《集成》在，著述各有體裁，不必盡同也。

雖說《交泰韻》因缺乏明確的聲類標示，而缺乏一套統一、嚴格的標準。但聲類排列是否就毫無秩序可言？不然。若細部分析韻字的編排情形，仍能隱約察覺到：韻字大抵上是依照喉、牙、齒、舌、脣之序排列。〔註19〕

（二）「聲頭」的設立與韻部的分合

至於韻部分面，可從韻類標目、韻部的分合關係及入聲韻的歸派三方面，觀察《交泰韻》的編排體例及創新所在。

1、論「韻頭」與「聲頭」

韻目的主要功用在於標示韻類，至於韻目本身的聲母為何？傳統韻書往往多不強加限定，連讀平上去入四聲（或三聲）相承的韻目時，無形中造成語流上的阻滯，如「東（端）董（端）送（心）屋（影）」。呂坤有見於舊有的韻目不夠流暢、明快，因而重新釐訂韻部的標目，使得四聲相承的韻目帶有相同的

〔註19〕楊秀芳（1987：332）考察呂坤《交泰韻》排列聲類的原則，指出：「他的這種做法與等韻圖按五音清濁排比韻字是相類似的，只不過《交泰韻》沒有統一而嚴格的作法。如"一東"陰調部份把脣音字和舌音字交叉排列；"三文"陰調部份把部份齒音字放在脣音字後面，部份仍放在牙音字和舌音字之間。同部位的音之間，也沒有絕對統一的排法，如"一東"陰調部份脣音按"滂幫透非"排，"三文"陰調部份按"幫滂非"排。各韻的陽調部份，字的序列也不太整齊。」

聲母，如「東（端）董（端）凍（端）篤（端）」，如此不僅明白易讀，且更能
凸顯出韻部之間的最小對比值（minimal pair）—聲調。〈凡例〉「定首領」云：

> 四聲一轉，即以一轉四字爲「韻頭」而領韻，豈患無字哉！且如東
> 字領平、董字領上、凍字領去、篤字領入，東董凍篤，何等明白。
> 乃相沿領韻，則以東董送屋。至於「聲頭」領聲，卻是公孔貢穀，
> 即曰分清濁七音，公爲角清，拱亦角清，貢亦角清，穀亦角清，若
> 以公拱貢穀領聲，不更痛快耶！此等混亂最惑心目。余於「韻頭」、
> 「聲頭」皆以一律改正，便於初學。

呂坤所謂「韻頭」即是用以標示韻類之韻目。然則何謂「聲頭」呢？「聲頭」
即是「字母」—反切下字。〔註20〕「聲頭」多爲零聲母字（「十支韻」例外），
以加○來標示，列於各韻之上欄首列，呂坤以之作爲反切下字，因其引領眾「聲」
——小韻，〔註21〕，故稱之「聲頭」，如「二眞韻」陰調之○因、○引、○印、
○一即是。

2、韻類分合的關係

　　呂坤將《交泰韻》韻類與《洪武正韻》與章黼《韻學集成》相對比，觀察
其間韻類分合的情形，並依據當時的實際語音，歸納出四條分合條例。〔註22〕

〔註20〕《交泰韻》「一東」陰調下註云：「翁、塕、瓮、屋」此四字○者爲聲頭。聲頭者，
　　　　字母也。陰陽不過兩聲頭，然亦有三母、四母者，如東韻雍、勇、用、欲之類，
　　　　後倣此。」

〔註21〕呂坤對於「聲」、「韻」、「調」的定義，與舊有韻書迥然有別，試觀《交泰韻・凡例》
　　　　「辨字號」所云：「東冬涷蝀霯不拘多寡謂之一聲。如支止至三聲全，東董動篤四聲
　　　　全，謂之一調。調者調也，一毫不類便不調適。東凡三十五聲謂之一韻。」可知所
　　　　謂「聲」者，並非指聲母或聲調、而是指稱韻部中的一組同音字，即「小韻」。

〔註22〕〈凡例〉「辨分合」云：「凡一調之字，須平入不相矛盾，則分合始不牽強。余於
　　　　舊韻當分當合者有四例焉：第一例，聲調本同而分爲兩韻者，甚無謂。辟同室離
　　　　居，情當完聚……今合先鹽爲一韻……今合眞侵爲一韻……今合山覃爲一韻。第
　　　　二例，字有正屬而附於非類者，最爲強合，辟棄家寄籍，理當復業。覃韻之閣榼磕
　　　　始欲合盍七字……昔混入"覃"今改歸"曷"。支韻之"悲"……今《集成》併
　　　　入支韻，今改歸灰之"杯"。第三例，入本不同，因平聲相近而收爲一韻者，辟
　　　　鄰郡土田，互有攙雜，必須地歸各疆，方於賦役爲便。舊韻眞、文、魂原分爲三，
　　　　《集成》乃合爲一。余考眞軫震質屬"訖"母，文吻問勿魂渾混忽屬"穀"母，
　　　　入既不同，平何可合？今以"眞"仍獨用，而合"文""魂"爲一韻。舊韻庚、

以下即將《交泰韻》韻母歸類情形與《中原音韻》（口語音）、《正韻》／《集成》（讀書音）進行對比，並將結果表列於下，藉以觀察各音系間韻部分合情形，以此作爲判定音系性質的依據。

【圖表4－1】

《交泰韻》	《中原音韻》	《正韻》／《集成》
東董動篤	東鍾、庚青	東董送、庚梗敬
眞軫震質	眞文、侵尋	眞軫震、侵寢沁
文吻問勿	眞文	眞軫震
寒罕漢曷	寒山、桓歡、監咸	寒旱翰、覃感勘
刪汕訕煞	寒山、監咸	刪產諫、覃感勘
先銑霰屑	先天、廉纖	先銑霰、鹽琰豔
陽養漾藥	江陽	陽養漾
庚梗更格	庚青	庚梗敬
清請倩戚	庚青	庚梗敬
支紙至隻	支思	支紙寘
齊泚砌切	齊微（開口）	齊薺霽
魚語御日	魚模（細音）	魚語御
模姥暮木	魚模（洪音）	模姥暮
皆解戒結	皆來	皆解泰
灰賄誨忽	齊微（合口）	灰賄隊
蕭小笑昔	蕭豪	蕭筱嘯
豪好號黑	蕭豪	爻巧效
歌哿箇格	歌戈	歌哿箇
麻馬禡莫	家麻	麻馬禡
遮者這隻	車遮	遮者蔗
尤有宥益	尤侯	尤有宥

依據呂坤〈凡例〉「辨定切」所列的條例，並配合上表對敉的結果，當可看出《交泰韻》韻部歸類的幾項特色：

1. 《集成》的侵覃鹽三韻獨立；《交泰韻》則將侵韻併入眞韻，將覃韻併

青、蒸原分爲三，《集成》亦合爲一。……今合庚青蒸三韻而細分之，“庚”仍獨用，而合“青”“蒸”爲一韻。……第四例，有異平同入者，其入字聲韻相通，難以隔絕，辟異父母同兄弟，雖不同氣，亦謂同胞……。」

入刪韻（部份混入寒韻），將鹽韻併入先韻，顯現雙唇鼻音韻尾〔-m〕以轉化爲〔-n〕。

2. 呂坤強調「數韻同入」的分韻原則，入聲不同即當分爲兩韻，入聲相近則可合而爲一類。《集成》眞、文合爲一韻，《交泰韻》文韻仍獨用；《集成》庚、青、蒸三韻合一，《交泰韻》則是庚韻獨立，青、蒸合用。

3、入聲韻的歸派

《交泰韻》仿效《切韻指南》的作法，使入聲韻兼配陰陽。與陰聲韻相配的入聲韻目均以陰文標示，其下則不列反切。〈凡例〉「辨定切」云：

> 支齊魚模皆灰蕭豪歌麻遮尤，此十二聲，沈韻無入，及考《切韻指南》，所入未嘗不叶。余未必盡從，蓋隨反切爲變通耳，仍用入爲陰文，刻於本聲之下，謂之「暗切」，其無字與借者則空之。

《交泰韻》在「天地交泰」的結構隱喻制約之下，設立平聲與入聲互爲反切上字的拼切原則。在十二個陰聲韻部中，除去少數幾個例外（如：「蘇，梭烏切」），絕大多數平聲字的反切上字均爲「暗切」，例如：「妻，切衣切」、「居，決迂切」、「租，作烏切」。基於入聲字作爲平聲字切語上字的考量，呂坤特意將「暗切」附於陰聲韻末。

（三）論「外附」與「內附」之法

「外附」、「內附」之法當爲呂坤所自創，其所指意涵爲何？呂坤在〈凡例〉「辨字號」曾略加說明：

> 本韻不叶而寄於他韻之末者，謂之 外附 。本聲不叶而寄居本韻之末者，謂之 內附 。

光憑上述的定義很難明瞭設立「外附」、「內附」的用意何在，必得實際分析「外附」、「內附」的分布狀況與收字情形，方能深入瞭解其內在意涵。「外附」僅見於「一東」與「四寒」，茲將其收字條列於下：

東陰	扃 昊雍	憬 舉勇	○ 巨用	昊 扃欲	同弓
	傾 闚雍	頃 去勇	○ 去用	闚 傾欲	
	兄 殈雍	詗 許勇	敻 煦用	殈 兄欲	同胸
東陽	瓊 渠容	下同窮切			
	榮	永	詠	域 切俱與榮同	

寒㊋	含	顄	鹹	欱	同寒
	儑	頷	顑	盒	

東㊌「外附」注云：「三韻字（扃傾兄）自庚來，查與虞韻"吉""訖"不同母，而與東韻"菊"同母。今改附於東韻之後，後言外附者，皆倣此。」「扃傾兄瓊榮」爲中古梗攝合口三四等牙喉音字，其韻母音值在當時或已轉化爲〔yuŋ〕，故由庚韻轉附於東韻之後；「含儑」則爲來自覃韻，或因〔-p〕已弱化爲〔-ʔ〕，故轉而歸入曷韻，遂附於寒韻之後。可見「外附」乃是收錄本在他韻因音變而轉入本韻之字。

至於「內附」則僅見於「二眞」韻。眞㊌「內附」注云：「按"莘臻榛根艱恩"此六字與眞平本合，"瑟櫛齜革客額"此六字與眞入不類，不敢別立門戶，姑附本韻之末，後凡言內附者，倣此。」呂坤強調「入既不同，平何可合」，眞韻末所附之字照理應獨立成一類，但呂坤在此卻採權宜之計，以「內附」之名而暫寄於此。黃笑山（1990：123）總結說：「"外附"指附在某韻之末的來自外韻的字，如東韻末所附的來自庚韻的"榮永永域"，寒韻末所附的覃韻的"諳揞暗姶"、"儑頷顑盒"等。"內附"則指讀音雖與某韻有別，卻仍收在此韻後的那些字。例如"眞"韻的"恩穩臒額"中"額"字讀音雖與眞韻其他入聲不相叶協，但因其舒聲讀音與眞韻仍一樣，就把這一韻附在眞韻之末。」

（四）韻字的排列與切語的標注方式

體整而言，呂坤在韻字編排上，盡量要求平上去入相承的韻字（呂坤以四聲相承爲一"轉"），其聲母、韻母的音段（segment）成分能完全一致。但在現實語言中，平上去入四個調類的字，無論在語音的區別特徵上，或在調類的數量上均呈現出不平衡的狀態，〔註23〕故實際安排韻字時必得作一番權宜性的調整。

呂坤依照陰調、陽調的差別而將韻字區分爲陰、陽兩部，各部下轄著平上去入四聲；對於陰調、陽調並無殊別的韻字，則以「同某切」加以標注。〔註24〕

〔註23〕就語音的區別特徵而言，入聲尾〔-ʔ〕具音段特徵，平上去則爲以音調高低區分意義的超音段成份。就調類數目而言，平入二聲皆分陰陽調，上去聲則不分陰陽。

〔註24〕〈凡例〉「辨字號」云：「原在兩韻，今合一韻，不敢遽合而註於本聲之下曰同某切。」

〈凡例〉「合中聲」云：

> 平入原有陰陽，上去原無陰陽，……余於平入異而上去同者，係聲
> 母則重出，止用一般字樣，如「因引印一」、「寅引印逸」；係散聲則
> 陰部上去既有，至陽部上去則不填，如「烘嗊哄熇」、「洪嗊哄斛」，
> 「洪」中不填「嗊哄」，止填云「中同烘切」。亦有上去入俱同者，
> 如「穹恐恐麴窮」，止書一「窮」字，上去入不填，止書云：「下同
> 穹切」，諸韻放（倣）此。

上、去居四聲之中，呂坤因是而稱之爲「中聲」。〔註25〕同一韻部中，平、入聲
有陰陽之分，上、去聲無陰陽之別且又非「聲頭」者，則標以「中同某聲」，而
不贅列韻字及切語。若是僅有平聲有陰陽之分，上、去、入三聲無陰陽之別者，
亦不贅列韻字與切語，而標以「下同某切」。同理，僅入聲有陰陽之別者，平上
去三聲不列韻字而標以「上同某切」。

四、音韻術語解析──論陰陽、輕重、清濁

　　傳統漢語音韻學存在著玄虛、含混的弊病，具體顯現在音韻術語的遣用上。
輕／重與清／濁均是韻學古籍中極爲常見的術語，然而歷來音韻家對輕／重與
清／濁總是「各憑其意而用之」，缺乏統一的規範，如此，輕／重與清／濁便如
同代數 x／y 一般，即在同一能指形式下可能兼負著多種所指內涵。〔註26〕究竟
在《交泰韻》中，輕／重、清／濁各代表何種音韻內涵？與前人所指稱的意涵
有何具體差別？

　　呂坤列舉例字來區分輕／重、清濁的差別，〈凡例〉「辨清濁」云：

> 「娉偏頻便」一音也，輕重同；「興掀刑賢」一音也，輕重同。以至
> 因煙／銀言、身羶／神禪、輕牽／霙虔、親千／秦前、嗔延／陳纏、

〔註25〕〈凡例〉「辨字號」云：「古只有平仄入三聲。上去爲仄。又平居首，入居尾，上
　　　去居中，又謂之中聲。」

〔註26〕潘悟雲（1983：325）分析宋代以前的各種韻學資料，將輕／重、清／濁所可能指
　　　稱的音韻內涵歸納爲：

輕清	聲母不帶音	陰調類	開口	不送氣	發音部位前	唇齒擦音
重濁	聲母帶音	陽調類	合口	送氣	發音部位後	雙唇塞音

> 汀天／廷田、芬番／墳煩，皆以陰陽分清濁而不言輕重，豈陰清而
> 陽濁乎？愚謂「鶯央」爲清，「京江」在清濁之間，「輕羌」爲濁；「民
> 眠」爲清，「賓邊」在清濁之間，「娉偏」爲濁。蓋分清濁當以輕重
> 不當以陰陽。……愚見與昔人大相鑿枘，非敢好奇也，崇朴復古之
> 君子，當必有辨。

上文呂坤旨在強調「分清濁當以輕重不當以陰陽」。然而此一斷語，卻涉及三個含糊的音韻術語：陰陽、輕重與清濁。其中，「陰陽」的意涵較爲淺明易知，〈凡例〉「辨陰陽」云：「何謂陰陽？飄揚平順爲陰，折抑降下爲陽」，蓋呂坤以「陰陽」代指聲調之陰、陽二類，而兩者之差異則在於調型升降的不同。至於「清濁」、「輕重」兩組術語的用法，表面看來，似與前人不甚相同，術語的實際內涵得從實際字例中加以分析、考察。

先就「清濁」言之。呂坤將聲母區分爲「清」、「清濁之間」、「濁」三類，茲將列舉之例字及及其中古聲母來源表列於下：

【圖表4－2】

清	清濁之間	濁
鶯央（影）	京江（見）	輕姜（溪）
民眠（明）	賓邊（幫）	娉偏（滂）

觀察以上例字，不難看出端倪：「清」爲零聲母或鼻音（nasal）；「清濁之間」、「濁」均爲口音（oral），差別在於「清濁之間」爲不送氣清音，「濁」爲送氣清音。由此或可推斷：呂坤或以氣流呼出的管道作爲區分「清」「濁」的首要標準，氣流自鼻腔溢出者爲「清」，自口腔呼出者爲「濁」，至於不送氣者似乎居於兩者之間，故命之曰「清濁之間」。

「清濁」既是聲母語音的特徵，「輕重」當亦是如此。對於「輕重」的內涵呂坤並未多作解釋，僅僅標舉「娉偏（滂）頻便（並）」、「興掀（曉）刑賢（匣）」二組例字來作爲對比：前者爲送氣的唇清塞音〔p'-〕，後者則爲喉清擦音〔x-〕。究竟「輕重」區分聲母何種語音特徵呢？是發音部位上的殊異呢？[註27] 抑或

〔註27〕李新魁（1983：288）曾經推測"輕重"的音韻內涵，指出：「他（呂坤）所說的"輕重"，實際上包含有指聲母的發音部位在內的意思。」但在文中卻未明確說明，此一論斷的理由何在。

是發音方法上的差別？光憑這兩組例字似乎難以判定。只得從同時代的韻學論著中，試著尋找可能的答案。

金尼閣《西儒耳目資》（1626）與《交泰韻》（1603）的刊刻時間十分接近，而金尼閣以「輕」表示不送氣塞音，以「重」表示送氣塞音（詳見本文第三章）。楊秀芳（1987：336）因此認爲呂坤所謂「輕重」乃是不送氣與送氣的分別，指出：「在同一個時代裡，不同的人而有相同的用法，除了表示它已經成了一種習慣外，更可看出"輕重之分"是當時語音普遍存在的一種辨異成份。」此種觀點似乎較爲堅實可信。

總結上文所論，「陰陽」指陰聲調與陽聲調；「清濁」用以區別氣流呼出的管道，或指氣流的強弱程度；「輕重」則是辨析不送氣與送氣的差異。如此，方能順當地理解呂坤所強調的「分清濁當以輕重不當以陰陽」之眞切意涵。

五、切字新法

呂坤《交泰韻》蓋擬諸泰卦，以「天地交泰」之意象類比反切上下字之拼合。呂坤對於「反切」之法有何體認？其創製切語的基本原則爲何？對反切上下字的選用又有何種限定？而此種號稱「婦人孺子、田夫僮僕、南蠻北狄」皆能迅速掌握的切法，究竟有何具體優點？是否也存在著某些缺失？以上問題乃是下文所要論述的重點。

（一）「反切」的名義

漢語爲單音節孤立語，先民對語音的樸素感知單位爲音節。古人在缺乏音素標音符號的情況下，於是組合兩個漢字的方式來標注一個音節；而讀者解讀時，必須經過摘頭去尾、反覆磨切的工夫，方能拼合出正確的讀音。此種標音的方式，早期稱爲「反」（翻），或稱爲「切」（竊），今人則將兩字連言名之曰「反切」。「反」、「翻」、「切」、「紐」、「反切」名號雖異，但其所指稱的對象並無二致。然而呂坤卻誤以爲「反」與「切」各自代表著不同的音韻意涵，〈凡例〉「辨反切」云：

> 「反」、「切」二字有兩義，無兩用。如「東」字可謂之「德紅反」，亦可謂之「德紅切」，但其取意，不可不知。上字屬音，既審七音，又辨清濁，反復調弄於齒舌之間，故謂之「翻」翻反同，此音毫釐不可差，差則非此類字矣。故舊韻屬「翻」者，平上去入雖亂用之，

而七音清濁未嘗敢亂。下字屬聲，聲須切近，不切近則非切矣。

由以上引文可知：呂坤認爲「反」代指切語上字，而「切」則代指切語下字。後世雖仍不乏有與呂坤見解相合者，然而對此一觀點提出駁斥者爲數更多。〔註28〕

（二）反切條例

拼讀傳統切語的方式，常常必須韻圖相互配合。首先要「熟讀括歌月餘」，達到「舌與俱化」的境地，進而「依聲求字，依字定切」，並透過助紐字的輔助，方能拼讀出正確的讀音；偶有因時代變遷而造成切語與實際音讀的落差，如此則又必須藉由門法的指引，拐彎抹角、曲折迂迴，方能求得反切的確切讀法。呂坤有鑑於以往的切法過於僵化、繁瑣，且不易學習，因而根據實際語音另外創製簡明易學的新式切語。

究竟呂坤的切法有何特色？製作的具體原則爲何？可從以下幾方面加以論述：

1、上字表聲母與介音，下字表主要元音與韻尾

呂坤在《交泰韻·凡例》「辨體裁」中，闡述創製反切的基本原則，指出：

切用兩字切一字，以上字爲子，下字爲母。母一而已，子人人殊；

子定音，母定聲；子別字之七音，母會同字之一體；母者一韻之舟；

子者一韻之舵；子有清濁，母有陰陽。

呂坤所謂「子定音，母定聲」，與傳統切語所謂「上字取聲，下字取韻」的基本條例相符，即切語上字決定聲母之七音清濁，切語下字則決定主要元音和聲調。然則，值得注意的是，被切字的介音究竟是由上字決定呢？或由下字決定呢？抑或由上、下字所共同標示呢？對此，或因審音知識尚未發達所限，古代等韻學家通常沒有直接、明確的交代，研究者必須仔細分析切語用字，方能予以精確辨識。

《交泰韻》選用同韻的零聲母字爲聲頭（中古疑、影、喻、以母字），充當韻字的反切下字。表面看來，韻字的介音似乎是由反切下字所決定，但其實不

〔註28〕李元的見解與呂坤不謀而合，《音切譜》卷二云：「蓋上一字爲反，反即音，而音歸母；下一字爲切，切即韻，而韻歸於攝。」則李汝珍則對此一說法加以駁斥，《李氏音鑑》卷二：「若謂反、切爲母、韻之分，唐元（玄）度撰《九經字樣》時，因藩鎮不靖，諱反而言切，然則元度獨用韻而不用母耶？子言誤矣！」（耿振生，1992：76）

然。試觀以下「三文」韻的幾個韻字及其反切：

文陰	瘟 瘟膃	五	悟	溫屋
	鬱緼	雨允	運 御韻	瘟聿
陽	軍云	雨允	運 御運	雲鷫
文陰	昏 忽溫	渾 虎穩	混 互搵	忽 昏兀
陽	魂 鶻雲	中同昏切		鶻 魂聿

從以上的韻字及反切用字，可知：「瘟緼運鬱」與「雲隕運聿」的介音完全相同，兩者之間的對立應當只在於陰、陽調類上的殊異，故實際上「三文」韻只有兩類介音─溫（合口）、雲（撮口）。值得特別注意的是，「昏」「魂」兩字的介音相同，但呂坤卻使用介音不同的聲頭作爲切語下字。楊秀芳（1987：338）考察相關的例證來詮釋這個十分奇特的現象，指出：「如果被切字和聲頭等第不同，由上字決定被切被切字的介音。但即使聲頭和被切字同等第，若開合口呼不同，也由上字決定介音。若被切字和聲頭等呼全同，因爲呂坤總是選用與被切字同等呼的反切上字，表面看來，無所謂由上字或下字提供介音。不過我們最好也說是仍由上字提供介音，這樣可以有一個一般性的原則。這麼看來，聲頭之間雖也有介音的差異，但卻不足以代表韻母。……下字的介音似乎不起什麼作用，但呂坤仍然設置不同的聲頭，這是他顯得冗贅的地方。」

　　漢語音節的內部結構爲何？至今仍是個存有爭議的課題，尤其是介音的歸屬問題（屬聲？或屬韻？），更是課題中的焦點所在。〔註29〕包智明（1997）發現：介音在音節結構中的位置是不對稱的，搖擺於於聲、韻之間。介音的游移性不僅體現在不同方言之間，即使在同一方言之中亦是如此。〔註30〕呂坤既以

────────────

〔註29〕關於介音在漢語音節結構中的歸屬，學者提出各種不同的見解。包智明（1997：68）將各種分歧的看法歸結爲以下四種類型；（Ci 代表聲母，Gm 代表介音，V 代表主要元音，Cf 代表韻腹，R 代表 rime──韻基，Y 代表韻母，O 代表 onset──音節起首）

a.〔Ci〔Gm〔VCf〕R〕Y〕　　　　　b.〔 Ci〔〔GmV〕Cf〕Y〕

c..〔〔CiGm〕O〔VCf〕R〕　　　　　d.〔CiG〔VCf〕R〕

其中，c、d 類的介音均歸屬於聲母，其間的差別在於：c 類之介音仍是個獨立的音位；d 類的介音則是個黏著成份，直接將自身的語音徵性附加在聲母上。

〔註30〕包智明（1997）分析太原分音詞的結構特點，觀察-i-／-u-在音節結構中的不同位置：-i-屬於韻部，-u-則不屬於韻部，顯現出-i-／-u-介音在太原方言中呈現不對稱

反切上字決定被切字的介音，顯示依據呂坤的自然語感，就《交泰韻》所反映的音韻系統而言，介音與聲母之間的連繫較爲緊密，若以「魂」字的音節結構爲例，當初步地切分爲〔xu‧ən〕，或以樹形圖將各音段間的組成結構表述爲：

【圖表4－3】

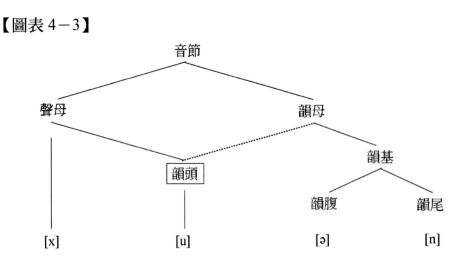

2、平、入互爲反切上字

呂坤取象比類，本諸泰卦，其將泰卦之卦象投映在切語用字的揀擇上，因而主張平、入聲之字互爲反切上字（上、去聲字的反切上字則用其本聲之字），此乃所謂「平韻用入爲子，地氣上交；入韻用平爲子，天氣下交」，如此方能與「天地交泰」的意象相應合。〈凡例〉「辨子聲」云：

> 切字之體，二字切一聲。凡平聲字，二切皆以平聲；上聲字，二切皆以上聲；去聲字，二切皆以去聲；入聲字，二切皆以入聲。此精切妥當，毫髮不爽之正聲也；而勢不能，緣字不全備，故體遂紛雜。……但取音近，不問平仄，其亂已久。予每病之，今改正，使音與聲協，一派順呼，如東字「篤翁切」，董字「堵壅切」，凍字「杜甕切」，篤字「東屋切」。平聲先急促而後悠長，故平聲以入切子。入聲先悠長而後急促，故入聲以平切子。蓋余明互平入二字以成交泰一體。至於第二字（上聲字）必用兩上，第三字（去聲字）必用兩去，則確乎其不可易也。

呂坤此一條例乃專爲平、入聲字所設，除了主觀地應合「天地交泰」的意象之

性的歸屬狀態。

外，仍有其現實因素的考量：一是，入聲字較少，「字不全備」，若堅持以入聲切入聲，則易導致「體遂紛雜」的結果。二是，著眼於反切上、下字調型、調值的協調性，平聲「先急促而後悠長」，入聲「先悠長而後急促」，兩者交錯拼切，或許在發音語流上能較爲流暢，在聽覺感知上亦較爲和諧。

3、反切上、下字之陰陽調類相同

呂坤所創製的新式切語，除了額外規定切語上字與被切字的聲調關係外，更提出反切上、下字陰陽調類相應的原則。〈凡例〉「辨母字」云：

> 陰陽之切，天地懸絕，其切一差，其字失眞。平聲，如東韻「同」字，「徒紅切」是已，而「通」字「他紅切」，是陰用陽母，仍讀如「同」矣。「通」宜改「他翁切」爲是。入聲，如「陌」韻「釋」字，「施隻」切是已，而「石」字「裳隻切」，是陽用陰母，仍讀如「釋」矣。「石」宜改「裳直切」爲是。至於「質」韻之「勿」爲陰，「拂」爲陽，而「勿」以「文拂切」，「拂」以「敷勿」切，是陰陽交錯，尤不照管。余上下兼訂，不敢分毫紊亂，審音者詳之。

《交泰韻》的聲調系統與桑紹良《青郊雜著》相符，共計分爲六個調類，「平入有陰陽，而上去無陰陽」。呂坤認爲：陰、陽調的調型差異頗爲懸殊（飄揚平順爲陰，折抑降下爲陽），而平、入聲均分陰、陽兩個次類，故在拼切平、入聲字時，反切上字、下字必須陰陽相應方爲順切。

（三）切語用字與附加記號

呂坤設立上述幾項反切條例，但如何才能具體落實、確實貫徹？必須得有相應的切語用字加以配合才行。然而，漢語畢竟無法如拼音文字般一有音即有字，若適逢有音無字之時，又當如何處置？呂坤於是創立幾項變通的法則，藉由附加符號的方式來，補苴漢字標音的先天不足。〈凡例〉「辨陰陽」云：

> 古今之有聲無字者甚多，泛常則已，如反切用一陽聲而無字，則用陰字叶陽聲；用一陰聲而無字，則用陽字叶陰聲，謂之 空聲 。……若翁○、空○、中○，則有陰無陽，如用陽字作切，則將翁空中凵音看其下，以叶陽聲。○籠、○農、○蒙，則有陽而無陰，如用陰字作切，則將籠農蒙冂音密其上，以叶陰聲，諸韻傚此。

被切字若爲陽調字，但恰巧沒有相應的陽調字可用作切語時，則取陰調字而附

加上「ㄙ」，以此權充陽調字，例如：「同，獨𠐻切」、「屯，𡕔雲切」；若被切字為陰調字，適逢相應的陰聲調字無可用作切語者，只得暫取陽聲調字而贅附「ㄙ」，以此替代陰聲字，例如：「木，𡕔屋切」、「㲉，𡕔欲切」即是。至如上、去聲字，若無同聲調之字可用作切語時，又當如何解決呢？呂坤則是以加「〇」的方式加以變通，即如〈凡例〉「辨通用」云：

> 子聲上去無字者，當讀上則〇左上角，讀去則〇右上角。所謂叶空
> 聲者，雖有疑似之音，不敢妄用一字。

呂坤廢棄繁瑣門法、改良傳統切語，對切語上字、下字的聲韻條件有更加嚴明的限定，而不再拘泥於「上字定聲、下字定韻」的模糊舊規。綜觀呂坤所訂立的反切條例，切語上字不僅止於標示被切字的聲母，同時還得擔負著決定音節介音的角色，且其聲調必須與切語下字「平入互用、陰陽相合」；切語下字則均為零聲母字，除了標示主要元音、韻尾與聲調之外，聲調同樣也要與切語上字保持著「平入互用、陰陽相合」的關係。茲以「魂，鶻雲切」為例，將切語拼切的法則與原理，表述如下（以 CMVET 代表音節中之聲母、韻頭、韻腹、韻尾、聲調；下加雙底線凸顯陰陽相合；下加波浪線彰明平入相對，陰文則表示冗贅音素）：

$$\text{CM}\underline{\text{VE-T}}\ [\text{xuʔ-陽入}]\ +\ \text{CM}\underline{\text{VE-T}}\ [\text{øyən-陽平}]\ =\ \text{CMVE-T}\ [\text{xuən-陽平}]$$

呂坤以零聲母字作為反切下字，且同一韻類只用一個固定的切語下字，較諸舊法更為簡單、明確。然而，卻也因為對於切語的聲韻規定更加嚴格，致使經常出現無字可以用作切語的窘境，呂坤除了以贅加辨音記號的方式接濟漢字之窮外，亦多取冷僻難識之字充當切語，在無形中卻造成拼讀上的困難。這是一個極為明顯的缺失，亦是漢字標音不如西儒羅馬拼音那般簡捷明晰的關鍵所在。

六、音韻系統與音變規律

隨著語言變動逐漸加劇，「口語音」與「讀書音」之間的差距也就日益明顯。身處政局動盪、經濟繁榮的晚明社會，呂坤意識到以《正韻》為代表的傳統讀書音，已經與實際口語音產生嚴重地脫節，〔註31〕從而造成學習、理解的困難

〔註31〕《交泰韻・凡例》「辨五方」云：「近代關西劉鑑作《切韻指南》、維揚章黼作《韻學集成》，苦心極力、博採深蒐，詎不精細，終不脫沿舊習心，是以切音未必明妥」。

與詩文創作不便，因而根據「口語音」重新對「讀書音」予以修訂，即如〈凡例〉「辨古今」所云：

> ……去《集成》之繁蕪，就《正韻》之簡淨，准中原之雅音，大都已成。但《正韻》之初修也，高廟召諸臣而命之，云韻學起於江左，殊失正音，須以中原雅音爲定。而諸臣自謂從雅音矣，及查《正韻》，未必盡脫江左故習，如序敘象像尚丈杏幸棒項受舅等字，俱作上聲。
>
> 此類頗多，與雅音異。萬曆中余侍玉墀，見對仗奏讀、天語傳宣皆中原雅音。今二書具在，余不敢與《正韻》牴牾，聽讀者之所從耳。

雖說《正韻》標榜著「壹以中原雅音」爲定，但此種書面語讀書音卻顯得存古、守舊，其全濁上聲仍未轉讀爲去聲，實與「對仗奏讀、天語傳宣」所使用之實際口語音有著明顯的差距。呂坤在書中一再強調：「余所收以中原之雅音爲主」（《交泰韻・凡例》「清繁碎」條），且自稱其創立的切法「以婦人孺子爲師」、「信口即是門法」，可知：《交泰韻》反映的音系並非已趨於僵化的書面語讀書音，而是當世流通層面寬廣的口語標準音。

然則，《交泰韻》所本之「中原雅音」，究竟以何地之方音爲基礎呢？在眾多方言中，何者最有資格成爲當世口語標準音？呂坤從地理位置著眼，認爲：「河洛不南不北，當天地之中，爲聲氣之萃。」是以《交泰韻》所反映的音系必是以當時河洛一帶的方言爲主體，或即爲王力（1928）所謂的「三百年前河南寧陵方音」。

《交泰韻》音系包含 20 個聲母、21 個韻部（72 韻）、6 個聲調（平入分陰陽）。茲參照楊秀芳（1987）、黃笑山（1990）、趙恩梃（1999）……等人的分析結果，將其展現所的重大音變規律羅列如下：

1. 全濁聲母清化。平聲字讀爲送氣音；仄聲字讀爲不送氣音。
2. 影、疑、喻、以合流，讀爲零聲母。
3. 微母自成一類。〔註32〕

〔註32〕《交泰韻》並未以字母來標示聲類，學者則得根據反切繫聯方能歸納出聲母系統。李新魁（1983）認定「微母」已經消失，已與影、疑、喻、以諸母相混，而讀爲零聲母。然而，根據楊秀芳（1987）與黃笑山（1990）分析的結果，顯示：「微母」並不用作聲頭，且微母字總是以微母字作爲反切上字，而微母字也不用作其他聲母的反切上字。可見在《交泰韻》的音系中，「微母」依然獨立，其音

4. 雙唇鼻音尾〔-m〕已轉化為〔-n〕

5. 入聲兼配陰陽，韻尾當已弱化為喉塞音〔-ʔ〕。

6. 平聲、入聲各分化出陰、陽二類。

第三節　袁子讓《字學元元》

一、作者的生平與編撰動機

　　袁子讓，字仔肩，號七十一峰主人，湖南郴州人。萬曆二十九年（1601）進士，受嘉定知州，轉知眉州，官至兵部員外郎。精於等韻學理，著有《字學元元》、《香海棠集》。

　　《字學元元》十卷（或題為《五先堂字學元元》），刊刻於萬曆三十一年（1603）。袁子讓於《字學元元・自序》中，敘述其研習等韻學的進程及編撰此書的經過，指出：

> 予生十歲，即常以書中切腳二字，反覆求之，亦悟為上審牙舌唇齒喉，下審平上去入，率意試之，十中其五，然不知等之有母也，亦未知押之有韻也。十五歲乃得詩韻，盡叶其聲，始知下有分韻。繼得古《四聲等子》，盡概其切，始知上有分母，依法試之，十中其七。及遊曾植翁老師之門，竊其謦唾，乃得解門法鑰匙，盡錯綜變化之神，是時于切腳始十試而十中。又既而觀《皇極經世》，閱天聲地音唱和之妙，抑又進于字焉。日編月摩，集所見以刻成書。

所謂的「古《四聲等子》」〔註33〕與邵雍《皇極經世・聲音唱和圖》，在袁子讓摸索等韻學的歷程中，皆曾扮演過重要的角色，並且對其等韻學理的成型有著決定性的作用。在《字學元元》一書中，袁子讓以《四聲等子》的歌訣、二十

　　值當可擬為〔v-〕。

〔註33〕由於《四聲等子》與劉鑑《切韻指南》均源自於韓道昭《改併五音集韻》，（甯繼福，1994）故兩者內容頗為近似。袁子讓《字學元元》收錄〈古《四聲等子》二十四攝圖〉，然而其所謂的「古《四聲等子》」分成二十四圖，且每圖首行皆先標攝名、內外轉次、開合或獨韻，又以廣通侷狹諸門分記其下，韻圖分圖與形制顯然與現存《四聲等子》不盡相同，反倒是與劉鑑《切韻指南》相契合。是以，耿振生（1990：36）斷定：袁子讓將《切韻指南》誤植為《四聲等子》。

四攝圖與等韻門法作爲論述的主軸，並不時援引邵雍《皇極經世》的音學理論來詮釋語音現象，《四聲等子》與《皇極經世》彼此驗證、相互闡發，經緯交錯而撰成此書。各卷內容及其編排次序，恰與作者對等韻學的認知進階相呼應，是以《字學元元》不僅可視爲袁子讓探索等韻學的學習紀錄，亦是其多年苦心鑽研韻學所累聚的結晶。

　　爲何袁子讓將此書命名爲《字學元元》？書名本身是否即潛藏著某種深層的意涵呢？究竟編撰此書的確切用意何在呢？從袁子讓《字學元元・自序》的自我剖析中，當可略知一二：

> 天地有元聲元音，不能自聲其妙，而人實代之。……字學之誤，誤在失其元，而以己見成其是。夫吾之有聲，已恐不能得天下之無聲，況益以吾之有心，安能得天下之無心乎？元者天地之心，所謂無心者也。予作是《元元》正見其無心之心，以宣其無心之體。……合計一書之中，有定其是者，扶其元也；有辯其眞者，窮其元也；有發其隱者，藏其元也；有正其訛者，清其元也。元既如是，予亦如如是，而予元無心也。使此書而得傳，或可爲字學正印，而于後學其有裨乎！或有執是書而訊予者，曰：「國朝《正韻》于子有合耶？」予應之曰：「元魂之分，東冬、清青之合，非先得我心乎，是集調元者也，而《正韻》固體元者也」。

〔東漢〕班固（32～92）《漢書・敘傳下》：「元元本本，數始於一。」袁子讓之《字學元元》蓋取諸「元元本本」之義，冀能藉由此書以扶助、窮究、匡正天地本然之元聲元音。由是可知，袁子讓編撰《字學元元》不單只是爲了闡發等韻學理論、梳理等韻門法，其中更內藏著一個深遠、崇高的企圖—窮竟聲韻的初始本源，故〔明〕王毓宗在序文中盛讚此書曰：「總要舉凡，務推其元，燦然足以觀本始矣。」

　　然則，如何能夠追溯聲韻的本源呢？所謂「千里之行，始於足下」，欲探究天地元聲當以何者作爲基點？又當從哪一條路徑切入？就韻圖框架而論，袁子讓以《四聲等子》爲本，嘗言：「夫《四聲等子》分母辨等，字學之神聖也」；若就音韻系統而言，主張當以《正韻》所反映的書面語讀書音爲主體，此其所謂「《正韻》體元者也」；至於欲闡釋語音生成、演化的過程，則是必須以邵雍

《皇極經世》的象數學理論爲最終的依歸，蓋因「《易》所謂萬物之數也，而字學不出其範圍」。因此，根據袁子讓的韻學論點，《四聲等子》、《洪武正韻》與《皇極經世》三條軸線所共同會聚的焦點，當即是「天地元聲」之所在；至於現實語音中，存在某些背離「天地元聲」的現象，袁子讓則將之歸爲「方語謬呼」或「世俗誤讀」……等人爲因素所產生的謬誤。〔註34〕

二、論《字學元元》及其音韻分析

（一）《字學元元》之全書大要

《字學元元》是一部韻學雜著，書中所收錄的內容雖是以等韻學爲主體，但亦旁涉六書、方言……等相關論題。袁子讓《字學元元·自序》大致交代全書撰寫大要，指出：

> 是故即指南等子而發揮訂正之，歌例每段之後，以愚意附焉。等子之後，註十三門法繼焉，門法有格子，以愚見表章附焉。門法外不盡之例，以愚臆補足附焉。等子一聲一子，苦不見其全，予全編其子以附焉。古人六書之概，邵子聲音之圖，不可令學者不知，則并錄之，而以一班之見附焉。華嚴字母及釋談調音，摠之等子之學，則附載之而以愚解附焉。

袁子讓《字學元元》蓋以詮釋《切韻指南》之二十四攝圖爲主體，全書環繞著以下幾個論題而展開：

1. 因見於等子歌訣隱晦難明，故於每則歌例之後反復加以申辨之，務使達成「義難了者爲之析其理，例或謬者爲之正其差，法未備者爲之補其短。」（見卷一〈題首〉）

2. 又因「門法爲所以盡切韻之變」，遂取十三門法與「玄關歌訣」重新註解，並增補若干新的門例，反復申言，俾使學者洞悉切字之法。

3. 有鑑於門法苛細、名目繁雜，僅憑文字論述則恐學者未能確切知曉出

〔註34〕袁子讓心中懸掛著一個「正音」標準（即其所謂「天地元聲」），且對語言的歷時演化缺乏正確的認知，故凡與「正音」不合者則被視爲「謬音」，當予以刊正。《字學元元》卷八題首云：「知韻而不知切則有失母之訛；知切而不知韻則有倍父之差。兼之方語之謬呼，字聲愈失其正；益以俗學之誤讀，字韻更離其眞……雖不敢白眼藝林，然文字之差，日復一日，其流之弊將使智愚同暗，則不敢不爲之一訂也。」

切、行韻之法，遂另立「格子門法」，藉由圖解方式申明門法用例。

4. 又因等子每一格位皆僅實入一字，如此以一字概括同音之字，恐學者不見其全，故令編〈子母全編〉以增收同音之字。

5. 以「《經世圖》與等子互相闡明天地之聲音，其妙同歸於一」，（卷八〈經世圖與等子同異論〉）遂取邵雍、蔡沈「天聲地音、聲音倡和」之論作為解釋音韻現象的依據。

6. 等韻之學源自於釋家，遂取華嚴四十二字母與釋談章（悉曇章），故附之於篇末作為三十六母、二十四攝之翼，以盡參伍之妙；此外，又改造華嚴字倡之圖，而另撰〈增字學上下開合圖〉，使人讀之可盡上下開合之分。

下文即針對上述各項論題展開疏解，首先闡明袁子讓對於音韻結構的分析方式；其次，介紹袁子讓所收錄或編製的幾個具代表性的韻圖，並剖析韻圖的形制與體例；此外，論述《字學元元》對等韻門法所作的梳理與增補。如此，或可大致勾勒出《字學元元》等韻理論的整體樣貌。至於書中摻雜著若干六書、字形、點畫……等與漢字形體、書寫應用相關的論題，則因與本文主題無關，暫且不予討論。

（二）《字學元元》對音韻結構的分析

袁子讓於卷首〈十六辨題首〉云：「古四聲等子前人皆衍有歌訣，然亦多錯訛。夫歌訣所以括等子之妙，而顧自訛之，是反增等子一障也。故予干每歌一闋後，以一辨申之」。袁子讓欲掃除歌訣晦澀、訛謬之弊，特意於每一歌訣之後皆以一辨申之，或譜新圖、或引例證，藉以闡明歌訣的音韻內涵，總成「十六辨」，此中透顯著袁子讓對於音韻分析的主張。以下茲從聲母、介音、聲調三方面加以論述：

1、聲母的分析——清濁、呼吸

《字學元元》仍維持著中古三十六字母，與同時期的等韻論著相比，顯得極為守舊、存古。袁子讓在卷首所附之「本切辨」、「分音辨」、「分調辨」、「分清濁辨」中，從不同的角度來分析聲母的類別，並以之與「五音」「五行」「四季」……等沾染象數色彩的概念相比附。茲將三十六聲母之歸類情形與配伍關係表列如下：

【圖表4-4】

	獨清	分清	分濁	獨濁	五音	五行	四季	七音
牙	見	溪	群	疑	角	木	春	牙
舌頭	端	透	定	泥	徵	火	夏	舌
舌上	知	徹	澄	娘				
重唇	幫	滂	並	明	宮	土	中	唇
輕唇	非	敷	奉	微				
齒頭	精	清、心	從、邪		商	金	秋	齒
正齒	照	穿、審	床、禪					
喉		曉、影	匣、喻		羽	水	冬	喉
半舌				來	半徵	半火	半夏	半舌
半齒				日	半商	半金	半秋	半齒

　　上表中，值得留意的是：袁子讓以五音動靜來解釋聲母清濁，〔註35〕捨棄「全清」、「次清」「全濁」、「次濁」的歸類模式，而改以「獨清」（不送氣清音）「分清」（送氣清音與清擦音）「分濁」（濁塞音、濁塞擦音與濁擦音）「獨濁」（鼻音與流音）來分辨聲母的發音方式。然而對於當時應已失落為零聲母的「影喻」二母，是否仍應分別歸於「分清」與「分濁」呢？對此袁子讓顯然有所疑惑而不甚確定，故云：「至于"喻"與"影"分清濁，尤非七母之例也，此愚戀之見不敢執以為是，故並存原歌以俟達者。」

　　表中聲類排列次序，為何以「獨清」居首呢？袁子讓從幼兒語音的發展歷程立論，指出：「人之初音發必清，故從純清者起，故見等為各音之首。即兒語間有先呼"妳"呼"媽"者，雖在濁音，必以清聲呼之，試以較五方，決無異同者。」（卷一〈七音起元辨〉）至於各音中聲母數量何以多寡不等呢？韻圖之中或多或少都會存在著某些空格，造成音系結構不對稱的現象；而韻圖空格形成的原因，或因發音生理的限制、或因語音歷時演變的結果。袁子讓不知此中的道理，故只能以「此其妙難言矣！七音之中多寡本于天籟，不可人為」（卷一〈七音中母數辨〉）來加以搪塞。

―――――――――

〔註35〕《字學元元》卷一「三十六母清濁」云：「五音有動靜則有清濁。靜則極清，如：見端幫知非是也；動則有清有濁，如：溪群透定徹澄滂並敷奉是也；還靜則獨濁，如：疑泥孃明微是也。此天然之妙，不容增減者。」

　　〔明〕趙宧光（1559～1625）曾依送氣與否將聲母分爲呼、吸兩類，《悉曇經傳》云：「呼吸者，出入息分也。如公空頯峴四字，公峴不出息屬吸，空頯出息屬呼」。袁子讓亦別出心裁，而將聲母區分「呼」「吸」二類。《字學元元》卷一「三十六母呼吸」云：

> 字音有呼吸之分，從何而辨？凡音舒氣而出者皆屬于「呼」；飲氣而入者皆屬于「吸」，即前清濁論中所言動靜是也。……牙舌唇音中，見端知幫非等母每四母，首一母皆司「吸」，中二母皆司「呼」，末母又皆司「吸」。齒音中精照等母，每五母首一母皆司「吸」，餘四母皆司「呼」。喉音中曉匣四母，首二母司「呼」，次二母司「吸」。半舌音來母司「呼」，半齒音日母司「吸」。試口讀而心會之，自當不爽，此呼吸之定論也。

觀察上述引文中所舉之類例，可知：所謂「呼」乃是指送氣音，而「吸」則是指不送氣音，但尤其值得注意的是：《字學元元》將「分濁」類聲母歸屬於「呼」。眾所周知，在中古三十六字母中，全濁聲母本無送氣、不送氣的對立，今日學者多將中古全濁聲母的音值擬爲不送氣音，〔註36〕然則若是依照袁子讓的歸類，則全濁聲母的音值似乎應當擬爲送氣音。

　　2、介音的分析——上、下二等

　　袁子讓消化了邵雍《皇極經世》以開發收閉區分四等的方法，轉而驗諸於唇吻之間，根據實際語音而主張將開發收閉歸併爲上、下二等，即如《字學元元》卷一「一百五十二音開發收閉」所云：「予以意分四等爲上下等，開發摠謂之上等，收閉摠謂之下等。」在「讀上下等法辨」中，袁子讓則更細緻地描摹上、下二等的音質及其發音方式，指出：

> 等子雖列四，細玩之：上二等開發相近，下二等收閉相近，須分上下等讀之。讀上等之字，無論牙舌唇齒喉皆居口舌之中，蓋開發之等其聲似宏，故居口中。下等之字，無論牙舌唇齒喉皆居口舌之杪，蓋收閉之等其聲似斂，故居口杪便是下等。如根干上也，以「根」「干」讀向口杪則爲「巾」「兼」。

〔註36〕關於中古全濁聲母是否送氣？學者對於全濁聲母音值的擬測有何異同？竺家寧（1992：301～304）已有詳盡的論述，學者可自行參閱，茲不贅言。

所謂「居口中」，即為不帶〔-i-〕介音的洪音字，在早期韻圖中此類字大多列在一、二等位置；而所謂「居口杪」，則是指帶有〔-i-〕介音的細音字，諸字在早期韻圖中則多居處於三、四等的格位。

元明以降，早期韻圖所展現的二呼四等格局已逐漸泯滅；明清之際，人們日常口語已無法確切地區分一等與二等、三等與四等間的界限，是以等韻學家紛紛捨棄舊時的韻圖格局，而改制成二等四呼的架構，如此方能恰切地體現音韻結構的實際樣貌。《字學元元》雖然具有濃厚的存古色彩，但亦不能過度地背離現實，是以袁子讓根據實際音讀，順應韻學發展的潮流，因而倡議將開發收閉四等歸併為上、下二等。

3、聲調的分析——以琴音測定調值

聲調實質上是一種聲音長短、高低、曲降的複合變化，古人對於聲調高低、頓挫已能有所體悟，但從物理學角度來闡發聲調的本質，則得遲至二十世紀初期。劉復（1891～1934）於1924年時，首次以實驗語音學的方法證明聲調是由於「音的高低」（pitch）所造成的，至此方才真正揭露造成聲調差異的關鍵乃是決定於音節中響音頻率的變化。

聲調是由響音頻率變化所形成超音段成份，附加於音段結構之上而產生連續性的高低變化，與佔有一定時間格的音段成份不同。古人對聲調的特質雖尚未能有精確地認知，但許多樂曲家在實際創作過程中，隱約地體悟到歌曲旋律與字調之間的關聯性，因而在創作歌曲時力求樂律與字調間的相互調和，〔清〕徐大椿（1693～1771）《樂府傳聲》有云：「曲之工不工，唱者居其半，而作曲者居其半也。曲盡合調而唱者違之，其咎在唱者；曲不合調，則使唱者依調而非其字，依字而非其調，勢必改讀字音、遷就其聲以合調，則調雖是而字面不真。」（游汝杰，1987：289）正因樂律與字調有著相同的物理基礎—音高變化，再加上古人普遍存有「聲律同源」的思維定勢，是故與樂律相關的知識與術語，自然也就成為歷代等韻學家絕佳的資借對象，致使傳統等韻學術語多數與樂律有著或近或遠的關係。

然則，前人無精確標調符號可資運用，如何能辨析聲調的不同呢？又如何描寫聲調的差異呢？只得借用漢字來標記聲調，或以文字描寫聲調的聽覺感受，即如釋真空《玉鑰匙歌訣》所載：「平聲平道莫低昂，上聲高呼猛烈強；去

聲分明哀遠道，入聲短促急收藏。」（袁子讓稱之爲「指南四聲歌」）明清士人行文押韻多以此歌訣作爲辨析四聲調值的準則，袁子讓則是認爲：此一四聲歌訣爲劉鑑根據關中方音所作，與其口語音讀之調值不盡相合，故擬先詮解平上去入之字義內涵，而後再依琴律驗證各調之實際調值。《字學元元》卷一「四聲平上去入辯」，云：

> 平者，優柔平中之謂，其聲在不高不下之間；上者，上于平也，平
> 已和矣，上于平則其聲柔遲而近老；去者，有急行之義，其聲急動
> 則促矣；入者，從急入緩之義，其聲次于上而近于平，此濁平所以
> 類入也。大概平聲鏗鏘，上聲蒼老，去聲脆嫩，入聲直樸。說者謂
> 平聲似鍾，上聲似鼓，去聲似磬，入聲似柷，其理近是。嘗試以琴
> 音驗之，從中弦鼓，便作平聲；從老弦舒遲者鼓，便作上聲；從子
> 弦急動者鼓，便作去聲；從老弦、中弦之間鼓，便作入聲。豈非平
> 中、上老、去嫩而入急乎？四聲之分，當以此爲定論矣！

在趙元任「五點制標調法」尚未發明之前，前人多取調類相應之漢字權充標調符號，諸如「天子聖哲」、「平上去入」……等。然而，漢字同時承載著字音與字義，並非專爲標示調值所特別設計的符號，是故人們經常望文生義而失卻其真正所指—調值。袁子讓對於調值的詮釋亦不免受到字義的干擾，爲求能切合平上去入的字面意義，甚至不惜使用許多迂迴曲折的譬喻，穿鑿、引申而流於牽強附會。除此之外，袁子讓又以琴聲來驗證調值的高低，這稱得上是一項有意義的創舉，顯示其已領悟到音階與聲調同是由於聲波頻率高低所產生的區別。

三、韻圖形制與編排體例

　　袁子讓《字學元元》收錄或編製多種韻圖，根據韻圖所體現的等韻理論，可將各圖概分爲三個支系：

1. 拼讀反切的音表——〈古《四聲等子》二十四攝圖〉、〈子母全編二十二攝〉。

2. 雜糅象數的圖式——〈經世三十二圖〉、〈總括聲音二十二圖〉。

3. 釋家轉唱的圖表——〈華嚴字母四十二唱圖〉、〈釋談三十七字圖〉、〈增字學上下開合圖〉。

以下即從上列各支系中，選取具有代表性的韻圖作爲考察對象，剖析韻圖

的形制與體例，藉以管窺袁子讓等韻理論的整體樣貌。

（一）〈子母全編二十二攝〉

　　元明韻圖多與韻書、字書相輔而行，韻圖中的每個格位的字均代表書中的一組同音字。然而，隨著韻圖功能不斷地拓展，韻圖也逐漸擺脫附庸的地位而單獨成帙，此時一格一字的舊有模式似乎已難滿足實際運用的需要，袁子讓有鑑於此，遂逐將同音字組置於同一格位中，從而編撰出一部沾染韻書色彩的韻圖，命之爲〈子母全編〉。《字學元元》卷六「子母全編題首」論述韻圖的編撰動機，指出：

> 等子以母攝子，平上去入各一聲，然一聲僅一字爾。夫字有數十而同一聲者，可一字盡乎？不編其全而僅一字，則不在等子中之字，誰得而辨之，是故以虞繫余、以衫繫三。……予校訂其韻而全編之，使人知某類字皆屬某母；知某類字似某母下而實非某母，在古韻切腳二字，猶有謬用。

〈子母全編〉分爲二十二攝圖，每圖橫列三十六字母，各母之下則又依上開（開口）、上合（合口）、下開（齊齒）、下合（撮口）四呼，而分出二至四欄，並以贅加 "ㄩ"（開）、"ᐱ"（合）符號之小母（聲介合符）標示之；韻圖縱分平、上、去、入四列，其中入聲字兼配陰陽。（參見本文【附錄書影 16－2】p.403）如此，則可在縱橫交錯的表格中填入同音字組，若同一韻攝兼容兩韻之字者則上標 "○"、"、" 以別之，例如：通攝之「通°」字（東韻）與「農、」字（多韻）、「馮°」（東韻）與「封、」（鍾韻）。

　　就聲母分類而言，〈子母全編〉將三十六字母（大母）與不同介音結合，總成一百一十九小母（參見本文【附錄書影 16－1】p.402），且將小母置於大母之下、韻字之上，用以區分韻字之闓翕上下。《字學元元》在卷六「子母全編題首」云：

> 此編直頂本母（按：字母），直從首子（按：韻字）；豎求知切，橫查知韻。而一母數切者，又分母中之小母，于母下子上各冠一字以別之。索古切腳者，清濁在母或誤索之韻；闓翕在韻或誤索之母，上下在等或又誤索之切，此分母一字，固根母而辨其清濁也，并代韻而辨其闓翕上下也，其于切腳二字，不尤捷徑哉。

袁子讓堅信「《正韻》爲體元者」，因此特意將《切韻指南》二十四攝圖歸併爲
二十二攝圖，以求迎合《洪武正韻》之韻數，但韻攝內容則互有出入。茲將〈子
母全編〉與《切韻指南》、《正韻》在韻部上的分合關係表列如下：

【圖表4－5】

	轉次	門法	廣韻	切韻指南	洪武正韻
01.通攝	內一	侷門	東、冬、鍾	通攝	東
02.江攝	外一	侷門	江	江攝	陽
03.止攝	內二		脂（支、之）、微	止攝	支
04.遇攝	內三	侷門	魚、虞	遇攝	魚
05.模攝	內三	侷門	模		模
06.齊攝	外二	廣門	齊	蟹攝	齊
07.蟹攝	外二	廣門	皆（佳）、哈、灰		皆、灰
08.臻攝	外三	通門	眞（臻）、諄	臻攝	眞
09.吻攝	外三	通門	殷、文、痕、魂		
10.山攝	外四	廣門	寒、桓、山（刪）	山攝	寒、刪
11.天攝	外四	廣門	元、仙（先）		先
12.宵攝	外五	廣門	宵（蕭）	效攝	蕭
13.幣攝	外五	廣門	豪、肴		爻
14.果攝	內四	狹門	歌、戈	果攝	歌
15.假攝	外六	狹門	麻	假攝	麻、遮
16.宕攝	內五	侷門	陽、唐	宕攝	陽
17.梗攝	外七	廣門	庚（耕）、清、青	梗攝	庚
18.曾攝	內六	侷門	登、蒸	曾攝	
19.流攝	內七	侷門	尤、侯	流攝	尤
20.深攝	內八	狹門	侵	深攝	侵
21.鹽攝	外八	狹門	鹽（嚴、添）	咸攝	鹽
22.咸攝	外八	狹門	覃（談）、咸（銜）、凡		覃

從上表可明顯看出：〈子母全編〉之分韻標準參差不一，或依《切韻指南》─
曾梗分立、眞吻分立、尚未從麻攝分出遮韻；或尊《洪武正韻》─從遇攝分出
模攝、從蟹攝分出齊攝、從效攝分出宵攝、從山攝分出天攝。是以，趙蔭棠（1957：
152）評述曰：「這二十二攝的數目雖與《洪武正韻》的韻目相同，而實質有異。
既不採時音，復不尊守《等子》，故作成非驢非馬的東西。」

　　至於界定「內外轉」與「通廣侷狹」的標準，《字學元元》大致上與《切韻指南》相近，均是以牙舌唇喉音是否具有二等字來區分內轉、外轉，而以四等字的多寡來辨析通廣與侷狹。〔註37〕但較特別的是，袁子讓企圖更進一步解釋「內外轉」命名的理據，指出：

> 以二等字限於照一內，故謂之內；字浮於照一外，故謂之外，此其
>
> 義也。或爲二等發聲，發者爲外，故照一切二謂之外；三等收聲，
>
> 收者爲內，故照一切三謂之內，其說亦通。

袁子讓對於「內轉」、「外轉」之內在理據爲何？仍顯得猶疑未決。其實時至今日，音韻學者對於此一課題仍然在持續地探索中，如：羅常培（1933）、薛鳳生（1985）、李新魁（1986）、俞光中（1986）、王健庵（1989）、陳振寰（1991）……等均撰專文加以探討。學者或從韻圖列字入手、或從發音生理切入、或從語音歷時演變著眼，由於各家所關注的焦點有異，是以意見顯得紛紜雜遝，迄今尚未能獲致確切不移的解答。

（二）〈經世三十二圖〉與〈總括聲音二十二圖〉

　　袁子讓《字學元元》旨在透過韻圖以追溯「天地元聲元音」，嘗云：「天聲地音，倡和相生，洩兩儀之祕，盡萬物之數，具在邵、蔡諸儒論中。」（卷九「聲音析別膚論」）是以袁子讓經常援引邵雍、蔡沈的象數之學，作爲闡釋音韻現象理論依據，更於篇中特別附載了〈經世三十二圖〉與〈總括聲音二十二圖〉二圖，俾使能與等子相互闡發，以窮竟天地之元聲元音。在《字學元元》卷九「經世三十二圖題首」論述附載二圖的動機：

> 邵康節作《皇極經世》其七之十，則以陰陽剛柔之數窮律呂聲音之變，
>
> 以律呂聲音之變窮動植飛走之數，《易》所謂萬物之數也，而字學不
>
> 出其範圍。其聲分日月星辰者，即平上去入也；其音分水火土石者，
>
> 即開發收閉也。聲爲律，即韻也，即等子中所分二十四攝是也；音爲

〔註37〕何謂「內外轉」呢？《字學元元》卷一「十六轉內外」指出：「其爲之內外者，皆以第二等字分。二等牙舌唇喉下無字，惟照一有字者，謂爲之內轉；二等牙舌唇喉音下皆有字，不獨照一有者，謂之外轉」。如何區分「通廣侷狹」？《字學元元》卷一「二十四攝通廣侷狹」云：「通廣侷狹門以第四等分之，止臻蟹山效梗六攝四等字多，謂之通廣；通遇宕曾假尤咸深八攝四等字少，謂之侷狹。此通廣與侷狹之辨也」。

呂，即切也，即等子中所押三十六字母是也。以律之一百一十二爲唱，
以呂之一百五十二爲和，倡和相因，一萬七千二十四聲所由生矣。平
上去入各四圖，開發收閉各四圖，共三十二圖。聲音上下唱和之象皆
本邵氏圖。又按蔡子之圖，取十聲爲十圖，十二音爲十二圖。

〈經世三十二圖〉（又稱〈經世四象體用之數圖〉）仿《皇極經世》之體例，分
爲天聲、地音，兩者相互唱合而諸字生焉。其中「天聲」（韻母）部分先依聲調
分爲「平上去入」四類，各類分別取「日月星辰」與「闢翕」相配而總成十六
圖，以平聲爲例則有：「日日聲平闢」、「日月聲平翕」、「日星聲平闢」、「日辰聲
平翕」四圖。「地音」（聲母）部分則是先依「開發收閉」分爲四類，各類又分
別取「水火土石」與「清濁」相配而總成十六圖，以開音爲例則有：「水水音開
清」、「水火音開濁」、「水土音開清」、「水石音開濁」。合天聲地音相互唱合之數，
總計分爲三十二圖。

〈總括聲音二十二圖〉則與邵雍《皇極經世・聲音唱合圖》大體相似。然
而，袁子讓爲使〈總括聲音二十二圖〉得以與等子相互對比、參照，特意於十
「天聲」之下註明各韻類在等子中相應的圖攝、開合；又於十二「地音」之下
標示各聲類在等子中所歸屬之字母、清濁。

等子爲拼讀反切的字表，而〈經世圖〉則是雜糅象數的圖式，兩者性質、
功用不同，則其所反映的音系自然也會有所差異。《字學元元》卷九「經世圖與
等子異同」云：「經世圖與等子互相闡明天地之聲音，其妙同歸於一。然其中有
不同者，雖非大相逕庭，亦小有此彼矣。」究竟〈經世圖〉與等子的同異之處
何在？茲依袁子讓所論，將二圖之異同表列如下：

【圖表 4－6】

	等子		經世圖	
	內外八轉	36 字母	聲（韻母）	音（聲母）
同	聲分平上去入，別以開合	分等爲一二三四，各有清濁之司	分日月星辰，別以闢翕	分開發收閉，各有清濁之屬
異	1.效流通遇四攝無開合。 2.齊韻附蟹攝；曾梗分二攝	1.「爻」－匣母、「士」－床母、「辰」－禪母 2.全濁聲母與次清對分	1.效流通遇四攝均分闢翕。 2.齊韻同止聲；曾梗同一聲	1.「爻」－喻母、「士」－禪母、「辰」－床母 2.全濁聲母與全清對分

（三）〈增字學上下開合圖〉

等子原本出自佛家之手，明代釋子更是熱衷等韻之學，〔清〕劉獻廷（1649～1695）《廣陽雜記》卷三記述曰：「當明代中葉，等韻之學盛於世。北京衍法五臺、西蜀峨眉、中州伏牛、南海普陀，皆有韻主和尚（按：即專職音韻教師），純以唱韻開悟學者。學者目參禪爲大悟門，等韻爲小悟門。」是以袁子讓因取華嚴四十二字母圖、釋談章三十七字圖附之於篇末，以敷證等韻學理而盡參伍之妙，此即其所謂：「《華嚴經》四十二唱直下轉聲而不轉音，味之當得做切之理；橫輪轉音而不轉聲，味之當得押韻之妙。蓋與等子相表裡者。」

然則，華嚴字母圖雖能切中等子聲韻拼合之原理，但圖中所列各字均爲開口字，實不足以盡字切之辨，於是袁子讓仿其體例而另撰〈增字學上下開合圖〉。《字學元元》卷十「總括聲音清濁闢翕上下圖說」論述韻圖編撰的動機，指出：

> 華嚴字唱有開無合，不足以盡字切之辨；而上下互相承用，不足以明各等之倫。觀之者縱能別音中之母，恐亦不能析母中之音也。故子作是圖，即師其意而詳別之，……使人讀之可得其上下開合之分，而無溷音，復無缺音。

〈增字學上下開合圖〉依照介音的不同而分爲四圖，依序爲：〈上開十二字唱圖〉、〈下開十二字唱圖〉、〈上合十字唱圖〉、〈下合十字唱圖〉，各圖橫列三十六字母，縱分 10 或 12 個平聲韻部，韻圖形制與梵音十二轉圖相仿。（參見本文【附錄書影 16－3】p.404）茲將圖中分立的 15 個韻部羅列如下：

【圖表 4－7】

01.眞諄殷文痕魂	02.寒桓山仙元	03.東冬鍾	04.江
05.脂齊微	06.魚虞模	07.佳咍灰	08.宵肴豪
09.歌戈	10.麻	11.陽唐（江）	12.庚清青登蒸
13.尤侯	14.侵	15.鹽覃咸	

值得注意的是，某些韻部只出現在特定的字圖中，如：「侵」韻只見於〈下開十二字唱圖〉；而「江」韻多已與「陽唐」韻相併，唯有在〈下合十字唱圖〉中仍自成一韻。

四、格子門法與韻圖列字歸等的法則

韻圖本是拼讀反切辨明音值的音節總表，學者本持著「依切求字、依字

定音」的基本原則，先依切語上字之七音清濁，確立聲類所對應的字母，再查出切語下字所歸屬之圖攝、韻等，如此依字母而直下、就韻等而橫推，即可在縱橫交錯的韻圖中，交集出切語所標指的韻字一釋音字；倘若釋音字爲艱僻難識之字，則又可在同一轉圖所屬之四聲內，任取一易知之字，用橫呼調聲母或直呼調四聲的方式，拼讀出正確的字音。然則，反切非一時一地之人所創，加上語音隨時空轉移而不斷變易，故不免會有許多不合正例（音和）的「類隔切」，如何在韻圖的眾多格位中，找到「類隔切」所標指的釋音字呢？韻圖編撰者常於基本的列字法則外，另外增設許多變通條例，「門法」於是生焉。

　　門法原本是幫助士人拼讀反切的訣竅，常是隨著舊時切語與實際語音的差距逐漸擴大而日益滋衍，發展至袁子讓之手，名目更加顯得細瑣繁多。袁子讓《字學元元》除了梳理劉鑑之十三門法、釐正〈玄關歌訣〉之外，更將十三門法增衍爲四十八類，《四庫提要》評述曰：「是編因劉鑑《切韻指南》所載音和、類隔二十門（按：二十門法當爲眞空所增補），出切行韻參差不一，其取字有憑切者、有憑韻者，學者多所繆轕，因爲疏明使有條理。又廣等子門法爲四十八類，較《玉鑰匙》《貫珠集》諸書頗爲分明。」

　　爲使紛繁的門法能夠更加鮮明易知，袁子讓特意以圖解方式來標示出切、行韻的情形，並且冠上圖說以闡明各類門法之要旨，此種圖解式的門法即通稱爲「格子門法」。《字學元元》卷四「格子門法題首」中，袁子讓說明「格子門法」的優點：

　　　　格子門法所以圖列十三門，使門以內不迷；而又補足十三門，使門

　　　　以外不缺也。畫而鮮之，令人一見而可得門路。如：何母出切？何

　　　　等行韻？何處取字？若取之切母之下、韻等之中，則知其爲音和；

　　　　如但取之行韻而或離其母，則知其爲隔韻；如切下無字而求之他

　　　　母，則知其爲借切；如韻等無字而求之他等，則知其爲借韻；非門

　　　　法之常者，則知其爲外例。按圖一索，捷徑了然。此後人立格子門

　　　　法，謂爲字海之渡筏，迷渡者所宜先求而細玩之也。

較之於傳統門法之繁雜難醒，「格子門法」顯得簡省易解多了。職是之故，後世學者討論韻圖列字分等的法則，不乏有與「格子門法」通同者，即透過圖

解方式來指引切語的拼讀，例如：方中履《切字釋疑》即曾仿勾股之例，橫排七音而以甲乙丙丁配其直下四大格，撰成〈舊譜作甲乙丙丁新格圖〉，其原理與「格子門法」相同。

「門法」非但是導引士人正確拼讀切語的指南，亦是今人探索古代韻圖列字歸等的門徑。 "等" 的音韻內涵為何？前人究竟是根據 "等" 的概念來列字呢？或者是因為韻圖排列而形成 "等" 的概念？這些問題是等韻學最基本的問題，也是最具有爭議性的問題。〔註38〕韻圖根據切語「上字定聲、下字定韻」的通則來列字歸等，當切語上字、下字之等第相合時，自是暢然無礙；若遇切語上字、下字等第不合時，韻圖列字歸等是「憑切」呢？抑或「憑韻」呢？恐怕就有所爭議了。

觀察袁子讓所闡述的諸項門法，多數是針對切語上、下字因等第不合（主要是洪細有別）而在列字歸等上造成齟齬所設的。門法之中既有「憑切」列字者，如：窠切（「知3搖4」切「朝3」。下標數字表示「等」，下同）、振救（「私4兆3」切「小4」）、正音憑切（「側2鳩3」切「鄒2」）、寄韻憑切（「昌3來1」切「犓3」）、喻下憑切（「餘4招2，3」切「遙4」）、就形（「許3戈1」切「靴3」）……等；亦不乏「憑韻」列字者，如：精照互用（「士2姤1」切「鰤1」）、輕重交互（「方3典4」切「褊4」）、端等類隔（「都1，4江2」切「樁2，3」）……，韻圖列字「憑切」或「憑韻」彷彿無標準可循而呈現無序的混沌狀態。李新魁（1983：155）則認為門法之中以「憑切」占絕大多數，

〔註38〕 以往學者大多認定韻圖是依照著「等」的概念所編製成的，至於「等」的實際內涵為何？則多引用〔清〕江永「一等洪大，二等次大，三四皆細，四等尤細」的說法，認為不同的「等」代表著介音或主要元音的差異。史存直（1997：309）卻持不同的看法：「"等" 到底是否只和 "韻" 有關而和 "聲" 無關呢？老實說，並不是的。"等" 不僅和 "韻" 有關和 "聲"（紐）也有關。……它並不是 "聲"（紐）和 "韻" 的機械拼合，而是韻圖製定者考慮了所有的切語，找出它們的配合關係，製出圖後才看出的。」潘文國（1997：50）亦認為「等」的概念在編製韻圖之前並不存在，而是由後人以倒因為果的方式推導出來的，指出：「一方面 "等" 可以有許多不同的含義，另一方面對現在認為的 "等" 古人又有許多不同的說法，這種在概念上的混亂情形說明了什麼呢？是不是如同有人所主張的這證明 "等" 可以既表聲又表韻呢？我們認為不是。恰恰相反，這說明 "等" 既不表聲，也不表韻，只不過是 "類" 的同義詞而已。……事實確實是，不是 "等" 造成了韻圖，而是韻圖導致了 "等"。」

因而主張韻圖列字是以切語上字為綱，並指出：「由於韻圖在位置反切時表現了切上字在解決切語上下字的矛盾中的重要作用，這就使我們認識到：在列等上，韻圖把代表聲母的切上字的等第看得很重要，當涉及到聲與韻的等第有矛盾時，首先服從聲類方面的等第。這就說明韻圖的分等，不光是從韻方面著眼，而且也從聲方面著眼；不是重韻輕聲，而是聲韻並重，甚至是聲重於韻。」

袁子讓在《字學元元》卷八「知韻不知切之謬」中，亦極力強調切語上字在韻圖列字上的重要，指出：「故嘗論切字之法，須先識其母字，如農夫蒔插，須先識其種，使薔然以黍為粟，雖自號為粟，其實所穫者乃黍也，若是者可與論切腳乎？」然則，韻圖列字分等果真根據切語上字嗎？若是如此，為何還會有「憑韻」的門法產生呢？李新魁（1983）並未對此提出正面的回答，筆者則竊自以為：「憑切」、「憑韻」門法之所以並存，介音在漢語音節結構中的不對稱性當是一項重要因素。

既然反切非一時一地之人所創製，而韻圖又是展現反切的音節字表，是以韻圖所反映的音系絕非一時一地之音，必是兼容古今南北方音特色的綜合性音系。在上節中已曾論及：介音在音節結構中的位置是不對稱的，常搖擺於聲、韻之間，且介音的游移性不僅體現在不同方言之間，即使在同一方言之中亦是如此；因此，當介音的游移性一旦轉嫁到韻圖列字分等上時，則自然也就呈現出「憑切」、「憑韻」兩可的模稜情形。因此，或可推論：韻圖設"等"主要是為了反映聲母與介音或介音與韻母的搭配類型，至於分等的標準是否「聲重於韻」呢？則當視韻圖編撰者所根據的方言而定，不可一概而論。

五、音韻系統與音變規律

袁子讓《字學元元》的音系性質為何呢？卷一「字學源流辯」指出：「予懼字學日就榛蕪也，故作《元元》闡訂元韻，且正其形、闡其義，而以為《正韻》之翼。」由此可知，《字學元元》本是羽翼聖制、宣敷教化之作，全書以《正韻》音系為基準，反映著傳統的書面語讀書音系。至於〈子母全編〉二十二攝圖則是以《切韻指南》的音系為基礎，觀察韻圖所展現的音韻特徵，如：聲母仍然沿用傳統三十六字母、雙唇鼻音韻尾仍未失落、入聲則已兼配

陰陽……等，莫不散發著濃郁的存古、守舊氣味，而從這僵化的韻圖框架中，學者根本無從窺探語音歷時演化的軌跡。

袁子讓將書面語讀書音視為天地之元聲，並將此「元聲元音」奉為至高無上的絕對標準，凡各地方音有與書面語讀書音不合者，則斥之為謬誤。《字學元元》卷八「方語呼音之謬」指出郴州、閩、粵、蜀……等方音的聲母特徵，及其與「天地元音」不合所造成的謬呼：

> 各方鄉語，各溺其風氣，故學等子為難。他鄉不及詳，如吾鄉之訛有足議者。吾鄉讀肉（日）為辱（日）是也，而欲（喻）亦為辱，玉（疑）亦為辱。讀于（喻）為余（喻）是也，而魚（疑）亦為余，如（日）亦為余。讀倍（喻）是也，而無（微）亦為倍，吾（疑）亦為倍，屋（影）亦為倍，物（微）亦為倍。蓋疑、徹（微？）、喻、日交相訛也，訛在同音之外者也。僧讀心母平聲是也，而合口之孫亦曰僧，審母之生亦曰僧。增為精母平聲是也，而合口之尊亦曰增，照母之爭、臻亦曰增。蓋精、照、心、審之交相訛也，訛在同音之內者也。由吾鄉而推之，如吾楚音或呼如為殊，而呼辰為壬，此禪日互相混也。閩音以福為斛……。

此外，袁子讓又在「方語呼聲之謬」中點出秦晉、徽東、齊魯、閩、粵等方音的韻母特徵，及其與「天地元音」不合所造成的訛誤。從音系構擬的角度而言，憑藉著《字學元元》所附載的各式韻圖，實難再現晚明語音的實際樣貌，反倒是袁子讓批評各地方音訛誤的資料較值得注意，因其概略地對比了各地方音的異同，是以今日學者尚可從中梳理出舊時方言的音韻特徵，或可供作構擬古代方言音系的佐證。

第四節　喬中和《元韻譜》

一、作者的生平與編撰動機

喬中和，字還一。河北內丘人。崇禎間（1628～1644）拔貢生，官至太原府通判。著有《元韻譜》、《說易》、《大易通變》、《說疇》、《圖書衍》等。《元韻譜》一書，創稿於萬曆三十六年（1608），撰稿期間曾多次與同邑友人崔玄洲（數仞）相互問難、互為詮定，前後歷時三年有餘（書前附有作於萬曆三十九年（1611）

之序文，全書之撰成或亦當爲此時），易膳十二次，方始克竟全編。稿成之後，或僅刻其韻目，〔註39〕而未能將全稿付梓刊印，書稿傳與其子喬文衣；至康熙年間，蔣震青等人與文衣遊，諷誦是書，如獲珍寶，遂勉力同梓，於康熙三十年（1691）始獲成書。

就學術思想而言，喬中和是晚明《易》學名家，堅持著「讀《易》可了天下事」的爲學理念，畢生精研《易》理、象數之學，檢視喬中和現今傳世的諸種論著，不難看出其在《易》學闡發上曾經灌注了大量的心力。族姪喬若雯在《說易‧弁言》中，高度讚揚喬中和在《易》學上的重大成就，認爲其《易》學造詣能兼含諸家之長，實已臻至「精義入神、窮神知化」的絕妙境地。〔註40〕喬中和既著力專研《易》理、象數之學，爲何又於本業之外旁騖音韻之學，耗費苦心地編撰《元韻譜》呢？《元韻譜》外顯的韻圖形制、內含的韻學理論，是否與喬中和的《易》學思想存在著千絲萬縷的關聯呢？喬中和編撰《元韻譜》的初始動機爲何？其終極的目的何在？凡此，均是學者解讀《元韻譜》時所不可輕忽的關鍵性問題。

喬中和《元韻譜‧自序》云：「人具唇舌齒喉牙，自當以呼吸緩急會天地之元音，豈泥故轍哉？……自垂髫讀諸家韻書，覺未備天地之完音，而蓄疑久矣。」可見喬中和心中彷彿懸置著一套「天地元音」的理想模式，認爲眾人唇吻之間所發出的種種聲響，皆是天地元音的自然顯現，是以編纂韻書、創製韻圖不當僅是侷限於區區方音，或一昧因循襲古、泥於故轍，而是要以完備天地元音作爲依歸，其終極的目的則如蔣震青在《元韻譜‧敘》中所云：「悉掃從前諸家之誤，以正塾師教訓之訛，窮天地之終終始始，而呼吸變化、萬彙形響盡此。」

〔註39〕喬中和之子鉢（文衣）於《說易‧小記》云：「家君子之未筮仕也，著《元韻》，以十二佸盡聲，以五聲定韻，簡易自然、明白通曉，以是閨閣兒女無不知韻，累言數萬，遊晉止得刻其譜目。」

〔註40〕喬若雯《說易‧弁言》云：「竊思近代言《易》諸家，其精辯者莫如吳臨川（吳澄）；而取象之切者，莫如熊南沙（熊過）；窮數之量于無極者，文西極（文安之）至矣；而言象而昭昭可見，言數而歷歷可數，言理而鑿鑿有據者，又莫如鄧武林（鄧伯羔）；彙學之全，相生以實，有主宰、有根基、有分辨，至楊信州（楊時高）極矣；乃西洋利氏（利瑪竇）雖非吾與，而侈言天時，亦得其邦廓，禮失求野亦未可盡廢。故此數子者，皆所稱精義入神、窮神知化者也。而我公兼之」。

二、論音韻結構的分析及其理論依據

漢民族的人文精神發揚得極早。長久以來，先民以「人」爲主體，不斷思索人在宇宙中所扮演的角色，及人與宇宙之間的互動關係，逐漸凝固成漢民族特有的宇宙認知模型。但就整體而言，傳統宇宙認知模型可概括爲：「自然」（宇宙）基本上是陰陽五行生成運作的時空秩序系統，且「自然」與「社會」是相生相成的一個有機整體；人爲萬物之靈，天、地、人三者可相互感應、制約，是以人體的結構、形貌、聲音，均可透過陰陽、五行、干支、象數等仲介符號，進行演算操作，與天相類比。（呂理政，1990：8）

傳統宇宙認知模型既是一種基本的思考模式，自然會滲透到各個不同的學科領域，在等韻學研究中，亦可見到傳統宇宙觀對音韻分析的影響。在「天人合一」的思維定勢制約下，某些精研象數易學的等韻學家自覺地體悟到：音韻結構的系統性、規律性與宇宙生成、運動的模式有著「異級同構」的關係，〔註41〕因而將音韻視爲受先天造化規則所支配的系統，故轉而從天地萬物的本源上來解釋音韻現象，將宇宙生化的理論模式直接轉嫁到音韻系統的建構上，并假借陰陽象數的符號與術語，作爲闡釋音韻生成、演變的媒介。

翻閱《元韻譜》，滿紙盡是「陰陽」、「三籟」、「五聲」、「十二佸」……等神祕色彩濃郁的數字與用語。何以如此？蓋因《元韻譜》無論是在形制體例的設計安排上，或術語、標號的選擇遣用上，莫不與喬中和的宇宙觀保持著極爲密切的關聯。是以，今人欲解析《元韻譜》的音學理論，擬構《元韻譜》的音韻系統，必得先釐清喬中和的象數《易》學思想對韻圖的制約；若是以今日所謂「科學」的角度爲本位來加以衡量，則難免會自陷於「以今律古」的境地，終將無法揭示《元韻譜》的眞切底蘊。

喬中和如何透過象數學的概念來解釋音韻現象？在象數學觀念的制約下，《元韻譜》的韻圖形制與編排體例有何特色？試觀《元韻譜・釋目》「總釋」所云：

> 一宮立而眾音生，故佸首以象太極也。太極靜而生陰，動而生陽，

〔註41〕 「異級同構」的觀念，或隱或顯普遍存在於各種象數學理論中。 鄔良（1993：256）指出：「異級同構論是關於天地萬物結構關係的一種認識。它認爲不同層次上的事物可以有相同的形式結構，或者說，部份具有整體的結構形式。如果借用現代科學術語來說，就是系統與子系統、子系統與再下一級系統……具有相同的結構形式。」

陰柔陽剛，故柔剛所以象兩儀。陰中有陽，陽中有陰，故柔具一律
呂，剛具一律呂，所以象四象。三籟以象三才，又以象三旬，而合
三十聲以象月之日。一籟也，而一律一呂得十聲焉，以象干；佸十
二，以象支。聲、音各五，象五行之具陽陰。聲以象朔不足也，故
入缺音；以象氣有餘也，故二變生，變宮附徵，變徵附商。審音度
勢譬之閏，中氣不過朔也。天九地十，而變化之數窮，十九籟以象
章，母七十有二以象候；五之得三百六十聲以象歲，而一佸畢矣。
循十二佸以象紀，一紀之數得四千三百二十，是爲正聲；一聲也，
而平仄相錯則爲五，律呂相代則爲十，十二佸相環則爲一百二十，
是爲變聲。實聲之數，一佸得四萬三千二百，合三佸得十二萬九千
六百。而一元畢歷十二佸，得四元以象四季，而天地之氣竭矣。

宋代以後，象數之學分裂成象學與數學兩個分支。若說呂坤《交泰韻》之擬諸
泰卦，屬於「取象比類」之象學範疇，則喬中和《元韻譜》顯然是較偏向於「運
數比類」的數學範疇。以下即疏解上述引文，藉以分析喬中和的宇宙數學模式
與音類分析之間的聯繫關係，并闡釋其理論依據：

1、「一宮立而眾音生，故佸首以象太極」

音律與語音具有共同的物質屬性：同爲聲波高低抑揚、強弱輕重、長短舒促、
快慢緩急、節奏頓挫之具體顯現，誠如黃雲師《元韻譜・敘》所言：「韻之道通
於樂，其元聲一也。」喬中和分析音韻現象除了援用五音（宮商角徵羽）、律呂、
清濁……等音樂術語外，更套用音律學中的「旋宮理論」[註42]來詮釋音韻孳乳、
衍生的過程。具體的做法是：《元韻譜》先將韻部統括爲「十二佸」，[註43]並以

[註42] 傳統樂曲的調性由五音決定：調性確定後，再由十二律決定實際音高。《禮記・禮運》：
「五聲、六律、十二管，旋相爲宮。」中國古代音樂重視「從宮」的傳統觀念，宮
調可以與十二律分別相配，即十二律均可作爲宮調式主音，不是固定以“黃鐘”爲
宮。；但五聲、十二律的順序不能錯亂，故沈括《夢溪筆談・樂律》：「凡聲之高下，
列爲五等，以宮商角徵羽名之。爲主者曰宮，次二曰商，次三曰角，次四曰徵，次
五曰羽，此謂之“序”。名可易，序不可易。」（轉引自翟廷晉，1998：280）

[註43] 《元韻譜・釋目》「十二佸釋」云：「胡名“佸”？以一聲而攝眾聲，以三百六十聲
而從一聲，取“會計”之義，且一元之數會十二，恰有十二韻而無遺無複，故名之；
又象形一人之口、十人之口也，以一人之舌，四縱五橫而儼然一古人其寓也。」

之與十二律相應合（詳見下文）；又以各佸輪流作爲宮調式主音，依序與聲母相互磨切，從而衍生出韻譜所列之所有音節。《元韻譜·釋目》「十二佸釋」云：

> 夫宮君音也，尋源覓本而標以宮……宮十二，佸亦十二，增之爲十三不得，減之爲十一不得，非天地之元音爾耶！

舊時「悉曇章」執一元音與眾輔音輪流拼合，稱之爲一「轉」；《元韻譜》則是以十二佸比之於十二律，並借用五聲、十二律相配的結構作爲隱喻，分別以各佸爲宮調式主音，由是而轉生、孳衍出眾多音節。「太極」生成、化育之本源；「佸」則爲語音衍生之濫觴，基於功能屬性之相似性，故引爲譬喻。

2、「太極靜而生陰，動而生陽，陰柔陽剛，故柔剛所以象兩儀」

《元韻譜·釋目》「陰陽釋」云：

> 夫聲有陰陽，隨在咸具。就譜而縱觀之：上平爲陰，下平爲陽；上聲爲陰，去聲爲陽；入聲陰極而陽微生……，又循譜而橫觀之，則宮、商、角爲陽，徵、羽、二變爲陰。提一音而分之，則清爲陽，濁爲陰。合一佸而較之，則律陽而呂陰，剛陽而柔陰。統十二佸部之，則寄爲陽，歸爲陰。

喬中和取「太極生兩儀」作爲結構隱喻，舉凡聲調、聲母、介音、韻尾等不同語音單位、結構層次，均可統括爲陰、陽二類範疇。

3、「三籟以象三才」

《元韻譜·釋目》「清濁釋」云：

> ……「通」之清不及「東」，而「農」之濁甚於「同」也。今以一音分三籟：曰清、曰清濁半、曰濁，而「東」字之下虛一音以啓「同」，「農」字之上虛一音以續「通」。其說曰：天有缺，地有傾，人中處焉而會其全。

《莊子·齊物論》將天地間之各種自然聲響統括爲：天籟、地籟與人籟。喬中和則是依照發音方法的不同，而將聲母區分爲「清」（不送氣清音）「清濁半」（送氣清音、部份擦音）「濁」（鼻音、半元音、部份擦音）三類，以應合「兩儀既生，惟人參之」（劉勰《文心雕龍·原道》）之天、地、人三才觀。

4、「律呂柔剛以象四象」

《元韻譜·釋目》「四響釋」云：

韻書至七音清濁綦詳矣。余復於清濁中分四響，曰柔律、曰柔呂、
曰剛律、曰剛呂。先立位以待聲，聲無弗備，其字之多寡、有無，
弗計也。

在《易》卦推演過程中，若取兩根卦爻交互重疊，則會產生四種不同的組合形
式—老陽、少陽、少陰、老陰，此即《易傳》所謂「四象」；邵雍《皇極經世・
觀物外篇》則云：「太極既分，兩儀立矣。陽交於陰，陰交於陽，而生天之四象；
剛交於柔，柔交於剛，而生地之四象。」喬中和或即吸納邵雍之說，取剛柔、
律呂相互組合，而成柔律（合之開呼）、柔呂（合之合呼）、剛律（開之開呼）、
剛呂（開之合呼），分別用以標示合口、撮口、開口、齊齒四種不同的介音，統
稱為「四響」以與「四象」相應合。

5、「聲、音各五，象五行」

古人慣用五行框架來劃分、繫連宇宙萬物，形成特殊的歸類模式—五行
配伍論。然則，五行配伍論如何實際運作呢？可從符號系統的聚合（縱向）、
組合（橫向）兩個層面言之：就聚合層面而言，以金木水火土的自然形象、
色彩、屬性……等特徵作為基點，由此逐步朝外縱向延伸至各個不同的領域
範疇，將具有某種相同、相似性質的事物，分別納入五行框架中；就組合層
面論之，則以金木水火土的生剋關係為基點，將五行生剋關係橫向推展到五
行配伍體系中的他類事物，認為他類事物亦是遵循著五行生剋關係而彼此關
聯、相互制約。由此可見：五行配伍論乃是以金木水火土作為標示事物屬性、
功能的抽象符號，而以「生」「剋」表達事物間相互連繫、彼此制約的關係，
從而構成一套具有普遍性的抽象符號語言體系，據此則可詮釋宇宙萬物的基
本結構與運行規律。

五行配伍理論以整體、綜合的角度，審視事物發展演化的動態過程，除了
廣泛運用在醫藥、煉丹、天文、方技、建築……等傳統科學技藝外，亦不乏有
援用五行配伍論以分析音韻結構者，喬中和即是代表人物之一。《元韻譜・釋目》
「五聲釋」云：

五行之在干支也無弗具。聲之有五，亦猶音之有五也。蓋一縱一橫
之妙弗容缺也。……天地以五行化萬物，物各具一五行，何獨於聲
而四之？音之五也，宮為土、徵為火、商為金、羽為水、角為木。

其在聲也，上平宮、下平徵、上聲商、去聲羽、入聲角。

「五行化萬物、物各具五行」的理念下，《元韻譜》將聲母、聲調各分成五類，以應合「五行」之數。

6、「一律一呂得十聲焉，以象干；佸十二，以象支」

季節遞轉、草木枯榮……萬物化育隨「時間」推移周而復始地循環著，此乃宇宙運行秩序的具體展現。「天干地支」原本是用以紀錄年、月、日、辰的符號，但由於其能具體表徵宇宙運行的動態歷程，因此得以擴展為推演宇宙萬物規律的象徵符號，且逐漸地滲入醫學、命理、音韻……等學科領域。

《元韻譜·釋目》「十二佸應律圖」云：「夫韻之具五音六律，猶甲子之在年月日時、元會運世。」喬中和非但以年、月、旬、日、四季等曆法概念，隱喻音韻的結構層次及其所衍生的音節數目，又將音類的歸併比附於「天干地支」之數，故合五聲、五音之數以象徵「天干」；並且另撰〈十二佸應律圓圖〉（參見本文【附錄書影 17-1】p.405），取十二佸應合十二律而與十二地支相配，以表徵「陰陽迭運、循環無端」。

7、「天九地十，而變化之數窮，十九籟以象章」

《河圖》由一至九個黑白點所組成（奇數為白點○，偶數為黑點●），蓋仿自「九宮圖數」；《洛書》則是由一至十個黑白點所組成，用以表達「五行生成數」。宋代以後，河圖、洛書儼然已成為象數易學中最基本的兩個圖數，後世學者多將此二圖視為《易》數之源，用以闡釋五行生化的原理。〔註44〕喬中和所謂「天九地十」正與「河洛圖數」相符，為求能應合十九之數，《元韻譜》硬是將舊有三十六母刪併為十九聲類。

8、「母七十有二以象候」

季節氣候的周期性變化以及與之相應的物候變化，無疑是最受古人矚目的規律性運動，而這也是象數學研究的基本課題。《逸周書·時訓解》在「春生、夏長、秋收（殺）、冬藏」的總體原則制約下，闡釋天象、氣候與物候的週期性

〔註44〕根據李申（1997）的考證：早在漢代就已經有了《河圖》、《洛書》，不過不是黑白點的圖數，而是兩本單行的書。今日所見黑白點的《河圖》、《洛書》，最早見於〔北宋〕劉牧的《易數鈎隱圖》；而後，朱熹將此二圖置於《周易》卷首，藉以解釋八卦之源。

運動、變化，將一年區分為二十四節氣，每個節氣下轄三候，每五日為一候，據此以描述七十二種氣候和物候發生的時間。（詳見鄢良，1993：191）

喬中和以十九個聲類配上四個不同的介音而合成七十二母（19×4－4＝72，因脣音不分開合而減去四母），以與「七十二候」之數相應合。《元韻譜‧釋目》「七十二母釋」云：

> 何云母？志生也。……茲於見字外，別立「光」「倦」「庚」三母，而四響各用，如「光奔」為昆、「倦奔」為君、「庚奔」為根、「見奔」為巾。以一君而御七十二母，而三百六十聲生焉，夫生矣，名曰母不虛矣。於舊三十六位刪之為十九，四焉而為七十六，去蒙音四，得七十有二，數出自然非強也。

9、以「元會運世」模式推究音節總數

在自然、社會與人體結構或其運動規律之間，存在著數量上的共同性。邵雍《皇極經世》除了依照八卦之數推論萬物之數外，（詳見本文第二章〔註22〕）又根據六十四卦圓圖而制定了一個歷史年表，企圖「元會運世」的數學運算模式，推測宇宙萬物生滅規律與人類歷史演化的進程。試將「元會運世」的演算模式表述如下：

$$1 元＝12 會＝360 運＝4320 世＝129600 歲$$
$$1 會＝\ 30 運＝\ 360 世＝\ 10800 歲$$
$$1 運＝\ \ 12 世＝\ \ \ \ 360 歲$$
$$1 世＝\ \ \ \ \ \ 30 歲$$

喬中和雖曾批評邵雍「用力精苦，未免牽合」（見《元韻譜‧自序》），但《元韻譜》卻仍援用「元會運世」之數學運算模式來推究音節總數，從而得出某些特定的數字：「1 元－12 佸－360 聲（72 母配上 5 個聲調）－4320 正聲－129600（合三佸之數）」，無怪乎蔣震青將《元韻譜》比之於《皇極經世》，認為此兩書當可並傳而不朽。〔註45〕

〔註45〕蔣震青《元韻譜‧敘》：「昔邵堯夫先生之作《經世》也，以日月星辰象平上去入；以水火土石象開發收閉；而以陰陽剛柔相乘而用之，得一百一十二（按：此為太陽少陽太剛少剛之用數），得一百五十二（按：此為太陰少陰太柔少柔之用數），得一萬七千二十四（按：112 ×152＝17024 為動數、植數），得二萬八千九百八十一萬六千五百七十六（按：17024 ×17024＝289816576 為動植通數）。今喬還一先

喬中和以象數易學為其治學之主軸，傳統宇宙認知模型在他身上所留下的烙印痕跡更是格外鮮明，使其在探尋宇宙萬物生成演化規律時，往往戴上塗有象數色彩的眼鏡，甚至連闡述四書思想亦配之五行八卦。〔註46〕《元韻譜》一書，過度強調「天有定數、音有定位」的理念，為使音類數目能與特定數字相符，故喬中和在音韻的歸併與切分上，或以個人主觀意識而強加扭曲，無形之中已背離了實際語音，誠如趙蔭棠（1957：222）所言：「我們只能把這書當成講音理之書，而不能作為考察當時實際語音之龜鏡」。

三、韻圖形制與編排體例

《元韻譜》可概分為卷首與正文兩部份。卷首包含：〈釋目〉、〈目錄〉、〈十二佸應律圓圖〉、〈式例〉及二十四張韻圖；正文部份則為韻圖式的韻書，共計分成五十四個韻母，始「英」終「穀」，依上平、下平、上聲、去聲、入聲之序排列；各韻之中，則依介音的差別而細分出「柔律」、「柔呂」、「剛律」、「剛律」四個小韻；各小韻均於頁首標明聲類，其下則羅列同音之韻字，並且酌加釋義。（參見本文【附錄書影17－2，3】p.406～407）

（一）聲母的歸類及其排列方式

就聲母的分析而論，喬中和將聲母歸併成十九類，各聲類分別配上「柔律」、「柔呂」、「剛律」、「剛律」而總成七十六母，但因其中包含了四個純為填補空格所贅設的「蒙音」，〔註47〕故實際上僅得七十二母。然則，對七十二母如何能

生之作《元韻》也，循十二佸象紀，一紀之數得四千三百二十是為正聲；一聲而平仄交錯則得五；律呂相代則得十；十二佸相環則得一百二十，是為變聲。計聲之數，一佸得四萬三千二百，合三佸得十二萬九千六百，而一元畢歷十二佸；得四元以象四季，而天地之元會盡此矣。然則，邵子《經世》、喬子《元韻》，豈不並傳不朽哉？」

〔註46〕 喬中和另著有《圖書衍》五卷，推《說易》、《說疇》之意說學庸論孟。《四庫提要》評曰：「《圖書衍》者，凡四書所言皆以五行八卦配合之也。如說《大學》，明德為火，親民為水，至善為土之類，皆穿鑿無理。」

〔註47〕 由於唇音聲類不分開合，幫、滂、門三母有合口而無開口，因此在四呼整齊的韻圖中留下許多空位，除了「柔呂」（撮口呼）格外中補入非、微二母外，尚有四個格位無字可填。喬中和為保持韻圖結構的對稱性，仍以重出唇音字以填補空缺（幫母重出兩次，滂、門各重出一次），為表示所填各字實已復見於他處，故特

夠加以適切地區分呢？在〈式例〉之中，喬中和依照發音方法的不同，將其派分為「清」、「清濁半」、「濁」三類；此外，又依照發音部位的差異，而統括為唇、舌、半舌、齒（下齒、上齒）、半齒、喉、牙七類，並分別與七音－宮、徵、半徵商、商（商、次商）、半商徵、羽、角相配。〔註48〕

　　茲取《廣韻》四十一聲類、蘭茂《韻略易通》早梅詩二十母為座標，與《元韻譜》十九聲類相對比，透過其間聲類分合的關係，觀測聲母歷時演化的軌跡。對比結果如下表所示：

【圖表4－8】

《元韻譜》七十二母			《廣韻》四十一聲類	《易通》早梅詩
合／撮／開／齊	發音方法	發音部位		
01.幫／幫／幫／並	清	宮（蒙）——唇	幫、並（仄）、非	冰
02.滂／非／滂／皮	半		滂、敷、非、並／奉（平）	破、風
03.門／微／門／明	濁		明、微	梅、無
04.端／多／德／定	清	徵——舌	端、定（仄）	東
05.退／彤／透／剔	半		透、定（平）	天
06.濃／紐／能／泥	濁		泥、娘	暖
07.雷／倫／來／林	濁	半徵商——半舌	來	來
08.鑽／遵／臧／精	清	商——下齒	精、從（仄）	早
09.存／從／倉／清	半		清、從（平）	從
10.損／雪／三／心	濁		心、邪	雪
11.中／追／臻／知	清	次商——上齒	知、章、莊、澄／崇（仄）	枝

以陰文出之，稱之為「蒙音」，即如《元韻譜·釋目》「蒙音釋」所載：「宮乙而巳而生四響，至後佸去之則缺，加之則贅，陰梓焉而註曰"蒙"，謂蒙前而生，非二也。」

〔註48〕喬中和以宮配唇音、以羽配喉音，恰與樂典相反。《元韻譜·釋目》「七音釋」云：「聲自氣海出，唇最遠，喉最近，故管之遠為宮，近為羽；遠以代唇，近以代喉，……且唇土、喉水、脾宮、腎羽，理不可易，又宮分正、少，謂重唇、輕唇也，若喉則無少宮矣。」

12.揣／穿／產／徹	半		徹、昌、初、澄／船／崇（平）	春
13.誰／順／沙／審	濁		書、生、禪、船（仄）	上
14.戎／閏／仍／日	濁	半商徵——半齒	日	人
15.翁／喻／恩／影	清	羽——喉	影、云、以	一（部份）
16.懷／訓／寒／曉	半		曉、匣	向
17.光／倦／庚／見	清	角——牙	見、群（仄）	見
18.孔／群／慨／奇	半		溪、群（平）	開
19.外／元／咢／疑	濁		疑	一（部份）

（二）韻部的分合及其排列方式

再就韻母分類言之。喬中和將五十四個韻母統括為十二佸，前六佸無入聲字而以平聲字標目，稱之為「寄部」；後六佸五聲俱全而以入聲標目，名之為「歸部」。《元韻譜》卷首附有二十四張韻圖，每佸依開合分為二圖；每圖又依洪細而分出上下兩欄；各欄之中，橫列七十二母，縱列上平、下平、上聲、去聲、入聲五聲，在縱橫交錯的格位中填入韻字：有音無字者以〇實之，唯「寄部」六佸之入聲格位皆填入●，以示該格位中之韻字暫寄於他韻。

在下表中，茲擇取蘭茂《韻略易通》、徐孝《等韻圖經》、樊騰鳳《五方元音》（1654～1664）為對比座標，觀察《元韻譜》與各書間韻部分合的情形，作為考察音變規律的依據。

【圖表 4－9】

《元韻譜》		《韻略易通》	《等韻圖經》	《五方元音》
佸名與音值	韻目			
01.骈〔əŋ〕	英盈影映●	東洪、庚晴	通	龍
02.揱〔ou〕	憂尤有宥●	幽樓	流	牛
03.奔〔ən〕	殷寅隱印●	眞文、侵尋	臻	人
04.般〔an〕	煙鹽琰艷●	山寒、端桓、先全、緘咸、廉纖	山	天
05.褒〔au〕	要遙杳燿●	蕭豪	效	獒
06.幫〔aŋ〕	央陽養漾●	江陽	宕	羊

07.博〔o〕	訶何者賀郝	戈何	果	駝
08.北〔ei〕〔i〕〔ï〕	灰回賄誨或	支辭、西微	壘、止	地
09.百〔ai〕	虺懷扮壞劃	皆來	蟹	豺
10.八〔a〕	花華踝化滑	家麻	假	馬
11.孛〔ɛ〕	些邪寫謝屑	遮蛇	拙	蛇
12.卜〔u〕〔y〕	呼胡虎互縠	居魚、呼模	祝、止	虎、地(部份)

　　雖然喬中和《元韻譜》並未明確標舉四呼之名目，但在韻圖排列上實已具備二等四呼的規模；再者，將入聲字附於陰聲韻部中，顯現入聲韻的塞音韻尾已不明顯，或許已經完全失落了，而僅剩下「短促」的音長徵性與其他調類相區別。

四、音韻系統與音變規律

　　喬中和援引象數易學的思想來分析音韻結構，在他的心中早已預先設立了一套象數學的理論框架，無論是音韻結構的分析或是韻圖排設的方式，均悉遵循著此一既定的模式，倘若兩者之間有所齟齬時，則不惜扭曲實際語音而牽附於象數。是以《元韻譜》乃是經過喬中和主觀改造後的圖式，並非當世實際語音的客觀描寫；今人欲透過《元韻譜》來建構晚明時期的音韻系統，首先必得掃除因過分牽附象數所造成的迷障，免去象數思維所造成的糾葛，看清韻圖所反映的真實的原貌，方能順利達成重構音系的目標。

　　然則，《元韻譜》牽強比附之處何在呢？就聲類觀之，表面看來，喬中和似將聲母分為十九類，以此與「天九地十」之數相契合，但實際上滂（洪）／非（細）、明（洪）／微（細）實因洪細互補而并置於同行，彼此並未相混為一類，故實際上聲母有二十一類。〔註49〕此外，有某些難以上口的音類，也可能是為

〔註49〕趙蔭棠（1957：222）認為《元韻譜》之十九聲類、七十二母實際上隱含著二十五個聲母，較諸本文所謂二十一聲類多出四個顎化音：「倦見」〔tɕ〕、「群奇」〔tɕ'〕「訓曉」〔ɕ〕、「元疑」〔ɲ〕。《元韻譜》七十二母為聲介合符，趙蔭棠所增立之四個見、曉系聲母，果真經歷了〔ki-〕→〔tɕi-〕的顎化音變嗎？或仍然只是介音洪細〔k-〕〔ki-〕的區別呢？鄭錦全（1980：86）云：「雖然介音的洪細是見曉精系顎化與否的條件，可是單從見曉精系分化為兩套或兩套以上的字母，並不能證明顎化的存在，但也不能因此證明其不存在。……明清兩代，四呼的觀念盛行，因而造成字母因介音的不同而細分的風氣。也因為這樣，引起後人對顎化與否的模稜兩可的解釋。」因此，在尚未有明確的顎化證據之前，寧可假定《元韻譜》見曉系尚未全面顎化。

求韻圖整齊所杜撰的，李新魁（1983：291）注意到：「讀為〔ou〕的捊佸和讀為〔au〕的褒佸，它們本沒有合口和撮口呼字，但為了湊足四類，結果就把某些字列於合、撮兩呼，這就不符合實際語音。」

《元韻譜》的音系性質為何？其基礎方言何在？喬中和並未明確界定，但透過韻圖反映的音韻特徵當可看出些許端倪。茲將韻圖所展露的主要音變規律羅列於下：

1. 全濁聲母清化。平聲字讀為送氣音；仄聲字讀為不送氣音。
2. 影〔ŋ-〕、微母〔v-〕仍自成一類。
3. 雙唇鼻音尾〔-m〕已轉化為〔-n〕
4. 入聲字仍然獨立；入聲字歸入陰聲韻，塞音韻尾或已失落。
5. 韻母歸併為十二韻部（佸）。

觀察這些音韻特徵，可知《元韻譜》顯然是反映著某種北方官話音系，或即是以喬中和籍貫所在之河北內丘方音為基礎。此外，根據龍莊偉（1996）考證：《五方元音》乃是承襲《元韻譜》而來，兩者音韻系統十分近似，除聲母稍有差異外，韻部與聲調幾乎一模一樣；而《五方元音》既是反映樊騰鳳的家鄉話—河北堯山方音，如此則更可確認《元韻譜》的基礎方言當是距離堯山不遠的內丘方音。

第五節　方以智《切韻聲原》

一、作者的生平及其哲學思想

（一）方以智的生平及其學術成就

方以智（1611～1671），字密之，號曼公，又自號浮山愚者、宓山子、宓山愚者、愚者……等，〔註50〕安慶府桐城縣鳳儀里（今屬安徽樅陽縣）人。方以

〔註50〕方以智身處明末動亂世局，為避禍遠難，掩人耳目，故其稱呼、法號變更無常。由於桐城方氏以《易》傳家，故其祖父方大鎮（1558～1628）遂取《易大傳》：「著之德圓而神，卦之德方以智……退而藏密，吉凶與民同患」之意命名曰方以智，字密之。明亡之後，改名為吳石公。別號甚多，隱居嶺南時，稱愚道人；出家之後，則改名大智，號無可，又稱弘智、五老、藥地、浮庭、木立、愚者大師、極丸老人等。

智少承家訓，隨父赴任所而至四川、福建、河北、京師等地，遊歷名川大山，閱西洋書籍。九歲時（1619）至福建福寧州，於長溪聽熊明遇講論西學、物理，喜其精論，頗受啓發。明天啓七年（1627）從學於王宣（字化卿，號虛舟，長於河洛之學，著有《物理所》、《風姬易溯》），習《河》《洛》象數之學，適與其傳《易》之家學相符，奠定日後爲學的基礎。

明亡之前，方以智廣爲交遊，切磋學問，砥礪文詞，與陳貞慧、吳應箕、侯方域等參加「復社」活動，並稱爲「明末四公子」。崇禎七年（1634）流寓南京，卜宅於「寓膝」，相繼結識〔意〕畢方濟（Francois Sambiasi，1582～1649）、〔德〕湯若望（Jean Adam von Bell，1591～1666）等西方傳教士，並與之相從問學。崇禎九年（1636）方以智已曾閱讀過金尼閣《西儒耳目資》，在西方韻學觀點的激發之下而撰成〈旋韻圖〉。

明朝覆亡之後，方以智在京師爲敵軍所俘，後乘隙逃脫，棄家南返，流離嶺南，後抵廣州，以賣藥維生。南明桂王朱由榔（1623～1662）於肇慶即位後，十次遣使召方以智入朝，固辭不就，遂隱居於廣西平樂縣平西山。清兵攻陷桂林後，方以智削髮爲僧，避身禪門，居梧州雲蓋寺。後隨友人施閏章北返，歸省桐城。返鄉之後，清吏兩次強薦出仕，方以智遂奔赴南京天界寺，皈依曹洞宗，禮覺浪、道盛爲師，閉關高座寺看竹軒習禪。後因其父方孔炤（1591～1655）卒，遂破關奔喪，盧墓桐城合山，著手重編先父《周易時論》。服闋，禪游江西，講法授徒，後定居江西盧陵青原山。康熙十年（1671）受牽累被捕，在被押赴嶺南途中，舟次萬安縣境之惶恐灘，因背患癰疽，不支而卒。

方以智自小即興趣廣泛、博聞強記。27歲時仿《莊子》寓言手法作《七解》，自剖云：「十二誦六經，長益博學，遍覽史傳，負笈從師，下惟山中，通陰陽象數，天官望氣之學，窮律呂之源，講兵法之要。」此後，更加博學精進，舉凡經解、性理、物理、文章、經濟、小學、方技、律曆、醫樂、史傳、詩詞、書畫，百科兼通。清儒對其學術成就多所讚譽，例如：黃宗羲爲其才識淵博所折服，而嘆曰：「余束髮交游，所見天下士，才分與余不甚懸絕，而余所畏者，桐城方密之……」；王夫之讚曰：「姿抱暢達，早已文豪譽望動天下」（《方以智傳》）；朱彝尊亦稱道：「紛綸五經，融會百氏」（《靜志居詩話》），而今人則多以「百科全書派」思想家視之。方以智著述極爲豐富，內容涵蓋哲學、音韻、醫學、物理……

等不同學科領域，除了眾人熟知的《通雅》與《物理小識》之外，尚有《藥地炮莊》、《東西均》、《易餘》、《四韻定本》、《正韻叶》、《正韻箋補》……等。

（二）方以智的治學理念與哲學思想

方以智的一生極具傳奇色彩，生活顛沛流離、仕途蹇頗不順，反而使其治學的範疇得以超脫傳統的窠臼，而將觸角擴展到不同的學科領域，從而能在哲學思想、醫藥科學、訓詁考證、文字音韻、禪學佛法……等方面皆有精深的造詣，並取得卓絕的成就。雖然方以智博學多識，但仍堅持著「由博返約，以約通博」的治學理念，《通雅・自序》即云：「學惟古訓，博乃能約。當其博，即有約者通之。」可知方以智為學除了力求充分掌握客觀世界的各種知識外，更在要求能超越物質的表象而進行抽象的哲理思索，以擺脫表層殊象而洞見萬物本源。

《周易・繫辭上》：「聖人有以見天下之動而觀其會通。」在方以智艱苦的治學歷程中，「會通」二字乃是其終生恪守不二的治學法則；方以智除了會通中國傳統的文化思想外，更積極兼採西學以調和中西學術。然而，如何將諸種殊異有別的學說同冶於一爐呢？用以會通諸家學說的基準何在？在當時學術風氣下，會通中西的努力是否真能成功？這些疑問正是今日學者考究方以智哲學思想時所亟欲解答的問題。

方以智是中國學術史上的一顆耀眼明星，其多種多樣的學術成就，更使其成為不同學科領域的學者所共同關切的對象。以下主要參考朱伯崑（1995）、陳衛平（1992）、唐明邦（1987）、羅熾（1998）、劉君燦（1988）……等學者的研究成果，茲將方以智的治學理念及其哲學思想梳理如下，作為深入詮釋《切韻聲原》韻學理論的前提：

1、三教歸《易》論

儒、釋、道之學相互交融、滲透，由來已久。宋代理學即是以儒學為主體，融貫釋家、道家思想所凝結成的，而周敦頤（1017～1073）《太極圖說》正是三教融合所生成的結晶。明代以降，「三教合一」的思想更為昌熾，明太祖朱元璋（1328～1398）在《三教論》曾指出：「天下無二道，聖人無兩心。三教之立，雖持身榮儉之不同，其所濟給之理一。」上位者的倡導，遂成三教合一論的重要依據；此後，心學宗師王陽明、禪門高僧紫柏真可、憨山德清……等，亦相

繼提出三教合於一理的論點。

方以智從小即稟受著治《易》的家學傳統，且在外祖吳應賓（1564～1634，別名三一老人）的影響，深切體悟道：儒、釋、道三教之學說看似各異，然皆同源自《易》，故又嘗以寓言手法作《象環寤記》，將三教統歸於易象環中，以闡明三教各有偏執，必得追溯學說之本源，體認彼此之一致性，方能相互補益而全其偏。對於方以智「三教歸《易》」的主張及其緣由，友人施閏章《愚山先生學餘文集・無可大師六十序》有詳細論述，文中指出：「無可大師（方以智），儒者也。……蓋其先父廷尉公（方大鎮）湛深《周易》之學，父中丞公（方孔炤）繼之，與吳觀我太史上下羲文，討究折衷，師少聞而好之，至是研求，遂廢眠食、忘生死。以為易理通乎佛氏，又通乎老莊。每語人曰：教無所謂三也。一而三，三而一者也。譬之大宅然，雖有堂奧樓閣之分，其實一宅也。門徑相殊而相通為用者也。」

方以智認為以《周易》象數乃是天下公理之所在，儒釋道三家若追溯其初始源頭，蓋盡悉源自於《易》，彼此間雖因分支流衍的趨向不同而面貌各異，但實質上具有「相通為用」的連繫關係。

2、「借遠西為郯子」——會通中西學術

明清之際，西學東漸，中西文化相互衝擊下，迸出令人眩目的火花，但這星星之火在缺乏外力持續助長的境況下終究難以燎原，不久即旋告熄滅。方以智生逢中西文化劇烈激盪的年代，得以觀覽西洋傳教士所譯述的各類書籍，因其對西學的內容有深切認知，故能以敏銳目光洞察到西方「質測」之學講究實際驗證的優點，〔註51〕並且在「會通以求超勝」的思想風潮引領下，一方面強調發揮傳統文化中類似西方「質測」的科學思想；一方面則主張改進西學中所存在的某些弊端，企圖建立比西學更加完備的科學理論。

方以智經常借用「孔子問學於郯子」的典故，〔註52〕表達其會通中西的治

〔註51〕《物理小識・自序》：「物有其故，實考究之，大而元會，小而草木蠢蠕，類其性情，徵其好惡，推其常變，是謂“質測”。」是以「質測」之學即為「物理」（方以智將學術分為三類：物理、宰理、至理），指研究事物屬性及其變化規律的學問，舉凡天文地理、象數律曆、聲音醫藥……均屬之。

〔註52〕《左傳・昭公十七年》記載：「郯子來朝，公與之宴。昭子問焉，曰：“少皞氏鳥名官，何故也？”郯子曰：“吾祖也，我知之。……”仲尼聞之，見郯子而學之。

學理念，如《物理小識‧總論》即云：

> 因地而變者，因時而變者有之，其常有而名變者，則古今殊稱，無
> 博學者會通之耳。天裂孛隕，息壤水鬥，氣形光聲，無逃質理。智
> 每因邵、蔡為嚆矢，徵河洛之通符，借遠西為郯子，申禹周之矩
> 積。……通神明之德，類萬物之情，易簡皆險阻，險阻知易簡，易
> 豈欺人者哉！或質測，或通幾，不相壞也。

仲子方中通（1634～？）《物理小識‧編錄緣起》亦表明其父注重實際驗證，兼
採西學以彰顯中國傳統科學思想的態度：

> 生死鬼神，會於惟心，何用思議，則本約矣。象緯歷律、藥物同異，
> 驗其實際則甚難也。適以遠西為郯子，足以證大禹、周公之法，而
> 更精求其故，積變以考之。士生今日，收千世之慧，而折衷會決，
> 又烏可不自幸乎！

方以智會通中西的思想並不拘限於自然科學的範疇，而是有朝著各個文化領域
延伸的意向，具體展現在中西語言文字的對比研究上。在《通雅》卷首中，非
但確切地指出漢字由於形、音、義糾葛所造成的不便，更間接提出仿效拼音文
字以改良漢字的構想：

> 字之紛也，即緣通與借耳，若事屬一字，字各一義，如遠西因事乃
> 合音，因音而成字，不重不共，不尤愈乎？

從符號學的角度來看，最理想的文字應當是：一種寫法只表示一個讀音、一個或
一組相近的意義。漢字則常因形、音、義的相互糾纏，因而產生「一字多形」（異
體字）、「一字多音」（異讀字）、「一音多字」（同音字）、「一字多義」（多義字）
等錯綜複雜的現象，〔註53〕方以智雖能體察到漢字符號在標音、表義上不若拼音
文字那般簡潔明快，但或由於時代風氣所限，始終未能提出具體的改良方案。

　　除了中西文字符號的對比之外，方以智在漢語音韻結構的分析上，更是著

> 既而告人曰："吾聞之，天子失官，學在四夷，猶信"。」方以智遂假借孔子向
> 東夷郯子問學之事，說明向西儒學習之正當性與必要性。

〔註53〕中國文字由於歧義紛多，與西方拼音文字大相逕庭，從而造成西方傳教士在學習
　　　上的困難，《利瑪竇中國札記》亦指出：「中國文字有很多符號發音相同，寫出來
　　　卻很不一樣，意思也很不同。所以結果是，中文或許是所有語言中最模稜兩可的
　　　了。」（何高濟等譯，1983：28）

力於汲取拼音文字中的有益養分，從《切韻聲原》中曾四次論及金尼閣《西儒耳目資》即可見一斑。《通雅・音義雜論》「音韻通別不紊說」則進一步闡述會通中西韻學的終極目的，指出：

> 古通有倫，謬誤宜正，雅音宜習，《正韻》爲經。學者講求聲韻之故，旁參列證，以補前人之未盡，使萬世奉同文之化，是所望也。邵子嘆韻，一行旋應。《韻鑑》縱橫，《中原》陰陽，確矣。智嘗因悉曇、泰西兩會通之，酌《正韻》，定正叶焉。

方以智秉持著「會通中西」的治學理念，以《正韻》爲本，發揚前人研究音韻的成果，並會通天竺悉曇與泰西音學，進而建構出一套舉世通用的音韻系統，務使達到「萬世奉同文之化」的目的。

3、「通幾護質測之窮」──以象數易學貶黜西學之「通幾」

既然早在 17 世紀時，方以智等人已能自覺地吸取西方韻學的長處，爲何在當時未能引領風潮，促成漢語音韻學的飛躍性突破？爲何西儒先進的音學理論未能掀起一場科學革命而帶動「典範轉移」？這項歷史任務爲何得遲至二十世紀初才由高本漢來完成呢？這些問題不應只劃歸於中西文化交史的研究範疇，亦當是音韻學史研究者所不可漠視的課題。

方以智是個「自然哲學家」，在闡揚中國傳統科學、學習西方科技知識的過程中，尤其重視哲理的探討。關於科學與哲理的關係，方以智所揭櫫的主要論點有二：一爲「質測即藏通幾」，認爲從自然科學的研究之中可發掘出深奧的哲理；一是「通幾護質測之窮」，主張當以哲理作爲指導科學研究的方針，並且據此而評斷西學的缺失在於「詳於質測而拙於言通幾」。〔註54〕然則，方以智所謂「通幾」究竟何指？又當如何補苴西學「拙言通幾」所衍生的弊端呢？試觀《物理小識・自序》所云：

> 器固物也，心一物也。深而言性命，性命一物也。通觀天地，天地一物也。推而至于不可知，轉以可知者攝之，以費知隱，重玄一實，是物物神神之深幾也，寂感之蘊，深究其所自來，是曰「通幾」。……聖人通神明、類萬物，藏之于《易》，呼吸圖策，端幾至精，歷律醫

〔註54〕方以智曾多次批評西學「拙言通幾」，如《物理小識・自序》云：「萬曆年間，遠西學入，詳於質測而拙於言通幾」；《通雅》卷首亦云：「太西質測頗精，通幾未舉」。

占，皆可引觸，學者幾能研極之乎？

方以智認爲各種自然、人文現象所顯現的運動、變化規律，均蘊藏於《易》理象數中，即如《通雅》卷首所云：「《河》《洛》卦策，徵其幾端，物理畢矣。」是以，強調當徵諸《河》《洛》以糾正西學之「通幾」，並試圖以象數學作爲「質測」之學的哲學基礎。

相對於形上學的思辨，近代西方科學特別注重嚴密性與可證僞性，亦即強調科學知識必須通過客觀經驗的檢證與數學推演的過程。方以智雖然肯定西方精於「質測」之學而欲加以會通，但這種會通只停滯在表層的、技術的層面上，未能眞正深入體悟西方科學精神的精髓所在，是故仍以傳統象數學作爲指導科學的邏輯方法，繼續沿襲著傳統哲學思想缺乏形式邏輯的弱點；再者，在社會、政治、心理上仍存有許多窒礙科學發展的因素有待清除，遂使得明清之際由於中西會通所孕育出的「科學胚胎」，不久旋告夭折。

方以智對於西學「詳於質測而拙言通幾」的評價，既有灼見，亦有失誤。灼見在於能洞察西方「質測」之學有「即物窮理」之實功和計算精密之術的工具價值；失誤則在以傳統象數之學爲依據，全然否定西學嚴密的邏輯論證。如此看來，方以智的思想與西學的聯繫是外在的，而與西學的分離則是內在的。（陳衛平，1993：162）

二、韻圖的編撰目的及其理論依據

《切韻聲原》收錄在《通雅》第五十卷。《通雅》成稿於明崇禎年間，書稿原是方以智隨身之心得札記，累積滋多而漸覺繁雜，遂仿《爾雅》體例將之編次成書。〔註55〕《切韻聲原》會集方以智音韻學研究的成果，書中除收錄方以智所編製的韻圖外，亦以條列方式記載著許多與等韻學理相關的論述。以下根據書中所載，並配合方中履（1638～1686）《切字釋疑》（即《古今釋疑》卷之十七），〔註56〕藉以闡述方以智編製韻圖的目的及其理論依據。

〔註55〕《通雅·凡例》首條：「此書本非類書，何類也？強記甚難，隨手筆之，以俟後證。久漸以襍，襍不如類矣，亦子謙愚公俟子孫之意也。《爾雅》爲十三經之小學，故用其分例。」

〔註56〕方中履，字素北，號合山，方以智之三子也。喜雅博、工考辨，撰有《古今釋疑》、《汗青閣詩文集》。《古今釋疑》十八卷爲考證之作，推衍《通雅》之遺緒，《古今

1、以象數學會通諸家音學理論

在方以智所構築的學術殿堂中，象數易學無疑是屋脊、棟樑。方氏以象數作爲綱領，會通儒道釋之學與中西學術，冀能將古今中外之學溶於一爐，而當此會通意識灌注在音韻研究上，輒以律呂象數作爲解決諸家爭訟的理論依據。《切韻聲原》云：

> 自鄭漁仲、溫公、朱子、吳幼清（吳澄，1247～1331）、陳晉翁、熊與可（熊朋來，1246～1323）、章道常、劉鑑、廣宣、智騫、呂獨抱、吳敬甫、張洪陽（張位）、李如眞、趙凡夫（趙宦光）皆有辯說，聚訟久矣。今以配位通幾言之，以《易》律徵之，學者省力，不亦便乎？請從此入。

方以智《切韻聲原》論述音韻現象，多先徵引前人舊說，對比諸家異同，遇有懸而未決者，則以律呂象數作爲判準之依據。《切韻聲原》「韻攷」羅列諸家分韻：「古韻」、「華嚴字母」、「神珙譜」（廣宣、智騫重編演之）、「邵子衍」、「沈韻」、「唐韻」、「徽州朱子譜」、〔註57〕「中原音韻」（周德清譜）、「洪武正韻」、「郝京山譜」、「金尼閣」、「陳礦皇極縱橫圖」，蓋以爲會通之憑藉。

2、以象數學作爲編排列圖、分析音韻的理論依據

方氏次子中通受業於西方傳教士，精研曆律象數、音韻六書之學，深得密之要旨。在《音韻切衍‧自序》中，方中通直捷地揭示《切韻聲原》的理論依據：

> 乙巳春（1665，方以智時年55歲），通侍青原方丈，重讀《切韻聲原》，始知老父一切徵諸《河》《洛》，無往不會其原。即此音韻一端，

釋疑‧凡例》云：「以所聞于父師者，自經史禮樂、天地人身，及律曆、音韻、書數，有承訛踵謬、數千年不決者，輒通考而求證之，隨筆所至，從而成帙，謂之《古今釋疑》。」康熙年間張潮輯《昭代叢書》，取全書言音韻之卷收入丙集（卷三十，《古今釋疑》卷之十七），而改稱之爲《切字釋疑》。

〔註57〕「徽州朱子譜」不知何人、何時所撰，《切韻聲原》註曰：「撝謙門人柴廣進云"朱子定本"，此黎美周所藏者。」羅常培（1930a：295）認爲此書實爲《韻法直圖》：「據梅膺祚的《韻法直圖‧序》說"壬子春從新安得是圖"。……後人由"新安"而聯想到朱熹，於是牽強附會的認爲是"徽州所傳朱子譜"。」然則，對比《韻法直圖》韻部與《切韻聲原》「韻攷」所列，兩者並不相侔，是以「徽州朱子譜」是否即是《韻法直圖》呢？本人持懷疑的態度。

横三直五，發千古所未發，而合乎天然各具之聲，配合圖書，垂益
後世，豈淺鮮哉。（轉引自任道斌，1983：234）

誠如知名易學家朱伯崑（1995.3：337）所言：「方以智的代表性學術著作，都
同其易學有關，特別是同其象數之學結合在一起。因此，研究方以智的學術
思想，特別是其哲學，必須研究其象數學，方能闡釋這位 17 世紀的思想家在
哲學史上的地位。」今人欲解析《切韻聲原》之韻圖架構、闡釋其中隱含的
音學理論，豈能無視於象數之學的影響？茲從以下幾點管窺象數學對《切韻
聲原》的影響。

（1）等母配位

　　古人歸派聲類，多以發音部位（牙舌唇齒喉）爲準，而取五音（角徵羽宮
商）與之搭配，然則兩者相互配伍之關係多出於主觀臆測，是以諸家所論多有
齟齬，紛紜淆亂亦在所難免，其中尤以喉、唇二音最爲分歧（詳見下表所列）。

【圖表 4－10】

	見	端知	幫非	精照	曉	來	日
顧野王《玉篇》	牙－角	舌－徵	唇－羽	齒－商	喉－宮	半舌－半徵	半齒－半商
鄭樵《七音略》	牙－角	舌－徵	唇－羽	齒－商	喉－宮	半舌－半徵	半齒－半商
劉鑑《切韻指南》	牙－角	舌－徵	唇－羽	齒－商	喉－宮	半舌－半徵	半齒－半商
眞空《玉鑰匙》	牙－角	舌－徵	唇－羽	齒－商	喉－宮		
王宗道《切韻指玄論》	喉－宮	齒－商	唇－羽	舌－徵	牙－角	半齒－半商	半舌－半徵
沈括《夢溪筆談》	牙－角	舌－商	唇－宮	齒－徵	喉－羽	半舌－半徵	半齒－半商
《四聲等子》	牙－角	舌－徵	唇－宮	齒－商	喉－羽	半舌－半徵	半齒－半商
黃公紹《韻會》	牙－角	舌－徵	幫－宮 非－次宮	精－商 照－次商	喉－羽	半舌－半徵	半齒－半商
呂維祺《音韻日月燈》	牙－角	舌－徵	唇－宮	齒－商	喉－羽	半舌－半徵	半齒－半商

章黼《韻學集成》	牙－角	端－徵 知－次 商	幫－宮 非微－ 徵 敷奉-- 羽	精－商 照--次 商	影曉－ 宮 匣喻─ 羽	半舌－ 半徵	半齒－ 半商
趙宧光《悉曇經傳》	顎－宮	舌－商	唇－角	齒－徵	喉－羽	半舌－ 半徵	半齒－ 半商
陳藎謨《元音統韻》	牙－角	舌－徵	唇－羽	齒－商	喉－宮	半舌－ 變徵	半喉－ 變宮

《切韻聲原》照見諸家分歧所在，而從「徽州朱子譜」所訂，蓋以其能合乎律呂、河圖相生之序。方中履《切字釋疑》「等母配位」曰：

> 熊朋來曰：「喉唇二音，宮羽異說，各家紛紜，無所裁準。」何怪葉
> 秉敬一掃而去之哉。今徽州傳朱子譜，排「唇舌牙齒喉」爲「羽徵
> 角商宮」，是也。此即鄭樵所取《七音韻鑑》之次。蓋十二律既生宮
> 徵商羽角之後，從黃鍾上旋則爲宮商角徵羽，從南呂回旋則爲羽徵
> 角商宮，由唇至喉、由喉至唇一也。況水火木金土，合河圖之生序
> 乎！至二半則符二變。

至於三十六聲母在韻圖中當如何排列呢？《切韻聲原》附有〈等母配位圖〉（參見本文【附錄書影18－1】p.408），端、幫、精三列皆有兩層，而見曉二列則只有一層；認爲：舌齒相通，顎（牙）唇喉相通。何以如此？等母配位的理據安在？方以智援引「五行生數」的象數理念來加以詮釋：

> 天一生水，三生木，五生土，三陽同類，故顎唇喉相通；地二生火，
> 四生金，二陰同類，故舌齒相通，聲無非喉，而唇爲總門，顎爲中
> 堂，故宜其近；齒爲中門，舌爲轉鍵，獨能出入靈動，與齒相切也。

方以智將五音配以五行而成：木角顎、水羽唇、金商齒、火徵舌、土宮喉的格局，其中水木土爲天之三陽，故唇顎喉三者相通，可統括爲「宮」；火土爲地之二陰，故舌齒相通，而統括爲「商」。

（2）宮音不分發送收

　　方以智將中古三十六聲母約減爲二十聲母，並於各母之下分別標註五音、發送收（詳見本文所【附錄書影18－2】p.409），藉以辨析聲母發音部位與發音方法，其中除宮音外（獨缺「收」音），商角徵羽四音均是「發送收」三者俱全。何以形成此種不均衡的現象呢？當有發音生理上不得不然的原因，而方以智在

「聲數同原,《易》律歷不相離也」的觀念制約下,片面強調音韻結構的對稱性、完整性,對於韻圖存有的空缺格位,則多試圖從《河》《洛》象數中尋找可能的理論依據,試觀《切韻聲原》所云:

> 或曰:「四音皆合發送收,宮不合者,何也?」曰:「凡收皆喉,昏大收也,縫唇合宮,一生水、五生土之始終也。土旺四時,無非中宮之用」。

方以智《周易時論合編‧圖象幾表》云:「《河》《洛》象數為一切生成之公證。」,而對於《河》《洛》圖式的解釋則本諸朱熹、蔡沈的《河》十《洛》九說,融合邵雍先後天圖說,並折衷元明以來各家學說,從而凝煉出「河洛中五說」。所謂「中五」是方以智自創的易學術語,指《河》《洛》圖式中居中心位置的五個虛心圓❀,圓之中心因不落四邊而稱為「中」,又相對於四邊而言則為「五」,故統稱為「中五」。方以智何以特別標舉「中五」呢?蓋因五居十位自然數之中,中五之數又來自中一,而由一、五兩個數目組合、變化即可推衍出一切數。方以智認為「中五」是太極的存在形式,象數易學的最高範疇,《河》《洛》二圖皆是以中五統率四方之數,因此以「中五」為中心概念,將《繫辭》中的「天地之數」、「大衍之數」,「參伍錯綜」說和《說卦》中的「參兩」說,串通在一起,形成一套邏輯體系,解釋《河》《洛》二圖的結構及其變化法則,作為世界變化的基本模式。(朱伯崑,1995.3:384)

　　一旦將「中五」模式套用在音韻結構的審辨上,因而形成「五音皆宮」的音學理論,亦即在「土旺四時」的思維模式下,[註58]角徵羽四音必得宮音方能成聲,所有語音可謂均自宮(喉音)出。方以智強調「質測」之學,如何才能實際驗證「五音皆宮」呢?幼兒語音的發展歷程無疑是個極佳的切入點。方以智察覺到幼兒最初發聲多為喉音,且此一現象具有普遍性、共通性,萬國萬世皆同,[註59]故《切韻聲原》云:

[註58] 董仲舒《春秋繁露》卷十一「五行之義」云:「土居中央為之天潤,土者天之股肱也,其德茂美不可名一時之事,故五行而四時者,土兼之也。金木水火雖各職,不因土方不立……土者五行之主也,五行之主土氣也。」

[註59] 葉秉敬亦認為幼兒發生始於喉音,《韻表‧序》云:「方赤子之始生,惟有啼號之一聲,其聲不兼顎舌唇齒而單任喉,其喉不兼曉匣御而單任影,……此其最初第一聲,純乎喉而專屬於影,純乎天而不雜以人,耳無所用其聽,而目無所用其視者也。」

聲氣不壞，風力自轉；五音皆宮，五行皆土，臍鼻折攝爲**圖**，而疑泥明心皆喉，是其端矣。五方言異，啼笑自同。中五爲吾，而轉我即阿，阿，門也。古麻來與支虞韻通，以喉多而歙口也，吾吾阿阿，即哇哇也。萬國萬世，兒生下地，同此一聲，自中發焉。中者統宮也。一二即咿唲也，兒惟吾我咿唲，長則知用舌齒，外國喉音獨多，中土舌齒音詳正。華嚴、悉曇、回回、泰西，可以互推。

在「五音皆宮」的認知下，凡標注「收」者（疑泥明心）皆屬喉音，宮（喉音）獨無標爲「收」者，實因◎（影喻）本身即爲「大收」之故。是以，方中履《切字釋疑》「發送收」云：「或曰：四音皆符發送收，而宮獨先送後發，竟無收聲，何耶？蓋喉爲五音之統，既列五音之尾，則在後主收，"疑、泥、明、心微、禪"皆兼喉也。喉者，宮土也。土分位于四時之末，則此理矣」。然則，◎並未列入「簡法二十字」，何故？只因◎乃是方以智爲使五音之「發送收」俱全所刻意虛設的符號，其實際音值爲〔ø-〕。

（3）五音而曰宮倡商和

方以智將二十聲母派分爲宮倡（羽角總曰宮）、商和（徵商總曰商）兩類，如此分派有何用意呢？當與其「舉一明三，兩端中用」的哲學思想有關。《切韻聲原》云：

> 或曰：「五音而曰宮倡商和，何也？」曰：「兩間至理，一在二中，凡可說者皆兩端也。平上去入止是平仄兩端，仄無餘聲，平有餘聲，故仄統于平，而平中之陰陽亦兩端也。宮商角徵羽止是宮商兩端，猶五行止是陰陽也。外辯者唇舌牙齒，而內出者喉，亦兩端也。唇腭激喉在中爲一類，舌齒引喉穿外爲一類，七風六用五音二變，概也，約爲宮倡商和而已」。

方以智在《東西均‧三徵》中將「河洛中五說」改造爲「圓∴說」，以圓∴圖形之上一點爲大一（太極），其用爲二（即下兩點，表示天地、陰陽），藉此表示太極分天地，寓有一奇爲二偶，兩中藏三之義；若使圓∴上下輪轉則成❁，則又顯現《河》《洛》中五之象。可知方以智襲用圓∴之圖象，〔註60〕以之作爲《河》

〔註60〕所謂「三點成伊」，圓∴（讀作伊）之圖象源自梵文之字形，非方以智所自創。唐
　　　　代宗密於《禪源諸詮集都序》云：「今之所述，豈欲別爲一本，集而會之，務在伊

《洛》圖式的縮影,藉以闡述宇宙萬物生化之原則與規律。若是將圓∴隱含的「舉一明三、兩端用中」之概念模式投映在音類的分派上,則五音可約為「宮商」,四聲亦可歸為「平仄」。

　　(4) 呼吸聲音之交輪幾

　　方以智在《切韻聲原》「旋韻圖說」中,曾闡述編撰〈旋韻圖〉的理論根據及其用意何在,文中指出:

> 智曰:元會呼吸,律歷聲音,無非一在二中之交輪幾也。聲音之幾至微,因聲起義,聲以節應,節即有數,故古者以韻解字,占者以聲知卦。無定中有定理,故適值則一切可配;縷析而有經緯,故旋元則一切可輪。因此表之,原非思議所及。

所謂「一在二中」即是圓∴(見上節所論);但何謂「交輪幾」呢?若不能正確解讀這個關鍵性的術語,則勢必難以通讀上文,更遑論能洞悉方以智撰作〈旋韻圖〉的根本目的。「交輪幾」是方以智象數易學的命題,出於對《河》《洛》圖式與先後天圓圖的解釋,《東西均・三徵》闡釋「交輪幾」的內涵指出:

> 何謂幾?曰交也者,合二而一也。輪也者,首尾相銜也。凡有動靜往來,無不交輪,則真常貫合,于幾可徵也。

由上文可知:「交」即合而為一,描摹虛實、動靜、陰陽……等對立面的交互滲透,從而結合成統一的整體;「輪」即往來相推、輪續前後,比喻對立面的相互消長、轉化之循環過程;「幾」即幽渺、隱微,代指事物運動變化的徵兆或開端。方以智的象數思想強調「一在二中」之理,「二」屬於現象的領域,雖說現實世界具有多樣性與歧異性,但整體上仍不出於陰陽二端,陰陽二端如何運作以生化成紛紜萬物呢?此中當潛藏著某種隱微的規律(幾)可資依循—對立相反的事物總是彼此滲透(交)、相互轉化(輪)。

　　方以智提出「交輪幾」的命題,其理論意義在於:以對立面的相交、輪轉來說明事物運動變化的原因與歷程。方以智進而將此一「交輪幾」的哲學思維模式具體地投射在韻圖的編製上,據以撰成〈旋韻圖〉,即將十六韻攝依照開口

圓三點」。此後,圓∴即常為禪宗與明儒所引用,方以智晚年皈依曹洞宗,主持青原有年,受佛教影響頗深,故徵引佛家圓∴來解說河洛中五❀圖象。」

度的大小而列成一圓圖，並且配上先後天八卦圖、十二地支、六律六呂、四時、五方……等象數概念，（詳見下文）藉以說明語音由翕而闢、由闢而翕的交互輪轉過程，進而依此闡釋古人詩文通叶之理與占者聞聲知卦之意。

　　總結本節所論，韻圖編排形式並非任意而為，除了基於客觀描寫現實語音的考量外，編撰者總會在有意、無意中將哲學思想、思維模式投映在韻圖的形式上。是以韻圖不應只是建構音系、擬測音值的憑藉，更是窺探編撰者對於音韻結構認知的一扇窗口，必須將之置於廣闊的文化語境中來解讀，方能與等韻學家展開深層的對話。今日音韻學研究者多只注重音值構擬，至於韻圖為何要如此排列？其內在理據為何？……等較為深層的問題，因表面看似與音值構擬無關，而多被視為不務之急，這也是若干雜糅象數的等韻論著長久以來不受重視的癥結所在。

三、韻圖形制與編排體例

　　在《通雅》第 50 卷——《切韻聲原》中，方以智除會聚與音韻學理相關的論述之外，又特意地收錄了兩種自創的韻圖：即〈新譜〉與〈旋韻圖〉。以下即分別闡釋兩種韻圖的形制及其編排體例。

（一）新譜——十六攝韻圖

　　〈新譜〉總為十六韻攝，橫列二十聲母，並將聲母歸派為「宮倡」（音在唇顎中）、「商和」（音穿齒外）兩類；縱分二至四欄，即依切母粗細之狀、四呼—翕（合）、闢（開）、穿（齊）、撮之序分欄（無翕者或翕字較少者，則以闢居首），每欄之中又可再縱分為哐（陰平）喤（陽平）上去入一開承轉縱合五個聲調。如此，即可在縱橫交錯的表格中填入相應的韻字，格位中偶見有外加○或□之韻字：加○者為有音無字，用以標示各母之狀；而加□者則為異於實際讀音的音讀，如古音、方音……等。〔註61〕（參見本文【附錄書影18－3】p.410）至於讀者當如何使用〈新譜〉呢？方以智《切韻聲原》云：「學者先調哐喤上去入，次明發送收，次明粗細侇狀，次明翕闢穿撮，皆有清濁輕重焉，思過半矣。」

〔註61〕　〈新譜〉第二圖列有囝、丁表幫母、端母無細狀。第一圖列有幫母下列有邦字，
　　　　　表「邦」字之古音讀同翁雍攝幫母平聲；第十圖夫母下列有花字，或以方言〔f-〕、
　　　　　〔xu-〕不分，而將曉母字置於夫母之下。（黃學堂，1989：49）

1、聲母的歸類及其排列方式

語音隨著時空轉移而變異，逐使得原本截然分明的聲類逐漸變得駁雜難辨，故得減省舊母以切合實際語音；再者，等韻學家對於切語上字所限定的音韻成份有不同的認知，明代等韻論著多將介音差異反映在聲母用字上，如：呂坤《交泰韻》、喬中和《元韻譜》，是故必得增母方足以辨識開合洪細的殊異。此種基於不同的考量而對字母增減的情形，當如方中履《切字釋疑》「字母增減」所言：「增母而不減，舊母實多雷同；減母而不增，各母俱有異狀。」

歷來等韻學家對於字母數目多有增減，致使字母多寡不一，然皆各見其一得，終非定論。〔明〕張位《問奇集‧早梅詩切字例》、蕭雲從《韻通》均訂爲二十字，方以智參酌之而將三十六字母約減爲「簡法二十母」，《切韻聲原》云：

　　《悉曇金剛文殊問》五十母，《華嚴大般若》用四十二，舍利用三十、

　　珙、溫用三十六，以後或取二十四，或取二十一，今酌二十，此中

　　自有不定而一定之妙，可顓頊乎？

此外，方以智有鑑於「凡議增母者，爲迣狀粗細不同也」，故又依切母粗細而分爲四十七狀：各母二狀，唯微母一狀（無粗狀），見、溪、疑、曉則各有四狀。茲將「簡法二十字」、「切母四十七狀」羅列於下表，並取「早梅詩」與之相互參照：

【圖表4－11】

簡法二十字		切母四十七狀	早梅詩
01.幫		羽初發聲	奔（粗）兵（細）	冰
02.滂		羽送氣聲	烹（粗）平（細）	破
03.明		羽宮忍收聲	門（粗）明（細）	梅
04.見	宮倡	角發	庚（粗）京（細）肱（粗）君（細）	見
05.溪		角送	阬（粗）輕（細）坤（粗）群（細）	開
06.疑		角宮收，即爲宮深發	恩（粗）因（細）溫（粗）云（細）	一
07.曉		宮淺發送	亨（粗）欣（細）昏（粗）熏	向
08.夫		羽宮送	氛（粗）分（細）	風
09.微		羽宮收	文（徵無粗）文（細）	無

10.端		徵發聲	登（粗）丁（細）	東
11.透		徵送聲	騰（粗）汀（細）	天
12.泥		徵宮收	能（粗）寧（細）	暖
13.來		收餘　商徵合宮	倫（粗）零（細）　來乃泥之餘	來
14.精		商發	尊（粗）精（細）	早
15.清	商和	商送	岑（粗）清（細）	從
16.心		商宮收	孫（粗）心（細）	雪
17.知		徵商合發	諄（粗）眞（細）	枝
18.穿		徵商合送	春（粗）嗔（細）	春
19.審		徵商合宮收	醇（粗）申（細）	上
20.日		收餘　徵商合宮	均（日無粗細而有均、人二狀） 人（日字乃禪之餘）	人

　　邵雍《皇極經世・音聲唱和圖》以「天唱地和、律唱呂和」作爲結構隱喻，代指韻圖中聲韻相互拼和。方以智雖襲取《音聲唱和圖》的術語而改益內容，以發聲的部距及發音特點爲準，將喉—宮、顎—角、唇羽三者總括爲「宮倡」；將舌—徵、齒—商二者通稱爲「商和」。「宮倡」者，因唇音最動而居首位，其後依序爲顎音、喉音，「夫、微」爲羽宮音且中原少用故置於末位；「商和」者，則以舌音爲轉鍵而居前，次列齒音之字母，而「來」爲泥之餘、「日」爲禪之餘，故分別列於舌音、齒音之末。。

　　2、十六韻攝與十二統之分合

　　至於韻部的歸類方面，〈新譜〉分爲十六攝，每攝列爲一圖；此外，方以智又另取陳藎謨《皇極圖韻》「四聲縱橫圖」之 36 韻，並參酌《徽州朱子譜》之 12 部，而統括成十二統。茲將以上所論各書之韻部表列於下，以見其分合關係：

【圖表 4－12】

圖次／攝名	十二統	徽州朱子譜	陳藎謨《皇極圖韻》三十六韻
01.翁雍	翁逢	繃（東、冬）	01.東屋（合）02.冬燭（撮）
02.烏于	余吾	逋（模、魚）	05.魚燭（撮）06.模屋（合）
03.噫支	爲支	陂（齊、微）	03.支質（齊）04.齊櫛（齊）10.灰末（合）
04.限挨	懷開	牌（灰、皆）	07.乖刮（合）08.咍曷（開）09.皆轄（齊）

05. 皿恩	眞青	賓崩（青、眞、文、庚、侵）	11.眞質（齊）12.文物（攝）13.魂沒（合附開）
12.亨青			29.庚陌（開）30.青昔（齊）31.肱獲（混）
06.歡安	寒灣	班（寒、山、監咸）	14.寒曷（開）15.桓末（合）
07.灣閑			14.寒曷（開）16.刪轄（齊齒捲舌）17.還刮（合）
16.淹咸			35.覃合（閉）36.鹽葉（閉）
08.淵煙	煙元	鞭（仙、元、廉纖）	18.先屑（齊）19.元月（攝）
15.音唵			34.侵緝（閉）35 覃合.（閉）
09.呵阿	歌阿	波	22.歌鐸（開）23.戈郭（合）
10.呀揶	耶哇	巴	27.麻轄（齊附合）28.遮屑（齊附攝）
11.央汪	陽光	邦	24.陽藥（混）25.光郭（合）26.唐鐸（開）
13.爩夭	蕭豪	包（豪、宵、肴）	20.蕭藥（齊）21.豪鐸（開）
14.謳幽	尤侯	豪（侯、尤）	32.侯屋（開）33.尤燭（齊）

根據上表所列，若以十二統作爲基點，將之與〈新譜〉十六攝相對比，即可明晰地觀察到兩者之間的幾項差異：

1. 閉口韻已消失，〔-m〕已轉化爲〔-n〕。

2. 官〔uon〕、關〔uan〕對立已不復存在。

3. 「眞青」混雜了曾、梗、臻、深攝字，顯現南方方音的色彩。

從韻母系統所展現的音變規律，可再進一步推斷兩者的音系性質，即：「十六攝」顯然較偏向於以《洪武正韻》爲代表的書面語讀書音系；而「十二統」則是反映自然口語音系，但或因深受《朱子譜》的影響，從而沾染徽州方音的特色，故與當代共同語標準音有所出入。

（二）〈旋韻圖〉

〈旋韻圖〉撰成於崇禎戊寅年（1638），方以智《四韻定本》曾論及此圖的編撰目的及其靈感來源：

> 宓山愚者向約等母，列〈旋韻圖〉。崇禎戊寅，舍弟直之已刻于《稽古堂韻正》之首矣。因經史謠諺，證出往古方言，而決門法聚訟之疑。因邵子、一行，而悟一切皆在圓圖中，故旋韻以配之。（任道斌，

1983：90）

由上文可知：方以智之所以繪製此旋圖，乃是受到邵雍、〔唐〕一行（683～727）的啓發，認爲一切語音的生成與變化皆可從旋圖中獲得解答，從而達成「證往古方言、決門法聚訟」的目的。然則，〈旋韻圖〉排列有何特點呢？韻部排列的理論依據爲何？方以智爲何會認定「一切皆在圓圖中」呢？關於這些問題的答案，方以智《切字聲原》中並未言明，而這正是我們欲探索〈旋韻圖〉的奧祕時所必須面對的。

　　1、旋圖的列韻方式及其理論依據

　　〈旋韻圖〉爲一圓盤形式的韻圖，由內而外依序排列：後天八卦、先天八卦、〔註62〕《中原音韻》十九韻、〈新譜〉十六攝。（參見本文【附錄書影18－4】p.411）旋圖將〈新譜〉十六攝排成環狀，首尾相銜，方以智如何確立韻部編排之前後次序呢？其序列的標準何在？《切韻聲原》「旋韻圖說」論及韻攝排列的原則，指出：

> 冬夏，兩翕闢也。亥至巳，一翕闢、闢翕也；午至戌一翕闢闢翕也。
> 四節皆有土鬱，又一闢翕也。……東烏之韻，阿口而含，先歌之韻，
> 則阿口而放也，家車則極放也，江陽則放蕩而復轉庚廷之鼻音矣，
> 再轉蕭豪而幽侯收，侵尋、廉咸則閉口矣。此十六攝之概也。

上述的解說，不僅韻攝名稱與〈新譜〉十六攝不同，甚且比附於律呂、地支、四時、方位……等象數概念，看了眞是令人眼花撩亂、滿頭霧水而不知所云。爲了釐清上述引文的確切內涵，茲以〈旋韻圖〉中十六韻攝的作爲基點，將韻攝編排次序與「旋韻圖說」中所提及的概念對照如下：

〔註62〕所謂先天八卦，又稱"伏羲八卦"；所謂後天八卦，又稱"文王八卦"，前者以乾居南方正位，以坤居北方正位，以離居東方正位，以坎居西方正位；後者按照《周易·說卦》的說法來序八卦的方位：震東兌西離南坎北。前者的循環過程有順逆之分，邵雍所謂：「自震至乾爲順，自巽至坤爲逆」；後者的循環過程似乎只體現了順的過程，即模仿天左旋。（蔣國保，1990：40）方以智以先天八卦爲體，後天八卦爲用，強調先天八卦存在於後天八卦中，二者不可分離，是以〈旋韻圖〉最內圈包含先天八卦與後天八卦，最外圍二圈雖同樣羅列〈新譜〉十六攝，但輪轉的方式有別：最外圈順逆皆可轉，蓋與先天八卦相應；次外圈則僅限於左旋，與後天八卦之運轉模式相符。

【圖表4-13】

〈旋韻圖〉列韻			「旋韻圖說」之配伍關係			
十六攝	中原韻	先天／後天	律呂	開口度	四正四隅	方位
翁雍／東逢	東鍾 魚模	坤一坎	黃鍾宮	含呼	冬中	北
烏于／迂模		震一艮				
噫支／淒支	齊微 支思 皆來		太簇商	略開	支逼	東北
限挨／皆來		離一震		正開	春平	東
盈恩／眞文	眞文 歡桓		姑洗角	縱		
歡安／歡桓		兌一巽			灣逼	東南
灣閑／山寒	寒山 先天		蕤賓變徵			
淵煙／先天		乾一離		放	夏和	南
呵阿／歌和	歌過 車遮 家麻		林鍾徵			
呀揶／家車		巽一坤		極放	開逼	西南
央汪／江陽	江陽 庚青		南呂羽			
亨青／庚廷		坎一兌			秋均	西
爊夭／蕭豪	蕭豪 尤侯		應鍾變宮	收		
謳幽／幽侯		艮一乾				
音唵／侵尋	侵尋 廉纖 監咸		轉逼上鼻 加清復起	閉口	閉逼	西北
淹咸／廉咸		坤一坎				

　　若從語音分析的角度而言，方以智依據韻攝主要元音開口度的大小與韻尾的收閉情形來排列韻攝。其具體的作法為：開口度最大者－「呵阿」攝居為乾、為南、為夏，開口度最小者－「翁雍」攝則為坤、為北、為冬；至於東（春）西（秋）兩方則為平均之音，闢翕相當，開口度則無大小之分。南北東西四正位既已確定，則四隅逼狹之音亦得據此而各得其位，即如「旋均圖說」所言：「東西為春秋平分之門庭，南北為中和圓通之公用。旋而論之，引觸頗微。」如此，八卦與八方相配互應而環列成一旋圖，旋圖之中韻攝輪轉，由翕而闢、由闢轉翕，非但能展現各韻攝元音前後開合的動態變化，亦暗藏著宇宙萬物生成變化所遵循的軌跡。

2、排設〈旋韻圖〉的哲學基礎及其深層目的

方以智融貫中西，〈旋韻圖〉的形制果真是仿自金尼閣的〈音韻活圖〉嗎？抑或是另有所承呢？任道斌（1983：90）認為旋圖是模倣《西儒耳目資》所撰成的，云：「仿西文列漢字成字母，依音韻變化，撰成〈旋韻圖〉。」而羅常培（1930a：309）則體認到旋圖中雜糅著濃郁的象數氣味，指出：「他的《旋韻圖說》大部份是受了邵雍《皇極經世聲音圖》跟陳藎謨《皇極統韻》的影響，攙雜很濃厚的道士氣！雖然同金尼閣的〈音韻活圖〉不無關係，可是比起楊選杞《同然集》裡的幾個盤圖來，自然有遠近親疏的不同。」

雖然方以智對於泰西拼音文字之簡明、便捷多所贊揚，但在其思想體系中，《河》《洛》象數無疑是更為重要的指導原則，是以〈旋韻圖〉之下注云：「此內外八轉，以《洪武韻》酌陳礦菴三十六旋，本《易》、邵、一行。」〈旋韻圖〉的排設方式之所以與一般反映時音的韻圖不同，蓋因旋圖除了顧及音韻條件外，更有著契合象數玄理的深層考量，是以方以智自云深受邵雍、一行的影響。

方以智如何能透過〈旋韻圖〉將音韻結構與《河》《洛》象數之學繫連起來呢？《易》既為彌綸天地之道，當然也會體現在音韻結構上。所謂「言之不足，必資於圖」，（方中履《古今釋疑・凡例》）從宋代起，繪製《易》圖逐漸成為風潮，明代象數易學家更是勇於創新，非但藉由《易》圖來推闡《周易》，更用以解釋其他領域的各種現象。方以智總結北宋以來象數之學的發展成果，撰有《周易圖象幾表》八卷，［註63］附載於《周易時論合編》之首，特別值得注意的是卷六之〈旋韻十六攝圖〉，（參見本文【附錄書影18－4】p.411）形制與〈旋韻圖〉十分酷似，由是當可確認〈旋韻圖〉的編撰目的不僅止於解析音韻結構，更深層的目的在於藉由音韻結構的系統性、規律性來印證天道玄理。

就本文寫作體例而言，〈旋韻圖〉本當歸屬於「援以說易」的等韻論著而迻易至下一章，但旋圖收錄於《切韻聲原》之中，故在此節中一併論述。

〔註63〕　《周易時論》為方孔炤所撰。但附載於書前的《周易圖象幾表》根據蔣國保（1990）考證，卻是由方以智所收錄或繪製的。方以智的根本用意在於藉由圖象以認識事物的規律性，即如《周易圖象幾表》卷一所言：「立象極數，總為踐行，猶之目視、耳聽、手持、足行也。時序之交輪，可得而數矣；事物之節限可得而徵矣。」

四、音韻術語與特殊標號

《切韻聲原》會聚方以智研究音韻學的心血結晶，是晚明時期重要的等韻學論著。方以智學識淹博、會貫中西，又喜自鑄新詞、標新立異，是以書中充斥著許多與佛家、道家、醫學、象數有關的概念、術語，無形中成爲學者通讀的一大障礙。然而，欲徹底解讀《切韻聲原》的音韻術語必須具備多方面的學識，此非個人目前有限之時間與才力所能企及，而時建國（1996）對此一論題則已有精細考述，茲擷取其研究成果，從發聲基礎、聲類、韻類、調類四方面，擇取《切韻聲原》中幾個重要的音韻術語，將之梳理如下：

1、折攝

「折攝」之詞形或即出自佛典的「折服攝受」，方以智合折、攝爲一詞，含有交用或交轉的意思。《切韻聲原》言「折攝」者共計七例，無一不與臍鼻有關，例如：「臍鼻折攝爲◎」、「舌齒折攝」，由此或可推論：「折攝」乃是專爲描寫發音的原動力而設的，用以描摹呼吸氣流由於臍鼻交用而產生語音的情形。

2、臍輪／鼻輪／折攝中輪

這組詞語是用以描寫發音部位（器官）的術語。「輪」即輪轉，含有往來相推、周行不息的意思。《切韻聲原》描寫發音時氣流輪轉的情形，曰：「脣司開閉，舌爲心苗。沖氣輪于丹田，而上竅于鼻，常用之氣蓄于肺管」，據此當可初步地推斷：

a. 臍輪即丹田、氣海，人之呼吸元氣盡皆會聚於此。〔註64〕

b. 鼻輪即爲鼻腔。

c. 折攝中輪又稱「折攝臍鼻輪」，方以智以◎標示之，蓋以其介於臍輪與鼻輪之間，相當於喉頭的位置。氣流由肺部發出，經過喉頭上的兩片呈 V 型的薄膜—聲帶（vocal cords）振動而產生韻律性之樂音。

3、發送收

方以智按呼出氣流的強弱，將聲母發音方式區分爲三類，即：初發聲—不

〔註64〕方以智深諳悉曇之學，對於發音部位與發聲原理的認知多得益於佛家，《悉曇藏》五：「氣風觸及七處而發聲也」。觸及哪七處方能成聲呢？《悉曇藏》二云：「言七處者，《智度論》云：“優陀那風觸七處而成聲，爲齊心、頂、喉、齶、舌、齒、脣”。」「臍心」當即爲「臍輪」，道家稱之爲下丹田，《黃庭外景經·上經部》：「呼吸盧間入丹田」，務成子註：「呼吸元氣會丹田中。」

送氣清音、送氣聲—送氣清音、忍收聲—擦音、鼻音與半元音。這種區分聲母的方式究竟從何而來呢？當是受到悉曇之「波（重）／梵（輕）／摩（不輕不重）」與西儒之「甚／次／中」三分的啟發所致。〔註65〕《切韻聲原》云：

愚初因邵入、又于波梵摩得發送收三聲，後見金尼有甚次中三等，

故定發送收為橫三，喠嗔上去入為直五，天然妙叶，不容人力。

又「初發／送氣／忍收」之命名理據為何？唐朝釋子將毗聲五行中的第一個塞輔音稱為「初」，方以智承襲此一稱法，而將列於首位之不送氣清音稱為「初發聲」，如：幫、見、端、精等。毗聲五行中的第二個塞輔音舊稱為「次」，宋元等韻學家多將送氣清音稱為「次清」，方以智則是以氣流強弱作為分類的標準，故將呼氣量最大的輔音聲母改稱為「送氣聲」，如：滂、溪、透、清等。至於何以將擦音、鼻音與半元音稱為「忍收」，時建國（1996：9）認為：「這類輔音發音時，由於氣流速度比發聲低緩，所以用"收斂"來比擬氣狀。……"忍"有節制氣流的意思，為何麼呢？因為鼻輔音發聲時軟顎一定得下垂，堵塞口腔，使氣流從鼻腔輕輕送出。而發擦音時，口腔通道不完全打開，只留一窄小空隙，使氣流自口中緩緩外泄，可見這類輔音發音時，氣流總不免要受某個部位的限速。」

4、粗聲／細聲

粗聲／細聲（或曰輕／重），乃是方以智用以描述聲母韻母結合時，聲母受到不同介音的影響而展現出的不同聽覺特徵。所謂「粗聲」是指聲母與開口呼、合口呼相拼合時，由於舌頭後縮、下壓，使得口部共鳴腔擴大，從而給人一種低沈、粗厚的聯覺印象；所謂「細音」則是指聲母與齊齒呼、撮口呼相拼合時，由於舌頭向前、提高，從而使人產生高揚、尖細的聽覺感知。

5、餘聲

「◎」是《切韻聲原》中的特殊標號，方以智借用言來表達多種音韻意涵，

〔註65〕《涅槃文字》以輕、重來表述聲母的吐氣程度。凡不送氣者，則於字下以小字標注"稍輕呼之"，如迦〔k〕、伽〔g〕、遮〔tʂ〕、闍〔dʐ〕等，而「輕」alpaprāṇa 漢譯為「小氣」，即現今之「不送氣」。凡送氣者，則以小字"稍重呼之"標注，如佉〔kʻ〕、啒〔gʻ〕、車〔tʂʻ〕、膳〔dʐʻ〕等，而「重」mahāprāṇa 漢譯為「大氣」，及今日之「送氣」。鼻音則注以「不輕不重」，如俄〔ŋ〕若〔nʐ〕、拏〔ŋ〕、那〔n〕。至於金尼閣之甚／次／中，因前文已有所論及，茲不贅述。

概括如下：

　　a. 標示聲類，◎相當於影母，作為「唵、恩、遏」等字之領首字母。

　　b. 標示韻尾，代指鼻音韻尾及收鼻音韻尾之韻類（詳見下文）。

　　c. ◎為喉根、折攝中輪，發音時「唇舌牙齒俱不動，而喉間作聲」，用以標示使氣流輪轉而產生樂音的發音部位。

　　6、翕闢

　　「闢翕」本是邵雍用以解釋韻部開合的術語，方以智承之且多所發揮，將「闢翕」析分為大、小兩類，即《切韻聲原》所云：「旋為大闢翕，析徵小闢翕。」方以智定〈旋韻圖〉之南北兩方為大闢翕，以居南方正位「呵阿」攝開口度最大，稱為「大闢」；而處北方正位之「翁雍」攝開口度最小，故稱「大翕」。

　　此外，於每攝之中又可分出小闢翕，用以標示韻部之開合對立；而在沒有開合對立的韻攝中亦分闢翕，以「闢」指稱撮口呼，以「翕」標示合口呼。〈新譜〉十六韻攝皆以二字標目，即是用以體現闢翕之對立，如前八攝—翁雍、烏于、噫支、限哀、㾕恩、歡安、灣閒、淵煙為先翕後闢；後八攝—呵阿、呀揶、央汪、亨青、爊夭、謳幽、音唵、淹咸則是先翕後闢，兩者互補相成。

　　7、六餘聲

　　在韻部的歸類上，方以智除了劃分出十六攝、十二統之外，又約省為「六餘聲」。嘗云：「十六攝約為十二統，又約為六餘聲」，何謂「六餘聲」呢？《切韻聲原》云：

> 約統于六餘聲◎恩翁切，喉中折攝也，自心唵遏，轉吽，為噁阿之總。⊙烏⊙意阿⊙邪⊙牙皆統於◎，而◎亦與五者分用。皆折攝臍鼻之音也。
> 烏阿之餘聲即本聲，支開之餘聲為⊙意，邪哇之餘聲為⊙邪⊙牙，爊謳之餘聲為⊙烏，其餘則皆◎矣。

「餘」者，「末」也；「餘聲」即為韻尾。⊙烏⊙意阿⊙邪⊙牙五個餘聲均為元音，用以概括音節末尾為〔-u〕〔-i〕〔-o〕〔-e〕〔-a〕之各韻；◎則為收鼻音之餘聲，用以概括音節末尾為〔-n〕〔-ŋ〕之各韻。

　　方以智專精醫學能且注重實際驗證，故能體察發音過程中的生理機制，細查語音的細微差異。

8、喧噌

昔人翻譯佛典而遇無字可對應時，則多以附加「口」字偏旁的變通方式來另造新字。〔註66〕方以智亦仿效此法而生造出喧、噌二字，分別用以代指陰平調與陽平調。然而，周德清《中原音韻》早已將平聲區分爲陰平、陽平二類，爲何方以智不直接沿襲舊有調名，而要另外創立新的調名呢？《切韻聲原》云：

> 陰陽、清濁、輕重留爲通稱，故權以喧喉之陰平聲、噌喉之陽平聲
>
> 例曰喧噌，不以溷開合之陰陽、清濁之陰陽也。

由於「陰陽」二字使用的範圍太過寬泛，此一術語所傳達的概念便顯得抽象、模糊，難以見「見明知義」，不若以「喧噌」二字標示調值那般簡明、精確。是以，方中履《切字釋疑》「喧噌上去入」云：「挺齋見陰本字空喉，陽本字堂喉，但取例說，未詳其名之合理耳。要之法則一定，名則隨人所取也。《聲原》故以喧聲、噌聲目之，如通字爲喧，同字爲噌，使人易解，猶言印章之陰陽文，何如言朱文、白文之爲明切乎。」

五、廢除門法，另創新法

宋元以降，隨著音韻結構的劇烈變動，等韻門法因之而孳乳寖多、日益繁瑣，迄於明代乃臻至高峰，其中釋眞空所編錄之《直指玉鑰匙門法》堪稱最具代表性的論著。該書取劉鑑《切韻指南》後附之〈門法玉鑰匙〉所訂立的十三項門法爲基礎，並將之擴增爲二十門法；爲使學者能以簡馭繁、便於記誦，又仿效劉鑑〈總括玉鑰匙玄關歌訣〉，以歌訣形式來統括門法要點，另立〈創安玉鑰匙捷徑門法歌訣〉。然則，《直指玉鑰匙門法》非但門法類別繁雜難學，歌訣更是隱晦不明、語焉不詳，是以普遍爲當時等韻學家所詬病，〔註67〕如：吳元

〔註66〕吳繼仕《音聲紀元》論述梵音，指出：「梵書五天，音聲用事，一法不足以辨之，遂加彈舌而聲爲二用。于不彈爲一義一用，加彈爲一義一用，若彈指則又溢于喉舌之外而爲三用矣。華言皆無此法，譯者無字當之，不得已而于字傍贅以口字而爲彈舌之別，不成文也。故《篇韻》口部所增俗書獨多者，太半此類誤入也。不知者認爲有義而仍讀華不彈之音，謬矣。」根據筆者對校，吳繼仕之論述實本自趙宧光《悉曇經傳》「梵音例二」。

〔註67〕方中履《切字釋疑》「切韻當主音和」云：「今所遵者，眞空之《玉鑰》也。空守劉鑑，鑑所定已非司馬公法，又豈《七音韻鑑》乎。況豈天地自然之道哉？《貫

滿、呂坤等人皆極力主張廢棄門法。

方以智深知等韻門法之積弊，一方面實際考證經傳註疏之切語用字，而倡議「切韻當主音和」之說；另一方面則欲從泰西拼音文字中汲取靈感，冀能研議出更為簡捷、精確的切字新法。以下即論述方以智與切字方法相關的主張，並直指此中所含藏的灼見與盲點：

（一）倡議切韻當主音和

基於古人的立場，切字之法應是十分簡易的，其要訣在於：選取與被切字聲韻相應之切語上、下字以拼合成一音；為能便捷、精準地拼合出實際的語音，在切語用字的揀擇上，勢必要以「音和切」充任之，沒有理由要自找麻煩、迂迴出切而特意造成「類隔」的現象。然則，若是以現今的音韻系統作為基點，回頭審視古代的切語用字，常會驚覺切語「類隔」的情形多種多樣、屢見不鮮，何以如此？蓋因語音隨著時代變遷、地域轉移而不斷演化所致，「類隔切」乃是古今音變的具體展現，實非古人特意為之，學者必須仔細辨清古今立足點的不同，方不致有刻舟求劍、不知變通之譏。

方以智認為舊有切語之混與借，蓋悉緣自殊代口吻、異地方言的歧異，是以《切韻聲原》標舉「論古皆音和說」，指出：

> 切響期同母，行韻期相叶而已。今母必麤細審其狀焉，韻審咺噡合撮開閉焉。《指南》於切母一定者，反通其所不必通；于行韻可通者，反限定于一格，且自矛盾，不畫一也。詳攷經傳、《史》《漢》注疏、《說文》、沈孫以至藏釋，皆屬音和，但於粗細不審，而舌齒常借，唇縫常溷耳。此各填其方音或各代之口吻然也。存舊法、攷古今，可也。豈守其混與借以立法哉？

方中履《切字釋疑》「切韻當主音和」中，則又更進一步闡發方以智的論點，指出：

珠集》絕不剖明其理，惟作歌訣，村塾學究夸難里閈耳。」又於「門法之非」云：「清泉真空《玉鑰匙》遂立二十門法，……乃見孫愐等切腳不合而不敢議之，故強為此遷就之說耳。是以趙宧光作門法表，譏其支離襍出、亂人耳目，而吳元滿、呂坤皆廢門法，但未能直翻考其誤。老父所著《切韻聲原》則先為立格，代為詮析，然後就彼法以質之，攷漢唐以證之，千年來迷霧中，亦可豁然矣。」

> 履聞老父曰：反切者爲不知其字而以此二字求之，其事原淺，後人
> 既增門法則鉤棘膠繆，其事反僻矣。此天地生人自然之響應，爲以
> 同類召之，有呼必合，古十三門豈出音和哉。張位早梅詩、李登詩
> 括皆是此意，但剖論未明當耳。

方以智實際檢證經傳注疏中的切語用字，不拘泥舊說，不爲纏繞糾葛的門法所
羈絆，正確認識「切韻當主音和」，此乃其真知灼見之所在。

（二）取法泰西拼音，研擬切字新法

遠西拼音文字的直截便利，深深地觸動著方以智，非但在《切韻聲原》
中曾屢次論及金尼閣的《西儒耳目資》，更在西儒標音符號的激發之下，另行
計出一套獨特的標調符號。方中履對於西儒拼音之長處，體認尤爲深刻，《切
字釋疑》「切韻當主音和」嘗云：

> 泰西入中國，立字父母，即以父母爲切響而翻字無漏，何其便乎。
> 字學家曰：如此淺矣。嗟乎！聲音之道通於神明，如欲深求，當從
> 河洛律歷推見原委，豈在迂迴出切乃稱奇邪。

面對舊有切語已無法如實反映語音真貌，明代等韻學家紛紛根據自己的音學理
論，創立不同的切語條例。方以智亦曾研議新式切法，但在《切韻聲原》未見
有明確具體的反切條例，唯有從方中履《切字釋疑》「切韻當主音和」中，可以
窺探出「新法」的大致原則：

> 新法尤審其同母之粗細與其狀焉，韻則尤審其陰陽合撮開閉之貼叶
> 焉……舊法糾煩而不能畫一，新法畫一而又易簡。欲切一字，隨便
> 取二字順口，即合自然之定格，而此二字所切之音則四海千年，確
> 確乎不可絲毫變易。斯真天地間自然之極，本于呼吸，合於《易》
> 律，豈非理之至乎。

方以智具有卓絕的目光，不僅力求掃除傳統韻學弊端，更積極汲取泰西韻學的
長處。然而，或許是由於知識分子心中強烈的「天朝」意識作祟，始終將西洋
傳教士視爲蠻夷之人，認爲西儒「精於質測、拙言通幾」，故無法虛心體悟西儒
新學的內在精髓—形式邏輯、數學論證，致使方以智父子有著共同的盲點，即
過度倚重傳統的象數之學。在方氏父子的主觀意識中，《河》《落》象數爲宇宙
萬物生成化育之本源，藉由象數的運算推衍，即可獲知語音生成演化的規律，

如此在無形之中已陷入主觀虛妄、牽強附會的泥淖，逐漸背離現實而將音韻研究導入抽象、玄虛的祕境，是以在跳脫傳統藩籬的同時，卻又不自覺地再次墜入到另一個傳統窠臼中。

六、音韻系統與音變規律

《切韻聲原》的音系性質為何？是讀書音系？抑或口語音系呢？又以何地方音作為音系基礎為何？《切韻聲原》原是方以智的音韻學札記，全書體例顯得較為鬆散，但若從搜尋書中顯露的蛛絲馬跡，並配合〈新譜〉十六圖攝的音韻系統，或可大致描摹出《切韻聲原》的音系性質。

方以智強調學者「勿泥鄉音」，《切韻聲原》即開宗明義地言明：「音有定，字無定，隨人填入耳。各土各時有宜，貴知其故，依然從之，故以《洪武正韻》之稱為概」；此外，〈新譜〉所列之十六韻攝亦「以《洪武》酌準之」，可知：《切韻聲原》當是以《洪武正韻》為基準。然而，〈新譜〉卻非完全純恁《正韻》，其與《中原音韻》的關聯亦頗為密切，方以智將韻攝與《中原音韻》分韻相互參照，例如：第一圖─「翁雍」攝之下，注云：「《中原》與《洪武》收為一韻是也。」是以《切韻聲原》可能雜糅著口語音系的特色，使得音系有逐漸向《中原音韻》靠攏的趨勢。

再者，觀察〈新譜〉十六圖攝所反映音韻特徵，更可清晰察覺到書面語讀書音與口語共同語音系相互混雜的情形。〈新譜〉閉口韻〔-m〕諸攝依然自成一類，而第六圖「歡安」攝〔uon〕仍與第七圖「灣閑」攝〔uan〕形成對立，此可視為讀書音系的具體展現。然而，〈新譜〉卻將聲類刪併為二十母，取消全濁聲母，此則顯然與《洪武正韻》所反映的明初讀書音有所差距。

總結以上的線索，或可推斷：《切韻聲原》是以反映書面語讀書音為主體，但隨著時代變遷，讀書音與口語音相互交融的態勢日益明顯，是以晚明讀書音已與《洪武正韻》所反映的明初讀書音已有顯著的差距，反倒逐漸貼近《中原音韻》所反映的口語共同語音系，只在入聲韻的存廢上有著鮮明的對立。

關於《切韻聲原》的音值及其中所透顯音變規律，黃學堂（1989）已多所論及，本文不再多加贅述。茲舉其中重要的音變規律羅列如下：

1. 全濁聲母清化，平聲調讀為送氣清音，仄聲調則轉讀為不送氣清音。
2. 微〔v-〕、疑〔ŋ-〕二母仍獨立成類，唯個別字已有失落為零聲母的跡象。

3. 兒韻〔ɚ〕自成一類。

4. 支思韻〔ɿ〕〔ʅ〕（舌尖前元音）所含攝的範圍擴大。

5. 雙唇鼻音韻尾〔-m〕逐漸趨於失落，併入舌尖鼻音韻尾〔-n〕。

6. 入聲兼配陰陽，顯現喉塞音韻尾〔-ʔ〕或許尚未完全弱化。

7. 全濁上聲轉讀爲去聲。